# LE HAMEAU
# DES MIRABELLIERS

## DU MÊME AUTEUR

Journaliste à Nancy, Michel Caffier a consacré de nombreux ouvrages à sa ville et à la Lorraine. Plusieurs fois lauréat du Prix des Conseils généraux de Lorraine, Feuille d'or du « Livre sur la Place » nancéien, il a obtenu en 1985 le Prix Erckmann-Chatrian pour sa vie romancée de Jacques Callot, également couronnée par la Bourse Goncourt du récit historique. Son roman *Les Coches bleues*, cité dans la sélection du Prix Goncourt, resta en compétition dans la dernière liste du Prix Interallié et du Prix des Libraires.

### Titres

*Les Feuilles lorraines : 2 000 ans d'histoire*, Presses Universitaires de Nancy-Serpenoise, 1983.
*La Moselle, une rivière et des hommes*, PUN Serpenoise, 1985.
*L'Arbre aux pendus : vie et misères de Jacques Callot*, PUNS, 1985, Prix Erckmann-Chatrian, 1985; Bourse Goncourt du récit historique, 1986.
*L'Univers de Jacques Callot*, Henri Crespel, 1986.
*Le Piéton de Nancy*, PUN Serpenoise, 1987.
*Les Feuilles lorraines de la Révolution*, PUN Serpenoise, 1988.
*La Légende du siècle : L'Est républicain 1889-1983*, PUN, 1989.
*Les Coches bleues*, roman, Grasset, 1991.
*Les Grandes Heures de Lorraine*, Perrin, 1993.
*La Mémoire du perroquet*, roman, Grasset, 1993.
*Les Frères Goncourt : un déshabillé de l'âme*, biographie, PUN, 1994.
*L'Académie Goncourt*, « Que sais-je ? » n° 2819, PUF, 1994.
*Encyclopédie régionale : La Lorraine dans les textes*, Serpenoise, 1996.
*Encyclopédie régionale : Le Théâtre en Lorraine*, Serpenoise, 1997.
*Bonnes plumes au pays des Goncourt*, Albin Michel, 1997.

### Théâtre

*La Bataille de Nancy*, monté par Anne Delbée au Centre national dramatique de Nancy en 1989 (édité par les Presses Universitaires de Nancy, 1990).

Michel Caffier

# LE HAMEAU DES MIRABELLIERS

*Roman*

*Production Jeannine Balland*

PRESSES DE LA CITÉ

ISBN 2-258-04530-4

# 1

Le cortège montait le chemin de terre ocre et pierreux. Cinq ou six enfants couraient devant. Ils arrachaient des herbes sur les bas-côtés, sans s'arrêter pour les éparpiller sur le sol, si diffuses qu'on les remarquait à peine. Un violoneux — c'était le tambour communal — et un joueur de flûte précédaient les mariés. Le fils Colin, Albert, cuit par le soleil, avait enlevé sa lourde veste à chevrons et ouvert le col de sa chemise blanche. Le chapeau haut de forme penché sur la tête lui donnait un air de fêtard rentrant du bal des conscrits. Léontine, accrochée à son bras, subissait la carapace serrée de son caraco noir et le poids de sa jupe longue. Une couronne tressée autour de ses mèches blondes servait de diadème. Elle tenait contre sa poitrine le bouquet de violettes séchées que, de longue date dans la famille Pierron, à chaque mariage, les mères passaient aux filles et les aînées aux cadettes, comme un porte-bonheur sans véritable garantie pour l'avenir. Derrière les mariés, l'ordre établi à la sortie de l'église était rompu depuis le bas de la côte du Hameau. Pour reprendre souffle ou mettre de l'ambiance, des hommes, quittant leur compagne, effectuaient une pause sur le flanc du talus. Les dames les plus âgées traînaient à quelques mètres, serrées sous des ombrelles noires qui chauffaient plus qu'elles ne protégeaient du brûlant ensoleillement.

En haut du chemin, en bordure de l'ouvroir qui servait d'esplanade à la maison Colin, les jumeaux Muller, Gustave et Léon, tendaient un ruban de soie devant deux des grand-mères des mariés, assises sur un banc étroit, la tête figée sous la halette blanche qui mettait en valeur le hâle de leurs visages fatigués. Entourée par les enfants, Léontine coupa le ruban avec le canif passé par son mari. Les invités firent cercle autour des grand-mères assises. Elles se levèrent pour céder le siège à la jeune femme. Celle-ci remonta le bas de sa jupe, dégageant ses escarpins et ses socquettes roses : « Plus haut, plus haut ! » cria un jeune homme aussitôt conspué par les femmes solidaires. Léontine offrit son pied droit à une grand-mère qui fit semblant d'enlever la chaussure, puis le droit à l'autre aïeule avec le même manège, symbole du changement pour une autre entrée dans l'existence. La noce applaudit, avec des « vive les mariés ! ». Les jeunes sortirent du fond de leurs poches des grains de riz, en réserve après l'aspersion sur le parvis paroissial. Par la main, Albert Colin entraîna sa femme en sautillant vers la grange.

Serrés l'un contre l'autre sous la porte décorée de branchages et de bouquets de fleurs, ils invitèrent la trentaine d'invités à les rejoindre. Les verres furent vite emplis de vin gris du coteau ou de bière, d'eau fraîche du puits parfumée, pour ceux qui le souhaitaient, de poudre de coco. Des jeunes femmes passèrent des plateaux de quiche froide coupée en carrés irréguliers.

Le mariage réunissait les trois familles du Hameau, un écart sur les hauts de Pompey, un balcon accroché au milieu des vignes qui dominait la large boucle de la Moselle et la Gueule d'Enfer où la Meurthe se joint à elle. Vivaient là, séparés les uns des autres par leurs jardins et leurs arpents de vigne, les Colin, les Evrard et les Muller, des gens du cru, nés sur place, élevés ensemble, mêlés dans leur petite communauté comme les habitants d'un îlot dans une baie ou dans un fjord. En plus du travail de la vigne, Ernest Colin était maçon, Léopold Muller cantonnier municipal, Louis Evrard tonnelier. Louis Evrard et sa femme Nathalie n'avaient pas d'enfant ; les Colin, un fils, le marié, et une fille, Brigitte ; les Muller trois fils, Alphonse, l'aîné, Gustave et Léon, les jumeaux, une fille, Julie, huit ans, la plus jeune du Hameau. Son grand-père ayant construit la première maison, le cantonnier, à l'ancienneté, tenait le rôle de chef de clan. Quand une querelle de femmes, une bousculade d'enfants, la disparition d'une poule troublaient l'harmonie habituelle, il arrondissait les angles en disant que l'existence était assez dure pour qu'on ne complique pas davantage la vie quotidienne. Le maçon l'approuvait en répétant : « il faut donner du fruit au mur », c'est-à-dire avoir bien les pieds sur terre. Nathalie Evrard, la bigote du lieu, appelait la charité chrétienne au secours de la conviviale quiétude. Il n'y avait guère, à vrai dire, de raison de se quereller, juste l'agacement qu'on a parfois entre cousins ou entre frères et sœurs.

Dans la grange fraîche, protégée par ses murs, aérée par l'ouverture de la porte du fond en face de l'entrée, le brouhaha bourdonnait, alourdi par l'écho feutré des bottes de paille entassées sur la mezzanine latérale. La mère du marié, que tout le monde appelait déjà « la bellemère », proposa qu'après l'effort de la montée sous le soleil on prenne place sur les bancs autour de la table, de larges planches rangées en U sur des tréteaux mais dressées de nappes blanches sorties des armoires des trois maisons du Hameau. Chacun trouva où s'asseoir dans la confusion, après des échanges bruyants pour que deux hommes ou deux femmes ne soient pas côte à côte et pour mêler la famille de la mariée aux Colin et aux autres. Les jeunes époux présidaient, installés en milieu de table sur deux chaises, parmi les invités serrés à la dure sur des bancs de fortune. Après le pâté lorrain, entrée traditionnelle des repas de noces, les brochets froids reconstitués et décorés de festons de crème amenèrent les conversations sur la pêche. Les hommes comparaient les vertus halieutiques de la Meurthe et de la Moselle, et même les meilleurs coins d'une rive à une autre. Pour mêler une voix féminine au débat, Nathalie Evrard dit :

— Pour mon mariage, mon père avait pris deux saumons en aval du barrage. Grands comme ça !

Des pêcheurs protestèrent bruyamment en élargissant les mains pour agrandir avec ironie la taille annoncée :

— Grands ou plus petits, il n'y a plus de saumons dans la Moselle, constata Léopold Muller. Quand j'avais dix ans, on les voyait encore sauter par paire au-dessus de l'eau. Mon grand-père Astolphe, qui a fait la retraite de Russie, savait comment les fumer. C'était un travail d'artiste. Je crois que je n'ai rien mangé d'aussi bon dans ma vie.

— La Mélanie, elle ne cuisine pas bien ?

— Elle ne fait pas le saumon fumé, pas même en matelote, parce qu'il n'y a plus de saumon. Ce poisson-là, ce n'est pas un chevène, il n'aime pas les détritus qu'on jette dans la rivière, les résidus de la mine. Ce n'est pas le chemin de fer collé sur la rive, avec ses scories, sa fumée et son boucan, qui nous le ramènera.

Plutôt que sur l'inconvénient de la ligne Nancy-Paris, la discussion s'engagea sur les risques réels du bruit du train pour les pêcheurs et s'enlisa dans les apartés.

Parfois, une interpellation dominait les échanges :

— Ernest, tu l'as connu toi, le père Neptune, une sorte de chemineau venu de je ne sais où, avec une barbe de

Saint-Nicolas. Il passait sa vie sur une barque. Je l'ai vu remonter une carpe de douze kilos... si, douze kilos, je l'ai vu... Un jour la carpe a été plus lourde : le père Neptune est tombé à l'eau avec sa trayatte, on ne l'a jamais retrouvé. La trayatte non plus.

Quand arrivèrent avec les volailles rôties les platées fumantes de haricots verts, les femmes parlèrent de leur récolte et de leurs bocaux. Comme les maris pour la pêche, chacune avait sa méthode. Certaines, pour fermer leurs conserves, s'en référaient au tissu serré par une liane de chanvre, négligeant les bouchons de liège vendus depuis deux ou trois ans à la droguerie :

— Pour ce qu'elle est aimable, la droguiste ! Elle est mal bouchée, celle-là, et avec du liège épais !

Le tour d'horizon des rares commerçants du village dura, après la salade, jusqu'à l'arrivée de la pièce montée, le cadeau des Evrard et des Muller aux mariés :

— Ça a été dur de la payer, dit en riant Louis Evrard, et plus encore de l'amener ici. De mon temps on faisait assez avec des œufs à la neige.

— Il regrette son cadeau, lança le marié, hilare. Remboursez-le !

Les invités applaudirent Léontine quand elle se leva pour découper le gâteau. La belle-mère, attentive, proposa trois couteaux, au choix : une pelle à tarte, cadeau de famille rarement sorti, une solide lame, plus habituée au jambon qu'aux petits fours, une autre, dentelée, avec un embout doré, parfois utilisée pour couper les miches.

— J'ai ce qu'il faut, dit le marié, en sortant de sa poche un lardoir à manche de nacre dont il déplia le tranchant aiguisé et pointu.

« Le marié est bien monté », murmura dans un coin de table un invité que sa femme empêcha de répéter à voix haute.

Léontine enleva la fleur d'oranger en pâte d'amande

qu'elle croqua lèvres contre lèvres avec Albert, au milieu des rires de la tablée et des timides protestations du clan des vieilles dames qui n'en croyaient pas leurs yeux. La jeune femme plaça dans de larges assiettes les petits fours enrobés de sucre filé, et découpa la génoise et la nougatine en les retenant avec la surface plane de la pelle à tarte. Des enfants approchèrent pour être servis les premiers avant que les parts préparées ne fassent le tour de la table. Ernest Colin et sa fille Brigitte apportèrent des pichets de vin qu'ils répartirent près des verres vides :

— Vous le trouvez comment, mon pinot 1867? Trois ans d'âge, il est encore un peu jeune mais il a un petit parfum de noisette.

— Le 70 sentira le mildiou!

— Si on a le temps de le vendanger, avant d'aller boire le schnaps à Berlin.

Les vieilles dames mirent leurs mains crispées sur leur visage. La mariée posa son couteau et sa pelle en regardant Albert. Léopold Muller balaya ce début d'inquiétude d'un coup du plat de la main sur la table. Debout, il leva son verre :

— Malgré le coup de gelée d'avril 67, le pinot du père Colin se laisse boire. Vive les mariés, vive la France et vive nous tous!

Le violoneux et le joueur de flûte enchaînèrent avec un air de danse, prolongeant par des claquements rythmés les applaudissements soulevés par le toast de Léopold. En peu de temps la grange changea d'ambiance, transformée de lieu de banquet en salle des fêtes. Les tables démontées dégagèrent de l'espace pour les rondes et les jeux de gages ou de pénitence. On garda un plateau avec sa nappe pour les restes de la pièce montée et les assiettes de macarons arrivées avec les pots de café. Dans un coin à l'écart du courant d'air, les dames âgées établirent leur camp retranché, le banc tourné vers le spectacle de la jeunesse. Quatre hommes assis sur le sol jouaient aux cartes sur les serviettes du repas étalées en guise de tapis. Les mariés allaient de l'un à l'autre, par convenance ou pour faire mieux connaissance. Pour bavarder au calme des invités choisirent l'atelier du maçon, l'appentis à côté du poulailler ou le banc sous le chêne près du puits.

Léopold Muller, assis sur un tas de vieux échalas près du potager, observait le paysage que balayait une buse planant en cercles réguliers. Il pouvait de mémoire tracer la courbe de chaque colline des coteaux de Custines, sur sa gauche, et le vaste pavé du pré incliné que piquetaient les taches habituelles de quelques vaches blanches au pâturage. La Moselle, paresseuse en bordure des villages, semblait dans le grand coude, devant lui, prendre de l'audace et de l'étoffe après l'aiguillon des vannes qui agitait ses eaux. Ces rives jalonnaient sa vie. Enfant, il galopait sur les berges à l'écart du lieu de pêche de son père. Avec son grand-père Astolphe, il passait des heures sur le parapet du barrage où la rivière, arrivée plate et lisse comme une ardoise, s'émiette soudain en cristaux d'écume : « Elle vit, disait le vieil homme, et je revis avec elle. J'ai besoin de l'entendre couler et éclater, car chaque nuit l'eau de la Bérézina me saisit comme autrefois de ses glaces et me déchire la poitrine de ses lames d'acier. » Blanchies et clairsemées, le grand-père gardait ses moustaches de grognard. « Les plus belles du bataillon de la Meurthe », estima-t-il jusqu'au jour où il imagina que l'Empereur les lui avait tirées devant l'incendie de Moscou en lui recommandant de ne pas les laisser roussir. Avec Astolphe, en plus du saumon fumé, Léopold avait rencontré des Cosaques, des ours, la chaleur des villes en feu et le terrible froid de la Bérézina dans laquelle plongèrent, sans toujours remonter, les pontonniers du général Eblé. « Elle ne me rapporte pas lourd, mais j'ai bien gagné ma retraite de Russie », disait en guise de conclusion le grand-père Muller quand il se levait du parapet de pierre pour regagner le Hameau.

Léopold aperçut vers Liverdun, au-dessus des herbes hautes des remblais, les fumerolles grisâtres d'une locomotive. Il suivait la progression du convoi dans la légère montée, un train de quatre voitures de voyageurs que couvrait dans son lent cheminement le panache étoffé de la machine.

— Tu fais comme les vaches, tu regardes passer les trains ?

Alfred Colin se tenait debout derrière le cantonnier, deux verres à la main. Il tendit un des deux ballons :

— Goûte cette mirabelle. Elle est de la même année que mon gamin. Vingt-deux ans.

— C'est le bon âge.

— Pour les gamins ?

— Pour la mirabelle. Les gamins, à l'heure d'aujourd'hui, je ne sais pas ce qu'on en fera.

— Il faut les mettre au chemin de fer, comme mon Albert. Le voilà avec de quoi nourrir sa jeune femme.

— Et nous, on ne les a pas nourries, nos bonnes femmes, avec nos bras et avec nos mains ? Je pensais à mon vieil Astolphe. S'il voyait ce monstre à fumée, il croirait que le diable arrive avec tous les chaudrons de l'enfer. Nous ne demandions rien à personne. Nous vivions entre nous. Je te passais les pierres et tu montais mon mur. Tu tenais les pattes du cochon et je tirais la lame de mon égorgeoir. Derrière nous, dans la colline de l'Avant-Garde, les anciens vignerons devenus mineurs cherchent le minerai sous les ruines du château. Devant nous, leurs fils, comme le tien, posent les rails, un tapis de fer et d'acier pour le progrès. Et si le progrès écrase le bonheur ?

Alfred Colin posa son verre sur le sol tiédi par le soleil. Il s'allongea, la tête posée sur son bras gauche replié :

— Ma mirabelle ?

Léopold claqua la langue pour exprimer sa satisfaction.

— Léopold, reprit le maçon, quand tu as voulu monter le village contre le tracé du train tu t'es retrouvé tout seul. Casser des pierres sur les remblais du train ou casser tes cailloux de cantonnier sur les chemins de la commune, est-ce que ce n'est pas pareil?

— Je ne fais pas d'autre bruit que celui de ma houe, je ne détruis pas le paysage ni les mulots et les belettes. Je ne me prépare pas à écraser les paysans avec mes machines.

— Je te rappelle que c'est ton empereur bien-aimé, Napoléon III, qui a construit les chemins de fer, voulu des mines, monté des hauts fourneaux. Ne te plains pas : le premier Napoléon avait tout démoli.

— Colin, tu sais que nous ne parlons jamais de nos idées. Tu veux un nouveau roi, c'est ton affaire; moi je n'aime pas la fumée noire du charbon au-dessus de la cascade du barrage.

— Et s'il y a la guerre?

— Pourquoi dis-tu cela?

Léopold tourna le reste de mirabelle au fond de son verre.

Alfred Colin, s'appuyant sur la main gauche, se releva :

— Je dis cela parce qu'à Nancy on en parle de plus en plus. Hier il est passé à Frouard quatre trains bondés de soldats. En venant ce matin mon frère a croisé un régiment de hussards sur la route de Metz. Mon marié a vingt-deux ans.

— C'est aussi le bon âge pour la guerre. Sauf l'aîné, mes garçons sont trop jeunes. Moi je peux encore faire l'affaire.

Les jeunes mariés approchaient en riant. Léopold tendit à Léontine la dernière goutte d'alcool. Albert montra du doigt le tracé de la ligne filant vers Paris, l'emplacement du raccordement avec la ligne de Nancy à Metz qui sautait la Moselle par un pont de fer. Il dit :

— Quand il y aura une gare à Pompey...

Son père coupa sa phrase :

— Allons voir s'il reste un morceau de tarte aux pommes.

Léopold passa la langue sur le rebord du verre encore parfumé. Il regarda, immobile, la colline verte au-dessus de la Moselle avec son troupeau de vaches blanches, puis suivit les autres vers la grange.

Les Muller ne restèrent pas pour le souper, des crêpes de maïs avec des restes du midi. Les enfants rechignèrent un peu, mais Léon partait au lever du soleil pour la moisson à la ferme du haras. « J'irai avec toi », dit Léopold pour encourager son fils à quitter le jeu de quilles que disputaient les jeunes gens sur la piste aménagée par Ernest Colin comme celle des auberges, avec un butoir pour les boules, un banc sur le côté pour les joueurs ou les spectateurs, sous l'ombrage d'un tilleul. Mélanie emporta sur une assiette des morceaux de quiche préparés par la grand-mère Colin qui refusait qu'on jette la moindre parcelle de nourriture. « Quand les pauvres n'en ont pas », précisait-elle.

La maison des Muller était en contrebas sur une terrasse de la colline qui se prolongeait, de chaque côté d'un chemin, par des vignes coupées de pruniers et de maigres pêchers, entourées d'épaisses broussailles fleuries de mûriers et d'églantiers. Léopold, aidé par ses garçons, avait aménagé la fruste ferme paternelle en confortable habitation familiale. Pour son matériel de vigneron, ses outils, ses échalas, ses cuves et ses tonneaux, il disposait d'une réserve construite sur le modèle du pressoir communal, avec des poutres épaisses entre de larges pierres plates récupérées dans les ruines de l'Avant-Garde. Avec les deux portes, dont l'une plus large pour le passage du chariot, les ouvertures grillagées, le grenier avec sa lucarne, réalisés avec le savoir-faire du maçon Colin, « la Bicoque », comme l'appelait Léopold, semblait une seconde maison indépendante de l'autre, en bordure du potager. Mélanie Muller régnait sur celui-ci en bonne fille de maraîchers qu'elle était : ses parents cultivaient des primeurs et des fraises à Varnéville, à dix kilomètres de Metz et des deux marchés hebdomadaires où ils s'installaient, plus ou moins régulièrement selon les récoltes et les saisons.

Sa rencontre avec Léopold dans un mariage fut la première occasion pour Mélanie de se mettre en ménage et d'alléger la charge des siens. Sa vie ne fut guère différente à Pompey qu'à Varnéville, l'autorité de son mari remplaçant celle de son père avec, observa-t-elle sur le tard quand les enfants furent grands, les mêmes gestes ou la même voix pour imposer le silence à table ou réclamer qu'on le serve en premier sans avoir à préciser que lui revenait le plus gros des morceaux de lard de la potée. Elle vivait résignée, comme l'était sa mère, avec davantage de liberté dans l'organisation de la maisonnée et l'habitude du tutoiement pour toute la famille, pratique qui la déroutait encore quand Julie, la dernière, l'interpellait. Elle ne souhaitait pas d'autre enfant après ses trois garçons. Léopold eut longtemps la sagesse de « sauter du cheval au galop », selon son expression, mais un soir, un peu ivre, il s'abandonna avec acharnement, amenant une quatrième grossesse neuf ans après la précédente. Avec le temps, Mélanie pensa que son mari avait tenté volontairement la chance de se donner une fille.

A la messe le matin, elle avait regardé avec une douce fierté ses quatre enfants debout côte à côte, Alphonse, dix-neuf ans, le portrait de son père, les épaules larges d'un jeune tonnelier habitué à lever la doloire pour amincir les douves, Gustave et Léon, dix-sept ans, les jumeaux qui le semblaient si peu, l'un nonchalant et indéterminé, l'autre, actif et bouillant, toujours à la tâche dans une ferme ou chez un artisan, Julie, huit ans, aussi brune que ses frères étaient blonds, fine de visage et de corps, le regard perçant.

Depuis qu'il travaillait avec Louis Evrard dans la troisième maison du Hameau, Alphonse vivait à l'écart. Il disposait d'une chambre chez le tonnelier ravi d'héberger un compagnon de travail qui jouait aux dominos le soir pendant que Nathalie brodait pieusement une nappe pour l'autel de Sainte-Euchaire. Le samedi il rejoignait le dortoir de ses frères et sœur dans l'ancienne grange carrelée, décorée d'images d'Epinal sur les nouvelles cloisons : Léopold n'acceptait pas de passer un dimanche sans ses quatre enfants autour de lui. Léon, à cause de cela, perdait toute chance d'un engagement stable dans une ferme où l'on nettoie les vaches sept jours sur sept : depuis deux ans qu'il travaillait aux étables et aux champs des uns et des autres, l'habitude constituait son circuit saisonnier de manœuvre agricole apte à la coupe des bois, au vêlage des brebis ou au hersage des butées de pommes de terre. Parfois Gustave l'accompagnait, quand son père, n'ayant plus d'ouvrage domestique à lui donner, répétait brusquement : « Ne reste pas là à rien faire comme un paisseau de ma vigne. » Gustave conduisait Julie à l'école des religieuses et la reprenait chaque soir.

Grâce à leur sœur, les deux frères prolongeaient leur scolarité interrompue. Léopold, qui ne savait ni lire ni écrire, exigeait qu'ils fassent les devoirs comme la cadette, qui les donnait à corriger avec les siens. Prenant des airs d'institutrice, elle écoutait leurs leçons et leurs récitations. Le père, avec une obstination méritoire, avait ainsi appris un fragment de la retraite de Russie — « Il neigeait. On était vaincus par sa conquête. Pour la première fois l'Aigle baissait la tête » — et dans les fins de dîner où d'autres poussaient la chansonnette, il plaçait Victor Hugo après avoir rappelé, ce que tout le monde savait de longue date, que le vieil Astolphe y était. Mélanie, sans rien dire, était attentive aux leçons de calcul récitées par Julie et ses frères, améliorant sa façon de compter quand elle descendait vendre au marché de Pompey ou à celui de Frouard ses œufs, des poules, des cerises ou des rattes dont elle cultivait un grand carré depuis son arrivée au Hameau. Désormais, en jetant les grains à la volaille, elle révisait à voix basse sa table de multiplication.

Dans l'après-midi, le 19 juillet 1870, le lendemain de la noce, la rumeur monta jusqu'au Hameau : la guerre était déclarée, ce qui parut grave et lointain à Mélanie jusqu'au retour de Léopold, le visage rougi par sa journée de moisson, excité par cet événement surgissant dans la pesante quiétude caniculaire et dans la monotonie quotidienne de la vie campagnarde. Les voisins Colin et Evrard arrivèrent bientôt pour quérir des nouvelles et partager celles déjà recueillies. Ils s'installèrent autour de la table qui ne faisait qu'une avec ses deux bancs de bois épais et noircis par le temps. Léopold apporta trois verres et une cruche de vin blanc rapidement tiré au tonneau du cellier :

— Alors tu es content, dit Colin, ton Napoléon va bouffer du Bismarck!

— Ce ne sera pas le premier Bonaparte à entrer dans Berlin.

— Espérons pour nous que ça se termine mieux qu'avec l'autre. La dernière fois, en plus des Prussiens on a eu les Cosaques.

Léopold Muller servit ses amis qui trinquèrent avec lui : « A la victoire ! »

Evrard, dans la matinée, avait vu la Garde impériale du général Bourbaki arriver à Nancy, des cavaliers géants perchés sur des chevaux alertes et musclés. La foule leur lançait des fleurs et des bouts de rubans tricolores en criant : « A Berlin ! à Berlin ! ». Colin rapporta qu'Albert, le marié de la veille, était déjà mobilisé avec la Garde nationale mobile mais affecté sur place à la gare de Frouard, sans cesse encombrée de convois en attente.

— Badinguet envoie toutes ses troupes sur le Rhin et sur la Moselle avant de venir à Metz pour les commander.

— Napoléon, Mac-Mahon, Bazaine... Le nouvel Attila ne passera pas l'hiver !

— Tu crois qu'il faut faire des réserves de sucre, de pâtes et de bougies ?

— La Mélanie coule ses chandelles elle-même. S'il n'y a plus de nouilles, on mangera des châtaignes. Préparons plutôt les drapeaux pour saluer nos pioupious quand ils défileront derrière les prisonniers teutons.

L'agitation monta peu à peu dans la semaine qui suivit. Chaque jour une compagnie ou un convoi de voitures attelées de l'intendance ou du service sanitaire traversait Pompey après une lente marche sur le grand pont de la Moselle. Malgré la poursuite du travail à la mine de l'Avant-Garde et à la moisson, la vie des trois cents habitants du village était changée. Les vieux restaient de longues heures sur le seuil des maisons de la rue de Nancy et de la rue de Metz, commentant entre eux, d'une porte à l'autre, le passage des soldats, questionnant les fantassins qui s'arrêtaient pour demander de l'eau pour leur bidon et qui repartaient avec une bouteille de vin de pays aussitôt réclamée par leurs camarades. Les femmes suivaient le manège derrière le rideau soulevé d'une fenêtre. Les adolescentes couraient d'une maison à l'autre, simulant l'indifférence aux sifflets et aux remarques des recrues qui, à leur vue, relevaient le lourd havresac pour bomber la poitrine sous l'épaisse vareuse.

De jeunes garçons, un sabre de bois à la main ou un

bâton porté sur l'épaule comme un fusil, accompagnaient la colonne, sur les flancs et à l'arrière, fiers comme Artaban, sérieux comme de vrais volontaires. L'ampleur des déplacements de troupes inquiétait la population, préoccupée, après l'appel des réservistes, d'une mobilisation des jeunes gens et par le passage, à contre-courant du flot militaire, de familles de Briey et du Pays Haut fuyant la zone frontalière. Ces gens marchaient en groupe, avec deux ou trois voitures attelées, chargées de ballots sur lesquels perchaient des grand-mères figées dans leur noire minceur et des jeunes mères abritant, derrière la paille d'un chapeau, le visage d'un enfant endormi dans leurs bras. La famille suivait en désordre, étirée, poussée par un adulte qui tenait lieu de serre-file. Les vieux Pompéens assis sur leurs chaises trouvaient en ceux-ci des interlocuteurs plus bavards que les soldats, mais alarmants et pessimistes : ces témoins de passage parlaient de considérables concentrations de troupes germaniques aux abords de leur région, avec des raids éclairs et destructeurs dans des villages pillés et brûlés. La main devant la bouche pour un semblant de discrétion ou de pudeur indignée, certains parlaient de prises d'otages, de fusillés, de viols, de mains coupées. La solidarité villageoise se manifestait au fil des jours par des distributions de boisson et de nourriture que le curé et les Sœurs de l'école organisèrent bientôt pour éviter les abus et les injustices : sortis de Pompey, des malins bien servis revendaient les vivres gracieusement reçus.

Un jour, toute circulation fut interdite dans la traversée de la commune. Les sentinelles placées de loin en loin laissèrent croire que l'empereur passerait bientôt, en route pour Metz. Les femmes préparèrent aussitôt des bouquets. Les religieuses et les dames qui les aidaient jetèrent des nappes sur les tables dressées pour l'accueil des fuyards de Briey ou d'Avril. La boulangère apporta des brioches du jour et l'épicière une corbeille de fruits, au cas où l'impératrice serait également présente. Léopold, hâtivement endimanché, coiffé de son feutre noir à large bordure, joua son rôle de cantonnier municipal en demandant l'enlèvement de herses et de rouleaux mal rangés en bordure de la chaussée. A sa demande, des drapeaux apparurent sur le fronton des maisons ou fichés, au bout d'un bâton, dans un tas de fumier déserté par les poules effarouchées du remue-ménage. Les fermiers et leurs manœuvres étaient descendus des champs de la moisson pour se mêler à la haie alignée de chaque côté de la chaussée.

Deux heures passèrent sans autre animation que la traversée du village par une berline escortée de hussards que la foule applaudit frénétiquement, à tout hasard. Après l'angélus de midi, l'écho de fifres et de tambourins vint du pont de la Moselle. Des gamins de Frouard, qui couraient loin devant le cortège, annoncèrent qu'il ne s'agissait pas de l'empereur mais de sa garde, stationnée à Nancy, qui gagnait Metz à cheval ou à pied. L'avant-garde de la troupe parut en bas de la route, à la sortie du virage après le quai de la rivière : six cavaliers encadraient le drapeau de l'unité. Léopold Muller, assis à califourchon sur une borne-fontaine, le chapeau enlevé, regardait cette image d'Epinal qui s'animait et prenait vie comme dans un rêve. Le peloton de la musique, monté sur des anglo-arabes blancs, couvrit le village de sa marche sautillante, soutenue derrière les fifres par les clairons et les coups de gong des timbaliers. Seul, à mi-distance de la fanfare et du premier escadron, avançait le général Bourbaki, si ressemblant avec sa moustache et sa barbichette que certains s'obstinèrent à croire que c'était Napoléon III lui-même, allant jusqu'à crier : « Vive l'Empereur ! » Suivirent, mêlant le cliquetis des étriers et des sabres au claquement des fers des chevaux sur les cailloux écrasés de la route, des cavaliers agrandis par le tube de leur shako et l'aigrette de leur plumet, puis, escortés de fantassins, les chariots, lourds et massifs, chargés de caisses de munitions, les cantines que distinguaient les tuyaux des fourneaux, les ambulances avec leur drapeau blanc.

Léopold, descendu de sa borne-fontaine, observa le cortège jusqu'à ce que l'arrière-garde disparaisse en haut de la côte. Le village lui parut beau sous le soleil entre les crêtes vertes et denses de la forêt de l'Avant-Garde et les berges plates de la Moselle, rectiligne contre le flanc de Pompey, avant sa large courbe au bout des prés de Custines. Il s'arrêta près d'un groupe d'hommes qui discutaient devant l'atelier de Thirion, le maréchal-ferrant. Marchal, le sabotier, martelait ses mots :

— Il faut se faire respecter. Si mon voisin jette ses eaux sales vers chez moi, je lui rends la monnaie de sa pièce. C'est ce qu'a fait Bismarck devant la porte de France. Notre empereur réagit comme il faut.

— On y gagnera quoi, nous autres ?

— Qu'on respecte la France, je te dis. Il faut savoir faire une guerre pour qu'il n'y en ait pas d'autres, plus tard.

— A condition de la gagner.

— Tu as vu les cavaliers de la garde ! Sale temps pour les casques à pointe !

— C'est un régiment de parade. Dans les trains, à la gare de Frouard, les soldats n'ont pas de fusil ; les chevaux des hussards n'ont pas suivi dans le même convoi ; les artilleurs reçoivent des munitions qui ne correspondent pas au calibre de leurs pièces. C'est la pagaille.

— Tu sais ce que tu es, le Bernard du bout des prés ? Un défaitiste. Qu'est-ce que tu en dis, notre cantonnier ?

Léopold remit son chapeau noir pour indiquer qu'il en avait assez entendu. Il haussa les épaules :

— Je sais que le village, il n'y a pas si longtemps, votait à 92 % pour celui qui aujourd'hui décide et commande.

Sur le chemin du Hameau, il rejoignit Colin : « Les esprits s'échauffent », dit-il. Ils parlèrent de l'étonnant défilé, principalement de la qualité des chevaux.

Agacé par la discussion chez Thirion, Léopold Muller rentra chez lui de mauvaise humeur. Devant la table, dehors, Gustave montait des lignes sur deux cannes à pêche :

— Range ça et viens m'aider. On va traiter le mildiou.

Le père mit ses vêtements de travail. Avec son fils, jusqu'au soir, il prépara les cuves de solution chimique que les uns appelaient « la bouillie bordelaise », les autres « l'eau céleste » et Léopold « le jus de mildiou », une mélasse de cristaux de cuivre et d'eau qu'on mélangeait à de la chaux vive et qui devenait bleue comme de l'essence de lavande. Pendant plusieurs jours, avec un pulvérisateur fabriqué par Alphonse sur les conseils du tonnelier Evrard, ils aspergèrent les feuilles des ceps encore tavelées de taches jaunes malgré l'arrosage effectué au début du mois de juin. La maladie, mal connue, datait de l'année précédente. Elle desséchait la vigne qu'elle couvrait d'un mince duvet, un véritable linceul pour la récolte étouffée. Gustave ne rechignait pas à l'ouvrage, portant la cuve de bouillie dans une hotte de vendangeur, ramassant les échalas inutiles que rejetait son père, binant les butées pour retirer les mauvaises herbes. Léopold parlait peu, se contentant d'ordres secs comme ceux qu'il donnait à sa femme quand elle servait à table. Il observait en permanence, en bas du coteau, sur la route de Metz, le va-et-vient des colonnes militaires et des groupes de civils qui se croisaient.

Le dernier jour du traitement, après avoir utilisé le jus de mildiou jusqu'à la moindre goutte, ils découvrirent en arrivant au Hameau un village de petites tentes de soldats dressées autour des arbres des vergers, certaines dans les cours mêmes des trois maisons. Les hommes, pas rasés, le visage brûlé par le soleil, les traits tirés, portaient le pantalon rouge des zouaves serré sur les pans bouffants par l'épais ceinturon noir. La plupart avaient enlevé la vareuse bleue mais gardé les turbans aux couleurs variées. Ils ressemblaient à ceux de Crimée coloriés dans les almanachs par les garçons. Mélanie courut vers Léopold dès qu'elle l'aperçut :

— C'est la retraite ! dit-elle.

Le cantonnier laissa Gustave rentrer les ustensiles et les outils. Il retrouva Colin, Evrard et Alphonse en discussion avec les soldats. Il n'en crut pas ses oreilles. Depuis deux jours, les zouaves de Mac-Mahon fuyaient le front percé, du côté de la forêt de Haguenau, en Alsace, par les lanciers prussiens. Avec effroi, les hommes citaient comme des lieux d'apocalypse les noms, difficiles à prononcer, des villages où gisaient des centaines et des milliers de leurs camarades, Woerth, Froeschwiller, Reichshoffen. Ils ne donnaient pas de chiffres de victimes, comptant sur des prisonniers ou d'autres destinations de retraite mais certains, au soir de la bataille, s'étaient retrouvés à dix ou douze pour une compagnie de cent hommes et sans aucun officier vivant. « Si l'empereur ne tient pas autour de Metz, Bismarck est à Paris dans huit jours », affirmaient gravement ces hommes, hébétés comme les rescapés d'un naufrage dans une brusque tempête.

— Qu'est-ce qu'on peut faire ? demanda Léopold.

— Boire un coup, répondit un zouave en tirant la langue au-dessus de sa barbe rousse.

Léopold entraîna deux hommes vers le cellier. Ils apportèrent un tonnelet de rosé qu'ils placèrent sur le croisillon amené par Gustave. Leurs camarades, habitués à la distribution des rations, prirent la file avec leur gobelet. Mélanie approcha avec des verres sur un plateau. Le cantonnier en prit un, passa devant les hommes pour l'emplir et le porta à un capitaine assis contre un pommier, la casquette galonnée baissée sur le nez. L'officier rejeta sa coiffure :

— Nous avons marché pendant quarante-huit heures après la terrible journée du 6.

— Où allez-vous ?

— Prendre le train.

— Vous ne remontez pas au front ?

— Il n'y a plus de front. C'est une passoire. Il faut se replier sur la Marne et sur la Seine pour sauver Paris.

— Et l'empereur ?

— Foutu. Malade à crever. Incapable de se tenir à cheval. Notre dernière chance c'est Paris avec, en plus, un sursaut national.

Le capitaine donna quelques détails sur la meurtrière bataille d'Alsace. Il démentit les atrocités qu'on prêtait aux Prussiens en ressortant les légendes des lointaines invasions : « Ils pillent, bien sûr, comme nous en Crimée et au Mexique, parce que la guerre a toujours nourri la guerre. Que flairent les chiens affamés autour d'une maison ? »

Les survivants du 3e Zouaves levèrent le camp dès l'aube. A l'entrée du chemin, les gens du Hameau éveillés distribuèrent des tranches de jambon, des galettes fabriquées dans la nuit, des œufs durs, des quignons de pain et des fillettes de vin. Le chef, un colonel, qui avait dormi chez les Colin, partit le dernier. A cheval, devant les femmes qui agitaient les mains avec tristesse, il donna l'ordre à l'un des sous-officiers qui l'accompagnaient de déployer le drapeau du régiment, déchiré sur les bordures, brûlé dans ses pans tricolores par les traces des éclats. Léopold et Louis Evrard descendirent aussitôt au village déjà en émoi. Des familles de civils en fuite traînaient autour de l'abreuvoir et des fontaines. Une file de femmes attendait l'ouverture de la boulangerie. Des soldats, en petits groupes, marchaient en silence vers le pont de la Moselle et la gare de Frouard, levant évasivement un bras quand une voix égarée demandait des nouvelles de la situation que la rumeur disait catastrophique. Chez le maire, Léopold et Louis n'en apprirent pas davantage sinon que Metz, contrairement au bruit qui courait, tenait toujours :

— Remontez au Hameau, dit l'élu. Je demanderai au curé de sonner le glas si une menace se précise.

On entendit dans l'après-midi, tonnant derrière les collines, des grondements trop pesants et saccadés pour être les échos d'un orage. Léon, qui avait abandonné les derniers ramassages après la moisson, annonça en remontant du village que les Prussiens occupaient Forbach et descendaient vers Pont-à-Mousson et Nancy pour isoler l'empereur à Metz :

— Ils seront ici demain ou après-demain, fit tomber Léopold avec une glaciale solennité.

Il entraîna ses jumeaux chez le maire, prenant au passage Thirion le maréchal-ferrant et trois ou quatre bonshommes qu'il appréciait. A tous, il dit :

— Nous n'arrêterons pas mieux Bismarck que les tirailleurs du 3e Zouaves. Mais nous pouvons le retarder, l'agacer. Je propose que nous tendions des chaînes à l'entrée du pont de la Moselle. Les chevaux ne sauteront pas l'obstacle et les chariots encore moins.

Les opinions furent partagées entre ceux qui trouvaient l'intervention dérisoire et les autres, qui pensaient plutôt à miner le pont.

— Et que feront nos soldats et nos civils pour passer? demanda le maire.

Léopold indiqua qu'ils seraient détournés sur la droite

vers Liverdun. Ils se donnèrent rendez-vous pour le lendemain matin avec des matériaux récupérés dans les granges et des outils. Thirion et le maire ébauchèrent le croquis de la barricade de fer.

La mise en place prit une journée entière, tandis que l'écho de la canonnade encerclait le grand évasement de la vallée. Il n'arrivait plus de civils en fuite. Les militaires, de plus en plus rares, annonçaient l'ennemi à moins de trois heures de marche. Thirion, le maire, Léopold, Evrard, Colin et leurs compagnons cognaient hardiment dans les parapets du pont pour enfoncer au cœur de la pierre les tiges d'acier entrecroisées, munies de chaînes sur un côté de la chaussée. L'initiative ne plaisait pas à tous les villageois qui venaient observer le travail, ironisaient sur la fragilité du système ou geignaient sur les risques de représailles. En fin d'après-midi le mur de chaînes était tendu, dense et serré, dressé à hauteur d'homme.

Depuis plusieurs heures déjà il n'arrivait personne de l'arrière du village, écrasé dans son attente silencieuse sous la voûte encore grondante du ciel sans nuages. A la fin du repas du soir, alors que la pénombre gagnait la pièce commune, Léopold sortit de l'armoire la carafe de mirabelle qui ne servait qu'à de rarissimes occasions. Gravement, sans un mot, il posa deux verres devant sa place. Il ôta le bouchon de verre et versa l'alcool blanc qui parfumait alentour. Il tendit un verre à Mélanie :

— Tiens, la mère, comme aux bons jours. (Il but une lichette :) Je ne sais pas si je peux boire encore à la victoire ; je bois à mon départ. Les zouaves l'ont dit l'autre soir : il faut sauver Paris. J'y vais. Un chasseur comme moi fera un bon volontaire. Les Prussiens reculeront à leur tour. Mélanie, rebouche la carafe jusqu'à ce que je revienne.

Les enfants ne bronchèrent pas davantage qu'aux décisions habituelles de leur père.

Au lever du soleil, Léopold quitta la maison endormie, la canne à la main, quelques affaires dans un sac sur l'épaule. Il retrouva Thirion, qui avait dormi à l'écart du pont, à un endroit qui permet de voir les deux rives de la Moselle et l'enfilade de la traversée du village. Le maire les rejoignit bientôt. Il ne savait rien de plus que la veille, ressentant comme tout le monde l'imminence de l'événement. On attendait celui-ci à l'est, en haut de la route venant de Pont-à-Mousson. Il se produisit de l'autre côté, les Prussiens sortant de Nancy qu'ils occupaient. Vers neuf heures, Léopold et ses amis entendirent une fanfare sur la rive de Frouard puis quelques salves de fusils. Quatre cavaliers avancèrent devant leur troupe arrêtée : les casques et les armures brillaient au soleil. Ils hésitèrent au milieu du pont. Un seul s'engagea vers l'obstacle qui se présentait. Pendant qu'il observait minutieusement la grille de chaînes sans descendre de cheval, Léopold détailla son uniforme, surtout son casque noir avec son appendice métallique. Le lancier rejoignit les autres au pas. Ils regagnèrent leur avant-garde. Une heure passa. Arrivèrent alors, escortés par des fantassins, des paysans réquisitionnés avec des chevaux de labour. Un officier donna ses instructions par gestes avec une courte baguette, organisant l'attelage des percherons et des boulonnais en bordure et au centre de l'obstacle.

Le maire sortit de sa chemise son écharpe tricolore :

— Quand ils auront dégagé le passage, je me planterai au milieu de la chaussée, dit-il.

Léopold enleva sa veste et la plia dans sa sacoche. Il serra la main de ses deux amis et s'éloigna sur le chemin en direction de Liverdun. Avant que la courbe ne lui cache le val de la Gueule d'Enfer, il vit une dernière fois, en se retournant, les silhouettes des cavaliers prussiens avançant en rangs serrés sur le pont derrière les cuivres et les cymbales de leur fanfare. Il était à la hauteur du coin de pêche préféré de son grand-père Astolphe.

## 2

— Je prends le panier en entier, dit la cliente.

Mélanie, peu habituée, observa :

— Il fait dix kilos.

La dame sourit en montrant sa bassine de cuivre :

— Vingt pots de confiture, pas plus. Versez-les doucement là-dedans. Ma fille m'aidera à porter.

Les fruits emplirent le récipient jusqu'au bord, à peine humectés de suc, dorés avec quelques reflets rougeâtres, dégageant leur parfum sucré. Julie essuya l'intérieur du panier vide avec un chiffon pendant que sa mère rendait la monnaie. Jamais jusqu'alors, au début du mois de septembre, on ne vendait de mirabelles au marché de Pompey. Tout le monde possédait un coin de verger ou une connaissance ravie de partager son abondante récolte. Depuis le printemps le marché n'était plus le même. Les patrouilles prussiennes n'y traînaient plus leurs bottes depuis que les paysans, à leur arrivée, avaient ostensiblement quitté leur emplacement avec leur marchandise.

Cette occupation, fortement ressentie dans les cœurs, changeait peu les habitudes, autrement modifiées par la clientèle nouvelle qui donnait l'impression aux jardinières de l'Avant-Garde ou de la chapelle Sainte-Anne de n'être plus à leur vente communale mais à l'extérieur, dans une fête patronale ou un comice agricole. Déjà, avant la guerre, quand la mine à flanc de coteau chercha de la main-d'œuvre, étaient arrivées une vingtaine de familles, belges et luxembourgeoises pour la plupart, disséminées dans le rayon des communes riveraines de la Moselle. Après l'invasion et dès les préliminaires de paix qui annonçaient l'annexion de l'Alsace et d'une partie de la Lorraine, passèrent dans Pompey et alentour des gens qui, sans attendre davantage, fuyaient leur commune germanisée. Les femmes et les enfants, dans une charrette, attendaient près de l'abreuvoir ou sur le chemin du pont pendant que les hommes erraient en quête d'un emploi et d'un logement. Dans l'émotion des récents événements, ceux-ci profitèrent de la solidarité des villageois, plutôt méfiants, et de l'accueil qu'on réserve à des familiers mis dans l'embarras ou plongés dans le malheur. Pendant les fêtes de l'hiver, à la Saint-Nicolas ou à la Chandeleur, des invitations chez l'habitant développèrent des liens que renforcèrent les camaraderies et les amitiés de l'école ou des lieux de travail.

Pendant l'été, d'autres arrivées semèrent davantage le trouble, après l'annonce de l'achat des terrains, entre le bas du village et la Moselle, par des maîtres de forges dont le nom et l'origine étaient gardés secrets. Pompey ne les attendait pas si vite. Pendant un mois, des employés de cette mystérieuse société, que certains prétendaient allemande, sillonnèrent la commune, Custines et même au-delà, pour louer des logements, les acheter dans quelques cas, et repérer des terrains libres pour la construction. Cette organisation efficace amena au mois de juin une centaine de familles d'ouvriers venues préparer l'installation d'une usine sur le vaste chantier long de plus d'un kilomètre. Avec cette colonie, les langues se délièrent, révélant l'ampleur du projet, avec effroi pour les anciens et quelques vignerons jalousement enracinés. Le maître de forges annoncé était un puissant industriel d'Ars-sur-Moselle, à vingt-cinq kilomètres en aval de Pompey, Myrthil Dupont. Il mettait en vente ses hauts fourneaux, voisins de Metz annexée, pour en construire d'autres dans un site identique, proche des mines de minerai de fer, en bordure d'une voie ferrée, de la Moselle et du canal de la Marne au Rhin. On apprit également qu'il employait à Ars deux mille personnes. Mélanie n'osait penser à la réaction de son mari si, par bonheur, il revenait.

Depuis son départ, treize mois plus tôt, elle ne possédait de lui qu'une carte écrite par un camarade et apportée par un réserviste de Frouard rentré au pays : « Je suis soigné à l'hôpital de Chantilly pour une blessure pas grave à la jambe droite. Je reste mobilisé jusqu'à ce que tout soit fini. Le moral va moins bien que la jambe. Et vous, la vendange a-t-elle été bonne? Bon courage. Le 17 novembre 1870. »

Mélanie ne s'inquiétait pas trop de ce silence : le courrier fonctionnait mal, et surtout, les familles, depuis longtemps, connaissaient les longues périodes d'incertitude quand un parent partait loin pour l'armée, pour un travail ou pour l'aventure. Elle gérait la maison et la famille avec comme préoccupation essentielle que Léopold les retrouve comme il les avait quittées, ou à peu près.

« Une maison sans homme, c'est un attelage sans charretier », disait Mélanie à ses voisines Evrard et Colin quand elles partageaient leurs soucis en fin d'après-midi à ce qu'elles appelaient « leur petit couarail », un coin pour causer sur le seuil d'une des trois maisons, en alternance, avec une chaise pour chacune et trois ou quatre autres pour des commères montant à bon escient du village ou redescendant d'un verger avec des mûres, des brugnons ou simplement de l'herbe à lapins.

La reprise des travaux quotidiens, l'arrivée de l'usine et tout son train estompaient l'effervescence inquiète de l'entrée des Prussiens. Depuis la confiscation des réserves de vin des vignerons, qui payait le barrage de chaînes du pont de la Moselle, les occupants se manifestaient peu, à l'exception des allées et venues de troupes en manœuvre ou en déplacement sur la route de Nancy à Metz. Quand un groupe s'arrêtait pour que boivent les chevaux ou pour acheter le pain et la charcuterie d'un casse-croûte, les soldats manifestaient, particulièrement pour les enfants accourus par curiosité, une amabilité appuyée, destinée à combattre les rumeurs, souvent fausses, des excès et des représailles. En récupérant brutalement leurs gamins et leurs gamines avec des taloches, les parents montraient à l'ennemi leur hostilité à sa présence, aux réquisitions occasionnelles de bétail ou de fourrage et à l'impôt de la dette que les Pompéens commençaient à payer comme tous les Français.

La question financière préoccupait Mélanie Muller, habituée à recevoir chaque lundi l'argent de la semaine que Léopold attribuait à son gré selon son salaire de cantonnier, la paye des fils, les rentrées de vente de vin. Entraient également dans le tronc familial les modestes recettes des marchés que Mélanie aurait volontiers gardées pour changer ses aiguilles à tricoter ou acheter à Julie une belle barrette pour ses cheveux. Sur la proposition du maire, Léon remplaçait son père pour l'entretien des chemins communaux et la préparation des affouages. Même diminué, l'appointement hebdomadaire assurait l'indispensable revenu. Encouragée par les religieuses de l'école qui donnaient aux enfants et à des adultes un cours d'art ménager, Julie tenait un cahier des comptes à la maison. C'était un travail pratique qui occupait la famille une bonne partie du dimanche. Après la page, vite écrite, des rentrées d'argent, Julie alignait le détail des dépenses avec les sommes portées dans une colonne. Les enfants découvrirent ainsi que leur mère savait compter aussi bien qu'eux. Ils la tarabustèrent plus d'une fois pour qu'elle apprenne également à lire. « Ce n'est pas pour moi, disait-elle avec sa modestie de paysanne, mais pour vous. » Après un temps, elle ajoutait, effarée : « Avec tout ce qui se prépare... »

Mélanie s'appuyait davantage sur Léon que sur ses frères. Il était le plus présent à la maison. Sans attendre l'hypothétique retour de son père, Alphonse travaillait depuis le 1er janvier à la Compagnie de Chemin de fer qui embauchait pour compenser les vides laissés par la guerre. Evrard, le tonnelier, encouragea sa décision, soutenu en cela par Ernest Colin, bien fier de l'exemple de son fils Albert : « C'est un métier nouveau, avec l'argent qui tombe même s'il y a du gel ou de la sécheresse. S'il y a moins de vignes et de vignerons, il y aura moins de tonneaux et plus beaucoup de tonneliers. »

Alphonse appartenait à une équipe d'aiguillage. Les hommes, qui se relayaient toutes les huit heures, vivaient dans deux wagons de marchandises stationnés au bout d'une voie de dégagement : l'un servait de dortoir, l'autre de cantine avec un fourneau et des ustensiles que chacun utilisait pour préparer son frichti. Alphonse remontait au Hameau une fois par semaine, ravi de retrouver un lit et le silence de la nuit; il n'en profitait pas pleinement, à cause du rythme haché de ses heures de travail et de ses heures de sommeil. Mélanie attendait son arrivée pour tuer un poulet ou un lapin. Alphonse apportait des nouvelles sur la révolte de la Commune de Paris, les discussions du Traité de paix, les tapages des buveurs bavarois dans les brasseries de Nancy. Il passait sa journée de repos, en dehors des repas, à étudier les cours que la

Compagnie proposait aux employés aptes à tenir des postes d'encadrement.

En attendant mieux, Gustave remplaçait son frère chez le tonnelier. Evrard le trouvait moins puissant que son aîné pour fendre un tronc de chêne, mais plus habile à manier une plane pour dégrossir une douve. Gustave dormait chez Evrard. Un jeu de jacquet, avec les dés dans des gobelets de cuir, remplaçait les dominos pour les soirées. Partie après partie, Gustave notait en deux colonnes les points perdus par l'un ou l'autre : le total arrêté chaque vendredi soir désignait le vainqueur de la semaine.

Evrard, dont l'ouvrage ne pressait pas, libérait Gustave quand Léon souhaitait un coup de main pour les vignes. La médiocre vendange de 1870 imposait une rigoureuse attention dans la coupe de la récolte à venir. Grâce aux conseils de son père et à l'expérience de ses remplacements chez les uns et chez les autres, Léon Muller connaissait les bons choix à effectuer d'un vif coup de cisaille. Il savait aussi que le mal de la vigne progressait malgré la bouillie bordelaise et qu'il faudrait du temps pour remplacer les pinots blancs et rouges emportés par les Prussiens.

Léon, pessimiste pour le sort des coteaux, attendait davantage du développement du poulailler et des clapiers de la maison. Mélanie partageait volontiers avec lui ce domaine que Léopold négligeait en le considérant, et les autres petits paysans avec lui, comme une affaire de femme, un dérivatif entre la vaisselle et les lessives. Léon pensait, ce que confirmait l'intérêt des nouvelles clientes pour les paniers de mirabelles au marché, que les arrivants des usines d'Ars chercheraient des œufs frais pour leurs enfants et un beau lapin pour le civet ou une terrine. Il élargit l'enclos qui servait autrefois de parc à Blanchette, la dernière vache de la famille. Il construisit avec

Gustave, au milieu de cet espace prévu pour une vingtaine de poules et de coqs, une travée de clapiers surélevés, vite emplis par les mises bas répétées des lapines. Déjà, pour les œufs, Mélanie avait ses commandes hebdomadaires qui la rassuraient face à la double concurrence de la seconde épicerie ouverte à Pompey et la venue régulière au marché de paysans extérieurs attirés par l'afflux d'habitants qui, en six mois, doublait la population locale.

La vie de la commune changeait à vue d'œil, comme si les tombereaux de pierres et de terre sortis du chantier de l'usine emportaient le passé pour faire place nette au futur. Un fil de fer que signalaient, à des espaces réguliers, des triangles de toile rouge ou blanche, cernait le périmètre des installations. Autour des tranchées et des trous des fondations s'entassaient des poutrelles de fer amenées par péniches de l'aciérie d'Ars qui les fabriquait avant d'être vendue. Des rubans de couleurs différentes tendus entre des poteaux indiquaient les emplacements des ateliers et des hauts fourneaux. Vers le pont routier de la Moselle, les lignes noires des quais surbaissés traçaient les limites du port prévu pour l'arrivée du coke et du minerai et pour l'expédition de la production transportable par la voie navigable. Au milieu de cette bruyante plate-forme défoncée par les pioches des terrassiers émergeaient les murs d'un premier bâtiment en construction, aussitôt baptisé « les bureaux », voisin du baraquement étroit et long qui abritait les architectes, les ingénieurs et les dessinateurs. Arrivaient là, le matin, à l'heure de l'ouverture du marché, des messieurs en costume et chapeautés, portant parfois la canne, amenés, seuls ou en petits groupes, par des cabriolets ou des landaus. Certains jours débarquait de voitures plus nombreuses une nuée de gens en redingote noire et haut-de-forme qui s'agglutinaient autour de trois ou quatre personnages détaillant les travaux en cours avec une baguette pointée sur un plan rigide tenu par deux employés en blouse blanche. Le village ne voyait ces « messieurs » que de loin : ils ne sortaient de leur îlot que pour gagner, en groupe de quelques tapeculs, un bout de rive de la Gueule d'Enfer qu'ils observaient, ou l'extrémité de la commune vers le Chemin des jardins fleuris ou, de l'autre côté, vers les Grandes Vignes.

Sur la table de bois de la cour, Léon aidait sa mère à dégager les blocs de savon de leurs moules entoilés, quand arriva sur l'ouvroir un cabriolet. Pris par l'ouvrage, ni lui ni Mélanie n'avaient entendu le pas du cheval ou le crissement des roues sur le sol dur du chemin.

Le cocher retint sa monture. Un homme d'une quarantaine d'années, tête nue, la moustache foisonnante à la Napoléon III, descendit par l'étroit marchepied. Il portait sous son bras une sacoche noire de notaire, plate :

— Je cherche Léopold Muller, dit-il.

— Nous aussi, répondit aussitôt Léon, soulagé de ne pas apprendre la nouvelle que lui faisait craindre cette soudaine arrivée.

— Il n'habite plus ici ?

— Il est à la guerre.

— Mais la guerre est finie.

— Pas pour lui, en tout cas. C'est ce que nous espérons.

Mélanie se signa. Elle rangeait dans un torchon les blocs de savon teintés en vert par Léon avec du jus d'épinards mélangé à la graisse de bœuf et à la lessive. En portant sa charge vers la cuisine, elle cria :

— Vous lui voulez quoi à mon mari ?

L'homme attendit qu'elle réapparaisse :

— J'aurais souhaité lui parler des « Écrivains ».

Mélanie s'arrêta, les mains sur les hanches, ébahie. Léon parla pour elle.

— Vous cherchez une vigne?

— Monsieur Dupont, qui construit l'aciérie, souhaite acheter votre terrain.

— Pour monter une autre usine?

— Pour bâtir des logements qu'attendent déjà les familles d'ouvriers.

Mélanie, qui avait débarrassé la table, apporta par habitude la cruche des visiteurs gardée en permanence au frais avec un gris bien sec.

— Je m'appelle Suaire, dit le représentant du maître de forges. Je suis sous-directeur du Plan de la Société Dupont, chargé de l'installation de notre personnel. Nous manquons de maisons.

Léon voyait pour la première fois un homme aussi bien habillé. Les coins du col cassé serraient le nœud de la cravate à pois tenue au milieu du gilet par la tête ronde d'une épingle en pierre verte comme les boutons carrés qui pinçaient les manchettes de la chemise au bord du drap gris de la veste. La moustache elle-même semblait apprêtée avec de la teinture et de l'amidon.

Mélanie expliqua qu'elle ne pouvait disposer d'un bien appartenant à son mari et qu'il faudrait attendre son retour. Le visiteur n'insista pas davantage. Avant de reprendre place dans le cabriolet, il demanda pourquoi une vigne s'appelait « les Ecrivains ». Léon répondit que, d'après son père, le coteau, de mémoire d'homme, donnait des raisins au jus sombre comme de l'encre. La voiture poursuivit son chemin jusque chez Ernest Colin, propriétaire de pinot noir dans le même secteur. Le maçon vint après la visite annoncer le prix qu'on lui proposait :

— La vendange du siècle, dit-il triomphant en frottant ses mains rêches. Il faut espérer que le Léopold revienne bientôt pour ne pas rater cette affaire-là. Dans l'état où elles sont, nos vignes ne passeront plus beaucoup d'hivers.

La mi-septembre approchait. La famille Muller fut la première du Hameau à ramasser les raisins sur ses terres de la colline. Colin, comme d'habitude, donna un coup de main avec son éfourceau pour conduire au pressoir communal la cuve dès qu'elle fut pleine des grappes versées par les hottes de Gustave et de Léon.

Mélanie aidait à la cueillette. Julie, sans enthousiasme, ramassait les échalas jetés au sol par ses frères et les débris de branches coupées qu'elle entassait à l'écart pour un nettoyage par le feu. Elle interrompait sa corvée en cueillant des prunes sur les branches basses des arbres en bordure de la vigne, vers le haut. Elle prenait plus de plaisir à voir épaissir sa récolte dans le panier que monter son tas informe des détritus de la vendange. Ses mains bleuies par les fruits, presque violettes, sentaient le parfum diffus de la pulpe des quetsches les plus mûres. Elle chantait en travaillant, soutenue, quand ils étaient dans une allée proche, par le sifflet de Gustave. Léon, de temps en temps, poussait un coup de colère devant une rangée de grappes stérilisées par la maladie. Il prenait Ernest Colin à témoin, accusant, en plus du mildiou, les villageois partis à la mine, au chantier de l'usine ou au chemin de fer, qui laissaient la friche envahir leurs vignes et le fil de fer rouiller entre les ceps et leurs supports :

— Ça nous amène des bêtes ! Les belettes vont être rondes comme des queues de pelle !

A la fin de la récolte, aussi terne que la précédente, la famille Muller, redescendant du coteau, trouva Léopold installé à la table extérieure pour manger.

« Il est revenu ! », cria Mélanie la première.

Julie courut vers son père. Vite debout, il la souleva de terre :

— Tu sens la prune, dit-il.

— Et toi, tu as laissé pousser ta barbe. Tu piques et je ne te reconnais pas.

Un peu de gêne suivit les embrassades dans la confusion des questions et des réponses brèves. En continuant de prendre des morceaux de chair sur la carcasse d'un poulet avec la pointe de son couteau, Léopold raconta qu'il titubait de sommeil en montant le chemin, fatigué par dix-huit heures de train et de longues attentes dans les gares :

— En plus, pour arriver plus vite, je suis remonté à pied depuis Nancy. Ça fait bigrement plaisir d'être là. Est-ce que le vin sera bon cette année?

Quand son père marcha vers la cuisine pour prendre une boule de pain, Léon vit qu'il traînait la jambe droite.

Léopold dormit quatorze heures d'affilée, ce qui, vers la fin, inquiéta Mélanie, restée à la maison pendant que les trois enfants menaient à bien la dernière journée de vendange. Quand il se leva, il demanda une omelette aux fines herbes. Pendant qu'elle battait les œufs et hachait le cerfeuil et la ciboulette, Mélanie donna des nouvelles de la vie de famille, du Hameau et de Pompey. Léopold enregistrait sans apporter de commentaire. Il s'anima davantage à l'évocation du chantier de l'aciérie :

— En l'apercevant, dit-il, j'ai cru qu'ils construisaient une gare. On sera enfumés de la même façon et même un peu grillés. Il n'y a pas de paradis sur terre mais voici l'enfer à domicile.

Mélanie remit à plus tard de parler de l'embauche d'Alphonse à la Compagnie de l'Est et de l'offre d'achat de la vigne des Ecrivains. Léopold lui semblait sombre, pas seulement à cause de cette barbe grisonnante qui creusait ses joues et diminuait l'éclat de son regard. Elle demanda :

— Tu souffres de ta jambe?

Il haussa les épaules :

— La fatigue réveille la blessure. Un bout de ferraille doit traîner là-dedans : c'est le prix de la pension que l'armée accepte de me verser et de te laisser peut-être un jour en héritage. Je suis un canard boiteux.

Pour sa première journée, Léopold ne descendit pas au village. Assis au doux soleil automnal, il observa longuement le paysage, la partie supérieure ciselée par les cimes encore vertes des bois, la vallée agitée avec les bruits et le mouvement, piquetée par les panaches ronds ou les jets courts et rectilignes des locomotives et des machines. Il resta enfermé dans son silence quand Mélanie lui porta un quartier de tarte aux quetsches et un verre de vin de groseilles. Il remercia sans qu'on puisse déceler s'il souriait sous sa barbe. Alphonse, prévenu du retour de son père par le fils Colin, arriva au Hameau dans l'après-midi. Il trouva Léopold assis sur sa pierre face à la Gueule d'Enfer, le regard fixé sur ses mains croisées autour de la boule de sa canne et guère plus animé en apprenant le nouvel emploi de son aîné.

— Tu es assez grand pour savoir ce que tu dois faire. Aujourd'hui, le cul-terreux ne compte plus : il faut être ouvrier. Mon père appelait « mon ouvrier » un arbre qui lui donnait des greffes.

Alphonse et Léopold retrouvèrent dans la cuisine Gustave et Léon, rentrés après l'ultime cuve de raisins. Le père se mit à sa place en bout de table, à la façon de quelqu'un qui souhaite qu'on l'écoute :

— Assoyez-vous. Je voudrais vous raconter ce que j'ai fait depuis mon départ.

Jamais jusqu'alors le père n'avait donné d'explication

sur quoi que ce fût à ses fils : les trois frères comprirent que désormais il les considérait comme des hommes.

— Le chemin de la Moselle, dit-il, m'a conduit jusqu'à Toul où je me suis engagé dans la Garde nationale. Les Allemands étaient aux portes de la ville. La compagnie constituée avec des zouaves en retraite et des recrues de vingt à quarante ans embarqua dans le dernier train en partance vers Châlons-sur-Marne : j'avais un uniforme mais pas d'arme. Sur le quai de la gare, un officier me tendit un équipement qui traînait avec une tente pour le bivouac, une gamelle et un bidon.

Léopold parlait lentement, en regardant l'extrémité de ses doigts posés à plat sur la table. Il décrivit la confusion des arrêts en rase campagne, avec les ordres de quitter les wagons et de se mettre en lignes de marche, l'attente et le rembarquement soudain dans le convoi, les nuits d'arrêt sur une voie de garage pour laisser le passage à un train de blessés ou à un renfort de pièces d'artillerie dirigées vers les forts de Paris. D'un coup de poing léger et sec, il situa un lieu sur la table :

— Lagny ! Au bord d'une rivière qui s'appelle la Marne, moins large que la Moselle, avec une eau qu'on dirait plus lourde, plus épaisse : la Meurthe, à peu près. Lagny... nous avons appris là que l'empereur abdiquait après la bataille de Sedan. Certains pensaient que c'était une victoire d'être débarrassé de lui. Les officiers passaient dans nos rangs pour arrêter les discussions qui s'engageaient.

Alphonse se leva. Il sortit du placard bas un pot de lait et deux bols du dressoir. Léopold versa deux ou trois rasades :

— C'est pour aider l'empereur que tu es parti, dit Léon.

— J'aimais les Napoléon depuis les récits de mon vieil Astolphe. Il faut bien que quelqu'un commande en fixant un but pour tous. Celui-ci s'est trompé, mais qu'ont fait les généraux et les ministres ? Napoléon parti, il reste les Prussiens. C'est une histoire qui ne fait que commencer.

Il se leva pour détendre sa jambe engourdie. Debout, le bras gauche tendu sur sa canne, il continua :

— La Marne ne m'a pas porté chance. Je traîne la patte depuis le bombardement du Perreux. 1er décembre, le jour de la Saint-Eloi. Nous descendions de Rosny pour percer les lignes et passer la rivière. Un vrai temps de Bérézina, en face des eaux gonflées par une semaine de pluies torrentielles. A notre arrivée dans la plaine du Perreux, la bise violente amena le froid avant la neige. Nous attendions le support de notre artillerie quand tonnèrent les canons de Bismarck. Je ne me souviens de rien avant le chaos d'une charrette qui m'emportait avec d'autres blessés, jetés les uns sur les autres, en tas, comme des carcasses à la sortie de l'abattoir. Grâce au froid — il gelait à moins dix —, je ne sentais rien.

Léopold se posa lourdement sur sa chaise. Il but une gorgée de lait. D'un geste évasif du bras au-dessus de sa tête, il balaya la hâtive évocation de l'hôpital, dans les écuries du château de Chantilly, et son choix de rejoindre la Garde nationale plutôt que de rentrer en Lorraine : « Pour assurer ma pension de blessé », précisa-t-il. Il marqua une pause, les mains croisées devant lui, le regard fixé au bout de la table, seul dans ses pensées en face de ses trois fils silencieux. Brusquement, il traça sur la nappe de toile une sorte de rond : « Paris ! », puis détailla, en fixant des points avec un doigt, les fortifications et les collines. Il se tut de nouveau avant de prendre son élan :

— L'ennemi n'était plus le même. Nous traversions les lignes prussiennes pour attaquer d'autres Français, les insurgés de la Commune, harcelés par des canons qui n'avaient jamais tiré sur les casques à pointe.

Le cantonnier revivait ces heures dramatiques si présentes dans ses pensées. En phrases courtes et hachées, il expliquait l'impatience des hommes montant à l'assaut d'en finir avec les privations, l'attente et les incertitudes imposées par le rigoureux hiver passé dans les camps précaires de Satory et de Versailles. Ce n'était pas une consolation pour eux d'entendre les officiers raconter que dans Paris, les encerclés et la population mangeaient des rats et les racines des arbustes.

— Notre compagnie de réserve marchait derrière des bataillons de volontaires et de soldats de métier enchantés de retrouver l'odeur de la poudre. Devant nous, à la nuit, après les coups de canon, les explosions et les rafales de mitrailleuses de la journée, le ciel vibrait des lueurs et des reflets des incendies. Dans les fossés des fortifications où nous attendions, la bataille me paraissait plus proche que celle du Perreux six mois plus tôt.

« Nous avancions de position en position. Ma blessure ne me gênait pas comme maintenant. Un soir, nous étions dans un endroit qui avait un nom de campagne, la Butte-aux-Cailles, un nom facile à retenir. Le lendemain notre compagnie fut envoyée à l'autre bout de Paris. Et là...

Léopold arrêta son récit. Les garçons s'étonnaient du regard d'un aussi long propos, pressentant qu'ils n'en connaissaient pas encore l'essentiel. Le ton de leur père baissait au fil de son récit. Il pesait ses mots comme le font ceux qui commentent les images d'un livre. Il reprit :

— Ecoutez bien ce que je vais vous dire maintenant. Gardez-le en vous comme je garde les discours d'Astolphe sur ses campagnes de Silésie et de Russie. Lui était fier d'avoir servi son général, Eblé le Lorrain, le sauveur de la Grande Armée ; moi j'ai honte d'avoir obéi au mien, qui s'appelle Galliffet.

Il raconta la traversée de Paris enfumé, les passages étroits entre les pavés et les madriers des barricades, les haltes pour respecter le silence des convois mortuaires réduits parfois à deux femmes en noir derrière un cercueil poussé par deux hommes sur un char à bras :

— Au bout de ce champ de bataille qui sentait le feu et la mort, nous avons planté notre bivouac dans l'herbe tendre d'un hameau, la Muette, encore un drôle de nom, entre la Seine et la bordure d'un grand bois. A l'aube, après le clairon, le capitaine rassembla la compagnie sur la butte d'un rempart en ruine comme notre avant-garde. D'autres hommes attendaient, en armes comme nous, avec les hauts chassepots. Un peu à l'écart sur un chemin qui montait du fleuve, avançait, escortée par des cavaliers de la Garde mobile et des hommes à pied, une colonne de civils de tous âges groupés en désordre avec des espaces entre eux. On nous mit en rangs, dix par ligne. Je croyais que nous allions défiler. Pas du tout : nous avancions de cinq pas de temps en temps. Nous entendions une rumeur sourde, des cris, une fusillade de coups en rafale suivie de quelques claquements isolés, d'autres cris et des ordres. Ma rangée fut bientôt la première devant un sentier de quelques mètres descendant en spirale vers le fossé du vieux rempart. En contrebas, les camarades qui nous précédaient étaient dans la position du peloton d'exécution, plusieurs fois répétée en exercice à Satory, cinq hommes debout et cinq autres le genou à terre, face à sept ou huit malheureux et malheureuses serrés les uns contre les autres, main dans la main, hagards et livides, les lèvres remuant sur une prière ou un dernier mot, tremblantes peut-être : les victimes tombèrent dans le même instant où l'ordre de tirer déclencha la salve. Un officier nous précéda sur le sentier pendant que des soldats en treillis de corvée traînaient les corps vers des tombereaux derrière des bosquets. Sur le bord du chemin, Galliffet, perché sur son cheval, désignait de la main, au passage de la colonne, un homme, une femme, un vieillard, un adolescent maigre comme un enfant, aussitôt conduits à coups de crosse jusqu'à notre alignement. Commc à l'exercice quand retentit l'ordre « Feu ! », j'ai tiré, essayant de ne pas voir de visage au bout de ma ligne de mire. Hébété, j'ai suivi dans un nuage qui sentait la poudre mes camarades écartés pour laisser la place au groupe qui nous succédait.

Léopold Muller, en observant ses fils, ne trouva que le regard de Léon, embrumé d'un voile humide. Se levant, il ajouta pour conclure :

— Je m'étais engagé avec un certain idéal. Je reviens le cœur chargé de honte et de remords.

Sans attendre le souper, Alphonse regagna aussitôt son poste d'aiguillage, Gustave rentra chez les Evrard, ravis qu'il en ait fini avec les vendanges. A table, Mélanie crut Léon malade, indifférent derrière son assiette.

De son propre gré, Léopold ne reprit pas son emploi de cantonnier : sa jambe blessée le tiraillait trop quand il marchait au-delà de quelques centaines de mètres. Debout, il ne pouvait s'appuyer sur son mollet que dardait la ferraille collée à sa chair et à ses muscles. Léon conserva la place de son père, « provisoirement », précisa le maire en indiquant que les besoins nouveaux de la voirie municipale, avec des rues à créer, concernaient l'usine. Les travaux de celle-ci avançaient.

Vu des collines, le chantier prenait forme avec les charpentes qui délimitaient les espaces des bâtiments et des ateliers. A longueur de journée, des masses hydrauliques libéraient leur bélier de fonte sur les palplanches à enfoncer dans le sol. Quand les masses remontaient dans un jet de vapeur, un sifflement ouateux accompagnait les coups alourdis des autres pilons en action. On devinait, derrière les tours des échafaudages de bois, les ventres gonflés des futurs hauts fourneaux zébrés par les lignes des escaliers étroits et des courtes passerelles. La perspective vers la Moselle, qui donnait une terrasse verte au village, s'assombrissait des stocks naissants du coke amené par péniches et par trains, dressés en pyramides noires.

Les rues de Nancy et de Metz, qui n'en faisaient qu'une, droites et larges comme partout dans la campagne lorraine, se resserraient à la façon de celles des villes avec des façades rapprochées de la chaussée et bordées d'un trottoir pavé. Des boutiques nouvelles glissaient leurs vitrines entre les murs lisses des maisons, une droguerie-mercerie, un magasin de confection et chapellerie, un coiffeur, un café avec des glaces qui couvraient les murs et des lampes à pétrole que le cafetier appelait mes « carcels », du nom de l'inventeur : le soir ils éclairaient comme à trois heures de l'après-midi à travers leurs abat-jour. Le nom des lampes devint celui de l'établissement : on allait boire une bière « chez Carcel », qui dans la confusion de certains se confondait avec « Marcel ». C'était le lieu de rendez-vous des ouvriers du chantier, le fief des hommes nouveaux de la commune, boudé par les paysans.

Léopold ne descendait plus vers le bas du village. Sauf les jours de froid et de gel, il occupait son hiver à paver des allées dans la cour devant la maison et sa dépendance. Il traînait avec lui une caisse. Elle lui servait de siège pour reposer sa jambe endolorie quand il s'agenouillait pour placer les carrés de grès dans l'alignement de son cordeau. Léon, chaque soir, renouvelait le tas de pierres, discrètement pour ne pas indisposer son père qu'agaçait la moindre assistance. Le matin, le cantonnier retrouvait ses gestes pour équarrir avec son picot pointu les blocs utiles à sa journée. Il ne se pressait pas, prenant plaisir à caresser la taille franche et lisse de son matériau. Son dallage avançait d'un mètre par jour, approchant du seuil de la cuisine et amorçant sa courbe vers l'entrée de la réserve d'outils.

Il passait peu de monde sur le chemin du hameau dans la journée. En fin d'après-midi, en revenant de son travail, Ernest Colin s'arrêtait pour la causette. Le maçon n'était plus à son compte mais employé par l'usine à la cité Sainte-Euchaire où poussaient les premières maisons du quartier ouvrier :

— Quand j'étais gosse, je gardais les moutons là-bas, près de la chapelle Sainte-Anne, disait Léopold à Colin qui vantait la rapidité de l'alignement des fondations. J'apercevais de loin les crânes rasés et les barbes des derniers ermites qui ont senti avant tout le monde, comme les animaux, l'approche du danger de fer et de feu, et qui sont partis. En ramenant mes bêtes à la tombée de la nuit, je craignais de croiser Euchaire fuyant ses bourreaux avec sa tête sous le bras.

Ernest Colin haussait les épaules :

— Les enfants d'aujourd'hui ne gardent plus les moutons.

— Et bientôt il n'y aura plus de moutons à Pompey, sauf ceux qui partiront en troupeau à l'appel du nouveau berger. J'entends le matin la sirène qui siffle comme aboyait le chien pour alerter les brebis retardataires. Nous n'avions pas d'heure, Colin, que celles du soleil et des cloches du bedeau. Tu disais : « il faut donner du fruit au mur » pour qu'il ait une bonne base et que dure ton plaisir. Il y avait un peu de toi dans ta pierre, comme comptait pour moi la pelletée de cailloux jetée sur un creux du chemin. Te voilà ouvrier.

Le maçon, au moins une fois par semaine, demandait : « Vas-tu vendre les Ecrivains ? » Léopold se levait de sa caisse, éructait « jamais » en frappant le sol de sa canne. Il balayait l'air d'un geste de la main. Ou il haussait les sourcils, le regard ailleurs.

C'était toujours le même refus, contesté par le voisin :

— Tu t'obstines inutilement. Que feras-tu de ta vigne quand les maisons la cerneront, prisonnière entre trois murs, sans soleil et sans air ?

Léopold tourna le dos et gagna la cuisine, agacé que le maçon suggère qu'il gênait tout le monde en gardant sa parcelle au milieu de la rue en construction.

Lassé de cet entêtement, l'élégant monsieur Suaire ne passait plus au Hameau, convaincu par Colin, qu'il croisait sur le chantier de la cité Sainte-Euchaire, que le cantonnier Muller était étrange depuis son retour de la guerre. Il mettait son humeur maussade sur le compte de sa jambe estropiée.

Le tonnelier Evrard ne quittait pas l'enclos de sa maison. Léopold, penché sur ses pavés, apercevait chaque jour Nathalie, trottant noire et menue sur le chemin, courbée comme à l'église quand elle regagnait son rang après la communion. Elle saluait de la main, la pèlerine serrée sur les épaules. Quand elle remontait, Mélanie la guettait pour cueillir au passage une nouvelle du village. Un après-midi, Nathalie apparut avec une jeune femme portant son balluchon sur l'épaule :

— De la visite, la Nathalie ? cria Mélanie.

La femme Evrard approcha, pas mécontente d'en dire plus :

— Voici notre pensionnaire. Marthe, elle s'appelle. Elle est institutrice. Elle cherche un logement. Ma chambre à donner fera son affaire.

Marthe avait une vingtaine d'années. Elle était grande, assez jolie, avec deux tresses blondes qui tombaient de son bonnet de laine. Nathalie s'éloigna aussitôt :

— Je rentre. Les Bismarck arrivent pour prendre nos dernières provisions.

La carriole bâchée des Prussiens sortit du chemin dix minutes après, escortée par deux hommes en armes, casqués. Un sous-officier en casquette sauta du siège. Il approcha de Léopold, assis sur sa caisse : « Réquisition, pour manger ! » Le cantonnier fendit un pavé d'un coup sec de sa massette pointue. Mélanie se planta, les bras croisés, devant l'Allemand qui tendit sa baguette vers la maison : « Cuisine, cave, grenier ! » Du seuil de la réserve, un des soldats fit signe à ses camarades d'approcher. Le sous-officier donna l'ordre au conducteur de placer sa voiture près de la plus large porte de la Bicoque. Il cria à Léon sorti du cellier : « Vous, aider ! » Le jeune homme se força à tousser pour indiquer, en se frappant la poitrine, qu'il était malade. Les hommes roulèrent les trois tonneaux de la récolte de septembre.

Mélanie agita les bras :

— C'est du vin de l'année. Il n'est pas bon !

Le chef du groupe éclata de rire :

— Meilleur que de l'eau. *Prosit, Frankreich* !

Léon obligea son père à rentrer dans la maison et ressortit précipitamment en entendant les cris de sa mère. Les Prussiens dans l'enclos avaient ouvert les portes de plusieurs clapiers. Ils assommaient des lapins avec la fermeté d'un paysan ou d'un braconnier. Léon referma deux ou trois cages, protestant avec Mélanie : « Voleurs, bandits, voyous ! » Le sous-officier frappa un grillage de sa badine : « Vous déclarer la guerre. Vous perdu. Vous, payer. » Il refit son geste brutalement : « Payer. Encore payer. Toujours payer. »

Les deux soldats et le cocher prirent par les oreilles la douzaine de lapins engourdis ou déjà morts. Ils les jetèrent à l'arrière de la carriole avec des gestes satisfaits de chasseurs après une bonne battue. Mélanie pleurait, la tête sur l'épaule de Léon qui bravait les Prussiens du regard. L'attelage prit la direction du village sans pousser vers les maisons des Evrard et des Colin.

Pendant le souper, Léopold garda le silence. Léon retrouvait l'ambiance tendue de sa jeunesse, quand son père, droit en bout de table, attendait que les enfants terminent leur assiette de soupe. Quand la dernière cuillère était vide, il lançait à Mélanie : « Haricots ! » La mère apportait le plat. On n'entendait plus que le bruit des fourchettes, et celui, humecté, de la mastication. Léon ne se souvenait pas qu'avant le départ d'Alphonse pour son apprentissage chez Evrard il y eût de conversation, même courte, autour de la tablée familiale. Dans cette atmosphère resurgie, il se garda de commenter la brutale réquisition.

Resté seul avec lui, son père dit soudain :

— Donne la mirabelle. La dernière que j'ai bue remonte à l'été 70. Tout a changé. La défaite, le reste, les cochons de Prussiens chez moi, les étrangers de l'usine dans le village. Cela fait beaucoup. (Il tendit son gobelet vers celui de Léon :) Je voudrais que tu m'aides à planter un mirabellier, demain matin.

La croûte du sol gelé était dure. Léon pensa qu'il était un peu tard, à la Saint-Nicolas, pour mettre en terre un arbuste qui, à la Sainte-Catherine, aurait mieux pris racine.

— Ce sera le premier de l'allée, dit Léopold. Tes petits-enfants auront de l'ombre quand ils passeront là !

Le pavage gris des allées luisait sous le soleil blanc de la froide journée. Le mince tronc dressé à quatre ou cinq mètres de la maison jalonnait le terrain comme un des piquets que le cantonnier plaçait en hiver pour retrouver sous la neige le tracé des chemins communaux. Léon plaça sur la terre fraîche du trou rebouché un peu de la paille d'une de ses cages à lapins vide.

— Il faudra bien l'arroser au début du printemps, dit Léopold.

Ce furent les derniers mots que Léon entendit de son père. Sans prendre le repas de midi, Léopold Muller quitta la maison. Mélanie le vit emprunter le chemin vers le village. Il ne rentra pas de la nuit. Léon alerta Gustave pour le chercher et questionna les commerçants ou leurs voisins. Pour la première fois, ils connurent l'éclat blanchâtre de la grande salle de chez Carcel, toutes les lampes allumées. A travers les vitres, on entendait les chants de jeunes gens qui fêtaient Saint-Nicolas dans la bière. Léon entra. Ni le cafetier ni les consommateurs ne connaissaient son père. Les deux frères regagnèrent la maison sans en savoir plus qu'à leur départ.

La matinée, le lendemain, avec l'aide de quelques-uns, n'apporta aucune nouvelle. Vers midi, pendant que ceux qui cherchaient prenaient un casse-croûte préparé par Mélanie, arrivèrent ensemble le maire et le curé :

— On l'a retrouvé noyé sur le bord de la Moselle. Il aura glissé, dit le prêtre.

Le maire précisa l'endroit.

— Je sais où, dit Léon. C'était son coin préféré, à cause de son grand-père Astolphe.

A la sacristie de l'église, Mélanie Muller, aidée de Nathalie Evrard qui y était un peu chez elle, fit la toilette du mort que ses trois fils veillèrent dans le chœur pendant la nuit, à proximité d'un brasero sans cesse rechargé par l'un ou l'autre. Alphonse et Gustave, comme leur mère, ne doutaient pas de l'accident provoqué par la patte folle de leur père. Léon ne dit rien du coup de mirabelle de la veillée, bu comme un verre de l'adieu, ni de la recommandation d'arrosage de l'arbuste planté en guise d'héritage et de souvenir.

L'enterrement fut suivi par les gens du village, surpris de se retrouver entre eux sans visages inconnus. Le sol de l'église paroissiale vibrait de l'écho souterrain des masses hydrauliques du chantier de l'aciérie. En redescendant du cimetière accrochée aux bras de Julie et de Léon, Mélanie croisa monsieur Suaire qui sortait de la mairie.

— Madame Muller, je viens d'apprendre l'accident. Quand il a glissé en chemin, votre mari sortait de mes bureaux. Comme vous le savez sans doute, il a signé la vente du terrain des Ecrivains.

Dans la rue de Nancy, devant chez Carcel, passait la carriole bâchée des Prussiens, avec sur le siège le même sous-officier en casquette.

# 3

Mélanie pompait l'eau au-dessus du seau maintenu en équilibre par Nathalie Evrard. Tous les deux jours, depuis dix-huit mois, elles venaient ensemble au cimetière. Dès les premiers jours de la mise en terre de Léopold, les deux femmes s'étaient trouvées en même temps à la fontaine à côté de l'appentis qui, par mauvais temps, abritait les familles à l'instant des condoléances.

Nathalie visitait fidèlement ses morts, les parents de son mari et les siens. Avant l'ouverture des boutiques dans la rue de Nancy, elle avait deux buts de sortie, l'église le matin, pour la messe ou une prière, et dans l'après-midi, l'entretien de ses tombes, des pierres plates avec une saignée de terre large comme une plate-bande, garnie selon les saisons de buis, de jonquilles, de pensées ou de clématites. De temps à autre, elle grattait les mauvaises herbes autour d'une sépulture sans entretien, celle d'un homme ou d'une femme, partenaire de danse, dans sa jeunesse, au feu de la Saint-Jean ou dans le charivari d'une noce de village. Son ouvrage faite, debout, les mains jointes, elle disait une prière pour ces relations défuntes.

Avant le décès de son mari Mélanie Muller n'allait au cimetière que pour la Toussaint, dont la messe était la plus suivie du village avec celle de Pâques. Ce jour-là, avec les enfants, elle se recueillait sur la tombe des parents de Léopold, un tertre marqué en son milieu par une croix faite de pavés scellés que le cantonnier désherbait deux ou trois fois dans l'année. En mémoire de sa mère et de ses vieilles habitudes, Léopold ne voulait pas que Mélanie lave le linge dans la semaine de la Toussaint, comme si elle préparait, au seuil de l'hiver disait-il, le linceul du prochain défunt de la famille. Sauf du grand-père Astolphe, les Muller, du vivant du père, ne parlaient jamais des disparus. Depuis son mariage Mélanie n'était jamais retournée sur la tombe de ses parents à Varnéville. Elle gardait en elle des souvenirs de la maison familiale, et surtout, dans son travail ménager, l'exemple des gestes de sa mère pour bleuir la lessive, lever une pâte ou tremper les mèches dans le bac de cire pour mouler les chandelles.

La pieuse Nathalie Evrard entretenait par la prière le culte des défunts, réclamant pour eux la mansuétude de Dieu et leur confiant, pour le soutien des vivants, un rôle d'anges gardiens et de bienveillants intercesseurs. Elle ne négligeait pas les choses ordinaires de l'existence : présente et consolatrice dans les heures de deuil, elle amassait dans le train-train de la vie communale les observations et les confidences qui permettaient au curé de mieux connaître son troupeau et aux commères d'alimenter leurs conversations.

Le seau posé près d'elle, Nathalie avec une louche de bois au manche cassé arrosait la rangée de fleurs vivaces de la tombe. Mélanie se reposait, assise sur une dalle surélevée. Sans cesser de verser l'eau autour des pieds de violettes, Nathalie demanda sur le ton d'une conversation en cours :

— Gustave et l'institutrice, on va les marier ou pas ?

C'était bien dans la manière de la femme Evrard de jouer les naïves pour obtenir, par la surprise, une réponse significative. La manière qui fonctionnait avec les bavardes du village ne trompait pas Mélanie, discrète de nature et rendue taciturne par la rareté des conversations conjugales. Elle dit, comme une évidence :

— Gustave et son frère auront vingt ans le jour de l'été.

Elle écarta la question en suggérant que ses jumeaux étaient en âge de prendre femme et aussi de savoir ce qu'ils voulaient.

Nathalie revint à la charge sur le chemin du retour :

— J'ai demandé si vous alliez marier votre Gustave parce qu'il tourne beaucoup autour de la Marthe.

N'obtenant aucune réaction, elle ajouta un commentaire personnel :

— C'est une bonne fille. Elle apprend aux gamines comment on organise une maison et elle sait de quoi elle parle. Elle a des idées sur les économies que peut faire un ménage. Elle connaît des recettes qui changent de nos habitudes : le père Evrard boit du petit lait quand elle prépare une blanquette de veau. Votre Gustave aura bientôt un métier, maintenant qu'il travaille avec le nouveau menuisier. Ce n'est pas la même chose que les tonneaux mais, comme dit mon mari, du bois c'est toujours du bois. Et puis, même avec Julie et encore Léon à la maison, vous avez de quoi loger un ménage, au moins jusqu'à ce qu'ils agrandissent la famille.

Mélanie laissait dire, habituée aux tirades romancées de sa voisine, intarissable animatrice du petit couarail vespéral du Hameau. La femme du tonnelier reprit :

— Ce que j'en dis vaut aussi pour cette fille. Tout votre fils qu'il est, il faut qu'il la respecte, comme le bon Dieu le demande.

Elles approchaient de leurs maisons. Mélanie coupa court avec une plaisanterie :

— Quand on lui parlait comme ça de mes frères, ma

mère disait : « Je lâche mes coqs, garez vos poules ! » Je l'entends encore.

Nathalie Evrard, pour aller au bout de sa leçon, ajouta de loin :

— Un accident est si vite arrivé...

Chaque jour ou presque, Mélanie voyait Marthe et Gustave partir ensemble au travail. Le premier en route attendait l'autre. Ils s'embrassaient sur les deux joues en se retrouvant, comme on le fait habituellement en famille et entre amis. Au retour, le soir, leurs heures ne correspondaient pas souvent. Marthe, en passant, s'arrêtait chez les Muller. Elle aidait Julie dans ses devoirs, bavardait avec Léon jusqu'à l'arrivée de Gustave, qui la raccompagnait chez le tonnelier. Louis Evrard travaillait seul depuis le départ de son aide, recommandé par lui à Ernesto Paolini, le menuisier italien, un soldat de la brigade Garibaldi resté à Pompey à la fin de la guerre. En trois ans, les commandes de tonneaux avaient diminué de moitié, comme la production de vin et comme le nombre des vignerons locaux : ceux qui cultivaient encore leurs vignes se satisfaisaient de leurs anciennes cuves en sachant qu'avec un bon entretien elles dureraient autant que leurs vendanges. Le vieil Evrard suffisait seul au travail de l'atelier du Hameau :

— Les Pompéens d'aujourd'hui demandent des placards de rangement plutôt que des baquets. Quand j'ai commencé le métier je fabriquais, rien que pour le pays, cinq à six barattes par an. Maintenant, ces dames achètent leur beurre à l'épicerie.

Paolini était pour Gustave un patron différent. Alors qu'avec Louis Evrard le travail semblait une messe basse qui sacrifiait tout aux gestes et à l'application, le menuisier chantait sans jamais arrêter, modulant à voix basse quand il rabotait délicatement une pièce, explosant en bel canto au dernier assemblage de deux cornières ou quand, d'une main ferme, il enfonçait au marteau des tasseaux dans les encoches du bois épais. S'il ne chantait pas, il racontait les péripéties de sa vie, donnant le ton qui convenait aux épisodes agréables ou aux instants de gravité. Il revenait plus volontiers à la désolation de son village du sud grillé par le soleil, souvent privé d'eau, et à ses deux années de charpentier sur un voilier de Naples qui livrait du vin et des olives dans les ports d'Italie, d'Espagne et de France : « La liberté ! disait-il en savourant le mot : *libra*, comme l'air ! » Il tendait son outil en direction du chantier de l'usine qui était pour lui le contraire de sa vie d'indépendance.

L'usine en construction formait un assemblage cohérent de bâtiments métalliques, de cheminées et de portiques, une masse pesante et sombre qu'aéraient les quadrillages des échafaudages autour des travaux en cours. Les fonderies, comme disaient les vieux du pays, écrasaient de leur silhouette rigide la plaine basse du village. Elles dressaient un mur, en angle, à la sortie du pont de la Moselle. Elles déséquilibraient le paysage, encore verdoyant en montant vers la forêt de l'Avant-Garde mais brun et dentelé de créneaux de fer en s'étalant vers la berge de la rivière. Les jardiniers, en bordure de l'eau, et les pêcheurs avec plus de désagrément, subissaient le ronflement sourd de l'incessant bruit de fond et les vagues, soudaines et répétées, des martèlements des pics ou des déchargements de matériaux. A la colline venait l'écho plus régulier des charpentiers montant les derniers toits de la cité Sainte-Euchaire qui alignait ses maisons identiques sur le coteau des anciennes vignes au jus de raisin si noir.

Après celui des paysans et celui de la forteresse de fer de l'usine, c'était un troisième Pompey qui naissait, aux allures de faubourg de ville, sans espace entre les demeures, avec la même ligne des étages et, sur le devant des façades, des carrés de jardin pas plus grands que trois rangées de six pieds de tomates. Certaines vieilles maisons de la commune changeaient également, aménagées par leurs propriétaires pour la location d'un logement. Dans la grange qui avait servi au mariage de son fils, le maçon Colin construisait un appartement de trois pièces pour un jeune ménage. Mélanie, en accord avec ses fils, refusait de sacrifier ainsi la Bicoque aux outils qui pouvait donner une maisonnette indépendante. Léopold, décédé depuis dix-huit mois, continuait, dans des décisions de ce genre, d'influencer la vie familiale. Le mirabellier planté le jour de sa disparition en bordure de l'allée pavée dépassait de quelques feuilles ceux qu'avait ajoutés Léon au printemps suivant. Les arbustes, une dizaine de chaque côté, formaient une haie basse, régulière comme une tranchée de pépiniériste mais zébrée par les branches distordues.

Depuis le début de l'année, Léon travaillait à l'usine avec l'accord tacite de sa mère, peu surprise qu'il suive la voie montrée par ses deux frères. Mieux que les autres, il savait que le projet d'aciérie, si peu apprécié, comptait moins dans la mort de son père que l'arrogante occupation prussienne et le drame secret des fossés de la Muette. Il ne cultivait plus les vignes, arrachées et brûlées, remplacées par un potager de pommes de terre pour la famille, et de carottes pour les lapins. Mélanie limitait le poulailler aux besoins de la maison mais gardait ses clapiers. Elle ne vendait plus au marché, fournissant de temps en temps un mâle ou une femelle à une ancienne cliente qui passait commande. Elle continuait d'aller à l'herbe, deux fois par semaine, autour des chemins où, jeune mariée, elle accompagnait son cantonnier. Léon entretenait les jardins, nettoyait les cages. Ouvrier de l'équipe du matin, il disposait de ses après-midi pour les travaux de la maison que délaissait son frère Gustave.

Avant le début de la production, l'usine employait ses futurs métallurgistes comme manœuvres. Groupés par équipes selon leurs postes à venir, les hommes travaillaient sous la responsabilité d'un contremaître issu des autres aciéries de la famille Dupont à Ars-sur-Moselle. Pendant deux heures chaque jour, le chef, puisqu'on le désignait ainsi, assurait la formation au prochain travail devant des planches de dessins et des calicots représentant un four, une forge ou un établi, des outils. Léon, momentanément occupé à l'installation des écuries, découvrait la théorie d'une technique au nom étrange, le puddlage, que ses camarades appelaient déjà « les fours » : la transformation de la boule de fonte en une masse de fer. « Vous serez des boulangers, disait le chef. Vous retirerez le pain chaud du four. Mettez-vous dans la tête, dès maintenant, que c'est vous qui risquez de vous brûler les miches. » Les anciens d'Ars-sur-Moselle utilisaient ainsi, avec une certaine crânerie, des mots nouveaux que les autres reprenaient volontiers pour marquer la trace de leur changement de vie. Ce vocabulaire mélangeait des termes en usage dans les usines naissantes et des expressions un peu argotiques amenées par les démobilisés de la Garde nationale et d'autres régiments.

Julie tenait les comptes de la famille Muller, compliqués par les trois salaires des fils. Alphonse vivait à part. Il confiait une partie de sa paye à sa mère pour qu'elle la garde, de semaine en semaine. Parfois, au cours de visites plus espacées, il demandait son pécule caché au fond d'une armoire de chambre dans un sac de toile blanche fermé par un cordon de laine bleu marine. La tirelire de chaque fils avait une couleur différente, jaune pour Gustave, rouge pour Léon. Julie, qui récoltait des pièces plutôt que des billets, utilisait une boîte en bois verni fabriquée par Gustave, fermée par une petite serrure : elle gardait la minuscule clé accrochée à un ruban tressé autour de son cou. Les jumeaux, pris en charge par Mélanie, versaient une participation, plutôt symbolique, conseillée par Marthe, aux frais de la maison. La pension de Léopold, réglée tous les trois mois, suffisait aux achats habituels de la vie familiale. Les garçons payaient eux-mêmes leurs vêtements, qui coûtaient davantage pour le travail que pour la sortie. Julie, sur une feuille gardée dans le sac de chacun, notait les dépenses, tenant sa promesse de conserver pour elle ce qu'elle écrivait sous le contrôle de Marthe.

L'institutrice aidait beaucoup Mélanie, dont la vie changeait autant que celle de ses enfants. Le travail de la journée ne dépendait plus de la place du soleil dans le ciel ou de la clarté du jour, mais de l'horloge dressée entre deux fenêtres dans la cuisine. Sans comprendre les chiffres romains et leurs barres dorées, Mélanie lisait l'heure grâce aux conseils de Julie. Pour bien montrer le soin qu'elle apportait à respecter les horaires de tous, la mère se réservait le soin de tirer la chaînette de la pendule pour remonter le poids arrondi et craquelé comme une pomme de pin. Elle considérait le travail de ses fils avec le respect du devoir à accomplir sans retard et sans réticence, à la façon des paysans et des vignerons soumis aux obligations de la nature et des saisons. Léopold avait donné l'exemple avec ses outils nettoyés dès son retour à la maison, avec son programme précis d'entretien des chemins de la commune ou de bouturage des ceps de vigne. Dans la journée où elle les récupérait, Mélanie lavait et repassait le pantalon ou la chemise de Gustave et de Léon, qui les retrouvaient le soir même frais et pliés sur la commode de leur chambre commune. Dès six heures, la table du souper, qu'on mettait à la hâte autrefois juste avant d'apporter la marmite, était dressée pour que les travailleurs n'attendent pas. Mélanie ne se couchait pas sans préparer du petit bois pour l'allumage matinal de la cuisinière, avec le café moulu dans le filtre de la cafetière et, à côté, la casserole d'eau prête à chauffer, deux bols et deux couteaux sur la table avec le beurre sous sa cloche de grès.

Le premier paquet de café entré dans la maison fut un cadeau d'Alphonse, qui apportait volontiers des nouveautés de l'épicerie coopérative des cheminots. Il offrit avec le paquet de grains à l'odeur tenace le moulin en bois pour moudre. Ce fut un jeu, dès le début, de tourner la manivelle et de la forcer en appuyant sur le manche quand le trop-plein de l'engrenage bloquait le mouvement. L'approvisionnement de l'aîné fut remplacé par le passage hebdomadaire d'un vendeur ambulant qui tournait régulièrement dans les rues nouvelles de Pompey et dans les écarts comme le Hameau. Il criait de loin : « Missié Kawoua, missié Kawoua ! »

Il apparaissait devant l'allée pavée, le visage noirci au charbon de bois, le crâne couvert d'un chèche de zouave délavé, tirant sa caissette à roulettes décorée d'une grande cafetière découpée dans du contre-plaqué et peinte en rouge. Il avançait, tendant un sachet de papier brun et répétant, plus bas, « missié Kawoua, missié Kawoua ! ».

Le dernier jour de juillet, il arriva, un drapeau tricolore fiché entre les paquets de café de sa petite charrette, les bras levés, lançant joyeusement :

— Ils partent, ils partent !

Peint à l'eau, un masque bleu, blanc et rouge que coupaient les traces de sueur remplaçait son maquillage de négrillon. Son message confirmait la rumeur de l'évacuation des Prussiens, annoncée par des passages de convois, à travers la commune, en direction de Metz, depuis une dizaine de jours.

Au chantier des fonderies, certains, qui lisaient un journal, disaient que les troupes de Bismarck quittaient toutes les régions occupées, gardant comme une de leurs terres l'Alsace et une partie de la Lorraine abandonnées à la signature du traité de paix. L'amertume des ouvriers et des cadres mosellans partis de chez eux tempérait l'enthousiasme des autres.

Pendant deux ou trois jours, Pompey connut une atmosphère proche de celle des premiers jours du mois d'août 1870, trois ans plus tôt, presque date pour date. La population abandonnait avec un immédiat soulagement l'appréhension angoissée qui accompagnait l'arrêt, dans la rue de Nancy, d'une patrouille de uhlans, ou l'approche d'une carriole de l'intendance à la bâche verdâtre, le véhicule habituel des réquisitions et des confiscations. Par prudence, les parents recommandèrent aux enfants de ne pas traîner dehors. Les adultes, au passage des cavaliers ou des colonnes de fantassins, manifestèrent une indifférence narquoise plutôt que de l'arrogance.

Par les ingénieurs qui venaient chaque jour de Nancy, on apprit que l'arrière-garde de la garnison du général Manteuffel défilerait bientôt jusqu'à Pont-à-Mousson et à la frontière nouvelle entre la France et le Reichsland. A la demande de Léon, Mélanie et Marthe confectionnèrent le soir une oriflamme tricolore, étroite mais longue de près de trois mètres. Avant l'heure de la prise de travail le lendemain matin, un peu après cinq heures, Léon Muller, le drapeau enroulé autour de sa taille et serré par une cordelette, entreprit l'escalade de l'étroite échelle de fer grimpant au faîte de la plus haute cheminée achevée sur le chantier. Il répétait les gestes des maçons souvent observés dans leur ascension. Comme eux il marquait un temps d'arrêt à des espaces réguliers pour reprendre son souffle et assurer sa position sur les courts échelons. Il en profitait, insensible au vertige, pour observer en dessous de lui les constructions de l'aciérie colorées par la lueur rasante de l'aube et, devant, la coulée de la Moselle entre les prés.

Arrivé sur l'étroite plate-forme qui cerclait le manchon de la cheminée, il jeta un regard vers l'arrière. Il était à la hauteur du Hameau enserré dans la verdure, difficilement repérable dans le détail. Il déroula l'oriflamme. Il noua la corde à une barre de fer avant de lâcher dans le vide le bas de la toile tricolore. A chaque étape de sa descente, il apprécia un peu plus l'effet de son spectaculaire symbole ondulant sur les briques, les couleurs éclairées par les premiers rayons du soleil.

Quand Léon mit pied au sol, une main se posa sur son épaule :

— Tu es fier de toi? demanda son contremaître.

Léon sourit :

— Ça fait plaisir, non?

Il subit plus tard les reproches d'un supérieur choqué par l'indiscipline de son escalade. L'effet de son initiative sur le personnel de l'usine et sur les habitants fut tel dans la matinée que la menace de sanction tourna court. Pendant l'imposant passage du dernier contingent prussien avec sa musique triomphante, tous ceux qui étaient dehors montraient du bras le drapeau flottant à la crête de la cheminée. Il traînait encore quelques hussards à casque à pointe que des fenêtres de la rue principale se colorèrent aussi des trois couleurs tandis que les cloches de l'église sonnaient allégrement. Avant midi, une patrouille de gendarmes à cheval précédée d'un fanion français traversa Pompey à son tour, acclamée en vainqueurs, suivie par des enfants qui jouaient du tambour sur des boîtes en fer ou en carton et tournaient les crécelles pour une fois utilisées en dehors du temps de Pâques. On sentait la fête présente dans les esprits, dans une ambiance différente des réjouissances habituelles de la commune, les villageois pour la première fois mêlés à la nouvelle population. Les sirènes de l'usine sifflèrent à leur tour, indiquant que le reste de la journée serait chômé. A cause de ce geste et du symbole audacieusement perché par Léon, l'aciérie naissante s'imposait soudain, à l'aube d'un temps nouveau, comme le centre de la vie locale, repoussant vers les collines et les villages voisins le passé de petite agriculture et de travaux artisanaux.

L'animation se prolongea dans la soirée, entretenue devant chez Carcel par les habitués de la brasserie. La chaussée de la rue de Nancy devint place publique. Les instrumentistes des feux de la Saint-Jean et du défilé de Saint-Nicolas jouaient des danses et des rondes. Carcel et ceux qui l'aidaient tiraient la bière et le vin des barriques placées sur des tables sorties du café. La femme Carcel taillait des tartines dans des boules de pain qu'elle proposait, payées comptant, avec du jambon ou du saucisson. Des cris et des chants accompagnaient les coups de feu tirés par les fusils de chasse sortis de leur cachette et les explosions des poudres allumées par des carriers et des mineurs.

L'écho de ce tumulte étalé dans la vallée montait vers les flancs des collines. Au Hameau, ce grand jour devenu un joyeux soir rassemblait les trois familles pour la première fois depuis le lointain mariage du fils Colin. Les femmes avaient improvisé un souper. Sur l'herbe, devant la maison des Evrard, la charcuterie, des salades de haricots cueillis le matin, de tomates et de concombres composaient ce pique-nique vespéral qu'éclairait un feu de bûches et de branches mortes. Colin sortit des bouteilles de son pinot 1867, caché aux Prussiens dans un vieux four à pain et qui avait pris de l'âge et du corps. Mélanie fournit des tartes aux raisins de vigne, hâtivement cuites avec les fruits acidulés qui survivaient, autour des ceps abandonnés, aux récoltes juteuses des bonnes années.

Sans s'attendre à pareille réception, Alphonse avait rejoint sa famille.

— Je viens partager avec vous une pensée pour le père, dit-il à Léon en arrivant accompagné d'une jeune femme blonde : Marie, ma promise.

La surprise fut totale. Prises au dépourvu, Mélanie et ses voisines murmurèrent un « bonsoir mademoiselle » plutôt sec quand Alphonse entreprit un tour de présentation. Les deux hommes, Evrard et Colin, montrèrent plus de chaleur, répétant l'un après l'autre « bonjour ma fille ». Marthe resta auprès de Marie quand Mélanie s'écarta du groupe avec Alphonse, qui l'entraînait en la tenant par le bras d'une façon protectrice. La mère et le fils marchèrent à l'écart du feu, particulièrement observés par Nathalie Evrard, sidérée, et par la blonde Marie, perplexe. Mélanie parlait peu, s'arrêtant derrière les flammes et la fumée pour écouter son aîné. En l'embrassant à la fin des explications, elle manifesta, sinon son approbation, son consentement. Le ton changea aussitôt avec la nouvelle venue, que chaque femme prit dans ses bras pour une accolade de bienvenue.

La soirée patriotique, dans la pénombre grandissante, devint un impromptu de fiançailles. Léon quitta un instant le groupe et revint avec la carafe de mirabelle jamais sortie de son armoire depuis la mort de Léopold Muller. Nathalie Evrard apporta de petits verres à pied pour les hommes, et pour les femmes, des godets en étain à peine plus grands que des dés à coudre. Au moment de boire, Colin, coupant court à l'émotion et à l'embarras, dit :

— Encore un coup que les Prussiens n'auront pas.

Dans le creux de Pompey claquèrent, dans le halo de lumière cerclant le café Carcel, des coups de fusil qui fêtaient en victoire le dernier avatar d'un désastre.

Marie répondit sans réticence à la curiosité générale. Elle avait vingt-deux ans. « Comme moi quand je me suis mariée », remarqua Nathalie Evrard qui pensait déjà à la noce. Elle était parisienne, installée chez la sœur de sa mère à Frouard depuis le début du siège de Paris.

— Elle n'a plus de nouvelles de ses parents depuis, précisa Alphonse. La demande qu'elle a faite à la mairie de son arrondissement est revenue avec la simple mention *déportés* à l'encre rouge.

Il dit également que Marie travaillait comme vendeuse à l'économat de la Compagnie, où il l'avait rencontrée.

— A la fin de l'année, après notre mariage, nous quitterons le coin. Grâce à mon examen réussi, je prends le poste de sous-chef de gare à Vézelise, de l'autre côté de Nancy, avec un logement sur place. On vous invitera pour pendre la crémaillère à la foire de la Saint-Vincent, à la fin janvier.

Personne ne songeait à abréger cet instant de sérénité. Par moments s'imposait un silence prolongé que griffait le craquement des braises autour des bûches consumées. Dans le ciel noir, au loin, au-dessus du relief sombre des bois, passait une des dernières étoiles filantes de l'été. Plus proche, le chuintement d'une chouette précédait le claquement rageur des ailes du rapace dérangé dans ses habitudes nocturnes. Louis Evrard apporta un panier de châtaignes qu'il éparpilla au bord du feu pour les cuire.

— Les châtaigniers, dit-il, ont été les premiers à quitter le pays. Quand j'étais apprenti, je taillais les manches des outils dans le bois des châtaigniers des ruines de l'Avant-Garde. Le champignon a rongé les racines et donné à la sève une noirceur de sang d'encre. Il ne reste qu'un arbre en bonne santé et voici ses derniers fruits.

Un peu à l'écart des autres, Marie, à son tour, questionnait Marthe sur les gens du Hameau et, discrètement, sur Mélanie et Léon. Elle demanda soudain :

— Où est Gustave, l'autre frère?

Marthe répondit évasivement, mais, comme sa nouvelle amie revenait avec insistance sur son étonnement, elle ouvrit son cœur, soulagée de partager enfin une confidence qui lui pesait :

— Tu le verras à l'occasion. Nous étions bons amis, même un peu plus. Il ne me parlait pas de mariage mais insistait, de plus en plus, pour que nous fassions tout comme. Il me boude parce que j'ai refusé. Il me nargue avec les serveuses de Carcel, le café du bas, des roulures. Je me dis que ça m'est égal et en même temps ça me tracasse.

Confidence pour confidence, Marie glissa en baissant la voix :

— Alphonse et moi, nous sommes en ménage.

Quand les dernières châtaignes furent croquées, alors que tintait minuit au clocher de l'église, les fiancés respectèrent les convenances : Alphonse rejoignit le toit familial, Marie partagea l'hébergement de Marthe chez les Evrard. Les deux jeunes femmes parlèrent longtemps encore. Chez les Muller, Gustave ne rentra pas de la nuit.

Souvent, quand il descendait du Hameau vers l'usine, Léon pensait à son père. Il s'arrêtait en chemin pour observer la vallée avant que les toits des maisons ne limitent sa vue. L'aciérie formait désormais un ensemble cohérent de masses allongées et de bâtiments élevés dont les hautes vitres des façades brillaient dans le jour naissant. Par beau temps, dans le premier éclat du soleil, les murs prenaient des couleurs pastel, un peu rosées, un peu ocre. Léon trouvait alors que l'imposant ensemble, en se faisant discret, s'intégrait à la large coulée de la rivière et de sa bordure de prés, écrasant sa masse sur le sol pour respecter à l'arrière la perspective verte des cimes boisées des collines. Quand le ciel s'assombrissait, la structure marquée par la grisaille et par les flancs noirs de ses ateliers massifs semblait une barrière brune qui limitait l'horizon à ses murs d'enceinte proches de la Moselle. Lourdement, sous le mauvais ciel, les fumées des fours à l'essai traçaient des colonnes denses au sommet des cheminées avant de s'intégrer, allégées, en une ouate poussiéreuse, au contour menaçant des nuages bas. C'était bien le spectacle de la fin du village annoncée par Léopold. Le mot lui-même ne convenait plus : comme on utilise pour désigner quelqu'un son patronyme plutôt que son prénom, les ouvriers, entre eux, parlaient de « Pompey », sèchement trouvait Léon. S'il s'agissait du fonctionnement public, ils disaient « la commune »; les gens des bureaux, déjà, préféraient « la ville ».

Au lendemain du départ des Prussiens, le rythme du travail changea sur le chantier finissant. La direction espérait la première coulée pour le début de l'automne, dans un peu plus d'un mois, afin de manifester rapidement sa présence sur le marché industriel libéré, lui aussi, des contraintes imposées par l'occupation ennemie. Avant de prendre son poste, Léon, comme ses camarades, découvrit le communiqué placardé sur les murs des principaux lieux de passage de l'usine, le pointage, les vestiaires, les cabanes qui servaient de cantines avec des poêles ronds pour réchauffer les gamelles. Le texte appelait en quelques lignes à un effort collectif pour réussir le « lancement de ce vaisseau prêt à prendre la mer ». Messieurs Dupont et Fould garantissaient aux personnels, « et à leurs familles », leur compétence et leur fermeté pour diriger le navire. Restant dans l'inspiration maritime malgré la sécheresse du ton, la note consacrait l'essentiel à un mode de conduite qui tenait lieu à la fois d'avertissement et de règlement pour le respect des horaires de travail, l'obéissance, les conditions des absences, l'interdiction des discussions politiques ou religieuses et des rassemblements de plus de quatre personnes dans l'enceinte de l'usine. Les ouvriers qui ne savaient pas lire apprirent la teneur du propos par le résumé de leurs camarades. Tous acceptaient sans la moindre réticence la règle sacrée de l'obéissance silencieuse apprise, durement parfois, à la maison, à l'école, au catéchisme, à l'armée pour certains, dans des ateliers pour d'autres.

Dans la matinée, aux instants de pause, les conversations portèrent plutôt sur les échos, rapportés par des voituriers, de la fête menée une grande partie de la nuit à Nancy pour saluer le départ des Prussiens, un charivari sans précédent avec des bals et des cavalcades improvisés sur les places, des feux de Bengale et des fusées d'artifice dans les allées de la Pépinière couvertes de marrons et des premières feuilles mortes. On parlait également de l'escalade de Léon, en admirant son cran à braver la stricte discipline de l'usine plus que sa capacité à maîtriser le vertige. Le drapeau pendait fièrement à la cime de la cheminée. Son contremaître, qui avait été appelé dans les bureaux, demanda au patriote provocateur de décrocher son oriflamme sans attendre l'occasion d'un travail de maçonnerie ou de ramonage : « Tout doit rentrer dans l'ordre. »

Léon entreprit sa seconde montée à l'heure du repas, observé par les ouvriers assis sur des matériaux, des tas de terre ou de sable, pour manger leur frichti ou leur quignon de pain frotté d'une gousse d'ail. Il regardait vers le haut et devant lui plutôt que vers le bas, reprenant l'indépendance de son initiative comme il se préparait à récupérer sa banderole tricolore. Les muscles des cuisses durcis par l'ascension de la veille, il passait plus lentement d'un échelon à l'autre, tirant davantage sur les bras avant de lever le pied, prenant le temps de profiter du panorama exceptionnel de la Moselle aplatie comme un chemin de campagne et du canal voisin réduit à une rigole rectiligne. Sur la couronne du sommet, il marqua une pause pour se reposer. Le vent agitait légèrement la chute du drapeau. Il semblait à Léon que la cheminée elle-même bougeait d'une façon imperceptible, sensation qu'il mit au compte de sa fatigue et de l'éblouissement produit par le ciel lumineux. Aucun bruit ne montait du sol sauf le martèlement sourd de chaudières qu'accompagnait le chuintement de leurs fumées blanchâtres.

Redescendant avec le drapeau serré autour de sa ceinture, Léon ne regardait pas davantage vers le bas qu'à la montée. Comme il posait le pied à terre, ses camarades les plus proches applaudirent, entraînant dans l'ovation ceux qui observaient dans les allées plus lointaines. En agitant au-dessus de la tête la toile bleu-blanc-rouge, le fils Muller détourna l'hommage vers le véritable événement, la libération du territoire comptant autrement à ses yeux que son acrobatique entreprise. Il roula le drapeau, récupéra sa musette derrière un tas de briques. Il lui restait dix minutes pour manger.

Assis sur des parpaings, il regardait la cheminée et son échelle qui, à son tour, comme les choses observées de là-haut, se rapetissait en s'élevant :

— On peut dire que tu n'as pas le vertige. Tu as servi dans la marine ?

Léon ne connaissait pas l'homme planté devant lui qui, sans attendre de réponse, ajoutait :

— Je m'appelle Krier. Je travaille aux péniches, à l'arrivée du minerai.

— Tu veux la moitié de ma tartelette ? Des raisins de vigne.

L'homme était grand et mince, son corps flottait dans le pantalon et la vareuse. Il dit :

— Tu n'as pas le vertige mais tu ne manques pas de courage. Tu pourrais nous aider, mes camarades et moi.

Krier était Messin, parti de sa ville à l'annonce de l'annexion :

— Je suis deux fois Français, en quelque sorte, de naissance et par choix. Le problème n'est pas là. Je suis célibataire, et ici ce n'est pas très bien vu. Pour le patron, le célibataire n'est pas une valeur sûre : il peut lever le pied, librement, partir, déserter s'il le veut. Pour les hommes mariés et les promis, il est un rival en puissance. Pour le curé, il sent le soufre et le péché, l'adultère, la débauche, le jeu de cartes, l'alcool. Dans l'usine, nous sommes trente-huit célibataires, de tous âges, rejetés à l'écart, comme des lépreux, dans un baraquement entre le port des marchandises et la rivière, en quarantaine, au large. L'abreuvoir des chevaux de halage donne l'eau pour la soupe et la toilette. Un fourneau de fonte abandonné par l'armée sert de cuisinière pour ceux qui veulent manger chaud. Les paillasses des châlits puent comme les litières de ferme. Surtout, il y a les rats. Comme les patrons, les curés et les maris cocus, ils bouffent du célibataire. Personne ne veut le savoir. Ceux d'entre nous qui ont protesté ont été renvoyés. Le communiqué, là, sur les murs, dit que la barre du bateau est bien tenue : les rats ne quittent pas le navire.

Léon écoutait la colère froide de cet homme. Elle lui révélait que si la vie changeait pour les vieux Pompéens, c'était au moins à domicile, dans une adaptation amère mais avec le maintien des habitudes, sans l'angoisse de l'inconnu et de l'imprévisible que connaissaient les familles transplantées ou, pis encore, les hommes seuls comme ce grand Krier. Il demanda :

— Que veux tu que je fasse?

Krier, encouragé par l'audace du drapeau accroché au sommet de la cheminée, attendait de Léon une intervention auprès des bureaux, le bastion de l'autorité patronale et sa vigilante tour de garde.

— Je serai viré, moi aussi.

— On t'écoutera. (Krier montra la cheminée :) A cause de cela, toute l'usine connaît Léon Muller. Ta parole comptera plus que celles de trente-huit pestiférés de célibataires aux bras marqués par la vermine et les morsures. On t'accordera les pièges, les produits et les chasseurs de rats qu'on nous refuse.

La sirène sonnait la fin du repos. Au changement de poste, comme convenu entre eux, Krier attendait Léon pour le conduire au baraquement. L'état des lieux correspondait à la description, appesanti par l'odeur rance de la misérable promiscuité. Léon, entre ces murs de planches usées par le temps, pensait au délabrement des carrioles des romanichels pauvres et pourchassés qui campaient parfois sur le chemin au-dessus du Hameau. Dehors, dans les cuvettes de pierres et de gravats laissées par les terrassiers du chantier, grouillaient des rats sortis de leur somnolence par le jet d'un pavé dans leur cloaque :

— Ils attendent la nuit pour grimper vers nos châlits. Le rat ne trouve pas le célibataire endurci.

— Je parlerai des risques de maladie et de contagion, promit Léon. La peur d'une épidémie quand arriveront les commandes amènera une solution. Sois patient, et tes camarades également.

Attardé par sa visite au pitoyable logis du grand Krier, Léon, sur le chemin du Hameau, traînait le pas pour réfléchir au problème posé. En annonçant son aide, il montrait qu'il ne fuirait pas la confiance mise en lui. Il se souvenait que son père ne fermait jamais la porte quand un inconnu, le soir, demandait asile. Les villageois de Pompey étaient chez eux, ils devaient aider ces gens de passage qu'étaient les nouveaux venus. Il était plus facile, pourtant, de partager avec le voyageur la soupe du dîner que de mêler son grain de sel à l'organisation de l'accueil chez le voisin. Marchant en poussant du pied des petits cailloux sur la terre battue, Léon pensait qu'il appuierait sa démarche en faveur des célibataires sur la solidarité collective de la commune. Dans le virage du chemin avant la maison, il vit Gustave, assis sur l'herbe du talus :

— Tu n'es pas au travail chez ton menuisier?

— J'attends Marthe, à la sortie de l'école.

Ils n'en dirent pas plus. Un peu plus tard, comme Léon retournait la terre au pied des mirabelliers de l'allée, les deux jeunes gens passèrent sur le chemin. Ils marchaient lentement, écartés l'un de l'autre. Gustave portait sur l'épaule sa sacoche d'outils, Marthe, à la main, son sac de livres et de cahiers. Chacun leur tour, ils parlaient longuement, arrêtant un instant leur promenade, repartant en sens inverse avant d'arriver à la hauteur de la maison Evrard. Parfois, Gustave haussait le ton, agitait la main. Elle se plantait devant lui, les bras croisés, sans baisser le regard. La discussion durait; Léon, pour ne pas gêner, renonça à son éclaircissement des troncs d'arbres fruitiers. Il rentra dans la Bicoque où le rangement ne manquait jamais. Assise devant la table qui servait de plan de travail pour préparer les légumes ou les fruits, plumer une volaille, Mélanie décortiquait des gratte-cul pour une dernière cuisson de confitures. Elle dit :

— Avec le laisser-aller des vignes, les églantiers envahissent les buissons.

Léon prit une poignée de boules orange qu'il reversa dans le panier comme des galets. Il sortit de sa musette le drapeau de la cheminée et le posa en double pan sur la haute poutre. Mélanie demanda :

— Tu as vu ton frère Gustave?

— Il discute sur le chemin avec Marthe. Ça n'a pas l'air d'aller fort.

Avec un canif, la mère ébarbait les cynorhodons, coupant la cosse en deux pour dégager le duvet pulpeux qui tenait lieu de noyau :

— Paolini lui a donné son compte !

Mélanie attendait un commentaire qui ne vint pas. Sans relâcher l'attention dans sa délicate sélection, elle résuma ce qu'elle savait par le bref récit de Gustave et les informations plus denses de Nathalie Evrard. Depuis quelque temps, l'apprenti menuisier s'était entiché d'une serveuse de Carcel, une blonde polonaise, « ou pas plus polonaise que moi », qu'on appelait Maritza. Il sortait à tout propos de l'atelier de Paolini pour passer devant le café, entrer à l'occasion quand il n'apercevait pas la donzelle. Occupé à ses pensées, il négligeait son travail, le bâclait pour arrêter plus tôt sa journée.

— Hier soir pendant la fête, la belle Maritza a changé de cavalier. Au menuisier mal dégourdi elle a préféré pour danser un gendarme en uniforme, de ceux qui arrivent au pays. Pas une gigue ou une capucine, pas un regard pour Gustave. Il a bu. Les autres l'ont poussé. Il a giflé la Maritza et cogné le rival qui a perdu deux dents.

Mélanie ne poursuivait pas l'affinage des gratte-cul. Louis, éberlué, l'écoutait, assis à califourchon sur un tonnelet :

— Ils ont continué la bagarre ?

— Carcel, pour ne pas avoir d'histoire, a fait chercher les autres gendarmes qui ont cogné Gustave, l'ont jeté endormi et à moitié assommé sur la paille de l'écurie.

Léon devinait la suite, l'absence à la menuiserie dans la matinée, la prudence de Paolini qui préférait sa *liberta* à la *curiosita* de la maréchaussée. Mélanie, pensive au-dessus de son tas de fruits orangés, dit :

— Votre pauvre père !

Gustave entra, théâtral :

— Le père ! Je fais comme lui, je pars. Puisque les filles veulent l'uniforme, elles l'auront : demain je serai zouave ou spahi, ou marin avec des chevrons dorés sur le haut de mes manches. Je sentirai le sable du désert ou le sel de la mer, pas la sciure ou la gélatine de la colle.

Il brassait l'air d'un bras rageur.

Mélanie risqua :

— Et Marthe ?

Gustave jeta au sol sa sacoche d'outils :

— Celle-là, je ne la regretterai pas : de la fausse pudibonderie et de la vraie jalousie mélangées. Elle finira vieille fille ou bonne de curé.

Léon attendait que passe la colère rentrée. Il savait la faiblesse de son frère, mal armé pour se conduire seul, sans tuteur. Un Paolini ne suffisait pas à le maîtriser. Il ne l'imaginait pas non plus lancé dans la masse de l'usine entre la hargne des forts en gueule et les brimades des qui-de-droit. L'engagement était une bonne solution. En guise d'acquiescement, Léon prenait sagement le parti du fait accompli :

— Zouave ou marin, tu verras du pays. Tu nous enverras des cartes postales de chameaux devant des pyramides ou de petits nègres sur les cocotiers.

Cette sorte d'approbation convenait à Gustave :

— Tu garderas mes outils, on ne sait jamais.

Mélanie ramassait les déchets de ses fruits d'églantier sans oser lever le regard vers l'un ou l'autre de ses jumeaux. Elle coupa soudain le silence :

— Tu partiras quand ?

— Le plus vite possible.

Léon débouchait une bouteille de gris que Léopold gardait depuis l'année de leur naissance :

— On l'aura pour le souper. Ça m'embêterait de la boire seul, si par malheur tu ne revenais pas.

Mélanie se signa.

A l'usine, la tension montait de jour en jour. Le chantier ne comptait plus. Toute l'attention allait vers les fours mis à l'essai par des ingénieurs et des contremaîtres devant les ouvriers alignés comme des soldats à l'exercice. Les premières flammes jaillissaient dans le large trou des portes, ronflant sourdement à tout appel d'air. A trois mètres et plus, la chaleur écrasait les visages d'une masse pesante et persistante. Avec son équipe, Léon découvrait le puddlage, un atelier en forme de croix comme une église. Vers le fond, contre le mur sans apprêt, s'alignaient une vingtaine de fours, en batterie autour du pilon qui tenait lieu d'autel avant la longue travée des trains de table pour les barres et les blocs de fer issus de la fusion. Deux par deux, les débutants apprenaient d'un ancien de la fonderie d'Ars les gestes du chargement de la fonte et de son mélange avec les scories. Léon découvrait le maniement du ringard, un long crochet qui, par le brassage, empêchait les grains de fer de s'amalgamer comme des grumeaux dans un potage. Jamais, même dans les ardents foyers de friches et de mauvaises herbes, il n'avait autant ressenti la force du feu. Celui-ci imposait une présence quasi humaine. Sa lumineuse clarté obligeait à détourner les yeux. Son souffle lourd entraînait une inconsciente résistance, comme face à un grand vent, pour ne pas reculer. De la fournaise sortait un invisible nuage qui enveloppait l'allée des fours dans une oppressante bulle, régénérée en permanence à sa source par les coups des tisonniers.

Cette mise en place amenait une vague nouvelle de manœuvres destinés à des travaux de manutention et d'appoint. Léon n'était pas surpris de voir des enfants parmi eux. Était-il plus pénible de pousser à plusieurs un wagonnet de coke ou de minerai que de porter seul, à la maison, un seau de lait, ou, pendant des heures, des bûches à entasser pour l'hiver? Dès l'âge de six ou sept ans, les garçons prenaient le pli du travail, rudement motivés par les parents qui geignaient sans cesse sur leur misère et sur leur fatigue, servant la même chanson aux filles envoyées à la fontaine, au lavoir, à la garde des bêtes ou à l'entretien du ménage des grands-parents. A l'usine, les gamins ne pipaient pas, surveillés de près par des agents de conduite qui ne leur passaient rien, ouvriers handicapés par une blessure, volontiers injustes comme ils estimaient que le sort l'avait été à leur endroit. Personne ne protestait dans les rangs, dans la crainte suprême de la mise à pied ou de la retenue sur la paye, punitions patronales aggravées à la maison par la colère du père et les larmes de la mère. Les adultes eux-mêmes subissaient leur sort et ses abus sans manifester de dépit par un mot, un geste ou un regard ; l'usine profitait de la sévère éducation reçue, qui, d'une manière bornée, enseignait à faire le gros dos ou la sourde oreille, hypocritement parfois et au détriment d'un autre.

Léon comprenait cela. Décidé à aider les célibataires du dortoir à rats, il ne souhaitait pas transgresser, à ses risques et périls, ces règles du jeu. Son idée de placer l'affaire sur le plan communal plutôt que dans les seules limites de la fonderie lui semblait astucieuse. Les maîtres de forges et leurs dirigeants dosaient leur puissance naissante pour gagner la sympathie des Pompéens d'origine, « les paysans » disaient-ils. A propos de la cité ouvrière des anciennes vignes des Écrivains, du lotissement du terrain en bordure de la Moselle ou des premiers allumages des fourneaux, on répétait que les directeurs, imitant messieurs Dupont et Fould eux-mêmes, demandaient volontiers : « Qu'en pensent les paysans ? »

A l'inverse, le maire et ses adjoints, conscients de l'inégalité des forces, ne prenaient aucune décision sans connaître l'avis de l'usine, ou plutôt de « ces messieurs ». Dans sa démarche, Léon possédait un atout en connaissant l'important Suaire, qui achetait les terrains pour construire les quartiers. Avec audace, il l'aborda un matin comme il traversait seul le terre-plein devant les bureaux :

— Muller, dit le personnage, je me souviens de vous. De votre père, également.

Léon parla des rats, des craintes des parents de l'école, des risques de maladie. Un rendez-vous sur place fut fixé au lendemain. Le maire, Marthe l'institutrice, accompagnaient Léon pour conforter ses dires et les inquiétudes de la population habituée aux souris des maisons et des granges, mais pas aux colonies de gros rongeurs. Autour des dortoirs désertés, les jets de pierres de Léon et du maire, pris au jeu, révélaient le grouillement des bêtes paniquées. Suaire dictait des notes à un secrétaire habillé en noir comme un curé, le cou tendu dans la rigidité de son col cassé.

Le grand Krier apporta les nouvelles à Léon dans la semaine qui suivit : les célibataires déménageaient. Suaire les installait dans un ancien casernement dédié à l'usine par l'armée, un bâtiment sans étage avec un alignement de chambrées de quatre lits, une cuisine, un réfectoire et une cour en bordure de la rivière, près du pont. Sitôt le transfert effectué, se ferait le nettoyage des trous à rats à la chaux vive et leur comblement, l'élimination par le feu des sordides baraques du port des péniches. A leur premier dîner dans leur cité, les célibataires invitèrent Léon. Le corps de garde de l'ancien poste militaire servait de logement à un couple belge. La femme préparait les repas, l'homme assurait l'entretien et tenait lieu de concierge. Il fut bientôt surnommé « la Chiourme ».

La répétition des allumages des fours et des essais amena presque banalement le début de la production. Les barres et les pièces quittaient les ateliers comme avant, mais le rythme du travail n'était plus le même. La fonte ne supportait pas le moindre répit entre son arrivée sur la sole des puddleurs et son départ, encore incandescente, entre les crocs d'une grosse tenaille. Léon, habitué à l'activité solitaire du paysan, découvrait l'ouvrage collectif. Des gestes des uns et des autres dépendaient l'efficacité de la production, la sécurité à proximité du feu ou des brûlants produits. On sentait parfois la tenace odeur des poils roussis d'un bras trop longtemps resté accroché au ringard au-dessus des braises. L'atelier vivait sa vie nouvelle dans le bruit des outils et le ronflement des flammes, dans une poussière alourdie par les gaz des foyers, avec parfois des pluies d'étincelles que les hommes sentaient à peine sur leurs dos nus perlés de sueur. La journée semblait longue avec ses douze heures d'affilée que coupaient deux arrêts casse-croûte. Léon mangeait sur place la gamelle préparée par sa mère, vite réchauffée au bout d'un tisonnier. Certains sortaient de l'usine pour avaler leurs tartines ou leur gâteau de riz à la table d'un des deux cafés ouverts dans la rue de Nancy, en face de l'usine. Autour d'un litre de vin rouge, ils restaient en équipe, comme au travail.

Cette fois Léon, à l'heure de la pause, rejoignit son frère à l'ancien estaminet de « la Gueule d'Enfer » mis au goût du jour. Gustave l'attendait, debout devant le comptoir :

— Je t'ai appelé car je pars dans une heure.

Ils n'avaient pas grand-chose à se dire. Gustave détailla ce qu'il emportait dans son sac pendant que son jumeau demandait à la serveuse une tranche de pain et du jambon que le patron découpait sur une tablette entre les bouteilles et les verres.

— Pourquoi tu n'as pas choisi la marine plutôt, tu aurais vu du pays.

— Pour les bateaux, ils préfèrent des pêcheurs. En incorporant des paysans chez les zouaves, l'armée espère que l'engagement fini, certains s'installeront comme colons en Cochinchine ou en Algérie.

Gustave prenait à Marseille le bateau pour Oran. En quittant son frère sur la chaussée, il leva la main vers la masse noire de l'usine et son nuage de fumée :

— Le père disait vrai : ce n'est plus chez nous. Je ne regretterai rien.

— Pas même le mariage d'Alphonse ?

Gustave s'éloignait en agitant les bras contre ses jambes à la façon d'un vrai soldat.

La noce de l'aîné arrivait deux jours après. Les mariés voulaient une cérémonie simple, en famille, sans pouvoir échapper au repas habituel du Hameau avec les Evrard et les Colin, qui auraient mal pris de ne pas être invités. Léon et Marthe étaient les témoins. Avec la tante de la mariée, qui l'avait accueillie à Frouard, ils furent dix à table, dans une ambiance empruntée. Mélanie pensait à Léopold, Marie à la disparition de ses parents ; Alphonse parlait de sa promotion confirmée de sous-chef de gare, ce qui agaçait le vieux Colin, silencieux sur son fils Albert toujours manœuvre au service des voies et bâtiments ; le père Evrard gémissait sur la vente, à la droguerie de la rue de Metz, de seaux en tôle qui réduisaient davantage encore le travail des artisans tonneliers.

Marthe écoutait tout en aidant Mélanie Muller à servir. Marie lui souriait dès qu'elle croisait son regard. Après le dessert, elle entraîna son amie hors de la maison. Elles marchèrent lentement dans l'allée des mirabelliers dépouillés de leur feuillage :

— Tu n'as pas encore de nouvelles de Gustave, bien sûr.

— Je lui ai dit de ne pas m'écrire. Qu'il garde son argent pour les filles des brasseries.

— Tu restes à Pompey ?

— Où veux-tu que j'aille ? Il est parti. Tout est fini et c'est bien mieux ainsi.

— Ça ne pourra pas durer, la solitude. J'ai une idée, tu sais : pourquoi tu n'épouses pas Léon ?

— Je serais bien la seule à ne pas y avoir pensé.

Alphonse criait sur le bord de la porte :

— Les filles, il y a une surprise : Léon a acheté une bouteille de champagne !

— Je n'en ai jamais bu, dit Marthe.

— Moi non plus. Je boirai à ton avenir. Viens !

Un train sifflait à la sortie de la courbe de Frouard en prenant de la vitesse au long de la Moselle.

# 4

Monsieur Suaire ne portait plus sa moustache épaisse, posée comme un postiche, mais le collier poivre et sel, peu abondant, d'une barbe qui enveloppait les maxillaires et le menton. Léon regardait sur la table sa sacoche noire, aussi plate qu'à sa première visite quand il cherchait Léopold Muller pour lui acheter sa vigne des Ecrivains. Le sous-directeur du Plan de la Société Fould-Dupont, devenu directeur du Développement, ne négociait plus les achats de terrain ou les transactions immobilières confiés à son adjoint. Il intervenait seulement dans les litiges ou dans les cas épineux, fort du poids de sa fonction sur la population et de l'audience qu'on lui connaissait auprès de ses patrons. Le dos calé sur le dossier de sa chaise, il caressait son collier d'une main, le regard fixe, semblant réfléchir :

— Muller, regardez ce plan. J'ai besoin de votre terrain pour le tracé de ma rue.

Léon appréciait que l'important Suaire continue de le vouvoyer, alors que l'habitude était prise à l'usine que les directeurs tutoient les ouvriers comme le faisait, avec mépris, le jeune monsieur Fould, seul patron depuis son mariage avec la fille Dupont. Suaire tapotait sur le calque du plan avec la branche allongée d'un mètre pliant, un instrument qu'il ne lâchait pas dans ses discussions comme pour annoncer que l'affaire serait bientôt conclue et qu'on aborderait enfin le détail des surfaces et des tarifs :

— Je ne veux pas toucher à votre propriété, Muller. Il me faut simplement, comment dirais-je, un droit de passage. C'est de tradition paysanne, ça, l'obligation de laisser les gens circuler librement.

Léon connaissait le dessin par cœur. Marthe, depuis les bouleversements dans le Hameau, avait tracé sur une grande feuille l'ancien chemin élargi en rue, les terrains mis en chantier, le bloc, bien modifié, des anciennes maisons des Colin, des Evrard, et la leur. La ville née autour de l'usine gagnait la campagne, transformait la verte colline en quartier. Sur la parcelle des Evrard décédés, vendue à bon prix par les héritiers, des cousins, la bâtisse rasée laissait, avec ses jardins, la place à trois maisonnettes identiques dont les charpentiers entreprenaient la toiture. Avec son fils Albert, démissionnaire du Chemin de fer, et sa bru, le père Colin tenait désormais une auberge, *A la cure d'air*, un café aux allures de ferme, pas beaucoup fréquenté en semaine mais envahi le dimanche et les jours de fête par les familles des cités.

La maison Muller, avec sa large avancée coupée par son allée de mirabelliers, brisait l'alignement naissant des façades serrées et continues. La mort de Mélanie, le mariage de Léon avec Marthe, la naissance de Louis changeaient les habitudes du logis mais la disposition des lieux restait la même, avec de l'espace vers la rue, à l'arrière, la profondeur de l'ancien pré devenu potager et jardin d'agrément dans le prolongement de la Bicoque. C'était un îlot de verdure au cœur du nouveau quartier : « On dirait une propriété, pensait Léon, pas la maison d'un ouvrier. C'est peut-être l'endroit, entre les mirabelliers et mes carrés de choux-fleurs, où Pompey a le moins changé. » Suaire, sur le flanc de la Bicoque et du jardin, visait une bande de terre d'une trentaine de mètres pour ouvrir une voie au long de terrains libres. Il s'impatientait :

— Alors, Muller?

— Vous voulez que Pompey soit plus grand que Nancy.

— 2 600 habitants, mille de plus depuis l'allumage des fours. Vous défendez toujours les bonnes causes, Muller. Vous ne voulez pas que je laisse des familles à la rue, je pense.

— Démolir pour construire, ce n'est pas vraiment construire. Mon grand-père a défriché ici pour avoir une terre et une maison. Mon père a continué l'ouvrage. Je me sens bien chez eux et ça ne regarde que moi.

— Il faut réfléchir et laisser les sentiments dans une armoire à linge. Je ne veux pas mélanger votre travail à l'usine avec ceci, mais la nouvelle école aura besoin d'une directrice, Muller : votre épouse pourrait convenir. Si vous comprenez ce que je veux dire.

Léon ne fuyait pas le regard de son interlocuteur. Les discussions à l'usine ou dans la commune, où il intervenait pour donner un point de vue, ressemblaient à celle-ci, avec leur langage double, plus proche du chantage que de la ruse, qui ne surprenait pas un paysan comme lui, rendu sage par la fermeté et l'indépendance paternelles. Suaire repliait son mètre de bois, haussant les épaules avec lassitude mais sauvant la face pendant que son adjoint repliait le plan :

— Nous trouverons une solution, avec une rue en contrebas, ce qui était ma première idée, d'ailleurs.

Sur le seuil, il salua Marthe qui rentrait de l'école avec son fils.

A sept ans, Louis ressemblait davantage à sa mère qu'à

son père, à cause de ses cheveux blonds et de son menton plutôt pointu marqué au milieu de la même fossette — « ma marque de fabrique » disait Marthe —, amenée au mariage avec Léon par l'envie d'avoir un enfant, un garçon plutôt qu'une fille, ce qui la comblait. Marie, qui n'était pas encore sa belle-sœur, avait joué la marieuse pendant plus d'un an : elle invitait son amie et Léon dans son appartement de la gare de Vézelise à la fête patronale ou pour Noël; elle exploitait le silence de Gustave, dont on ne possédait même pas l'adresse pour le prévenir de la mort de Mélanie. Quand les Evrard disparurent l'un et l'autre en l'espace de quelques semaines et qu'elle fut sans logement, Marthe suivit le conseil de Marie, par raison, avec une tendre sympathie pour Léon, sans retrouver les sentiments ni les émois partagés avec son frère. L'installation chez Alphonse et sa femme de Julie Muller, qui allait vers ses quinze ans, facilitait le démarrage du ménage. Julie travaillait comme secrétaire à la gare de marchandises de Vézelise, dans le prolongement de celle des voyageurs. Elle apportait de la compagnie à Marie dans un bâtiment construit à l'écart du centre de la ville pour des commodités de raccordement avec une ligne qui desservait l'importante brasserie Tourtel à Tantonville.

Marthe et Léon se répartissaient le travail de la maison, réaménagée avant la naissance de Louis. La « salle à vivre » — le nom était une idée de Marthe — remplaçait l'ancienne chambre des garçons percée de deux fenêtres latérales, assez basses mais larges. Les pierres récupérées et taillées formaient deux bancs rustiques entre les mirabelliers du devant. La cuisine profitait de la place libérée. Marthe la partageait entre sa paillasse, où elle travaillait, et le coin à manger. Elle donnait ainsi des noms nouveaux aux lieux de la demeure, agaçant Léon quand elle parlait de « l'annexe » plutôt que de la Bicoque, qu'elle trouvait péjoratif. La cuisine, puisqu'elle restait cela malgré tout, servait de salle de travaux pratiques pour des cours d'arts ménagers que suivaient, trois après-midi par semaine, des jeunes femmes et des jeunes filles des cités. Ces leçons à domicile entraient dans l'emploi du temps de Marthe qui trouvait la compensation avec l'aide matérielle apportée en commun par la mairie et par l'usine. Elle disposait d'une cuisinière de maison de maître, avec deux fours sous la grande largeur des plaques de cuisson, et, sur le côté, un petit fourneau, qui suffisait à l'usage domestique, équipé d'un réservoir pour l'eau chaude. Une barre de cuivre entourait la fonte : son raffinement laissait perplexes les apprenties ménagères quand gouttaient dessus, au passage d'une casserole, la crème d'un lait bouillant, la bavure d'un transvasement de sauce ou de beurre noir. Aux voyants ustensiles en cuivre qu'elle gardait en batterie pour la décoration, Marthe préférait, pour ses élèves, les casseroles ordinaires qu'elles utilisaient habituellement. Parfois, la « Ruche », ouverte par la fonderie pour son personnel, lui prêtait des échantillons de plats ou de cocottes émaillés, une cafetière ou une friteuse, appareil nouveau mis en usage par les familles venues de Belgique. L'épicerie de la Ruche fournissait également de la viande et des légumes, parfois du poisson. Les recettes réalisées, les jeunes dames, avant la vaisselle et le rangement, se partageaient les plats pour un repas à réchauffer à la maison.

Le cours de Marthe concurrençait celui de l'école des Sœurs, depuis longtemps institutrices privilégiées et quasiment uniques. L'ouverture obligatoire d'autres classes primaires divisait la population. Pour ne pas déplaire au curé, les grands-parents encourageaient le respect des habitudes. Les jeunes pères, pour entrer davantage encore dans leur changement de vie, penchaient pour l'instruction publique, que les plus audacieux disaient républicaine : ouvriers, ils rechignaient à placer leurs enfants sur les mêmes bancs que les fils et les filles des cadres et des employés de l'usine. Les femmes choisissaient selon la distance et le parcours, regardant avec méfiance le passage des enfants devant le foyer des célibataires ou un groupe de maisons d'étrangers parmi lesquels elles rangeaient les Mosellans avec les Luxembourgeois, les Belges et deux couples polonais. L'espérance du maire de réunir sous un même toit, en agrandissant les locaux, les Sœurs enseignantes et les instituteurs ou institutrices ne convenait à personne : selon les heures, les salles partagées changeaient de décoration, des images de morale civique évoquant le travail, la liberté, le progrès social remplaçant — et réciproquement — des gravures édifiantes et des portraits de saints, Jeanne d'Arc en particulier. Dans Pompey circulaient deux pétitions contradictoires qui classaient sommairement les signataires en noirs et en rouges.

Léon Muller, malgré l'insistance de Marthe, refusait de porter son nom sous le texte de soutien à l'école communale. Il s'en tenait à la neutralité qui lui permettait d'intervenir librement dans les discussions sur le travail ou sur la vie locale. L'arrière-salle de la brasserie Carcel servait plusieurs fois dans la semaine à des réunions où se retrouvaient, à dix ou douze, des anciens Pompéens comme Léon, des ouvriers qu'amenaient le grand Krier et deux ou trois hommes des cités. Au début de leurs rencontres, ils fuyaient le bruit et la fumée du café. Ils commandaient des pichets de vin blanc qu'ils buvaient dans des ballons verts à grand pied. Quelquefois, ils se cotisaient pour acheter une boule de pain et des tranches de pâté. Krier apportait un journal, *L'Impartial*, qui ne manquait pas de parti pris, et lisait les titres les plus intéressants, la mort de Gambetta, le bombardement de Tamatave par la flotte française, une émeute de chômeurs à Paris. Chacun donnait son avis. Léon calmait les esprits quand le grand Krier, adhérent de la « Ligue de l'enseignement », tempêtait contre l'esprit rétrograde de l'obscurantisme de l'école des Sœurs, ou quand un admirateur de Paul Déroulède entreprenait la propagande pour la « Ligue des patriotes ».

Pour éviter ces affrontements partisans, Léon suggérait des sujets de réflexion. Plutôt que de l'école, sujet politique pour lui, il demandait que ses camarades l'aident à obtenir l'ouverture d'un bureau de poste. Le facteur venait chaque jour de Frouard. Il poussait une boîte montée sur un châssis de voiture d'enfant. Ses allées et venues et retours, dans les rues et dans les montées de la commune, lui prenaient des heures. Il terminait sa tournée épuisé, trempé de sueur aux beaux jours, transpercé par le froid dès qu'arrivait le mois de novembre, et contraint de faire le chemin inverse, par le pont, jusqu'au bureau pour rendre ses comptes et du courrier en instance. Il ne se plaignait pas, mais sa corvée journalière faisait pitié. Le maire de Pompey, sollicité par Léon, rejetait toute décision sur l'administration, avec la crainte d'assumer un jour la fourniture d'un local, d'un logement et leurs frais d'entretien. L'usine, dont le courrier arrivait par cabriolet chaque matin depuis la poste de Nancy, se souciait peu de l'affaire. Le receveur de Frouard, jaloux de ses prérogatives, refusait de transmettre la lettre écrite par Marthe et apportée par Léon et le grand Krier :

« Vous ne représentez rien, disait sa brève réponse. Vous oubliez que grâce à notre facteur une lettre expédiée de Paris vous est remise en moins de trois jours. »

Léon rageait autour de la table de la salle Carcel :

— Nous devenons une ville et on nous traite comme un écart.

Le maire voyait ce remue-ménage d'un mauvais œil. Il soupçonnait dans ce groupe des ambitions électorales, ce qui agaçait davantage encore le désintéressé fils Muller :

« De notre vie de paysan, disait-il, il ne nous reste que cela, la solidarité. Au Hameau, tout le monde s'agitait pour une naissance difficile, un début d'incendie dans une grange, une vache qui vêlait mal. Faut-il maintenant suivre bêtement le chemin en un troupeau indifférent ? »

Marthe souriait : « J'ai épousé un saint-bernard. » Elle protestait aussi contre le temps passé par son mari à s'informer, discuter, intervenir à propos de tout au lieu de s'occuper de Louis, du potager, de la Bicoque, et d'elle éventuellement. Léon réclamait également, avec la même insistance, une gendarmerie locale pour mettre un frein aux rapines de chenapans et donner quelque peur aux piliers de café qui buvaient leur paye en enfonçant leur foyer dans les dettes. Marthe modérait ses reproches aux absences de Léon puisqu'il combattait, à sa manière, les mêmes insuffisances qu'elle avec ses cours, qui ne se limitaient pas au bon dosage du pot-au-feu et à la meilleure utilisation des essoreuses en aluminium.

Une fois par mois, Marie rendait visite à sa tante. Sa famille se réduisait à cette sœur de sa mère depuis la mort de ses parents, décédés en exil en Nouvelle-Calédonie — faire-part, sans autre précision, d'un formulaire du ministère de l'Intérieur. Par sa parente, Marie savait que son père, délégué du Comité de la Garde nationale, militait dans la Commune de Paris. Par Alphonse, elle connaissait également le secret de Léopold. Prudente, elle tenait farouchement son mari en dehors des débats politiques, même sur la gestion locale à Vézelise.

Elle venait seule à Frouard, pour deux jours. Le court voyage en omnibus avec l'attente de la correspondance à Nancy prenait près de trois heures de temps. En son absence, Julie s'occupait des repas de son frère. Marie la considérait comme sa cadette. Elles partageaient le ménage de la maison. La jeune comptable préférait la cuisine et la pâtisserie à l'entretien ou à la lessive. Elles allaient ensemble en courses dans le centre ville. Julie aimait à s'habiller. Elle confectionnait ses robes, ses jupes longues et ses corsages avec les matières nouvelles que proposaient le bazar en face des Halles et la mercerie. Quand elle ne cousait pas, elle lisait, à voix haute, pour sa belle-sœur. Il arrivait qu'Alphonse, en soirée, reste avec elles pour écouter. La collection du « Musée des familles » offrait un voyage quotidien à Venise ou au bazar du Caire, la rencontre de personnages comme Victor Hugo ou le musicien Richard Wagner, l'aventure avec *Le Chevalier des ténèbres* de Paul Féval qu'adorait le sous-chef de gare. Marie se régalait quand Julie arrivait aux pages du « Spectacle en famille » et donnait avec le ton, et parfois des mimiques, les répliques d'une comédie-proverbe. Alphonse riait quand sa sœur criait à la cantonade, au début d'une scène : « Les voyageurs pour Saint-Germain, en voiture ! »

Il ajoutait : « On entend presque les jets de vapeur entre les roues et les boggies. »

Il répétait souvent la phrase, à la maison ou à la gare, quand elle lui passait par la tête. C'était devenu une plaisanterie entre le quai des voyageurs et le hangar des marchandises :

« Les voyageurs pour Saint-Germain, en voiture ! »

Marthe, avec ou sans Louis, rejoignait Marie pendant son bref séjour. Après le repas, la tante, discrètement, les laissait seules.

L'institutrice, pour que sa belle-sœur la retrace à Alphonse, racontait la vie effervescente de Pompey où chaque jour apportait son nouveau.

Marie exprimait sa quiétude de bonne épouse aux journées rythmées par les horaires des quatre trains de voyageurs : elle observait, de la fenêtre de la salle à manger, les wagons en retour, avec les femmes chargées de paquets, les représentants de commerce portant de grosses valises, des permissionnaires attendus sur le quai par des parents ou des amis.

Parlant de cela, un après-midi, Marie dit à Marthe, en ouvrant son sac :

— J'ai une lettre pour toi, arrivée à la gare à ton nom. Alphonse me l'a donnée sans rien dire.

Il n'y avait pas de timbre sur l'enveloppe mais à côté du cachet du vaguemestre, la flamme postale de l'Algérie avec l'image sommaire d'un port derrière un rideau de palmiers.

Marthe, sans hésiter, lut à haute voix le feuillet aux lignes serrées. Gustave écrivait de Tlemcen. Sa compagnie occupait le casernement de l'ancien palais-forteresse des rois de la province. Il décrivait le mess des officiers décoré de mosaïques et de tapis tendus, du carrelage au plafond. Il travaillait au magasin du régiment qui assure l'intendance : « Je suis plus menuisier que zouave. De la fenêtre de mon atelier, au lieu des chansons de Paolini, j'entends les ânes, les chameaux et les bonimenteurs du marché arabe. Je ne m'ennuie pas. Je pense... »

Marthe garda pour elle la fin de la lettre.

— Il aurait pu écrire à la maison. Pourquoi ce stratagème ?

— Tu en parleras à Léon ?

— Il s'occupe plus du sort du facteur que du courrier de son frère. Il lira la lettre s'il le souhaite, répondit Marthe.

Marie accompagna Marthe jusqu'à l'entrée du pont sur la Moselle. A distance, Pompey et sa colline disparaissaient derrière l'écran des cheminées de l'usine et leur persistant nuage, qui passait soudain du blanc grisâtre au noir épais :

— Partout les paysages s'enlaidissent ainsi, dit Marie.

Tu sais comment on appelle Vézelise? « Le pot de chambre de la Lorraine. » Le bourg est caché dans sa cuvette et, en plus, montent au-dessus du Brénon les odeurs des tanneries. A la gare, nous sommes à la campagne. Je n'aimerais pas qu'Alphonse soit nommé un jour dans une grande ville.

Après l'embrassade de l'adieu, elles se retournèrent plusieurs fois en agitant la main.

La première lettre de son frère ne troubla pas Léon Muller. Elle rejoignit une carte postale, envoyée par Alphonse en stage à Châlons-sur-Marne, dans la boîte en bois qu'utilisait Julie pour garder les comptes de ses frères. Louis, intrigué par le dessin du port et des palmiers, posa des questions sur cet oncle qu'il ne connaissait pas, son métier :

— Est-ce qu'il a un fusil, un cheval, un chameau?

Marthe, avec un livre du cours élémentaire, canalisa sa curiosité vers la cage de fer qui emportait, sur un char, Vercingétorix à Rome :

— Occupe-toi de la bataille d'Alésia et trouve-moi Carthage sur la carte : ce n'est pas loin de l'Algérie.

Léon enchaîna pour dire, une fois de plus, à son fils qu'il fallait travailler à l'école pour connaître autre chose que les dix ou douze heures d'affilée à l'usine. Il ne supportait pas d'imaginer un jour Louis attelé avec d'autres garçons de douze ans à tirer le câble d'un wagonnet de minerai.

Malgré la proclamation, par des affiches et par les communiqués du tambour municipal, de l'enseignement obligatoire pour tous, des garçons continuaient d'assumer des tâches subalternes mais pénibles. Stimulés par l'existence de leur fils, Marthe et Léon, chacun de son côté, s'efforçaient de convaincre de l'importance de l'école les mères, au cours ménager, et les pères, à l'usine. La loi qui interdisait plus de six heures de travail par jour pour les enfants de moins de dix ans divisait les familles des cités. Cette paye maigrelette comptait dans le budget hebdomadaire tellement serré. Les parents préféraient les gamins occupés de la sorte que désœuvrés dans la rue ou partis en bande dans les bois ou aux abords de la Moselle. Ils trouvaient normal que le régime des douze heures quotidiennes s'applique dès l'âge de douze ans. Les adolescents prenaient vite ainsi les habitudes des aînés. Ils utilisaient le même vocabulaire, de préférence les gros mots et les jurons. Hargneux entre eux, ils traitaient les filles avec mépris et, en même temps, avec une vulgaire convoitise. Certains fumaient. D'autres, à qui les cafés étaient interdits, buvaient entre eux des litres de vin ou des flacons d'alcool blanc. La direction de l'usine, à qui personne ne demandait vraiment de comptes, s'abritait derrière la dérogation qu'elle avait de ne pas respecter l'obligation de scolarité.

Devant le chambardement des habitudes et de son environnement, Léon mesurait son impuissance. Malgré son désarroi, ses compagnons le savaient attentif, vigilant. Il conservait leur confiance et leur respect. Les anciens parlaient volontiers aux plus jeunes de ce qu'ils appelaient « le coup du drapeau ». Tous savaient Léon sage et courageux, raisonnable plutôt que raisonneur, pas forte tête mais franc-tireur. Ceux qui n'osaient aborder un contremaître ou un col blanc lui demandaient d'intervenir. Comme il s'agissait toujours de remarques de bon sens, ou présentées comme telles, les responsables proches prenaient volontiers ces démarches au sérieux. Diluées dans le labyrinthe hiérarchique, de plus en plus étroit vers le degré supérieur des responsabilités, les décisions tardaient cependant à venir. Quand un manœuvre souhaitait un changement de poste, Léon, chargé de la négociation, lui annonçait d'abord que ce serait long. Le solliciteur, pendant trois ou quatre semaines, revenait à la charge, avec curiosité au début puis avec une souriante dérision au fil des jours. Puis, soudain, un contremaître ou un ingénieur, négligeant d'alerter Léon Muller, se flattait d'annoncer à l'intéressé qu'il avait obtenu, « en haut lieu », de le muter de l'ébarbage au filetage.

Plus qu'aux mesures individuelles, peu prisées par l'encadrement, discutées avec un brin de jalousie par les ouvriers, Léon s'attachait aux besoins collectifs. Il fallut trois hivers pour que les vestiaires des puddleurs soient transférés de l'extérieur des ateliers à l'intérieur. Depuis les débuts de l'usine, les étroits placards où les ouvriers rangeaient leur bleu de travail, leur tablier de cuir et la visière de toile métallique qui protégeait le visage, subissaient dans l'alignement d'un mur les pires intempéries. Arrivant à leur poste à cinq heures du matin dans les nuits glacées de décembre ou de janvier, les puddleurs trouvaient leur pantalon et leur veste durcis par le gel, figés comme un mannequin de bois : « Le mur de la façade, du côté des ateliers, est dégagé, répétait Léon à ses interlocuteurs indifférents. Enfin à l'abri, à l'écart des fours, les ouvriers pourraient s'habiller là sans taper sur la toile pour la briser comme une pellicule de glace. »

Léon, sans le dire, trouvait aberrant qu'on construise en quelques mois une fonderie avec ses fourneaux, ses ateliers, son port, ses bureaux et qu'il faille des années pour décider de changer de place des armoires inconfortables. Dans l'usine régnait l'obéissance silencieuse à l'article du règlement intérieur répété par des affichettes et sur les bulletins de paye des salariés frappés par un avertissement : « Les ouvriers travaillent, la direction décide. »

Alerté le premier sur la question des vestiaires, un contremaître promit de transmettre la remarque et n'en fit rien, gêné quelque temps face à Muller puis jouant l'indifférence avec l'usure des jours. Consulté, un jour de forte neige, un ingénieur, qu'on disait social, se réfugia, avec un regret qui sonnait faux, dans le respect des compétences hiérarchiques, limitées pour lui à la technique de l'ébarbage. Léon, courroucé de cette stupide indifférence, affronta l'inertie par une initiative qui paniqua le chef d'atelier sans avoir l'effet escompté. A la fin d'une nuit de février où le froid figeait l'eau des rives de la Moselle et transformait en patinoire le port de l'usine, Léon et six de ses amis arrivèrent au puddlage une demi-heure avant leur prise de travail. Ils placèrent devant les fours leurs pantalons et leurs vestes raidis par la température extrêmement basse :

— Ça flotte moins que ton drapeau au-dessus des Prussiens, cria un vieux.

— Plains-toi, lança une voix : la boîte te fournit ton cercueil.

Le changement de poste se fit dans la confusion et le brouhaha. Dans la matinée, un ingénieur en chef, prétextant une inspection, demanda à brûle-pourpoint à Léon :

— Il y a un problème de vestiaire ici ?

Léon débita son couplet. Rien ne changea malgré un autre hiver aussi glacial que le précédent.

A la fin d'un deuxième automne, alors que s'annonçait un ministre, apparurent soudain, montés en une nuit, des rangements intérieurs, peints en vert. Le jour de la visite, le cortège arrêta sa marche pressée dans l'atelier du puddlage, devant les ouvriers alignés près de leurs nouveaux vestiaires. Suivi d'un employé qui les portait dans une boîte, un ingénieur remit à chacun un cadenas et sa clé. Monsieur Suaire, que Léon ne croisait plus guère, commenta pour le ministre, d'une voix forte qui tremblait un peu, la générosité de la Société, attentive aux meilleures conditions de travail. Après avoir légèrement frappé de sa main fermée une des portes métalliques numérotées en chiffres blancs, le ministre, regardant vers la sortie pour inciter à la poursuite de la visite, félicita monsieur

Fould lui-même, en soulignant, « pour l'avenir de la France », le rôle des « patrons éclairés » à l'heure de l'expansion industrielle, gage de paix, « surtout, ici, près de panneaux frontières trop rapprochés, sur les rives d'une Moselle déchirée comme l'est la Lorraine tout entière ». Comme le cortège s'éloignait, un manœuvre dit à Léon :

— Qu'est ce que je vais foutre de cette clé ? C'était aussi bien avant.

A quelques heures près, le ministre et sa suite auraient croisé le drame. Le lendemain de la visite, tandis que flottaient encore les drapeaux dans les allées de l'usine, un ouvrier de l'équipe de Léon, épargnée jusqu'alors par les accidents graves, fut tué dans les pires conditions. L'homme s'appelait Fischer. Il n'avait pas trois semaines d'ancienneté. C'était un Mosellan arrivé depuis peu avec sa famille. Il avait glissé près de la rigole où coule le flot de fonte en fusion. Personne n'entendit le juron qu'il hurla dans sa chute. Son corps, soudainement tendu par le contact de la masse incandescente, suivit le chemin de feu sans que personne puisse intervenir : il disparut, dans la pénombre du fond de l'atelier, derrière le nuage d'une fumée alourdie par une affreuse odeur âcre et repoussante. Un contremaître criait : « Continuez le travail. » Les deux gardes, hommes à tout faire de l'ordre et de la sécurité, tiraient une corde en travers du hall, interdisant aux hommes d'approcher du bout de la chaîne vers la dépouille calcinée. Alors que le tintement d'une cloche annonçait l'approche du fourgon attelé des pompiers, le travail avait repris, imposé par le rythme d'alimentation et de production des fours. Le contremaître, attentif, marchait derrière les rangs en lançant des « Silence ! » qui ne s'imposaient guère, les pensées de chacun allant vers la précision des gestes en face du feu et de ses gerbes plutôt qu'au dramatique instant déjà entré dans le passé.

La famille Fischer, depuis son arrivée, logeait provisoirement chez des amis, venus eux aussi de Metz. Elise Fischer, son mari enterré, hésita sur la conduite à tenir : retourner chez ses parents dans la ville annexée ou forcer son destin malheureux en restant à Pompey. Ici ou là elle devrait affronter une nouvelle vie, sans argent et sans métier, avec Mathieu, qui fêtait ses six ans le jour de la mort de son père, et Germaine, de deux ans l'aînée, restée pour le moment auprès de ses grands-parents messins.

Un jour de repos, Léon et Marthe invitèrent Elise Fischer et son fils à manger. Louis, avec l'autorisation de sa mère, entraîna Mathieu dans la Bicoque :

« Ce sera notre campement », dirent les garçons en emportant dans un panier des tartines de pain, une part de quiche, un bol de purée et, baignant dans la sauce d'une assiette, une cuisse de poulet et un morceau de blanc.

Pendant le repas des parents, Louis vint plusieurs fois dire que Mathieu aimerait encore un morceau de quiche ou à boire, ou le dessert. Puis il demanda la permission de cueillir des groseilles : on ne revit pas les gamins avant un long moment.

Après deux semaines de pluie le ciel était enfin bleu, sans grand éclat. Sur le seuil de la cuisine, devant la porte ouverte, des moineaux happaient l'eau des flaques étalées dans les creux du sol. Enhardi, l'un ou l'autre barbotait en sautillant sur la tiédeur d'une pierre de la bordure de l'allée :

— Alfred aimait les oiseaux, dit tristement Elise Fischer. Son père, sur les bords de la Seille, à Metz, élevait des pigeons qu'il vendait au marché. Alfred me racontait que les jeunes mangeaient de la mie de pain dans le creux de sa main en voletant autour. Quand les Prussiens arrivèrent, ils ordonnèrent, par peur des messages noués aux pattes, de tuer tous les pigeons. Alfred, selon lui, après le siège de Metz, avait changé, soudain vieilli, sorti brusquement de l'enfance. C'est à cause de cela que nous sommes partis. C'était sa volonté. Je ne peux pas me reprocher sa mort.

Léon, ému, reprit :

— La guerre a tout changé, tout bouleversé. Quand il est rentré du siège de Paris, mon père était un homme en sursis. Son âme semblait avoir déjà quitté son corps. Aujourd'hui, le mirabellier qu'il a planté donne cinquante kilos de fruits au cœur de l'été : la vie continue.

Marthe, qui posait sur la table le poulet doré à point sur son plat de faïence, saisit l'occasion :

— Oui, la vie continue. Elise, nous voulons, Léon et moi, vous aider. Ce ne sera pas facile.

— En venant chez vous avec Mathieu par la main, j'ai pris ma décision : je reste ici. Alfred ne supporterait pas que son fils apprenne à lire dans une école prussienne. La vie continue, Marthe, mais la vie commence, aussi : je suis sans mari, sans logement, sans argent et sans travail. A part cuisiner, je ne sais rien faire. L'usine a classé le dossier Fischer, un trait sur le nom comme une croix pour le soldat dans les champs de Saint-Privast ou de Gravelotte. On m'a versé la paye de ses vingt jours de travail, vingt jours, le malheureux, et le mois suivant en me faisant écrire sur une feuille « Pour solde de tout compte ». Je n'oublierai jamais la formule, que je ne comprenais pas en la signant : elle me ronge le cœur en évoquant l'abandon ou la trahison.

Marthe estompa l'instant délicat :

— Servez-vous, Elise. Léon, verse un peu de vin.

— Ce pinot-là a mûri sur les vignes du Hameau quand il n'y avait pas de scories dans les nuages.

— En plus des pigeons, le père d'Alfred faisait du vin.

Il cultivait quelques arpents dans des terres qui avaient appartenu au général Bouchotte, « le défenseur de la patrie », comme il l'appelait. Après les vendanges, il fermait ses bouteilles en répétant : « Je bouchonne mon Bouchotte. » Alfred, qui vénérait son père, s'en souvenait dans les grandes occasions en ouvrant une chopine : « Je débouchonne mon Bouchotte. » Léon, un doigt seulement, le vin me tourne la tête.

Libérée des derniers préparatifs du repas et du service, Marthe ne quittait plus la table, suivant mieux la conversation, cherchant à l'orienter. Les cours qu'elle donnait aux jeunes femmes des nouveaux quartiers l'amenaient souvent à décider pour elles, sans brusquerie mais sans hésitation, sans parti pris non plus, quand elle devinait, entre les mots, une divergence conjugale ou une hésitation familiale. Jusqu'alors, après un drame comme celui d'Alfred Fischer, les veuves avaient préféré quitter Pompey pour retourner dans leur famille, à la campagne souvent. Elise montrait une autre détermination. Marthe lui faisait confiance :

— J'ai peut-être une solution pour vous.

— Nous devrions nous tutoyer, je crois.

— Je garde la vieille habitude. Alors... donne-moi ton avis. Nos voisins Colin, ceux de l'auberge de la « Cure d'air », construisent une annexe pour prendre des pensionnaires. Ils cherchent quelques personnes pour la cuisine, les chambres, le service. J'ai parlé de toi à Albert et Léontine ! Léon les connaît bien. Ils t'engageront si tu le souhaites. Ils peuvent aussi louer les trois pièces du père Colin, qui est décédé cet hiver. Qu'en penses-tu ?

La jeune femme pleurait, la tête plongée dans sa serviette de table. Léon, silencieux, interrogea Marthe du regard, surpris de découvrir la proposition tout à trac. Sa femme marquait aisément, de cette façon-là, son indépendance. Il voyait là, au début, l'attitude pédagogique de l'institutrice, avant de comprendre qu'enseignant aux ménagères leurs responsabilités, Marthe manifestait normalement les siennes. Léon l'acceptait volontiers, souriant, par la pensée, au souvenir de sa mère tellement timorée devant les ordres secs du cantonnier Léopold Muller.

— Pardonnez-moi, dit Elise. J'ai honte de la bouffée de bonheur qui est montée dans mon cœur en écoutant Marthe. Je pense à Mathieu, que j'entends rire là-bas avec Louis. Je veux me battre pour en faire un homme dont son père serait fier et pour Germaine, que je vais retrouver. Je tiendrai, mais je vous assure que c'est dur. Avec vous — avec toi, Marthe, ce sera plus facile.

Albert Colin écouvillonnait des bouteilles de vin quand se présentèrent Marthe et Elise. L'ancien employé de chemin de fer reconverti dans la limonade par Ernest, le maçon retraité, était accoutré d'une chemise blanche avec un nœud papillon. Sur son ventre, qui s'arrondissait avec l'âge, un épais tablier bleu le protégeait des saletés de son nettoyage. Quand s'arrêtait un client, il dénouait prestement le ruban de son sarrau pour se présenter avec la dignité d'un vrai patron de brasserie. Le développement du quartier fournissait à la « Cure d'air » une clientèle d'habitués qui s'attablaient par quatre pour jouer aux cartes en buvant une ou deux bouteilles de vin. Le dimanche, les amateurs de belote et de manille coinchée laissaient la place aux familles en promenade, des Nancéiens quelquefois. A l'arrière de la maison, dans le pré aménagé en terrasse de verdure, les pères jouaient aux quilles tandis que les enfants attendaient leur tour pour s'asseoir sur la roue de charrette transformée en tourniquet. Les mères, assises sur des chaises ou des bancs devant l'auberge, bavardaient face au panorama de la vallée que réduisaient de plus en plus les maisons en construction. La « Cure d'air » et la maison de Léon Muller, avec son allée de mirabelliers, préservaient le passé verdoyant du Hameau. Dans le calme d'une journée ensoleillée, on se croyait encore à la campagne, quelques mètres au-dessus de la masse pesante de l'usine et de la ville qui étalait ses cités sur les collines et sur les rives de la Moselle.

De la fenêtre de l'appartement que lui montrait Albert Colin, Elise découvrait ce décor circulaire. La belle vue partait du haut pâturage au-dessus de Custines pour descendre sur la droite, en sautant au-dessus du clocher de Frouard, jusqu'au niveau de la rivière avec, sur la rive, la trace bien apparente de la voie ferrée. Déjà la jeune femme imaginait la répartition des trois pièces autour de la cuisine : une salle à manger, une chambre pour Mathieu, l'autre pour elle et Germaine.

— Le problème, c'est que je n'ai pas de meubles.

— On vous prêtera ceux du père Colin, dit Léontine, montée à l'étage pour faire connaissance. Un bon coup d'astiquage et ils seront comme neufs.

Elle parlait fort pour couvrir le bruit des marteaux des charpentiers qui posaient les poutres du toit de l'annexe.

— Le chantier s'achève, cria Albert à son tour. Tout sera prêt à l'automne. Vous pourrez travailler au début du mois prochain. Je vous mettrai aux cuisines, comme vous le souhaitez. Vous préparerez des bocaux de légumes puis les confitures avant l'arrivée des premiers pensionnaires.

Léon Muller ne voulut rien savoir pour accompagner Marthe et Louis à Metz, où Elise Fischer allait chercher sa fille :

— Je ne ferai pas le chemin inverse de celui des patriotes, qui tournent le dos au Kaiser. La vue d'un casque à pointe me transperce le cœur.

Par contre, Louis attendait ce voyage comme une fête, impatient de prendre une nouvelle fois le train, comme pour les visites à son oncle et à sa tante de Vézelise. Le début du parcours, après la gare de Frouard, l'enchanta. Les deux garçons passaient d'une porte à l'autre en s'exclamant, pointant le doigt sur les taches éparses des vaches blanches dans un pré d'une colline, s'étonnant de la largeur de la Moselle, plus encore de ses méandres qui multipliaient les ponts en moins de dix kilomètres. Dans un étang peu profond, une famille de hérons — « au long bec emmanché d'un long cou », précisa sa mère — barbotait avec élégance. Arrivé trop tard à la vitre pour profiter de la scène, Mathieu décida de bouder, calé sur la banquette de bois, indifférent au défilé des images de la campagne. Louis l'enrageait plus encore en tirant près de lui le rideau de toile noire qui servait pendant les parcours nocturnes.

Le convoi entra en gare de Pagny-sur-Moselle, terminus de la ligne française. Les rails d'une voie inutilisée tenaient lieu de frontière entre le quai de départ vers Nancy et celui réservé aux trains en partance pour Metz. D'un côté veillaient, sous des fanions tricolores, des soldats en veste bleu marine et pantalon rouge ; de l'autre dominait, sur les panneaux et les drapeaux, l'aigle impériale en noir et rouge, placée en alternance avec des plaques annonçant en lettres gothiques *Reichsland Elsass-Lothringen.*

Marthe dit à Louis :

— Ton père a bien fait de rester à la maison.

Autour des wagons se mêlaient les annonces criées en français et en allemand par des employés des deux compagnies que distinguaient, en plus de la langue, les uniformes. Les cheminots guidaient les voyageurs vers la sortie de la gare en direction d'un passage qui traversait la voie vers le quai prussien. Les deux garçons, émus l'un et l'autre, ne lâchaient pas la main de leur mère.

Les rails franchis, des barrières de bois formaient un sas, gardé par des sentinelles, qui tenait lieu de poste frontière. Un dais de toile verte protégeait une table. Deux douaniers, la poitrine bardée de décorations, vérifiaient les papiers sous le regard sévère du portrait de Bismarck accroché sur un paravent à un drapeau qui tombait jusqu'au sol. Au-delà, les barrières se rétrécissaient en un couloir qu'empruntaient les personnes contrôlées, déjà caressées par le souffle humide et tiède des vapeurs de la locomotive en attente devant deux wagons affectés aux soldats puis, après un fourgon de marchandises, d'une voiture réservée aux voyageurs en transit venant de France.

— Il n'y a pas grand-monde, dit Élise en aidant les garçons à se hisser sur des marchepieds de fer conçus pour des adultes.

Les passagers accédaient, par l'avant ou par l'arrière, par une plate-forme extérieure donnant sur un compartiment unique avec des banquettes alignées sur les flancs, en partie vitrés. Près d'une porte, un bac en grosse toile de tente servait pour les bagages. A l'autre bout, dans une sorte de guérite en bois, veillait un soldat perché sur un tabouret, face à l'allée centrale que coupait un brasero protégé par une grille métallique. Devant cette commodité pour l'hiver, un homme amusait ses trois compagnons de route en mimant les gestes de celui qui a froid et chauffe ses mains au-dessus du fourneau. Ils riaient en s'exclamant.

— Ce sont des Anglais, murmura Marthe à Louis qui l'interrogeait en douce.

Sur le quai, les employés donnaient, en allemand puis en français, les dernières consignes de sécurité avant le départ.

Louis et Mathieu observaient l'extérieur, à genoux sur la banquette, le nez collé à la vitre. Dès les premiers kilomètres dans la campagne, leur attente fut récompensée. Dans la plaine manœuvraient des compagnies de soldats, fantassins et cavaliers, véhicules d'intendance bâchés cahotant sur les chemins secs et poussiéreux. Mathieu refusait de croire Louis et d'admettre qu'il s'agissait de Prussiens :

— Ils ont les mêmes chevaux à leurs voitures que ceux qui tirent les péniches à l'entrée de l'usine.

Après un arrêt dans une gare, ils passèrent aux vitres de l'autre banquette pour retrouver la Moselle et, dans le décor, les hautes arches d'un aqueduc romain. Les voyageurs anglais, debout, s'extasiaient en se tordant le cou. Elise s'approcha des enfants :

— Quand les Romains occupaient la Gaule, ils amenaient l'eau de la campagne à Metz par une canalisation de plusieurs kilomètres.

Louis demanda :

— Ils n'avaient pas inventé les puits, les Romains ?

Sur les collines à l'approche du terminus, d'autres troupes manœuvraient autour de campements de toile. Entrant dans la gare à vitesse réduite, dans un nuage de fumée qui voilait le spectacle, le train longea un convoi militaire avec des canons sur des plates-formes et des chevaux dans des wagons bâchés.

La gare de Metz impressionnait par sa taille, une longue bâtisse encombrée de voyageurs en civil et en uniforme qui entraient et sortaient des salles d'attente confortables et du restaurant. Les meubles et la décoration sentaient encore le neuf. Elise, pourtant peu familière des lieux, montra à Marthe, entre les motifs floraux des murs, les blasons des villes allemandes, à commencer par Berlin :

— C'est à peine fini que les Prussiens préparent les

plans d'une gare plus grande encore, qu'exige Bismarck lui-même.

Sur le chemin, à l'entrée de la ville, les remparts de Vauban, les fossés emplis d'eau, les portes serrées dans les murs comme des bastides étonnèrent Louis par leur ampleur et leur robustesse.

Les grands-parents de Mathieu habitaient une maison dans le vieux quartier de la place de Change. L'arrivée des voyageurs fut émouvante, en un délicat mélange de la tristesse du deuil encore proche et du plaisir de se retrouver. La mère d'Elise pleurait sans pouvoir parler. Germaine tapait de joie dans ses mains. Le grand-père jovial et bourru accablait les garçons de questions sur le parcours en train :

— Pépère, dis à Louis que les soldats qu'on a vus avec les chevaux étaient des Français ! demanda Mathieu qui se sentait chez lui.

— Ne me parle plus de soldats. J'en ai trop vu et j'en vois trop, les nôtres qui souffraient et les autres qui paradent. Je m'endors au son des fifres brandebourgeois de la retraite du soir pour l'extinction des feux. Je me réveille avec les clairons bavarois du lever des casernes. Racontez-moi plutôt si on vous apprend à l'école les fables du bon La Fontaine. Ici, les écoliers ingurgitent les muses de Göttingen et les contes paysans du Schleswig-Holstein.

Les trois journées filaient sans temps mort. Le matin, tout le monde descendait au marché de la place Saint-Louis :

— Ici on se sent presque chez soi, dit Pépère. Les Bismarck qu'on croise sont en civil.

Les marchands couvraient le pavé de leurs étalages de légumes et de fruits, de paniers d'œufs, de volailles et lapins, tables pour les mottes de beurre, les plateaux de fromages et les bocaux de moutarde ou de cornichons.

« Qu'est ce que c'est grand », commentait Louis.

« Il y a de tout », ajoutait Marthe.

C'était l'époque des fraises, que proposaient les maraîchers de Woippy en offrant un fruit aux enfants. Louis guignait plutôt du côté des bretzels dorés piqués de grains de sel. Marthe découvrait les meules de gruyère, étonnée de l'enchevêtrement de la pâte et des trous.

L'après-midi, les femmes partaient de leur côté, léchant les vitrines. En Fournirue, fouillant les recoins des bazars trente ou quarante fois plus grands que l'économat de Pompey, avec des rayons de vêtements, bonneterie, lingerie, de la vaisselle et des tissus, des bocaux géants pour des bonbons multicolores, de la quincaillerie, même avec des clous de toutes tailles et des outils présentés comme des jouets avec des maillets aux manches peints en vert ou rouge, des tournevis de tailles différentes dans un étui de cuir. Marthe acheta pour Léon un sécateur avec des poignées garnies de toile et un rivet pivotant qui bloquait les lames.

Le grand-père, dès la fin du repas de midi, emmenait les garçons à son jardin, en bordure de la Seille. Mathieu et Louis cueillaient les haricots, les framboises et les groseilles, oubliant ainsi les mauvaises odeurs montant des ateliers des tanneurs voisins. « C'est la fin des tanneurs, expliquait Pépère. On les compte sur les doigts de la main. Les autres fabriquent, du côté de la rue Mazelle, des sacs en cuir pour les dames et des selles pour les chevaux des maris. L'année prochaine, je partirai planter mes choux dans l'île Saint-Symphorien : il y a de l'eau aussi là-bas mais l'air sent moins le tanin et les acides. »

Avant de rentrer, les enfants coupaient un bouquet de roses sauvages qui grimpaient dans la haie mitoyenne du jardin voisin. A peine plus grosses que des églantines, elles gardaient dans leurs feuilles légères une senteur tenace.

Le soir après le dîner, la conversation se prolongeait en grignotant des noisettes de l'automne précédent. Louis et Mathieu, sur un coin de table, feuilletaient des almanachs pour trouver les pages de jeux. Avec une mine de plomb, ils traçaient des portraits de personnages célèbres ou des têtes d'animaux en reliant des points numérotés. A peine les femmes avaient-elles évoqué leur promenade de l'après-midi que Pépère ramenait la conversation aux Bismarck. Il appelait ainsi les Prussiens omniprésents dans Metz, encasernés ou placés un peu partout dans l'administration :

— Avec vingt ans de moins, je serais parti depuis longtemps. Il faut bien vivre : la maison ne nous coûte rien, le jardin fournit les légumes et les fruits. Nous achetons le reste avec le pécule que me donnent quelques heures de livraison à la brasserie Amos quand les rouliers sont débordés. A Metz, je suis chez moi sans m'y reconnaître. Dans les brasseries, les visages ont changé. Ces beaux messieurs qui discutaient de peinture et de beaux livres dans les stalles du fond ont disparu avec leurs talents, portés à Nancy, à Paris ou ailleurs. Les petites gens aussi ont passé la frontière, et ceux de Bismarck les ont remplacées, dans les mêmes logements minables. Mon voisin de jardin s'appelle Pichler, c'est un gratte-papier qui vient d'Innsbruck : on me l'a dit car je ne lui parle pas.

Le père d'Elise Fischer, condamné à rester dans sa ville annexée, boudait les occupants sans pouvoir les ignorer. Il évitait de les rencontrer, contournait une rue pour s'éloigner d'une brasserie bavaroise réservée à la troupe, changeait de boulangerie si la clientèle des civils prussiens dominait. Surtout, il militait discrètement pour entretenir la connaissance et l'usage de la langue française. Plusieurs fois par semaine, l'après-midi ou le soir, il lisait, dans des foyers où se regroupaient des adultes ou des enfants, des pages de romans récupérés pendant le siège dans une cantine militaire abandonnée. Ses auditeurs se régalaient des aventures du chef de bande grec Hadji Stavros devenu, sous la plume d'Edmond About, « roi des montagnes » et président du Conseil des ministres. Les plus jeunes applaudissaient quand Stavros roulait dans la farine le botaniste hambourgeois Hermann-Schultz. Pépère lisait également les premiers romans d'Erckmann-Chatrian, étrangement assortis de pages édifiantes de Bossuet sur saint Augustin et, autre satisfaction pour l'auditoire, de la biographie d'Henri de Guise, le Balafré, vainqueur de Charles-Quint derrière les remparts locaux.

« Voici notre histoire, commentait le brave homme à ses auditeurs : on ne fera jamais d'une hirondelle un rouge-gorge ni d'un Messin un Bismarck. »

Bien à contrecœur, le matin du départ, le grand-père accompagna son petit-fils et Louis vers la « Paradeplatz », entre la cathédrale et l'hôtel de ville. Chaque jour, à midi trente, sur l'esplanade pavée, un officier passait les consignes du jour au régiment de relève de la garde et aux pelotons des autres unités de la garnison. C'était un cérémonial de grande pompe avec arrivée de la troupe en ordre de défilé derrière les officiers à cheval. Pendant qu'on donnait aux chefs de postes le mot de passe de la journée, la fanfare jouait une marche militaire au rythme de parade. Plus encore que les hymnes prussiens, les commandements gutturaux martelant le maniement des armes ulcéraient le vieux patriote, gêné de se trouver à pareil spectacle avec deux gamins énervés, prêts à applaudir comme le public habituel des familles et des permissionnaires en civil.

Comme les retrouvailles trois jours plus tôt, le départ fut empreint de gêne et de tristesse. Les grands-parents accompagnèrent leurs invités sur le quai, sous la longue halle qui estompait la lumière du bel après-midi ensoleillé. Couverte par sa grand-mère de baisers entrecoupés de recommandations, Germaine piaffait d'impatience, son baluchon devant elle au pied des marches du wagon. Elle n'emportait que quelques vêtements encore à sa taille, ses livres de classe « et même la grammaire allemande », sa vieille poupée Colette, borgne avec un bras cassé, un canevas en cours représentant la boucle de la Moselle sous le vieux fort de Sierck-les-Bains. Embarqués dès l'ordre du chef de gare, les trois enfants se bousculèrent pour s'agenouiller face aux vitres du bon côté et agiter les mains sans s'émouvoir des larmes des adultes. Les grands-parents disparurent de la vue aux premiers tours de roues. Pour calmer les esprits et séparer les petits, Elise et Marthe s'installèrent face à face à la hauteur du brasero qui faisait obstacle. Les garçons cherchaient en vain des troupes manœuvrant dans la campagne. Germaine, que préoccupait le passage de la frontière, sortit de son sac sa poupée estropiée pour se rassurer et se donner une contenance. Grâce à un changement de poste chez les militaires prussiens, les formalités ne traînèrent pas en gare de Pagny-sur-Moselle. Sur l'autre quai, des soldats en permission occupaient la plupart des compartiments du train de Nancy. Jusqu'à Frouard, ils chantèrent des airs dont ils ignoraient le plus souvent les paroles et qu'ils achevaient par des cris, des rires et des jurons.

Comme prévu, venu en limonière avec Albert Colin, Léon les attendait à la gare. La fête se prolongeait pour les enfants avec cette fin de voyage en charrette qui évitait la longue marche de la traversée de la Moselle. Marthe invita Elise à passer la nuit dans la Bicoque avec ses deux enfants. Léon prépara une grosse omelette que les deux familles mangèrent sur l'herbe près des mirabelliers. Elise et Marthe racontaient par le détail la vie à Metz, la hargne et les bonnes actions du grand-père.

Avant que ne tombe la nuit, Léon essaya le sécateur rapporté par sa femme en coupant une rose en bordure de l'allée. Il souriait en pensant à son père, qui survivait avec les arbres et les massifs. Léon, sentant la fleur bien dense, pensa en souriant : « Encore une rose que Bismarck n'aura pas. » Dans la vallée l'écho des portes des fours annonçait une coulée. La lueur rouge des flammes éclairait la pénombre. Léon tendit la tige piquante vers le feu en un salut fraternel au souvenir d'Alfred Fischer. Déjà les enfants dormaient.

# 5

Le matin, Louis Muller et Mathieu Fischer partaient à l'école ensemble. Depuis trois ans, ils se suivaient d'une classe à l'autre, le plus jeune reprenant les livres de l'aîné comme il héritait des vestes et des pantalons, pas des galoches dont le cuir de la monture n'avait pas la résistance du bois des semelles. Louis passait son année dans la classe de Marthe, devenue la première directrice du canton. Il travaillait bien, quelle que soit la matière. Le seul profit qu'il tirait d'être l'élève de sa mère était, le soir, de préparer le tableau pour le lendemain matin. A la fin des cours, à tour de rôle, un garçon effaçait les traces de craie de la journée avec une patte de lapin que Léon changeait de temps à autre, puis lavait la surface grisâtre avec une éponge. Quand le tableau était sec, et ses camarades sortis, Louis recopiait les textes préparés par Marthe occupée à corriger les cahiers. Il inscrivait le jour et la date puis, en dessous, toujours avec le même espace indiqué par sa main ouverte, le proverbe choisi, comme « Plus fait douceur que violence », ou la conclusion d'une fable au programme des récitations. La leçon de morale s'accompagnait d'un conseil sur une troisième ligne : « Obéir aux lois » ou « Aime ton travail ». Une fois par semaine, le mercredi avant le repos du jeudi, Louis, au lavabo du préau, lavait les modèles en fer-blanc des leçons de système métrique, des mesures échelonnées de cinq à vingt-cinq centilitres. Le samedi il passait un chiffon sur les panneaux de « La Morale par l'exemple », qu'il appelait les « Lecerf et Dumoulin », du nom des instituteurs qui, en quatre dessins, opposaient les bienfaits de la sobriété et les dangers de l'alcoolisme, ceux du travail et de la paresse, de l'économie et de l'endettement.

Marthe cultivait moins que certains de ses collègues le discours patriotique inspiré par la reconquête de l'Alsace-Lorraine. Comme le père d'Elise Fischer entretenait dans son quartier de Metz la continuité francophone et française, elle considérait comme toujours entière et unie la province divisée par l'annexion prussienne. Les élèves de sa classe ne participaient pas au « bataillon scolaire » créé, à la demande de la municipalité comme dans d'autres communes, avec des garçons légèrement plus âgés. Une cinquantaine d'écoliers de l'autre communale et de l'école libre, où enseignaient toujours les Sœurs, se réunissaient le jeudi matin sur la place de la Mairie, confiés à un sous-officier en retraite. A défaut d'uniformes, ils portaient une tenue aussi sombre que possible et sur la tête un béret, une casquette ou le chapeau aplati d'un parent. Certains amenaient un fusil de bois plus ou moins bricolé, les autres un bâton épais, courbé vers le bas pour simuler le mouvement de la crosse. Pendant deux ou trois heures, dans la campagne à la sortie de la ville, ils exécutaient, avec ou sans fausses armes, des mouvements rythmiques qui précédaient l'apprentissage du maniement du fusil au repos ou à la parade, au tir, debout ou agenouillé. Ils rentraient vers midi, au pas, en rangs par trois, en chantant avec conviction : « Où se forme la jeune armée ? — C'est sur nos bancs — Nous grandirons O France, O mère bien aimée — Bientôt pour toi nous combattrons. »

Les parents des élèves de Marthe respectaient la consigne de déserter le bataillon scolaire, plus par crainte de représailles en classe que par conviction. La directrice retrouvait la même contradiction auprès des femmes des cours ménagers, qu'elle ne recevait plus chez elle mais qu'elle conseillait, trois fois par semaine, au « Cercle de l'Avant-Garde ». Cette société laïque, qui offrait des activités multiples aux hommes, aux femmes et aux enfants, faisait pendant au patronage de la paroisse. Les deux clans se retrouvaient parfois dans des épreuves de gymnastique, des concours de tir ou de pêche, ou, plus brutalement, à la sortie des réunions électorales.

A ses séances de l'Avant-Garde, Marthe Muller reprenait les thèmes des leçons de morale données aux fils de celles qui l'écoutaient. Plus que la préparation des plats familiaux, l'apprentissage de la vie dans les cités ouvrières d'une ville industrielle en constante évolution demandait des explications et des précautions. Les problèmes se multipliaient, s'enchaînaient, frappant particulièrement les foyers désunis ou perturbés. Le développement de l'usine, le mode d'existence collective après des années d'isolement rustique, les tentations de la rue, les cafés pour les hommes, les magasins pour les femmes, la crainte réduite du péché ou du sermon du curé, l'émancipation bénigne mais réelle des jeunes gens créaient une société nouvelle trop à l'étroit dans ses anciennes règles et prise de vertige sans de nouveaux garde-fous.

Sans perdre leur confiance, Marthe, avec sa responsabilité de directrice d'école, connaissait quelque réticence dans les confidences des femmes de l'Avant-Garde. Les questions évoquées avec l'éducation des enfants, le budget familial, les relations conjugales relevaient de l'intimité, malgré les évidences, connues des uns et des autres, telles que les dettes à l'économat, les ivresses d'un homme, les fredaines d'une fille. Elise Fischer, cuisinière en titre à la « Cure d'air », qui donnait au Cercle des recettes de pâtisserie et d'autres préparations, recevait plus de doléances ou d'aveux que Marthe. Discrète sur les noms, elle rapportait à son amie les faits les plus délicats, que l'institutrice devinait dans le comportement des enfants ou connaissait mieux par les constatations de Léon. « Il faut, disait Marthe, donner aux femmes l'envie et le courage de rester du bon côté de la pente. Si on bascule, la dégringolade s'accélère et entraîne toute la famille. Mais les femmes tiennent si les hommes le veulent. La génération précédente, la nôtre, a été précipitée, au lendemain de la guerre, dans ce monde de machines, d'ateliers et de maisons alignées. Il est normal qu'elle titube, trop à mon gré d'ailleurs. Un autre bonheur, mieux équilibré, attend les plus jeunes, nés sans l'espace des champs et des vignes, habitués aux groupes, habiles au marteau ou à la passementerie plutôt qu'à la roue et au rouet. J'ai hérité à l'école d'un panneau signé de Jules Simon, qui n'a pas été un si mauvais ministre : "Le peuple qui a les meilleures écoles est le premier peuple. S'il ne l'est pas aujourd'hui, il le sera demain." Peu importe qu'on soit le premier peuple, pourvu qu'on soit libre, mais qu'au moins nos élèves soient les meilleurs. Eux-mêmes peuvent changer les parents. »

Pour respecter l'anonymat et l'indépendance des habituées de l'Avant-Garde, Marthe, plutôt qu'un cours entraînant des participations individuelles, proposait une allocution informative. Elle prenait des exemples dans d'autres lieux, des articles d'hebdomadaires, parfois même dans des livres ou des discours publics. « Tu leur fais le catéchisme », disait Léon qui, à l'usine, avait sa propre paroisse.

— En dix ans de temps, répétait Marthe à ses femmes, nous avons appris une chose nouvelle : le besoin. Auparavant, nous avions faim ou soif, nous avions froid : la solution était à portée de la main avec le pain, cuit à la maison, l'eau du puits, la paille de la literie. Le besoin impose le loyer, les courses, les provisions, les économies. Il s'accompagne, hélas, des tentations. Elles ne manquent pas. A la sortie de l'usine, harassés, les hommes entrent au café pour oublier douze heures de peine. Le besoin d'un petit coup s'accompagne de la tentation des cartes et du jeu de dés, qui entraînent la bouteille après le verre. Sur le chemin de la boulangerie, les femmes longent les vitrines. Le besoin de la miche campagnarde se prolonge de l'envie de la cafetière émaillée avec des fleurs, ou celle des boucles d'oreille du bazar. En rincettes de blanc sec et en colifichets de pacotille, l'argent file entre les doigts. On garde le même mot mais, cette fois, pour être dans le besoin. Dans le besoin, on accepte par nécessité d'envoyer les enfants à l'usine pour onze heures d'affilée; on prend du travail de couture, à bas prix, à la maison, sans le dire parfois au mari; on supprime la viande des repas et la santé de tous s'en ressent. La vie est un combat mais elle ne doit pas être une épreuve. Sachons préserver ce qu'elle a de meilleur en écartant ce qu'elle a de pire.

Les auditrices de Marthe ne posaient pas de questions. En sortant, certaines avaient les yeux rougis ou humides. A l'usage, pour ne pas renouveler ses propos moralisateurs et un peu vains, l'institutrice orientait les femmes vers des travaux de tricot ou de couture, alimentaires aussi, destinés à des ventes au profit de la coopérative d'aide aux plus démunis.

Au cours de conversations plus personnelles, Elise recevait des allusions qui dépassaient les habituelles questions domestiques. Avec le reste, évoluaient les mœurs conjugales, que les femmes autour d'elles, pour résumer, appelaient « le lit ». Le sujet tabou, gardé jusqu'alors pour les confessionnaux, apparaissait dans des allusions à « la chose », plus pour s'en plaindre que pour s'en réjouir. Souvent les maris en demandaient trop ou n'importe comment, avec parfois des débordements équivoques voire incestueux, un autre secret honteux. On retrouvait là des traces de l'alcoolisme, du poids du travail et de ses humiliations, le vertige du tourbillon social, la perte des attaches familiales et des racines villageoises.

— C'est un comble qu'on me livre ces aveux intimes à moi, qui suis veuve, constata Elise en remontant au Hameau avec Marthe, soudain plus grave :

— Nos mères ne parlaient pas de ça. Le « lit », comme disent nos amies, servait à fabriquer les enfants. Le mari y prenait plus de plaisir que l'épouse, semble-t-il. Quand les filles se mariaient, elles ne recevaient guère que des conseils de soumission et d'obéissance. Elles subissaient à leur tour les mains calleuses, l'odeur des étables, les étreintes brutales, un plaisir qui leur échappait.

— Alfred était doux; avec lui, je ne faisais pas que mon devoir.

Pour la première fois, Marthe, qui ralentissait le pas, parla de Gustave à Elise, bien informée par Léontine Colin qui en disait plus qu'elle n'en savait :

— Nous n'étions pas mari et femme, mais presque. Je suis allée à l'extrême limite avec lui. Quand Léon m'approche et me touche, je pense à son frère, je compare les gestes. Dans le silence, je repasse dans ma tête les mots d'autrefois. Je veux te dire, surtout, que je comprends le malaise, l'angoisse parfois, de ces femmes, soumises comme leurs mères mais à des hommes qui s'excitent avec leurs conversations de bistrot et qui ne respectent rien parce qu'on les méprise à longueur de journée. On ne parle pas d'amour dans tout cela. Le mot paraît fragile comme un vase de porcelaine fine.

Elise posa la question qui lui brûlait les lèvres :

— Tu as des nouvelles de Gustave?

Marthe, ses esprits retrouvés, évoqua les lettres espacées adressées à la famille de Vézelise ou à Léon :

— Il est de moins en moins soldat, de plus en plus menuisier ou ébéniste, à Alger, dans les ateliers du gouverneur général. Mais toi, Elise, tu ne cherches pas à te remarier?

La jeune femme eut un sourire forcé :

— Moi aussi, j'ai mes bons souvenirs. Je les garde précieusement. Ils me suffisent, avec les gosses qui grandissent : l'institutrice parle déjà de préparer Germaine à l'Ecole normale. Tu pourras l'aider. En attendant d'apprendre aux autres les décilitres et les litres, la gamine remplira les verres : demain, je l'embauche pour le service du banquet, quarante personnes à table pour fêter la nouvelle mairie ; quiche pour tout le monde, brochet de la Moselle au vin gris, salade et tarte aux fraises. C'est le Conseil général qui régale et qui règle la facture.

Avec ses drapeaux aux fenêtres, la « Cure d'air » prenait, avec quelques semaines d'avance, une allure de 14 Juillet. Tôt dans la matinée arrivèrent le maire et les conseillers municipaux, curieux de surveiller la mise en place des tables. Le maire courait partout, le gland de son écharpe pendant de la poche de sa redingote. Tous portaient leur costume de sortie, parfois celui de leur mariage, encore frais mais étroit. Ernest Colin, paisiblement, avec le calme hérité de son père, préparait les bouteilles, du blanc, aligné entre des blocs de glace en préservant les étiquettes pour qu'elles ne se décollent pas, du rouge, couché sur une table dans une pièce pour garder la bonne température. Léontine, brouillonne, énervée, les bigoudis cachés sous un fichu vert arrondi comme un chou-fleur, distribuait des ordres aux femmes engagées pour le service et aux enfants prévus en grand nombre et encore désœuvrés. Elise, par précaution, tenait sa cuisine close depuis le matin. Il fallait le motif sérieux d'une livraison de dernière heure ou du besoin d'un produit pour qu'elle tourne la clé de la porte de son territoire. Filtrait alors, dans le bruit des casseroles et des fouets, une odeur indéfinissable dominée par le fumet du poisson.

A l'extérieur arrivaient les invités, un peu essoufflés par la montée de la colline. Une toile, qui autrefois servait d'abri pour les repas du battage au Hameau, abritait des tréteaux pour l'apéritif. Sans les insignes de la République placés çà et là, on aurait cru les préparatifs du vin d'honneur d'une noce. Environné de bleu-blanc-rouge, le repas avait sa signification politique. Il célébrait l'achèvement de l'hôtel de ville et de son école maternelle du rez-de-chaussée, au moment où se terminait la construction de l'église avec la pose de sa croix de pierre. Le brochet au vin gris d'Elise prenait place dans la rivalité locale entre « curés » et « républicains », qui ne se limitait pas aux concours de cheval d'arçon opposant le Cercle de l'Avant-Garde et le patronage paroissial.

L'affrontement le plus récent datait de la finition du clocher. De nombreux curieux observaient les charpentiers perchés comme des acrobates sur le haut échafaudage entre les palans et les cordes des marbriers hissant le lourd symbole de grès. Le groupe, massé derrière le curé en surplis, présidant la manœuvre entouré d'enfants de chœur en soutane rouge, gardait ses distances avec les rangs des badauds ordinaires mêlés de militants de la « Laïque » qui attendaient la chute de la croix plutôt que son érection.

Alors que tombait, en rebondissant sur les ardoises et les pierres, un vieux seau de maçon oublié sur le chantier, un jeune gymnaste de l'Avant-Garde chanta, en virevoltant tel un Polichinelle : « C'est l'ange Gabriel/ qui descend du ciel/ par une petite ficelle./ La ficelle cassa/ Gabriel tomba/ dans un mont de caca. » Un vicaire, athlète à la barre fixe au patronage, approcha pendant que d'autres reprenaient en chœur l'antienne iconoclaste. L'abbé, courageux, montra son poing au perturbateur avant de reculer sous la poussée de ses compagnons qui, le refrain achevé, criaient « A bas la calotte », « A bas les corbeaux ». Le curé donna l'ordre aux enfants de chœur d'agiter leurs sonnettes. Dans le silence provoqué par l'étonnement, il cria de sa forte voix habituée au prêche :

— Si vous blasphémez l'ange Gabriel, respectez au moins le travail de ces hommes qui risquent leur vie au-dessus de nos têtes !

L'incident en resta là. Quand plus tard un charpentier triomphant, dressé sur l'échafaudage du clocher, montra du bras la croix placée sur son socle, le public unanime applaudit avant de se séparer, dans un nouveau brouhaha lorsque le vicaire, retourné près du curé, entonna le *Te Deum*.

Avec malice, les cloches de Sainte-Euchaire sonnèrent à toute volée alors qu'arrivait à la « Cure d'air » la calèche des officiels du Conseil général. Les cuivres et les tambours de la fanfare n'en jouèrent que plus fort une *Marseillaise* déterminée, accompagnée au refrain par les élus bardés de leurs écharpes et par les invités. Les discours continuaient.

Ernest Colin et ses aides servaient le pétillant du Toulois offert par la municipalité. Mathieu et Germaine Fischer, en costume lorrain comme trois ou quatre autres enfants, passèrent, après les applaudissements, des assiettes de carrés de pain beurrés de pâté, de rillettes ou de terrine de poisson. Léontine, les mèches blondes bouclées en rouleaux, paradait en maîtresse de maison, rougissant quand un notable lui baisait la main en frôlant ses doigts d'une moustache drue. Elle connaissait certains de ces messieurs, friands de promenades familiales le dimanche dans ce lieu reposant, proche des chemins forestiers, des buissons de mûres ou de framboises et des carrés de champignons.

On savait Ernest Colin proche des idées des républicains. Outre les banquets officiels, la « Cure d'air » servait souvent des dîners de mariage à des familles de ce bord qui boudaient les établissements aux sympathies inverses. Carcel, au centre de la ville, après avoir changé de patron en gardant le nom, perdait la clientèle des Pompéens d'origine. Ce n'était plus la brasserie du début, surprenante par ses innovations d'éclairages ou de jeux de glaces. Dans un espace agrandi, coupé en carrés par les alignements des dossiers des banquettes accolées, s'accumulaient les tables et les chaises en un café transformé dès le début de l'après-midi en salle de jeux. Les nouveaux habitants, Mosellans, Belges, Luxembourgeois, quelques Italiens, avaient leurs habitudes chez Carcel, que, par mépris, les anciens appelaient « la Winstub ».

Bien avant de mettre fin à leurs réunions, devenues bavardes et sans efficacité, Léon Muller et ses camarades avaient délaissé l'arrière-salle de Carcel comme ils avaient abandonné la maison. Quand il le fallait, avec d'autres ouvriers de leurs postes, ils se retrouvaient dans une annexe de « La Gueule d'Enfer », débaptisée pour un plus discret « Le Central », moins équivoque à proximité de l'entrée de l'usine.

Léon peignait à la chaux blanche les troncs de ses mirabelliers quand passèrent devant la maison, descendant de la « Cure d'air », le maire, le président du Conseil général et deux autres hommes :

— Tes mirabelles seront pâlottes si tu mets trop de blanc, cria le maire, la mine rougie par les agapes.

Le groupe approchait.

— Je voulais prendre Léon sur ma liste, continua le bonhomme. Il a refusé en prétextant qu'il laissait la politique aux autres. Ce n'est pas un rouge mais un vrai baroudeur, pas une grande gueule mais un aiguillonneur. Après la poste, voilà qu'il réclame une gendarmerie. Après le cachet, le cachot!

Le nouveau maire s'appelait Peltier. C'était un ancien comptable de la mine de Ludres, venu à l'usine à ses débuts puis passé dans le commerce avec une maison de bains-douches qui prospérait. En plus des cabines de son établissement, il proposait, pour les personnes âgées ou malades, des bains à domicile. Deux de ses commis poussaient une voiture à bras à deux roues chargée d'une baignoire en zinc et d'un réservoir d'eau chaude. Sur place ils installaient leur matériel, amenant le liquide dans deux seaux en cuivre. On ironisait dans la commune en parlant de Peltier : « Notre maire est un homme qui se mouille. » Assis sur le banc de pierre entre deux mirabelliers, le président du Conseil général s'adressait à ses compagnons :

— Des écoles, des bureaux de poste, des dispensaires, des gendarmeries, des chemins, tout est à construire. La pierre mange la terre, mètre après mètre. Quand j'étais enfant, Pompey servait de vignoble à Nancy.

— Le mildiou a dévoré ce qui restait, dit Léon. Pour la gendarmerie, ce n'est pas le cachot qui m'intéresse. Je demande seulement un peu d'ordre dans les rapines, les bagarres devant chez Carcel, la vitesse des tilburys des messieurs qui menacent les enfants sur le chemin de l'école.

— Attendez qu'arrivent les vélocipédistes : ils sont plus dangereux que les chevaux, plus fous que les cochers ou les charretiers. Je dis toujours à mes électeurs que le monde ne s'est pas fait en un jour. Ils ont quel âge, vos mirabelliers ?

— Le premier date de 1872.

— Les noyaux ont fait des petits. Vous avez raison, les arbres nous unissent au passé.

Debout, le président du Conseil général prenait une pose de comédien :

« *Il chercha le jardin, la maison isolée/la grille d'où l'œil plonge en une oblique allée/Les vergers en talus/Pâle il marchait. /Au bruit de son pas grave et sombre/Il voyait à chaque arbre, hélas, se dresser l'ombre/Des jours qui ne sont plus.* » Le président entraînait les autres : « Victor Hugo, *Tristesse d'Olympio* ! » Et on voudrait supprimer les récitations à l'école pour apprendre le réseau des chemins de fer. Messieurs, ressaisissons-nous !

Comme le groupe disparaissait dans la descente pavée, Marthe approcha :

— Qu'est-ce qu'ils te voulaient ?

— Je crois qu'ils étaient un peu ronds. Je voudrais bien retrouver les vers de Victor Hugo : on les dirait écrits en souvenir de Léopold Muller, mon père.

Un torchon placé sur l'herbe devant elle, Marthe effilait des haricots verts amenés dans son tablier arrondi comme un panier :

— Avec la peinture, les troncs paraissent plus fins et plus longs.

— La chaux détournera les chenilles. Sur l'arbre se dresse l'ombre des jours qui ne sont plus... Le poème dit cela, à peu près. Mon père voulait nous offrir du repos à l'ombre de ses mirabelliers. « Pour ton petit fils », me disait-il.

Léon essuya le pinceau sur le bord du seau où la chaux formait un bourrelet sec et grisâtre. Il marqua une pause, installé sur le banc. Le moment lui semblait venu de partager avec Marthe le secret de la fin de la guerre, les fusillades des fossés de la Muette, le désespoir de Léopold, son dernier verre de mirabelle :

— Sommes-nous dans la même existence ? Mon père, à deux mètres de ses arbres, ne retrouverait pas son chemin. Aurait-il peur de la sirène de l'usine ? Il ne connaissait de bruits violents que ceux du tonnerre et ceux des cognées des bûcherons sur les vieux troncs de la forêt. Le pire est-il à venir pour Louis et les gosses de son âge?

— Léon, ne boude pas le progrès. Nous sommes à l'aube d'un autre temps, qui ne sera jamais aussi terrible que celui de nos parents et de ceux qui les ont précédés. Regarde, avec nos nouvelles lampes à pétrole, comme les soirées sont plus agréables, à lire et à broder. Le train... les magasins... l'école! Est-ce que ton père savait lire?

Louis arrivait :

— Je peux peindre un peu?

Il tendit le pinceau vers son père.

— Trempe-le doucement dans le seau. Tu mets une première couche, légère, mouillée, puis tu repasses de la peinture pour épaissir, comme une pâte sur les cannelures du tronc.

Dans la rue, les dîneurs attardés descendaient de la « Cure d'air », jetant un regard étonné sur cette demeure différente des maisons banales du quartier, paisible avec ses allées pavées, ses carrés d'herbe, ses arbres fruitiers arrondis, prometteurs d'une belle récolte. Elise les suivait de peu, la mèche un peu folle après la rude journée :

— Ils ne m'ont pas fait beaucoup de restes. Je vous apporte un peu de brochet froid et de la mayonnaise, des petits pains aussi.

Léon, le couteau sorti de sa poche, étalait du poisson et de la sauce entre deux croûtes. En mangeant, il préparait des canapés pour Marthe, attentive au récit de la cuisinière : la bouteille de vin renversée par le maire, le coup de colère du receveur des postes quand un invité avait prétendu qu'il recevait son courrier plus tôt quand le facteur de Frouard l'apportait, les chansons osées du dessert qui obligèrent à rappeler Germaine à la cuisine :

— Je vous laisse, dit Léon en essuyant dans l'herbe la lame de son couteau. La nuit sera courte.

Elise et Marthe papotèrent jusqu'à ce que Louis arrive au fond du seau de peinture :

— Tu sais, dit Marthe à sa compagne, je ne suis pas mécontente d'aller au lit quand il dort déjà. Certains soirs aussi, je redescends à l'école ou je passe à l'Avant-Garde. Tu gardes tout cela pour toi, Elise!

Léon quittait la maison à quatre heures du matin. Dans le creux de la vallée, l'usine ronflait, l'œil d'un four entrouvert, l'ombre alanguie d'un atelier allongée comme la patte vigilante d'un chat. Les bois des collines, de l'autre côté de la Moselle, traçaient une ligne sombre entre les limites de la ville et la bordure du ciel frissonnant de l'infime lueur du jour naissant. Dans des enclos, derrière les maisons, des coqs chantaient, entraînant l'écho des corneilles puis des moineaux sortis de leur sommeil léger. Plus bas, sur les pavés, claquaient les sabots d'autres ouvriers du quartier. De loin parvenaient les coups de sifflet répétés d'une locomotive et, assourdis, les battements des roues du train sur la voie.

Dans la rue de Nancy, la lueur bleue des becs de gaz installés l'hiver précédent prolongeait artificiellement une nuit condamnée à disparaître avant peu. Les vitrines éclairées du « Central » formaient une boule jaunâtre coupée par les ombres floues des premiers clients du jour. Le patron, tôt sur la brèche, servait le café aux hommes de l'équipe du matin; certains, qui venaient à pied de Belleville ou de plus loin, grignotaient leur casse-croûte, deux ou trois tartines de la veille avec une couche de fromage, de la confiture ou du pâté. D'autres rinçaient leur tasse avec un verre de rhum ou leur gorge avec un ballon de blanc sec. Léon prenait toujours la même place, au bout du comptoir à l'opposé de l'entrée. Le trouvaient mieux, ainsi, ceux qui souhaitaient le consulter pour un problème d'atelier, une démarche à entreprendre. Il préférait les matins calmes pour savourer son bol de café, qu'il coupait d'une cuillerée de crème comme le faisaient des Belges des ateliers.

Ce lundi matin, la grande salle du « Central » connaissait une ambiance inhabituelle, avec des conversations martelées, des allées et venues entre les groupes et les tables. Les ouvriers se passaient de main en main une feuille que l'un et l'autre lisaient à voix haute pour ceux qui ne le pouvaient pas. Ce placard de la direction annonçait une retenue sur la paye à cause des difficultés commerciales du moment : « La crise économique menace l'équilibre financier de notre société. C'est l'affaire de tous de préserver l'avenir de chacun. La direction, qui elle-même réduit ses frais, et hélas ses investissements, a le devoir de gérer au mieux la masse salariale pour éviter les suppressions de poste et, plus tard, un chômage plus conséquent. Merci de votre confiance et de votre aide. »

Le grand Krier, qui n'était plus célibataire mais marié et père de trois enfants, protestait plus fort que ses compagnons :

— Monsieur Fould ne boira plus le midi que deux coupes de champagne au lieu de trois. Il nous demande de couper en deux le quignon de pain sec de nos gamins. A bas les affameurs !

Autour des tables, des fondeurs, des lamineurs, des puddleurs sortaient de la poche intérieure de leur veste la fiche de leur dernière paye, pliée en quatre, froissée à force d'être regardée ou montrée : « le nombre d'heures est plus gros que celui de la gagne », « ça me fait trente-six sous par jour par bouche à nourrir », « combien coûte le dernier tilbury de monsieur Fould ? ».

Le grand Krier, qu'excitait l'énervement général, tira une chaise vers le comptoir, à côté de Léon :

— Puisque le patron refuse de payer, refusons de lui donner notre travail. Pas de salaire, personne à l'usine. Je ne franchirai pas ce matin la porte du marché aux esclaves.

Il jeta au sol en descendant de son perchoir la musette de sa collation de midi. Un homme assis ramassa la boule de pain qui roulait sur le sol et redressa le pot de haricots renversé sans son couvercle. Une partie de la salle applaudit, plutôt vers le fond, tandis que Léon tirait vers lui la chaise de Krier.

— Restons calmes, dit-il, debout à son tour au-dessus des tablées. Krier a raison : il faut se défendre. Pas n'importe comment. Si nous ne nous présentons pas au travail, nous sommes en faute. Nous trouverons porte close le jour où nous voudrons rentrer. Prenons les postes. Discutons et agissons. Nous sommes lundi : il reste une semaine avant la paye.

— Mes enfants mangent tous les jours ! cria le grand Krier.

— Les miens aussi, ajouta une voix. Léon Muller a dit juste. Rentrons dans les ateliers. On se croisera les bras devant les fours, s'il le faut.

— Pas trop près, sinon tu vas griller !

Déterminé, Léon sortit le premier du « Central ». Il entendait derrière lui le bruit des chaises que quittaient la plupart des consommateurs. Krier était dans ses talons :

Muller, tu défends le champagne de Fould ou le pain de mes gosses ?

Arrêté net, Léon se retourna :

— Souviens-toi : je ne suis jamais du côté des rats.

Ils continuèrent leur marche, rejoints par quelques ouvriers souvent mêlés aux discussions et aux palabres. Léon écoutait les avis rapidement donnés. Avant la séparation à la porte du puddlage, il dit :

— Réfléchissons encore et décidons à la pause de dix heures.

Les ouvriers du poste de nuit interrogèrent du regard

ceux qui arrivaient. Aux visages fatigués, noircis par la poussière et la fumée, répondaient des mines sceptiques au regard fuyant. Dans l'atelier attendaient les gardes, tendus. Ils étaient quatre au lieu de deux, épiant les mots échangés, surveillant les gestes, livrant une observation au contremaître.

Après la relance des fours et le brassage des puddleurs pour éliminer l'encollement de la masse pâteuse agglutinée par l'excès de carbone, le travail retrouva un rythme calme avec le lent ballet des lingots blanchis par le feu, portés dans les tenailles jusqu'aux marteaux des lamineurs. Dans l'arc-en-ciel des couleurs des éléments, le rouge de l'hydrogène, le bleu de l'oxyde de carbone, le verdâtre blafard de la fonte, on ne s'apercevait pas que le jour était définitivement levé, encore moins que le ciel, près de cette nuit artificielle, étalait un azur vif et pur. D'un hochement de tête, ou hâtivement avec une main libre, les hommes du puddlage se montraient un ingénieur qui passait, un contrôleur interrogeant le contremaître, une feuille pincée sur une planchette de bois percée sur le côté droit d'un trou pour l'encrier. Jamais encore l'atelier n'avait connu cette atmosphère de surveillance et de défiance.

Les deux coups secs de la sirène du repos de dix heures ressemblaient au signal sifflé par les locomotives en manœuvre pour alerter les cheminots du ballast. Les équipes prenaient leur casse-croûte par moitié, mêlées à celles des autres bâtiments sur le terre-plein central ou, par mauvais temps, dans une halle. Les gardes ne purent empêcher le rassemblement habituel des groupes formés, tous ateliers confondus, par des ouvriers d'une même rue, d'une société de pêche ou d'une tablée de manille. Un peu à l'écart, Léon, Krier et quelques autres discutaient en plongeant le couteau ou la cuillère dans la gamelle. Ils passèrent ensuite dans les rangs, s'accroupissant près de ceux qui finissaient leur repas pour donner la consigne de cesser le travail au retour des ateliers de la seconde vague du casse-croûte.

Léon, le premier, donna l'exemple chez les puddleurs. Il enleva son tablier, traversa une nuée d'étincelles sortie d'un four après l'action d'un ringard sur les scories et accrocha son cuir protecteur au coin de la porte de son armoire de vestiaire, sous le nez d'un garde arrivé en pressant le pas :

— Tu n'as pas le droit.

Léon lui montra l'atelier :

— Je fais comme eux, je le prends !

Les hommes marchaient vers la grande porte vitrée, silencieux et calmes. Des groupes remontaient l'allée centrale à l'approche des bureaux. Aux fenêtres de l'étage apparaissaient des curieux qui ne s'attardaient pas, rappelés à l'ordre par l'encadrement. Les rangs des ouvriers se resserraient en cortège. Le grand Krier, passé en tête, guidait cette foule de deux cents manifestants vers le « Central » et sa nouvelle salle de bal. C'était un baraquement de tôle et de bois avec des vasistas à l'embase du toit, à la hauteur du croisement des poutres. Il n'y avait pas de plafond mais une verrière inclinée qui éclairait le jour, et que des rideaux manœuvrés par des cordelettes cachaient la nuit venue.

Krier se démenait dans la bousculade, houspillait les premiers arrivants qui se chamaillaient pour prendre place sur les bancs alignés sur les côtés du parquet :

— Allez plutôt chercher une table et des chaises !

Marchal, le patron du « Central », fendait les rangs jusqu'à l'estrade pour mettre à l'écart les pupitres des musiciens et leurs tabourets. Une table passait de bras en bras, au-dessus des têtes, suivie de chaises tenues par une patte. Monté sur le socle du chef d'orchestre, qui servait aussi à la chanteuse, Krier tapa dans les mains pour réclamer le silence.

— Nous ne pourrons rien faire avant la constitution d'un bureau, comme le veut la règle pour toute réunion publique. Y a-t-il un candidat pour la présidence?

La salle chuchota en une confusion coupée de protestations comme « ne poussez pas », « silence ! ». Sans réponse à sa question, Krier dit :

— S'il n'y a personne, je me présente pour la présidence.

Comme une clameur, monta soudain, repris par la salle, le cri : « Léon Muller, Léon, Léon ! »

Le grand Krier tendit les mains devant lui pour calmer l'assemblée :

— Léon Muller est-il d'accord?

— Si on veut, je suis d'accord. Il faut voter, lança Léon de son coin.

Un puddleur, habitué aux assemblées générales d'une société d'horticulture, organisa le scrutin qui se faisait par acclamation, le candidat le plus applaudi étant retenu. Le nom de Léon dominait largement tandis que les sifflets se mêlèrent aux voix favorables à l'appel de Krier, placé au bureau avec deux volontaires, et Bertrand, l'horticulteur, nommé secrétaire. On attendait l'intervention de Léon. Debout derrière sa chaise, il parla posément, un peu ému de l'importance du moment :

— Jamais ne s'est tenue pareille réunion. L'abus de pouvoir nous dresse comme un seul homme. Que demandons-nous d'autre que le salaire de notre peine? Aujourd'hui, Fould, qui nous prend pour du bétail, nous supprime l'avoine. Trop c'est trop. Lequel d'entre nous supporterait le regard de sa femme et de ses enfants en rapportant la maigre enveloppe allégée de quelques pièces? Il n'y a pas trente-six solutions. Je n'en connais qu'une, qu'il faudra choisir ou rejeter : la grève!

Avec difficulté, le secrétaire donna la parole à ceux qui le souhaitaient. Un ancien mineur du bassin de Nancy dominait le débat de sa forte voix :

— Je me méfie de la grève comme de la peste. Elle coûte plus cher qu'elle ne rapporte. On sait quand elle commence, jamais quand elle finira.

Plus timides, d'autres se réfugiaient dans l'incertitude d'une expérience nouvelle.

— Il faut bien commencer un jour, répondait Krier, donner un coup de semonce aux marchands de ferraille qui aiment mieux leur tiroir-caisse que notre huche à pain.

Comme la discussion s'enlisait dans des considérations personnelles, Léon Muller proposa qu'on en revienne au vote :

— Comme président, je pose trois questions. Premièrement : faites-vous confiance à votre bureau pour discuter avec la direction ? Deuxièmement : acceptez-vous que le bureau rédige la motion à présenter à la même direction ? Troisièmement : le bureau peut-il indiquer que le refus de discuter ou celui de notre revendication entraînerait la grève immédiate ?

Posées séparément par le secrétaire, les questions obtinrent une forte majorité, la grève recueillant, en plus des applaudissements, des battements de pieds sur le plancher qui amenèrent aussitôt près de la table le cafetier Marchal, inquiet :

— Je mets cette salle à votre disposition, gratuitement, pendant tout le temps que vous voudrez. Je vous demande de me la rendre dans l'état où vous l'avez trouvée.

Des voix crièrent « Marchal, avec nous ! », couvrant celle du secrétaire qui fixait rendez-vous à tous à cinq heures.

C'était l'attente. Les ouvriers, au « Central » ou chez

Carcel, au comptoir de la buvette-tabac ou de l'épicerie, discutaient avec leurs camarades du poste suivant. Des femmes descendaient des cités pour en savoir plus sur les faux bruits qui parlaient déjà de bagarres et de vitres brisées. Par des observateurs qui couraient entre l'usine et la salle de bal, les gens de l'usine et les curieux suivaient le travail et les démarches de Léon Muller et de son bureau, avec aussi peu d'exactitude dans les informations que dans les commentaires. L'esprit, soudain, était ailleurs avec le passage dans la rue de Nancy d'un petit escadron de hussards trottant vers l'ancienne caserne, la couverture et la tente de campagne roulées sur le troussequin de la selle. On ne parlait que de ce renfort de sécurité en se retrouvant au « Central » à l'heure dite.

La réunion commença mieux que celle du matin, grâce à l'intervention du secrétaire Bertrand venu avec une cloche pour intervenir efficacement. Un épais cahier de comptes ouvert devant lui, il lut la requête rédigée avec ses quatre compagnons. Sous les formules de politesse qui exprimaient le regret des signataires de troubler l'ordonnance des choses, la lettre demandait le maintien des salaires, souhaitait une conciliation qui éviterait une première grève dans une usine épargnée jusque-là par les mouvements sociaux. La motion souhaitait également la mise au repos des femmes et des enfants de l'usine pendant les discussions :

— Il n'en sera pas ainsi, ajouta aussitôt Léon Muller. La direction refuse de recevoir le bureau que vous avez élu. Pour nous intimider, elle appelle au secours des hussards, qu'il faudra qu'elle paye avec l'argent pris dans nos poches. Je repose donc la même question : sommes-nous en grève ?

Les bras levés représentaient à peu de chose près l'unanimité. Krier entama le premier couplet de la *Marseillaise*, que reprirent avec ardeur les rangs serrés de l'assemblée.

Léon se pencha vers le secrétaire pour détailler les consignes à répartir entre les volontaires après le dernier refrain : une permanence de jour et de nuit, des postes de sécurité dans les ateliers, des réunions avec les autres ouvriers. Pendant que Bertrand organisait cela, Léon recopiait l'adresse rejetée par la direction de l'usine pour la déposer chez le maire.

C'était jour de fermeture des bains-douches. Peltier, botté, lavait à grande eau le carrelage de son établissement, avec l'ardeur d'un matelot sur le pont de son navire.

— La grève, c'est le fléau d'aujourd'hui, une déchirure dans le tissu de la société, qui partira un jour par pans entiers.

— Je ne te demande pas ton opinion. Ceux qui sont en grève sont ceux qui t'ont élu. Es-tu prêt à les aider ?

— Ils m'ont élu, ils sont mes clients, mais l'usine compte aussi. Elle paye pour les maisons, pour l'école. Sans elle, tu peux retourner à tes patates.

— Qui commande à Pompey ? Monsieur Fould ou toi, Peltier ?

— Laisse-moi rincer mon dallage. Attendons la suite des événements.

Tout le monde attendait. Le beau temps écrasait la vallée de sa tiédeur émolliente. Le centre de la ville languissait comme en un jour férié sans les allées et venues des équipes, les moments de pointe au portail central, les petits attroupements sur la chaussée. Dans la matinée ne passaient guère que les responsables du comité de grève allant du « Central » à la mairie ou de la mairie à l'usine, épiés derrière les rideaux des vitrines de Carcel par des agents en civil arrivés de Nancy, déjà repérés avec un ironique mépris. L'après-midi, l'animation reprit avec la réunion générale. L'estrade de l'orchestre drapée de tricolore derrière la table du bureau ressemblait à une tribune de défilé de 14 Juillet ou de réunion électorale. Peinte à la main en grosses lettres de cahier d'écolier, une banderole proclamait : « La lutte est ouverte. » Bertrand usait de sa cloche d'appariteur pour imposer le silence à une salle indisciplinée. Quand il ne sonnait pas, il notait sur une feuille volante ce qu'il recopiait ensuite au propre sur son grand cahier. Léon souligna dans le communiqué le refus persistant de la direction de reconnaître les représentants des grévistes. Puis il donna des informations pratiques sur les tours de rôle pour l'entretien des fours, les permanences, les prochains rendez-vous :

— Je voudrais proposer un vote de plus. Cette tribune est décorée. Je dis que les drapeaux nous rappellent — il faudrait le rappeler à d'autres — que, depuis 1789, il n'y a plus de privilèges.

La phrase entraîna des applaudissements et des lazzis : « à bas les privilèges ! », « pas de nouvelle noblesse », couverts par la cloche frénétiquement agitée.

— Je suis moins d'accord avec le calicot qui affirme que la lutte est ouverte. La grève n'est pas la guerre... L'ennemi est un peu plus bas sur la Moselle, après le poste frontière de Pont-à-Mousson.

Le grand Krier leva la main pour demander la parole :

— Je suis l'auteur de la banderole. Lisons ce qui est écrit : « la lutte », pas la guerre ! Ne déformons pas les mots. Nous voyons, à la foire de Nancy, des lutteurs. Ils se battent pour ne pas être terrassés. Que souhaitez-vous d'autre ? Rester debout, sans courber l'échine, tenir tête à un patron qui ne connaît que le marteau-pilon. Soyons clairs : nous sommes en lutte pour exister malgré ceux qui nous traitent comme des moins que rien.

L'assistance attendait, intéressée par ce duel oratoire qui animait une situation figée dans l'inertie. Léon reprenait son propos :

— Quand je précise que la grève n'est pas la guerre, je

pense, encore une fois, à la guerre qu'il faudra peut-être faire un jour pour redonner l'Alsace et la Lorraine à la France. Il faudra, alors, un autre courage, et combattre avec ceux contre lesquels nous prétendons aujourd'hui être en lutte. L'usine nous appartient autant qu'à monsieur Fould, et d'une autre manière : il possède les actions, nous détenons l'âme, nous maîtrisons l'outil. Moi, paysan, fils de paysan, mis au puddler pour vivre et pour nourrir les miens, je revendique avec dignité le nom d'ouvrier. Comment rester ouvrier sans patron ? Je l'affronte, je me défends. Je ne déclare pas les hostilités. Je ne déclare pas la lutte ouverte.

Les réflexions fusaient, contradictoires :

— Si tu n'as plus ta paye, ta femme te nourrira avec l'argent de la République.

— Ce qui compte, ce n'est pas que la lutte soit ouverte, mais qu'on ne ferme pas nos gueules.

— Moi non plus je n'ai pas honte d'être ouvrier : je suis plutôt fier de l'usine. Dans les mines, quand ils parlent de nous, ils disent « les Pompey ».

— Et Fould, qu'est ce qu'il dit ?

La cloche ne servait plus à rien. Le grand Krier s'impatientait :

— Lutte ou pas lutte, la grève existe. Peut-on la gagner avec le moral de défaitiste de Léon Muller ?

Le grondement s'amplifia :

— Muller n'a de leçon de courage à recevoir de personne. Il a été notre porte-drapeau bien avant que les fours soient allumés.

Le vote s'imposait. Les acclamations condamnèrent la banderole, aussitôt roulée par Bertrand pendant que Léon, en aparté, calmait l'ardeur de son principal contradicteur en souhaitant la cohésion pour les jours à venir.

Léon ne remontait plus au Hameau. Il disposait d'un

lit de camp au fond de la grange occupée par la permanence. Cet ancien grenier à foin à proximité de la mairie convenait mieux que la salle de bal du « Central », conservée pour les assemblées quotidiennes. Les premiers jours de la grève, Marthe ou Louis lui apportait ses repas, une assiette de charcuterie et des tartines de fromage ou du poulet froid et une macédoine de légumes à la crème. Maintenant, sur un brasero de chantier apporté de l'usine, les quatre hommes du poste, comme disaient les ouvriers, cuisaient leur frichti, de la viande grillée, des tranches de lard ou, dans une marmite, un ragoût qui avait le temps de mijoter. Dans la journée défilaient des compagnons de bonne volonté qui surveillaient les rues pour aborder les non-grévistes, les abreuver d'arguments et aussi de menaces. D'autres passaient dans les cités pour soutenir le moral des femmes inquiètes à l'approche du samedi sans enveloppe.

En face de la permanence, une autre grange, surveillée par le tambour de ville, recevait les dons sollicités par le maire et son comité de solidarité, ainsi baptisé par le conseil municipal après une longue discussion sur le mot « soutien », rejeté. Des collectes dans les mines du bassin, les usines, les dépôts du chemin de fer, les écoles des communes de la banlieue de Nancy alimentaient un bric-à-brac où se mêlaient des pots de confitures et des saucissons, des vêtements et des almanachs reliés, des objets hétéroclites, bougeoirs, canevas à broder, des assiettes, des cadres un peu démantelés avec des vues exotiques de jonques sur le Fleuve Rouge ou de marchands de cuivres dans un souk marocain, souvenirs profanés de combattants du Tonkin ou de la bataille d'Isly. Les commerçants de Pompey donnaient peu, accordant des remises ou élargissant davantage les possibilités du crédit.

Du côté de l'usine, qui jouait sur l'usure du mouvement en feignant de l'ignorer, une étrange mise en scène animait les entrées et les endroits les plus visibles. Près du pont, à l'approche du port, les péniches de charbon et de coke attendaient leur tour pour accoster. Au-dessus des cheminées flottaient les panaches d'une fumée montée des fours artificiellement activés. Les sirènes, narquoises, sifflaient plus souvent qu'à l'ordinaire. Plutôt que par la voie fluviale ou par le chemin de fer, les livraisons quittaient la fonderie en convoi attelé, lentement, à grand renfort de claquements de fouet et de jurons. Vers dix heures le matin et quatre heures l'après-midi, passait le tilbury de monsieur Fould, seul ou accompagné, le haut-de-forme de taupé gris sur la tête, l'œillet à la boutonnière, le cigare amené régulièrement aux lèvres par une main gantée.

Le curé, privé de sermon jusqu'au dimanche, apportait son aide au comité de solidarité annoncé par une affichette manuscrite à la porte de l'église. Chaque jour, à sa demande, les Sœurs, qui fabriquaient elles-mêmes leur pain, offraient trois miches que le tambour de ville, dans sa grange, découpait en quatre parts pour les premiers demandeurs.

Le vendredi, au cinquième jour de la grève, le vicaire attendit Léon à la sortie de la mairie pour l'inviter au presbytère. Pas plus que son père le fils Muller ne fréquentait la paroisse. Incroyant, il montait à Sainte-Euchaire pour les enterrements. Sa religion faite de n'en avoir pas, il gardait une farouche tolérance dans les querelles du moment, tout en souhaitant, comme le suggéraient certains, la séparation de l'Eglise et de l'Etat. Le curé bavardait avec trois hommes autour de la table de la salle à manger :

— Léon Muller, soyez le bienvenu. Nous parlions, mes amis et moi, de la situation. Compte tenu du silence de la direction de l'usine, n'avez-vous pas l'impression de faire grève dans le désert ?

— La grève fait un peu peur. Pour le patron c'est une atteinte à son autorité, pour l'ouvrier un risque. Pour vous, Monsieur le curé, est-ce un péché ?

La question écartée d'un geste, le prêtre enleva le bouchon d'une carafe pour verser un doigt de poire dans un gros dé en cuivre :

— Ces messieurs connaissent les grèves. Parce que l'Eglise s'intéresse au sort des travailleurs comme Jésus a toujours approché les pauvres, ils sont nos missionnaires laïcs dans l'informelle et gigantesque paroisse ouvrière. Ils peuvent vous aider.

Un des hommes de la table sourit, précisant :

— Nous sommes ingénieurs ou cadres dans des sociétés. Nous militons avec des médecins, des avocats, des enseignants, des prêtres qui côtoient comme nous les anomalies des usines, des mines, des ports, ailleurs des brasseries ou simplement des cités et des corons. Notre foi nous guide, pas seulement pour ceux qui la partagent. Puisque la plupart des patrons sont des chrétiens convaincus, nous pensons qu'ils doivent comprendre les limites de leurs droits et, au nom des Commandements, les obligations de leur tâche. Nous nous rangeons du côté des plus faibles, le vôtre. Au nom de ce principe, monsieur Fould peut accepter de discuter avec nous.

— Monsieur Fould est juif et ne lit pas les mêmes évangiles que vous. Quant à moi, je ne suis qu'un porte-parole désigné. J'enregistre votre proposition. Les commandements de Dieu mis à part, je pense, pour être net, que, rendue délicate par l'absence de règles et surtout d'expérience, cette première grève est notre affaire à nous, gens de Pompey, croyants et incroyants mélangés, juifs aussi car il y en a autour des laminoirs, femmes et enfants également, qui sont de cœur avec nous. Il s'agit de notre salaire et, comme vous dites, Monsieur le curé, de notre pain quotidien.

Comme personne ne prolongeait l'entretien, Léon prit congé de la tablée, sans goûter la poire du presbytère. Il arriva au « Central » pour le début de la réunion du jour.

Les ouvriers, moins nombreux que les autres jours, serrés par grappes sur le plancher de la salle de bal, parlaient avec nervosité de la bagarre survenue peu avant sur le trottoir de Carcel entre des grévistes et un petit groupe de Belges qui sortaient du travail. Un des antagonistes paradait en montrant comme un trophée le foulard rouge arraché au cou d'un adversaire :

— Citoyens, commença le président de la grève, nous tenons depuis cinq jours. Le soleil chauffe les esprits énervés à la veille de la sainte paye qui ne sera pas au rendez-vous demain. Nous apprenons la grève heure après heure. Les chasseurs, qui ne manquent pas parmi nous, savent que la qualité première, à l'affût, est une longue patience. Le gros, le sanglier...

— Le singe !

— Le rapace !

— ... monsieur Fould, traqué, se cache, faussement indifférent à notre présence. Il sortira du bois avant que les fourmis nous viennent dans les bras et dans les jambes. Ne perdons pas de vue notre objectif. Ne laissons pas errer notre regard. A qui profiteraient d'autres bagarres comme celle de tout à l'heure ? Les argousins, à l'affût eux aussi, parleront de troubles publics dans leurs rapports. Le préfet enverra la troupe ou sortira de notre vieille caserne les hussards qui se terrent en attendant leur heure. Sans accuser ces Belges au coup de poing facile, je dirai qu'il existe des chiens-couchants qui rampent devant les patrons et nous chercheraient volontiers des crosses pour nous faire sortir de nos gonds, créer des incidents, jeter le trouble. D'autres, que je viens de croiser, et je vous en reparlerai, voudront récupérer notre action pour servir je ne sais quelle théorie ou quelle ambition. Je propose ceci : demain à onze heures, à l'heure où le samedi nous passons au guichet du comptable, défilons en ville, unis, calmes et déterminés. Le gros gibier...

— Le chacal !

— ... saura que nous ne tremblons pas. Je vous demande votre avis.

Ce fut l'unanimité des applaudissements et des ovations qui firent place aux rires quand Bertrand, le secrétaire, dont la cloche avait disparu, tourna au-dessus de sa tête le crin-crin de sa crécelle. Krier, moins agressif et plus souriant, dit à Léon :

— Si j'ai bien compris... la chasse est ouverte.

Ils rirent ensemble.

Le défilé fut imposant. Son parcours contournait l'usine, de l'extrémité du pont de la Moselle, vers le bas, jusqu'en haut des rues de Nancy et de Metz. Trois vieux Pompéens en tenue de vignerons, avec des pantalons de velours noir, un gilet sur la chemise blanche, un chapeau à large bord sur le front, portaient des drapeaux tricolores en tête du cortège, devant deux rangées d'enfants en costume lorrain, des bouquets de bleuets, des marguerites, des coquelicots à la main. Suivaient les membres du bureau de grève précédant des rangées de femmes, certaines avec un bébé dans les bras. Venaient les ouvriers, respectueux des consignes de silence. A hauteur du portail de l'usine, les porte-drapeaux s'arrêtèrent en face de quatre tambours de la fanfare de l'Avant-Garde qui attendaient. Léon Muller monta sur une caisse, tourné vers la foule arrêtée. Bertrand, de la main, guidait les roulements du tambour pendant que son président parlait : « Nous disons à monsieur Fould — *tambour* — que nous voulons discuter — *tambour* —, que nous voulons le respect de nos salaires — *tambour* —, que nous voulons travailler — *tambour* — ... s'il veut nous écouter. »

Les musiciens accompagnèrent les applaudissements mêlés de cris hostiles. Ils ouvrirent la deuxième partie de la marche devant les drapeaux. Ils tapaient sur leur caisse en une rafale roulante et joyeuse en tête de cette troupe grave qui impressionnait. Sur le seuil des maisons, des femmes âgées se signaient. Des commerçants regardaient, les bras croisés devant leurs magasins fermés par solidarité. Alignés devant la rue de la mairie, Peltier et son conseil municipal participaient en silence, à quelques mètres d'un commissaire de police, l'écharpe nouée en ceinture, qu'entouraient des inspecteurs en civil et quatre gendarmes à l'écart de leurs montures attachées aux anneaux de la façade du maréchal-ferrant. En avançant, les rangs s'éclaircissaient avec le départ de ceux et de celles qui passaient à proximité de leur domicile. Les hommes qui continuaient la marche rappelaient aux partants la réunion de huit heures, le lundi matin au « Central », après la trêve dominicale.

Ce dimanche était le premier jour de repos depuis que le réclamaient les ouvriers. Aucun texte ne réglementait vraiment le travail, imposé sept jours sur sept, onze et douze heures par poste et même vingt-quatre heures quand une équipe doublait la mise pour permettre la relève de celle de nuit. L'habitude imposée dès l'ouverture de l'usine balayait les appels du curé pour le respect du jour du Seigneur. Les plus impatients et les moins déterminés chômaient de leur plein gré, le lendemain des soupers familiaux ou des tournois de cartes du dimanche, pour le saint lundi dont certains rêvaient comme de la semaine des quatre jeudis.

Bertrand et Krier tenaient la permanence du dimanche pour permettre à Léon de souffler un peu. La détermination du président du bureau de grève ne fléchissait pas, soutenue qu'elle était par la cohésion des grévistes et la sympathie de la population, à Pompey et au-delà, jusqu'à Nancy d'où venaient les aides matérielles et des témoignages de sympathie. Léon retrouvait avec plaisir sa maison, son parterre et son jardin. Les tomates passaient du jaune au rosé, assez fermes pour continuer de mûrir sur le rebord d'un muret. Louis aidait son père à les aligner, compliquant sa tâche pour respecter la progression par la taille et la grosseur. Le garçon appréciait moins d'arracher les mauvaises herbes autour des buttées de pommes de terre ou des rangées de choux.

— Il faut que tu apprennes que la terre est basse, disait Léon. Ton grand-père a passé la moitié de sa vie courbé sur ses pavés et son casse-pierre. Ses joints sur la bordure de la cour sont plus étroits et réguliers que ceux des pavements de la place Stanislas.

Louis, plutôt que de rechigner, s'amusait :

— Je peux te réciter les phrases que j'écris sur le tableau noir de l'école, si tu veux : « A l'œuvre on connaît l'artisan », Jean de La Fontaine; « Le travail est le pain nourricier des grandes nations », Mirabeau.

— Qu'est ce qu'il disait aussi, Mirabeau? demanda Marthe, venue cueillir sa ration quotidienne de haricots.

— Je suis...

— ... nous sommes!

— ... ici par la volonté du peuple...

— Je te fais grâce du reste. Léon, est-ce que tu crois que vous ne rentrerez à l'usine que par la force des baïonnettes?

Elle reprenait souvent pour son mari ou pour Louis des petites phrases des leçons de français ou d'histoire, dites sur le ton de la maîtresse en classe. L'un sarclant ses patates, l'autre décrochant ses mange-tout, ils parlaient du défilé : « Un sacré pied de nez au patron, un exemple qui servira à d'autres. Si nous gagnons, la grève ne sera plus considérée comme un fléau mais comme un contrepoids dans la balance. »

Peltier, le maire, pointa le nez, pas tout à fait par hasard quoi qu'il en dît :

— Je monte régler la note du repas à Ernest. Avec un pourboire pour Elise. Je vous ai aperçus.

Il suça le jus de groseilles à maquereau cueillies au passage entre les branches piquantes.

— Allons au frais boire un coup de blanc, dit Léon.

Marthe les servit sur la table de la cuisine, devant la fenêtre ouverte sur les mirabelliers. Le maire en vint aussitôt à son propos :

— La manifestation d'hier tracasse les autorités. Les gens de l'usine aussi. Le préfet craint des remous dans les mines ou dans les filatures : il nous le fait savoir. Fould a peur de la réaction des clients importants, à commencer par l'Etat, qui bouderaient les commandes, mais lui ne le dit pas. Demain la reprise de la partie sera serrée.

Peltier n'apportait pas grand-chose à Léon, conscient de l'enjeu du lundi, au seuil de la deuxième semaine de l'arrêt du travail. Quand ils furent seuls, Marthe posa la main sur le bras de son mari :

— Demain les femmes bougeront. Je tiens à ce que tu le saches. N'en dis rien à personne. Fais-nous confiance.

En début de soirée, avec Louis, Marthe accompagna Léon qui regagnait la grange tiédie par la chaleur de la journée.

Dès sept heures, au matin, il était au « Central » pour préparer la réunion. A huit heures, comme on sonne la cloche pour la rentrée de la classe, Bertrand, sur le seuil de la salle de bal, alerta les hommes par le grincement de la crécelle : « Voilà le bedeau qui annonce le prochain retour des cloches ! » L'humeur restait au sourire, l'ambiance à la confiance. Des applaudissements saluaient certains propos du président, particulièrement son évocation du cortège et de sa signification : l'unité, la fermeté, la dignité. Le calme revenu, un homme, au fond de la salle, les mains ouvertes en porte-voix, cria :

— On ne gagne pas une grève avec des tambours mais avec des pavés.

Comme on s'interrogeait pour lui donner un nom, l'homme continua :

— On ne défile pas comme des moutons devant les buveurs de sang. Mes frères de misère, seule la peur de vos marteaux levés et de vos pavés lancés fera céder vos tyrans. Si vous lâchez un pouce de terrain aujourd'hui, camarades, s'abattront sur vous, demain, les renvois, les sanctions, les amendes. Vos affameurs régneront plus encore sur la mairie, les écoles, le curé, les épiceries et les autres commerces, qui vous refuseront le crédit. Rangez vos tambours et sortez vos bâtons, dressez les piques. Ensemble, marchons vers le portail de l'usine, dressons une barricade, cassons les vitres des bureaux et enfumons les valets de nos exploiteurs. Camarades de Pompey, ne soyez plus les parias des nouveaux esclavagistes !

Les tours de crécelle de Bertrand ne servaient à rien, ni le grondement des grévistes.

— Qui es-tu ? criaient les plus proches de l'inconnu.

— Mon nom est Delpierre, mon surnom « le Ch'timi », parce que je viens des mines du Nord : 14 places à 14 heures par jour au fond, 14 grèves, 14 renvois. A votre service, camarades...

Monté sur la table du bureau pour dominer la salle, Léon tendit le doigt :

— Nous n'acceptons ici que les gens de l'usine, citoyen. Je t'ai laissé parler malgré tes excès. Je te laisse les esclavagistes et les buveurs de sang. Je n'accepte pas ton mépris pour une grève qui compte huit jours à l'instant même : nous ne sommes pas des moutons couchés et nous n'avons pas besoin d'un Panurge de mauvais conseil.

— Si je suis Panurge tu es Bazaine, traître à tes frères.

— Restons-en là. Je te donne l'ordre de sortir, calmement, avant que ne se lèvent les poings. Quitte Pompey séance tenante, car Bazaine ou pas, je ne te livrerai pas à la gendarmerie.

Krier et deux hommes accompagnèrent le perturbateur couvert de cris hostiles. Avant la fin de la réunion, dans le calme retrouvé, le cafetier Marchal parut à l'entrée de la salle de bal :

— Les femmes sont dans la rue.

Des couloirs des maisons, des granges et de quelques commerces de la rue de Nancy, à proximité du portail de l'usine et plus bas vers le pont de la Moselle, sortaient des groupes de travailleuses et d'épouses de grévistes toutes vêtues de noir, avec des jupes qui traînaient parfois au sol. Elles se rejoignaient, unissant les mains pour former une farandole qui serpentait en sautillant sur la chaussée. Les hommes, alignés en bordure de la route, attendaient.

— Voilà la charrette de Fould, dit Léon en montrant le cabriolet du patron tiré par deux chevaux blancs.

La voiture avançait au pas, approchée, à l'avant et à l'arrière, par des chaînes de bras tendus. Le cocher retenait ses rênes, immobilisant l'attelage pour descendre de son siège et tenir ses bêtes par la bride. Les femmes réunies cerna le véhicule par une double ronde qui tourna à l'endroit pour les unes, à l'envers pour les autres. Le premier cercle, doucement d'abord puis plus fort, chanta pendant trois tours : *« Dansons la capucine, y a pas de pain chez nous, y en a à l'usine, mais ça n'est pas pour nous. »*

Au troisième refrain, la deuxième ronde reprit à son tour : *« Dansons la capucine, y a pas de sous chez nous, y en a à l'usine, mais c'est pour monsieur Fould. »*

Les grévistes, en carré autour des manifestantes, scandaient leur couplet avec une joyeuse application.

Brusquement le chant cessa, les rondes s'arrêtèrent. Une femme monta sur le marchepied du cocher en se tenant au rebord du siège. C'était la femme de Krier. Fould ne bougeait pas, assis près de son épouse venue à l'usine pour un déjeuner avec des industriels belges :

— Si vous n'écoutez pas nos hommes, vous entendrez leurs femmes. Les chevaux qui sont là vous coûtent plus par jour que ce que gagne pendant onze heures mon mari pour toute la famille. Pas de beurre à table, des fèves et pas de viande, une tranche de pain d'épices à Noël pour les enfants !

Monsieur Fould écrasa son cigare dans le cendrier devant son siège. Il enleva son haut-de-forme, se dressa, tenu par la main par sa femme :

— Taisez-vous et laissez-nous passer.

Les femmes reprirent leurs rondes et leur chanson, entraînant les hommes dans le tourbillon. Fould leva le poing, secoua le dossier du siège du cocher bien tenu par l'épouse Krier, se pencha vers sa femme qui lui parlait la main près de l'oreille. Un homme cria : « Les hussards ! » Au pas, les dix cavaliers en ligne en travers de la rue approchaient de la manifestation. Fould dit :

— Je vous ordonne...

L'oratrice domina sa voix :

— Vous n'ordonnez rien du tout, je ne suis pas votre bonniche. Moi, je vous demande d'écouter ce que nos hommes ont à vous dire depuis huit jours. Après, vous partirez et vous penserez au sac de grain de vos bidets et au pain sec de nos gamins.

Sans attendre, Léon arriva près de la portière du cabriolet, la motion du lundi précédent à la main. Il salua de la tête :

— Monsieur Fould. Madame.

Le ton plus grave et plus ferme, il lut son texte avant de conclure par ce qu'il répétait dans les réunions :

— L'usine est à vous par ses pierres et par ses capitaux. Elle nous appartient par son cœur et ses outils : sans nous, les machines ne sont rien. Je vous demande, au nom de mes camarades, de nos femmes et de nos enfants, de réfléchir à cela.

Après un léger temps, il ajouta :

— Avant qu'il ne soit trop tard.

Les rangs s'écartèrent. Hommes et femmes alignèrent de chaque côté de la rue un cordon dansant qui mêlait en chœur les deux versions nouvelles de la *Capucine*. Les hussards, le sabre sorti du fourreau, escortaient le cabriolet libéré, attendu devant le portail de l'usine par les directeurs inquiets et un peloton de gardes équipés de gourdins. Appuyés à des arbres, des inspecteurs en civil inscrivaient leurs notes sur des calepins épais.

Le maire, ceint de son écharpe, accompagné de quatre conseillers, arrivait. En descendant de voiture au milieu des mains tendues de ses collaborateurs, Fould le regarda :

— Vous aussi venez danser la *Carmagnole*, Monsieur le maire ?

Krier serrait sa femme dans ses bras. Marthe, sortie de l'école, venait aux nouvelles. Léon, sans tarder, entraîna les membres du bureau et quelques autres pour une réunion au « Central ». Une autre attente commençait : « Rien ne bougera aujourd'hui ni même demain, le temps que tombe la colère rentrée de notre bonhomme. » Au fil des heures circulaient des informations : l'arrivée du préfet à l'usine, des renforts à la gendarmerie de Frouard, un article le mardi dans un journal de Paris racontant la manifestation avec une sympathique ironie, des visites de groupes d'ouvriers du bassin de Nancy et d'usines du Pays Haut. On s'amusait aussi d'une autre intervention d'épouses des cités : elles avaient déculotté et fouetté avec des orties un puddleur qui continuait de travailler depuis le début de la grève et traitait les enfants de son quartier de « fils de fainéants ».

L'essentiel fut annoncé par Léon, le mercredi, au début de la réunion matinale :

— La direction recevra le bureau de grève à onze heures.

La salle restait silencieuse. Léon reprit :

— Ce n'est pas une mauvaise nouvelle, mes amis.

Bertrand entraîna les applaudissements avec son crincrin. Krier proposa qu'un cortège accompagne les délégués jusqu'au portail de l'usine et attende leur sortie, idée votée et acceptée par acclamation.

Les hussards, en demi-cercle, protégeaient l'accès de l'usine et, en même temps, un carré de gendarmes mousqueton à l'épaule. Les grévistes placèrent en faisceau leurs trois drapeaux devant les cavaliers puis s'alignèrent bras croisés, jambes écartées. Léon et ses camarades marchaient vers les bureaux, précédés d'un huissier en uniforme bleu foncé, une chaîne en sautoir, un bicorne sur la tête. Ils sortirent une heure après quand les sirènes de la pause unissaient leur sifflet aux cloches de l'évangile de midi. Deux hommes hissèrent Léon sur leurs épaules rapprochées. L'officier de gendarmerie approcha :

— Dégagez. Tout de suite.

Sans le regarder, Léon parla :

— Le dialogue est noué. La direction connaît nos revendications. Elle sait aussi notre détermination, celle des travailleurs et de nos épouses. Je dirai, quitte à vous surprendre, que la lutte continue. La direction recevra le bureau demain à la même heure.

Comme il mettait pied à terre, arrivèrent quatre gendarmes appelés par leur chef pour faire respecter l'ordre. Les grévistes suivirent leurs drapeaux en cortège jusqu'à la place de la Mairie.

— Aujourd'hui, nous monterons seuls aux bureaux, proposa Léon Muller à l'assemblée du jeudi matin. Il sera temps de redescendre dans la rue si les pourparlers n'avancent pas. Attendez-nous ici et comptez sur nous.

L'huissier, comme la veille, guida les délégués, vers un autre bâtiment cette fois, plus petit, avec un perron et des vitraux aux portes :

— L'immeuble de la Direction générale, dit-il avec solennité.

Krier demanda à Bertrand :

— Est-ce que c'est bon signe ?

Un couloir couvert de tapis, décoré de gravures de l'usine, de son port et de Pompey, conduisait à la salle du conseil, le saint des saints de l'entreprise. Dans la grande pièce où siégeaient trois hommes autour de la table, Léon remarqua en entrant le portrait, bien connu des ouvriers, du fondateur venu d'Ars-sur-Moselle, en pied, en habit, la main posée sur une bigorne de forgeron en une triomphante allégorie. Découpés comme des puzzles, les vitraux des fenêtres aux encadrements massifs reproduisaient des images des ateliers, précises et colorées, la tige de fer rougissant sous le marteau, des tenailles serrées sur un lingot incandescent, un visage tendu au-dessus d'un four, la gueule d'un laminoir à la naissance des cannelures de ses cylindres. Installés sur des chaises de cuir dont les dossiers dépassaient largement la tête, les ouvriers avaient devant eux les sous-main des membres du conseil d'administration avec des feuilles de papier, un tampon buvard et, devant, un encrier en bronze tarabiscoté au milieu d'un quadrige triomphant, le porte-plume planté, à l'envers, parmi les fruits d'une corne d'abondance.

L'huissier attendait près d'une porte tapissée de pièces de fonte ou de fer, assemblées en un bouquet épanoui mais glacé. Il agita une clochette de bronze, grave de sonorité :

— Monsieur le Directeur des Personnels.

Léon Muller retrouvait monsieur Suaire, digne comme jamais, en costume coupé, un œillet à la boutonnière, le cigare entre les doigts. Bertrand observait son porte-plume, hésitant à souiller de ses notes le papier vélin qu'il regardait discrètement par transparence.

— J'ai là, dit Suaire, votre courrier, qui n'est pas daté. Messieurs, je ne supporte pas le mot « grève ». La grève, sur un littoral, est le lieu où s'enlisent les bateaux, les équipages avec, éventuellement, ceux qui les arment. Donc, nous sommes échoués. Plus rien ne bouge. En apparence, car je peux vous certifier que je sais tout ce que vous dites et faites depuis une semaine et plus. « La lutte est ouverte », dit celui-ci, « Dressez les piques contre les buveurs de sang », surenchérit celui-là. Bagatelles. Pour payer les ouvriers il faut vendre ce qu'ils fabriquent, à bon prix malgré la concurrence, malgré une offre plus importante que la demande, malgré l'avance technique ou les prix inférieurs de certains marchés étrangers. Monsieur Muller, une question?

— Pourquoi construisez-vous un troisième fourneau quand vous nous reprenez quelques sous dans la poche?

— Parce que l'avenir compte plus que le présent. Ce que vous perdez aujourd'hui donnera du travail à vos enfants demain.

— Et du pain d'ici là?

— Muller, je vous sais entêté. Votre père l'était. Je n'oublie pas votre refus de me vendre la vigne des Écrivains. En affaires, je vous ferais plutôt confiance. Une grève n'est pas un contrat qui se marchande. Les circonstances, seules, commandent monsieur Fould, injustement et indignement agressé par vos épouses, avec votre complicité. Monsieur Fould, que je représente ici, a signé à Paris un contrat de fournitures de poutrelles pour d'importants ouvrages d'art. C'est un fait nouveau dans la crise économique du pays et dans la situation de l'entreprise. Je suspends donc les dispositions annoncées. Je vous donne l'ordre de reprendre le travail. Je vous recommande de mesurer vos responsabilités. Ni pour monsieur Fould, ni pour moi, la grève n'est un plat qui repasse deux fois. Le pouvoir, dans cette usine, n'est pas dans la rue, dans une grange, dans une salle de bal : il est dans cette pièce où tout se décide, les sanctions aussi.

— Est-ce une menace?

— Un avertissement. Reprendrez-vous le travail?

Bertrand griffonnait. Krier regarda Léon avec un léger sourire. Suaire se leva.

— Notre assemblée décidera, dit le président du bureau de grève. Nous avons sa confiance.

Il plia une feuille de papier vélin pour garder un souvenir.

La salle de bal du « Central » chauffait sous la verrière, malgré le courant d'air provoqué par des portes ouvertes. A leurs regards, les grévistes devinaient l'issue de l'entrevue quand arrivèrent leurs délégués :

— C'est gagné, dit simplement Léon.

Une *Marseillaise* explosa comme au premier jour de la grève. Les hommes sautaient, s'embrassaient. Bertrand, le secrétaire, passait entre eux en agitant sa cloche curieusement retrouvée. Krier, ému, criait :

— Les gars, vous n'oublierez pas de remercier les femmes !

Assez tard le soir des chants animèrent les rues de la ville et les jardins des cités. Un nuage de fumée promenait sur les quartiers l'odeur de saucisses grillées. Léon rêvait, le dos appuyé au tronc d'un mirabellier. Il suivait les acrobaties des hirondelles piquant sur des vols de moustiques, accélérant le mouvement de leurs ailes dès qu'elles se régalaient. Il écouta les trains, le ronflement de l'usine. Marthe approcha, un verre de mirabelle à la main. « Dans la carafe de ta mère », dit-elle. Elle tendait un papier :

— Tiens, j'ai trouvé ça dans ta poche. Louis t'a écrit quelque chose.

Léon reconnut la page de papier vélin de la salle du conseil. Les belles lignes en pleins et en déliés de Louis recopiaient les vers de Victor Hugo :

*Il chercha le jardin, la maison isolée,*
*La grille d'où l'œil plonge en une oblique allée,*
*Les vergers en talus.*
*Pâle, il marchait. — Au bruit de son pas grave et sombre*
*... Il voyait à chaque arbre, hélas ! se dresser l'ombre*
*... Des jours qui ne sont plus !*

Une étoile filante traversait le ciel de la vallée :

— Fais un rêve, dit Léon.

Marthe embrassa Louis.

## 6

Léon pelletait la neige entre la rue et la maison. Il traçait un chemin au milieu de l'allée de mirabelliers, au jugé, dans l'épaisse couche tombée dans la journée. La campagne autour de Pompey disparaissait sous le tapis blanc qui, durci par le vent glacial, tenait même sur les verrières et les toits des ateliers de l'usine. Le mois de janvier n'était pas plus dur que les autres années. Léon gardait en mémoire le repère de Léopold : « Ça ne va pas mieux qu'en 54 », disait son père en rappelant que le lendemain de Noël, cette année-là, il gelait à moins trente. Le cantonnier, en 1854, avait tué son dernier loup, une femelle, qui rapportait 25 francs de plus qu'une dépouille de mâle. Le froid persistait depuis, mais les loups disparaissaient peu à peu : dix-huit bêtes abattues dans l'année, plus de dix louveteaux dans le département, davantage que dans les Vosges et moins que dans la Meuse. Enfant, dans les pires nuits de janvier ou de février, Léon entendait les hurlements dans les bois derrière le Hameau.

La pelle raclait les pavés dégagés que recouvrait aussitôt une couche poussiéreuse poussée par les rafales.

— Tu fais un bonhomme de neige ?

Louis rentrait de l'école, enfoui dans sa pèlerine arrondie sur son sac à dos.

— Pose tes affaires. Viens m'aider à damer la neige sur les côtés.

— Tu feras mes devoirs à ma place?

— Demain jeudi, tu auras le temps.

Ils finissaient le dégagement quand Marthe arriva, essoufflée, le visage rougi par le froid et l'effort : « La montée est difficile, la descente le sera plus encore. » Appuyé à la porte de la cuisine, Louis pleurait en montrant à son père les doigts de sa main gauche coupés par les engelures.

— C'est le prix à payer pour les boules de neige de la récréation, dit Marthe en entrant dans la maison.

La nuit tombait. La flamme de la lampe à huile allumée par Léon semblait plus bleue que d'habitude. Dehors, un voile coiffait les croupes des arbres. Louis réchauffait ses doigts au-dessus de la cuisinière :

— Le thermomètre de la mairie indiquait moins douze degrés à la sortie de l'école. Il n'y aura peut-être pas classe vendredi.

— Compte là-dessus. Je ramasse les devoirs à huit heures cinq : « Racontez la bataille de boules de neige de Bonaparte à l'école d'artillerie de Brienne. » L'inspecteur recommande d'adapter les sujets aux circonstances. Bonaparte avait-il des engelures?

— Non, puisqu'il mettait la main au chaud dans sa veste.

Marthe parlait plus avec son fils qu'avec son mari.

Léon épluchait des oignons. Ses yeux habitués à l'atmosphère piquante de l'atelier ne pleuraient pas en enlevant la pellicule du bulbe. Marthe, sur un coin de table, râpait avec la pointe d'un couteau à viande un bloc de savon de Marseille dont l'odeur s'épanouissait dans un saladier. Le pain émietté, elle versait dessus une petite bouteille d'alcool camphré, plus parfumé que le reste et qui donnait envie d'éternuer. Avec une spatule de bois elle mélangeait le tout, mettant la main à la pâte qui se formait pour mieux imprégner le liquide :

— C'est une vieille recette d'une lointaine cousine Elle utilisait de la graisse de porc, à défaut d'autre chose, avec le savon qu'elle fabriquait. L'huile de camphre permet de malaxer mieux; elle sent bon, en plus.

Sans attendre le complet amalgame de l'onguent, elle en posa une boulette sur une petite assiette :

— Frotte doucement tes coupures en évitant d'écarter les lèvres. Demain, tu ne quitteras pas tes gants de la journée.

Les oignons frissonnaient dans le saindoux brûlant de la casserole. Léon les tournait lentement à feu vif tandis que tiédissait l'eau dans un autre récipient.

Louis soignait ses engelures, assis près de la fenêtre :

— La vitre ressemble à la page d'un livre. Les couleurs, avec la neige, sont différentes. Le blanc à lui seul éclaire la nuit. Je crois qu'il neige de nouveau.

Il se leva, posa la main en visière entre la vitre et son front :

— Oui, il neige !

Il amena sa seconde main près de l'autre, protégeant les côtés de ses yeux de la lueur de la lampe :

— Père, il y a quelqu'un dans l'allée. Il marche comme un blessé.

Léon écarta sa préparation du rond de la cuisinière. Par la porte ouverte entrait le souffle glacé qui poussait une vaguelette de flocons aussitôt happés par la tiédeur de la pièce. L'ombre approchait, enveloppée dans une houppelande :

— Que cherchez-vous ? demanda Léon sans sortir.

Un grognement répondit quelque chose comme « de l'aide ». Grâce à la lampe approchée par Marthe, on devinait sous la capuche un visage jeune, fatigué, trempé de sueur, écarlate. « C'est un berger », dit Louis comme l'homme atteignait le seuil. Soutenu par Léon, l'inconnu s'affala sur une chaise en soupirant de fatigue et de satisfaction. Il était enveloppé dans un manteau de peaux de moutons assemblées avec des cordelettes, les manches pendantes, vides à cause des bras cachés sous l'assemblage de cuirs usés. L'homme ouvrit les pans de sa nippe, écarta les mains levées au-dessus des épaules :

— *Ich bin ein Bavarian.*

Louis reculait vers le fond de la cuisine :

— Un Bismarck !

Marthe, anticipant, enlevait la lourde défroque, humide et puante, aussitôt jetée sur le pas de la porte. L'homme portait une chemise verte qui n'avait plus de boutons, un caleçon long mais pas de culotte, des savates éculées, la monture et la semelle unies par un chiffon soudé en boule par l'humidité. Il pleurait, la tête tombée sur la poitrine, les mains cachant les sous-vêtements sur son ventre :

— Moi, fuir. Quitter Bismarck.

Marthe lui montra l'arrière-cuisine et l'évier. Louis tendit la lampe allumée par son père qui râlait :

— Il aurait pu prendre une chambre à la « Cure d'air ».

Léon tournait de nouveau les oignons avec un doigt de saindoux ajouté pour la seconde friture :

— Ça le changera des choux !

Il grommelait en touillant, posant des questions entre ses dents : « qu'est-ce qu'on va en faire ? », « d'où peut-il sortir à cette heure-ci en haut du Hameau ? », « un Bavarois ! *ein Bavarian* ! un Teuton comme les autres ! ».

Marthe souriait :

— Tu parles tout seul ?

— Je prépare la soupe du soldat avant de le conduire aux gendarmes.

— Il s'appelle Otto.

— C'est original. Son père est marchand de saucisses ?

Les oignons brunissaient. L'eau chaude de la casserole étouffa les grésillements en accentuant l'odeur légèrement sucrée :

— Surveille la cuisson. Je vais lui parler.

Appuyé au chambranle, Léon attendait que l'homme achève de rincer son visage à grands coups de giclées d'eau jetées à la main. Otto s'ébrouait dans la tiédeur de la serviette. Il dit :

— Vous, colère ?

— Moi, surpris.

Marthe riait.

— Ne lui parle pas en petit nègre : « ce soir, y en avoir beaucoup neige ». Il connaît un peu le français.

Sans répondre, Léon tirait la porte derrière lui. Il hésitait entre les phrases normales et les mots simples, alignés en questions ou en réponses. Le déserteur soupirait :

— J'ai eu peur. Peur des patrouilles prussiennes. Peur des gendarmes français. Plus peur, encore, de mourir de froid dans les bois.

Il passa sur son caleçon un pantalon de velours, trop large pour lui :

— Je peux ?

Il montrait la ceinture d'une blouse qui séchait. Léon la lui tendit pour serrer la culotte, en demandant, toujours perplexe :

— Vous avez mangé en route ?

Otto tapait sur son ventre plat :

— Rien. Des châtaignes, une fois. Une pomme, hier.

Léon rentra dans la cuisine :

— Tout le monde à table.

Louis plaçait les bols :

— Il se met où... le... enfin... Otto ?

Marthe sortait la soupe du four, brunie sous la pellicule de gruyère râpé.

— Attention, c'est chaud !

Le soldat humait son assiette en mêlant le pain, le jus et le fromage :

— La fatigue, plus forte que la faim.

Il soufflait sur la cuillère, la portait à sa bouche. La gorgée avalée, il racontait doucement son histoire. Il vivait à Nuremberg où son père fabriquait des jouets.

— Des petits trains en tôle, avec un ressort dans la locomotive, tourné avec clé. Fort succès.

Il travaillait dans l'atelier paternel jusqu'à son incorporation :

— Sept ans, c'est l'enfer. A la caserne, Bavarois domestiques des Prussiens. Fuir.

Sur la large tartine apportée par Marthe avec des tranches de jambon fumé, il traçait son itinéraire :

— Train Bitche à Metz. Marche avec bataillon à Novéant pour renfort. Parti la nuit, seul. Trompé par une rivière, pas Moselle, une plus petite, pas de nom. Je me perdu.

Avec les bras, écarquillant les yeux, il mimait la recherche du bon chemin. Il expliquait ses doutes sur le passage de la frontière, son impression de traverser plusieurs fois, la nuit, le même village avec une longue rue et l'alignement des tas de fumier... Par prudence, il avait abandonné son uniforme, sauf sa chemise, les boutons arrachés, en trouvant dans une grange isolée le manteau de berger. Puis ce fut la neige pendant la traversée d'une forêt, l'arrivée à l'aube au-dessus de Pompey, en haut du Hameau, l'attente une journée entière, avant de sortir la nuit venue :

— Et me voici !

Il souriait, détendu, appuyant sur la lame du couteau pour étaler un morceau de munster sur le pain. Léon lui versait du vin rouge :

— Vous attendez quoi, maintenant?

— La prison plutôt que le retour. Mais je ne peux décider.

Marthe regardait dehors :

— Il neige toujours. L'allée est de nouveau blanche.

— On le gardera ici pour la nuit. Je le conduirai à la gendarmerie en rentrant de l'usine. Fatigué comme il est, il ne rechignera pas sur la grasse matinée. Otto, demain matin, *schlafen* !

Léon posait la tête sur ses deux mains fermées pour se faire mieux comprendre.

Otto achevait de dégager la neige de l'allée quand Léon arriva en début d'après-midi. La température restait basse malgré le ciel redevenu bleu. Le soldat, habitué aux corvées, n'avait pas ménagé sa peine en ouvrant le chemin jusqu'aux abords des mirabelliers. A proximité du premier arbre, celui qu'avait planté Léopold, se dressait un bonhomme de grande taille, couvert de la houppelande du berger. Un chapeau de paille lui donnait l'air guilleret, avec deux pelures de pomme de terre noircies au charbon à la place des yeux, un bout de carotte pour le nez, une moustache blonde à la gauloise faite d'un mélange de paille et de ficelle dédoublée. D'un trou du manteau sortait un bâton fourchu.

— Je l'ai aidé sans enlever mes gants, disait Louis triomphant auprès du beau personnage.

Otto riait :

— Pas de frontière pour la neige.

Personne ne souhaitait l'instant de la séparation. Otto, rassuré par l'accueil des Muller, était moins impatient de boucler son périple. Louis découvrait qu'un Bismarck ne ressemblait pas au portrait qu'en faisait le grand-père de Mathieu Fischer. Marthe savait qu'un Prussien, même déserteur, restait un ennemi dans l'esprit de la population, un suspect pour la loi, avec les conséquences au moindre écart.

Léon frappa dans scs mains :

— Finie la récréation.

Louis apporta au soldat bavarois une ancienne musette de son père, préparée par Marthe, avec une chemise, du linge de toilette et un savon, du papier à lettres et des enveloppes, un livre de contes de Perrault. Les deux hommes prirent le chemin de la ville en se méfiant des garçons qui dévalaient, allongés sur des planches ou des cartonnages, des pistes fort glissantes après de nombreux passages. Des hommes balayaient la neige devant leur maison, lorgnant leur voisin Muller et son mystérieux compagnon. Dans la rue de Nancy, les glissades tracées par d'autres gamins rendaient par endroits la chaussée dangereuse, avec les plaques glacées que cachait la couche de neige amenée par le vent. Les chevaux des voituriers portaient sur leurs sabots des coussins de chiffons. Des manœuvres chargeaient dans des tombereaux les monticules formés par le dégagement des chemins et souillés par les retombées des poussières de l'usine.

Léon connaissait le brigadier de gendarmerie, un ancien garde de la fonderie qui avait prolongé dans la maréchaussée son service militaire. Son prénom, Napoléon, lui servait de nom. N'imaginant pas le but de la visite, le chef de brigade fit asseoir les arrivants sur un banc devant sa table. Il interrogeait un marchand ambulant, habillé comme un paysan, une casquette de garde national sur la tête, un panier à ses pieds couvert d'un torchon :

— Tu as poussé le bouchon trop loin, mon vieux. Avec tes cailles rembourrées, tu as pris les gens de Pompey pour des pigeons une première fois. Tu as eu le culot de revenir. Je t'attendais.

L'homme baissait la tête, le visage fermé.

— Puisque tu ne sais pas lire, dis-tu, voici le texte de la plainte déposée contre toi : « Un marchand m'a proposé des cailles. J'ai pris la bestiole en main, soufflé sur les plumes pour voir le ventre, qui était dodu. J'ai acheté six cailles au prix de trente sous pièce. Quand les cailles ont été plumées chez moi, j'ai découvert sur la peau des traces de coupures sur le ventre : des grumeaux de graisse mélangée à de la mie de pain étaient glissés au-dessus de la carcasse. Voilà le signalement de l'homme. » Ton panier, ta casquette, ton air chafouin. Tu reconnais les faits ? Presse-toi, ces messieurs attendent. Qu'est-ce que tu veux, Léon ?

— Te remettre monsieur, qui est déserteur bavarois.

— Tu ne pouvais pas le dire plus tôt ? Toi, le marchand de cailles, je te mets en cabane. Ma farce vaudra bien la tienne. Un déserteur !

Le brigadier poussait le faux paysan dans le cabanon grillagé en criant :

— Gendarmes, à moi !

Les deux adjoints arrivèrent, en chemise, enfilant leur veste, prenant au passage leur calot sur une étagère à côté des bicornes de sortie :

— Saisissez-vous de cet homme.

Les gendarmes posèrent une main sur chaque épaule d'Otto, calme mais étonné. Bras croisés, le brigadier donnait ses ordres :

— Fouillez-le. Les poches, la chemise. Enlevez-lui ses souliers. Collez-le le dos au mur. Enfermez-le avec le farceur.

Léon tenait la musette sur ses genoux.

— Tu sais, Napoléon, il n'est pas dangereux. Depuis hier soir il n'a pas bougé.

— Hier soir ? Hier soir ? Tu me l'amènes à cette heure-ci ? C'est du recel de malfaiteur ça, de la complicité avec l'ennemi.

— Calme-toi. Que vas-tu faire de lui ?

— Il faut d'abord que je m'occupe de toi. Tu n'es plus un ami mais un témoin, dans une affaire d'État.

— Napoléon !

— Sais-tu que Bismarck amène des renforts de troupes à la frontière ? Sais-tu que la tension est si forte entre Paris et Berlin qu'on parle de menaces de guerre ? Sais-tu que les espions s'infiltrent chez nous déguisés en curé, en rémouleur, en marchand de balais et se prétendent quelquefois déserteurs ? Revenons-en aux faits : dicte-moi ta déposition.

Léon, racontant l'arrivée d'Otto au Hameau, regrettait de ne l'avoir pas conduit directement à la gendarmerie de Nancy. Il omettait les détails, le manteau de berger, le dîner avec la soupe aux oignons, le bonhomme de neige entre les mirabelliers. Le brigadier ajoutait des questions :

— Pas de papiers ? pas d'argent ? pas d'arme ? pas de contact ? Tu peux signer. Je te convoquerai en cas de besoin.

Otto écoutait, debout contre le grillage. Léon approcha, montrant d'un geste de lassitude la musette inutile, la main posée sur celle du garçon qui soupirait gravement :

— Merci à toi, à Marthe et à Louis.

Ils se retrouvèrent un instant, une heure plus tard. Le puddleur sortait de la mairie après avoir informé Peltier de son aventure. Otto marchait, chaque main retenue par un lien au poignet d'un gendarme. Le brigadier Napoléon, à cheval, la tête couverte de son bicorne, précédait les trois hommes. Devant chez Carcel, des consommateurs sortis du café levaient le poing en criant : « Vive la France ! », « Fusillez les espions ! » Une voix lançait : « Vive Boulanger ! »

Otto portait une casquette verte de fantassin prussien, en mauvais état, la visière brisée, l'insigne avec l'aigle brodé encore apparent, une relique dénichée dans un placard de la gendarmerie pour servir de pièce d'identité au détenu. Des garçons suivaient le petit groupe. Ils lançaient des boules de neige, sans beaucoup de force et avec imprécision. Sortant du rang des curieux étonnés, qui ne prolongeaient pas les sarcasmes précédents, Léon approcha sur la chaussée. Otto, lui, sourit, levant les sourcils, écarquillant les yeux pour exprimer qu'il se posait mille questions.

L'événement alimenta la conversation du « Central » le lendemain matin, avant la prise de poste. Se tissait, au fil des arrivées, une version romanesque, inspirée de récits antérieurs publiés par les journaux ou simplement colportés par des rumeurs. On disait le Teuton arrivé à Pompey habillé en traîne-savate, en compagnie d'un bohémien qui écoulait au marché des poules volées. On ignorait si le chapardeur était un espion : le complice semblait un gibier plus important, aussitôt réclamé au brigadier Napoléon par la gendarmerie nancéienne et la préfecture. Dans ce récit Léon tenait un rôle, conforme à sa réputation, de citoyen vigilant responsable de l'arrestation de deux suspects. Il ne cherchait pas à rétablir la vérité au milieu du flot d'anecdotes rapportées pour attiser la méfiance, et la vigilance, entretenir l'animosité contre l'ennemi héréditaire que l'actualité montrait de nouveau arrogant. Un ouvrier mosellan affirmait que sa famille, dans les casernes de Saint-Avold, entendait les clairons prussiens répéter les sonneries réglementaires de l'armée française, espérant, par un contrordre, jeter un jour le trouble dans une colonne française, comme l'avaient fait leurs aînés, paraît-il, dans un assaut autour de Gravelotte. L'espionnite tracassait les tables. Un lamineur racontait qu'à Nancy, un capitaine, voisin de sa sœur, purgeait des arrêts de rigueur pour avoir employé sans vérification une bonne étrangère, qui se révéla être la veuve d'un capitaine de uhlans. La sirène, par ses deux coups secs, mit provisoirement fin au déballage.

A la pause de dix heures, faite dans un hangar qui s'équipait peu à peu en réfectoire, les ouvriers ne parlaient plus de l'espion bavarois mais de l'attente pour l'usine, dans les prochains jours, d'une importante commande. Celle-ci dépendait du choix d'un jury officiel entre plusieurs projets de construction d'un monument pour le centième anniversaire de la Révolution, deux ans plus tard, et la grande Exposition universelle de Paris. Par prudence, avec un brin de superstition, et par habitude, la direction limitait les informations. Les ingénieurs préparaient toutefois les équipes de ce qu'ils désignaient comme le « plan 89 ». Ils réunissaient des hommes notés pour leur qualification et leur sérieux, remodelaient sur le papier les effectifs des ateliers. Les hommes parlaient de primes et d'avantages. Des noms circulaient, créant des divergences et des jalousies avant l'heure. Certains doutaient du rôle que pourrait tenir une fonderie dans l'érection d'un arc de triomphe ou d'un palais de prestige. Sans en connaître davantage, Léon Muller savait qu'on le plaçait dans un groupe de manutention chargé du classement des pièces finies avant leur livraison.

Après les mois difficiles d'une production réduite et d'une nouvelle menace sur les salaires, le projet rassurait. Léon Muller, sans avoir le titre de délégué, que la direction refusait au vote des ouvriers, représentait ses camarades dans des réunions avec les ingénieurs, un directeur parfois. Elu président à chaque assemblée des ateliers, il abordait les problèmes avec sa bonne connaissance de l'usine, son expérience de Pompéen de souche, sa sagesse que ne troublait aucune ambition. Il fut élu une fois encore, dans l'après-midi, dans la salle du fond du « Central », pour une réunion des métallurgistes de Pompey et des mineurs de Ludres en grève. Tous avaient le même patron, Adolphe Fould, avec des statuts différents, chaque groupe lorgnant sur les petits avantages de l'autre. Depuis deux semaines, les mineurs réclamaient quelques sous de plus à la tonne de minerai et le droit pour les ouvriers de surface d'entrer et de sortir à leur convenance de l'usine. La direction posait comme condition à la discussion la création d'une amende de cinq francs pour une absence le lundi et de trois francs pour une absence du mardi. « La situation est bloquée, expliquait un gréviste. Le patron nous étrangle : il ferme la boutique de l'économat, il refuse le versement des acomptes, il interdit aux commerçants de faire crédit. Aidez-nous. Rejoignez-nous dans la grève pour défendre les droits et les libertés qui nous sont communs. Est-ce que nous ne payons pas ensemble le château acheté par monsieur Fould dans les bois du Montet, sur une colline de Nancy ? »

Des intervenants parlaient, moins en leur nom propre, pour témoigner, qu'au titre d'un groupe, pour exprimer une tendance, une théorie : « Nous autres, au Cercle catholique... », « Avec la Ligue des Patriotes, je pense que... », « Comme les anarchistes italiens... », « Au nom de la Sociale... » Léon, toujours aidé de la sonnette, passée d'un secrétaire à un autre, interrompit les discours :

— On ne parle ici ni de religion ni de politique, quoi que nous pensions de l'une ou de l'autre. (Quelques sifflets, des huées suivirent son intervention, sans le troubler.) Nous connaissons dans les cités de Pompey la même misère que les foyers de Ludres. La paye de la semaine n'égale pas le prix du verre biseauté d'une lucarne du château de monsieur Fould. Nous pouvons aider les mineurs sans punir nos enfants, qui ont besoin de pain et de lait chaud au cœur de cet hiver. Deux habitants de Pompey sur cent ont moins de dix ans : deux cents bouches à nourrir, citoyens. Nous attendons une commande importante...

— Qui « nous »? Toi ou Fould? Pas moi...

— ... avec du travail pour tous. Ce n'est pas le moment de faire les mariolles. De plus, vous savez comme moi ce qui se passe de l'autre côté de la frontière : concentration de troupes, obligation pour les Lorrains de dix-huit ans de rejoindre l'armée prussienne, fermeture des écoles françaises, provocations...

— Envoi d'espions!

— L'expérience nous apprend, année après année, qu'il faut savoir terminer une grève. Sachons également ne pas la commencer.

Les mineurs s'impatientaient, parlant de défaitisme et de démission :

— Tu finiras larbin au château du Montet.

Léon proposa le vote pour la collecte quotidienne et pour l'adresse d'une lettre quotidienne à la direction de la société. L'approbation couvrit la grogne des visiteurs : « Muller, on te retrouvera. On peindra en jaune ta sale gueule de valet. » A l'extérieur, des rafales de neige empêchèrent les échanges de coups. Léon s'éloigna en compagnie du grand Krier, partagé sur les limites de la solidarité. Il remonta directement au Hameau.

Louis polissait la couche fraîche sur le bonhomme de neige, qui portait en bandoulière la musette vainement préparée par Marthe pour Otto.

— Julie est là! cria le garçon.

Les Muller n'attendaient pas la sœur, qu'ils voyaient deux ou trois fois par an à Vézelise.

— Elle entre à la Comédie-Française, annonça Marthe à son mari.

Julie protestait en minaudant :

— Pas encore, mais... je suis déjà actrice. C'est ce que je suis venue vous dire.

— Actrice ? Je ne sais pas si c'est un métier. A Pompey, chez Carcel, passent quelquefois des gouailleuses qui n'ont pas très bonne réputation.

— Sais-tu qu'il y a quatre-vingt-quatre théâtres à Paris, et quatre à Nancy, où les actrices ne montrent pas leurs jambes ?

Léon connaissait le talent de sa sœur pour lire des histoires, mimer les dialogues à l'occasion. Il l'imaginait mariée à un cheminot comme Alphonse, pas en soubrette ou en femme fatale sur une scène :

— Une tournée de passage à Vézelise cherchait une figurante pour *La Tour de Nesle*. Je me suis présentée. Je portais un manteau de dame de la Cour, avec bijoux dans les cheveux, autour du cou, une bague à chaque doigt. Dans une scène, debout près d'une vitre, je me retournais vers Marguerite de Bourgogne pour dire : « Majesté, le capitaine Buridan arrive. » Le public applaudissait à chaque fois, soulagé par la nouvelle que j'apportais, importante dans l'action et pour le sort de la reine. Ça me plaisait. Le directeur, Robba, manquait de monde pour une semaine à Amiens. Comme Alphonse attend une autre affectation, j'ai décidé de partir. A Amiens, dans un théâtre construit en rond comme un cirque, j'ai repris le rôle, plus important, de la confidente de Marguerite de Bourgogne. Les applaudissements, cette fois, étaient pour moi.

Elle secouait ses cheveux longs qu'elle soulevait de la main. Elle se tenait comme en scène, le buste cambré, la tête haute, martelant ses mots en une diction appuyée. Léon, qui tombait des nues, demanda :

— On t'appelle Julie Muller, au théâtre ?

Elle rit :

— Personne au théâtre ne porte vraiment son nom,

sauf les grands rôles, qui ont été connus avant de pouvoir en changer. J'ai hésité. Nous sommes toutes Mademoiselle-quelque-chose, même les vieilles biques qui jouent encore les gamines. « Mademoiselle Muller » ne convenait pas, Robba trouvait cela germanique, avec des tas de risques. Il a trouvé drôle que je propose « Mademoiselle Pompée » : « Un jour je te donnerai un rôle d'impératrice ou de femme de César. » En attendant, je joue *La Tour de Nesle* ou *Le Courrier de Lyon*. Vous viendrez me voir à Nancy : le théâtre Robba est chaque année à la Foire de mai.

Julie prit un congé forcé. Le théâtre Robba, en route pour Strasbourg, avait été refoulé en gare d'Avricourt, à la frontière, la pièce programmée en Alsace, *La Fille de Roland* interdite par les autorités. Julie retrouverait ses camarades à Dijon pour ce que Robba appelait ses « Trois Glorieuses » : *La Tour de Nesle*, *Le Courrier de Lyon* et *Lucrèce Borgia*.

Julie mettait de l'animation dans toute la maison. Sa troupe ne dédaignant pas l'opérette, elle chantait dès son réveil des refrains qu'on entendait habituellement à la fin des repas de noces ou de baptêmes, de l'Offenbach et du Meyerbeer. Elle récitait des tirades trouvées dans des almanachs, seule devant une glace, à une fenêtre ouverte ou face aux débris du bonhomme de neige, fondu et rétréci en un cône brun et noir qui ne gardait de sa prestance défunte que l'irréductible bout de carotte qui lui servait de nez... Elle avait récupéré la musette pour ranger ses tampons de ouate, ses crèmes et ses fards dont elle entretenait l'usage par des maquillages quotidiens. Marthe atténua son impatience de jouer en l'invitant à lire des fables dans sa classe. Avec conviction, Mademoiselle Pompée devenait cigale ou fourmi, chêne ou roseau, lièvre ou tortue, cocher plutôt que mouche du coche.

La veille de son départ, le mardi gras, l'actrice invita

les Muller à la « Cure d'air ». La famille était en joie. Louis montrait les notes du « petit Certificat d'études » que sa mère imposait à ses élèves pour préparer le jour du véritable examen; Julie partait le lendemain pour Dijon avec la promesse du rôle de Marie de Bourgogne dans le *Charles le Téméraire* de Pixérécourt; Marthe attendait l'arrivée de Marie, sa belle-sœur, rapatriée à Pompey avec Alphonse, nommé chef de la gare de marchandises; Léon tenait son poste de manutentionnaire au hangar Eiffel, dépôt des pièces de la fameuse commande enfin confirmée.

Ernest Colin, le patron, partageait avec ses amis les crêpes préparées par Elise, curieux d'en savoir plus sur cette fameuse tour fabriquée en petits morceaux par l'usine et qu'on annonçait comme le clou de la grande Expo. Léon, pour ne pas en dire trop sur les cornières, les tréfilés, les rivets, parlait de cet ingénieur Eiffel qui construisait les gares et les ponts comme des châteaux de cartes :

— Il envoie dans le monde entier des ponts préfabriqués. En suivant le catalogue numéroté, des ingénieurs, en Bolivie ou en Inde, montent les poutres et les plaques avec des boulons que peut serrer n'importe quel manœuvre pas maladroit.

Sa commande amenait la révolution à l'usine. Monsieur Eiffel, grâce à ses dessinateurs, dirigeait tout dans le moindre détail, imposant un rythme de travail qui ne ralentissait jamais :

— Pompey est au début de la chaîne de fabrication. La manutention, où je suis, est la gare de triage avant l'expédition aux ateliers de Levallois-Perret. Là commence l'assemblage, avant un autre transport sur le chantier puis la construction. Un ingénieur a raconté que la tour poussera comme un champignon : en moins d'un an elle sera haute comme six fois la plus grande de nos cheminées.

Elise Fischer servait des crêpes qui surprenaient les

convives : elle les préparait petites, beurrées avec du pâté, des sardines écrasées ou, pour ceux qui préféraient le sucré, avec du chocolat au lieu de l'habituelle confiture.

— C'est une recette d'une Bretonne des cités. Elle a promis de m'apprendre à ouvrir les huîtres avant que reviennent les mois en R, vers octobre : c'est le bon moment pour les manger.

Elise attendait ses parents avant les fêtes de Pâques. La visite fut reportée à cause d'un incident grave à la frontière, qui limitait les passages.

— Il faudra bientôt un passeport pour venir de Metz embrasser ses petits-enfants à Pompey. Si les grands-parents arrivent plus tard, ils ne verront pas Germaine ! Elle ne pourra pas quitter la pension de l'Ecole normale six semaines avant les examens de seconde année.

Elise ne manquait aucune occasion de rappeler que sa fille serait un jour institutrice. Elle espérait une même suite pour Mathieu. Le garçon, débarrassé de ses devoirs et de ses leçons du jour, disputait avec Louis une partie de son nouveau jeu. Un parcours représentait le tracé d'une piste de course. On lançait des dés pour faire avancer des chevaux, deux par joueur, avec des casaques blanches ou vertes. On plaçait les cavaliers en plomb sur le trait correspondant au nombre de points obtenu. Les enfants, avec cette nouveauté, participaient à l'engouement pour les compétitions hippiques, qui déplaçaient les foules, les dimanches de printemps, vers des hippodromes bien équipés comme à Jarville, près de Nancy, ou simplement des champs bordés par une main courante de cordes tendues entre des piquets.

Elise et Marthe eurent une nouvelle compagne avec l'arrivée de Marie. La belle-sœur de Léon avait préféré un appartement dans une maison du Hameau au logement proposé à Alphonse au-dessus de la gare :

— J'en ai assez de regarder passer les trains comme une bonne grosse vache. On avale les fumées dans la journée, la nuit on tremble dans son lit au passage des convois de marchandises. Je suis lasse, surtout, de vivre au milieu des cheminots. Ils ne parlent que du retard « du 99 » qui vient de Lunéville, ou du nouveau système de chauffage à vapeur des wagons, de la voiture « du Paris » du matin qui sert des croissants au petit déjeuner, et même des œufs sur le plat si on déjeune à l'anglaise comme dans les hôtels Terminus. Ils pensent tellement au chemin de fer et à la Compagnie que pour la marche à pied ils parlent du « train onze ».

— De quoi crois-tu que me parle Léon? dit Marthe. Les plans de monsieur Eiffel sont précis au millième de millimètre... Chaque jour, sur le mur de l'atelier, un dessinateur indique un modèle d'assemblage d'un élément de la Tour Eiffel... Nous aurons peut-être avant l'été la visite de monsieur Eiffel et du préfet de Paris, Monsieur Eugène Poubelle. Bref, la Tour Eiffel n'est pas encore construite qu'elle lui monte déjà à la tête.

Alphonse retrouva la maison familiale avec plaisir. Le roulement du travail à la gare de marchandises lui laissait trois jours de repos toutes les deux semaines. Il passait une partie de ces journées à préparer son jardin dans le carré de pré que lui laissait son frère à côté de son potager. Alphonse retournait l'herbe drue qui, sous dix centimètres, cachait une terre brune, souple, un rien rougie par une nature ferrugineuse. Il bêchait opiniâtrement, jetant dans un seau les racines de pissenlits et de mauvais trèfles, dans un autre les cailloux glissés d'une ancienne allée. Pour encourager son travail, il entretenait son premier carré de salades, qui traçaient un îlot de verdure à l'opposé de la mer de fanes et de feuilles des rangées de carottes, haricots, navets et radis de Léon.

Quand le temps le permettait, Marie l'accompagnait.

Assise dans un fauteuil d'osier pris au passage dans la Bicoque, elle tricotait ou lisait son abonnement au *Petit Journal.* Depuis des années, elle suivait les feuilletons, avec une préférence pour ceux d'Emile Richebourg, qui racontait si bien les amours contrariées d'un honnête ouvrier et d'une courageuse bonne de maison courtisée par le chef de famille et par l'aîné des garçons. Alphonse découpait le soir dans le journal les articles parlant de gares ou de trains. Il les collait dans un album et recopiait quelques lignes quand l'aménagement des compartiments pour fumeurs était évoqué au recto et au verso de la même page : « La moitié des voitures en seconde classe, un tiers seulement en première. »

Léon feuilletait volontiers le cahier qui donnait la part belle aux travaux de Gustave Eiffel, avec des dessins du viaduc de Garabit, une double page en couleurs du pont sur le Douro, à Porto, au Portugal. La gravure montrait l'ouvrage avant la finition, la ligne du tablier, pas encore unie, suspendue en deux tronçons au-dessus des éléments de l'arche centrale aux trois quarts dressés, prêts à se rejoindre. Léon connaissait par cœur les dimensions, les 160 mètres de tracé, les 10 mètres de la flèche de l'arc au-dessus du niveau de l'eau. Il retenait, et répétait, qu'à la jonction des éléments, à la clé du portant, les différences entre les pièces rapportées étaient inférieures à un centimètre. Dans le diagramme du pont du Douro, il retrouvait les mots utilisés chaque jour dans les préparatifs des expéditions aux ateliers de Levallois-Perret : travée, palée métallique, bigue, attache, membrure, crochet. Marthe s'amusait : « Monsieur Eiffel lui a déboulonné la tête. Il ne rêvait que de lapins, de mirabelliers et de bouturage : le voici enferraillé jusqu'à la moelle, et tout heureux que monsieur Fould lui fasse construire des poutres, même pour trente sous par jour. Il finira chez les fous à

Maréville. Un type lui dira "bonjour, je suis Napoléon", il répondra : "Enchanté. Je m'appelle Gustave Eiffel. Je fabrique des ponts et des tours." C'est une folie moins dangereuse que celle des marchands de canons. »

L'intérêt que portait Léon à la Tour ne freinait pas son activité de militant social. Lui qui n'appartenait à aucune société présidait, à la demande du maire, le comité des fêtes de la commune. Peltier, qui se souciait de ne froisser aucun électeur, ne parvenait plus à coordonner sans risque le calendrier des activités des associations qui naissaient pour occuper le temps de loisir des travailleurs, de leurs familles, des enfants, si nombreux, et des anciens qui ne disposaient plus, comme avant, d'une vigne ou d'un arpent de culture pour passer leurs après-midi après la sieste. La liste était longue des clubs, amicales, ententes, cercles et fraternelles qui réunissaient les adeptes du tir à l'arc ou à la carabine, de la pêche, poids et haltères, canotage, billard, lancer de javelots pour les « Gars du Nord », vélocipède pour l'Union cycliste, sans parler des joueurs d'harmonica, des jeunes accordéonistes, de la chorale lorraine, de la fanfare et de la société de musique. Les responsables se disputaient les dates des manifestations, les salles, chez Carcel ou au « Central », les dons des commerçants pour leurs loteries, les adhérents et les cotisations.

La réunion annuelle des présidents et des secrétaires tournait à l'émeute, avec des flots d'insultes dans lesquels revenaient le mépris des autochtones pour les étrangers, Mosellans y compris, et l'opposition politique comme elle existait entre l'Avant-Garde et le patronage paroissial. Léon ne craignait pas ces affrontements. Pour apaiser les humeurs, il appuyait son autorité bienveillante sur la fidélité des adhérents qu'il retrouvait à l'usine ou dans les réunions ouvrières. Il obtenait le changement d'horaire du stand de tir à la carabine, souhaité par des voisins dérangés trop tôt le dimanche matin. Il conciliait les points de vue des pêcheurs à la ligne et des rameurs qui coexistaient mal sur les rives de la Moselle. Il arrachait au curé le droit pour les jeunes filles de plus de dix-huit ans d'aller au bal de la société de musique malgré le violent anathème jeté en chaire par le vicaire contre les musiciens : « C'est ignoble, ce sont des gredins, des polissons qui perdront nos enfants. La pourriture attire l'épluchure qui tombera dans le fumier. » Les querelles dépassaient parfois les limites communales : la fanfare, proche de l'Avant-Garde, acceptait mal la venue à Pompey du « Rappel de Frouard », excellente formation régionale ; les amateurs de billard, qui admettaient avec difficulté les ouvriers belges, luxembourgeois et italiens dans leur poule mensuelle au « Central », refusaient les inscriptions des hommes de Marbache et de Custines, même ouvriers de l'usine.

Marthe, de son côté, développait les activités de l'Avant-Garde. Elle réunissait du monde pour des conférences données en prolongement d'un programme à Nancy. Les jeunes et les femmes dominaient dans ce public du jeudi après-midi, plus attiré par l'exotisme que par l'histoire ou la technique. Le record d'affluence appartenait à un fonctionnaire suédois invité à parler d'un séjour de quinze mois chez les cannibales du Haut-Congo. Longtemps après son passage, les femmes des cités parlaient encore du chef Mongonga, marié dix fois, qui avait obtenu la condamnation à mort de sept de ses épouses pour les manger ensuite. Certaines auditrices se consolaient, après coup, des tannées qu'elles recevaient un soir de brouille, en entretenant pour un temps la légende de l'affreux Mongonga associé au loup et au Père Fouettard dans les menaces pour intimider les enfants.

Gustave Muller eut aussi son succès quand il entra au « Central », un chèche sur la tête, un burnous sur les épaules. Un ancien client du menuisier Paolini assis au comptoir le salua le premier :

— Voilà le jumeau Muller de retour. Comme si le Léon ne suffisait pas. Tu es déguisé comme Abd el-Kader !

Gustave posa son sac près de lui :

— Une bière bien fraîche. (Il regarda la salle :) C'est bien changé, ici. Le patron aussi ?

Marchal remontait de la cave par la trappe près de la porte :

— Je suis toujours là. On n'entend plus parler de toi depuis des années. Tu as fini ton contrat ?

— Dix ans d'Algérie. Mais ce n'était pas le bat'd'Af. Ils auraient insisté un peu, je restais. Mon frère vient ici quelquefois ?

— Avant le lever du soleil, avec le poste du matin, à cinq heures.

— Je peux dormir ici ?

— J'ai deux chambres pour le dépannage. Je ne fais ni hôtel ni pension.

— Je ne traînerai pas.

Les notes graves de la cloche de l'église réveillèrent Gustave à quatre heures. Il avait dormi douze heures, récupérant d'une traversée mouvementée et des vingt heures de train entre Sète et Nancy. Il entendait en dessous de la chambre la mise en place des chaises sur le plancher et le bruit des soucoupes qu'une serveuse empilait.

Le café était vide. Marchal, un seau à la main, jetait de la sciure sous les tables et autour du comptoir.

— La place de Léon est là, près des tapis de cartes et des boîtes de jacquet.

Gustave attendit. Un bol de café devant lui, il jetait machinalement les dés sur une piste, indifférent aux arrivants.

— Tu es revenu tenter ta chance ? demanda Léon en posant sa musette sur le zinc.

Les deux frères s'embrassèrent.

— Je voulais te voir avant de prendre une décision. Je peux m'installer chez toi ?

— C'est la maison de nos parents. Tu es chez toi aussi.

Ils décidèrent de se retrouver au début de l'après-midi.

— Le père avait raison : en un rien de temps, l'usine a dévoré le village », disait le jumeau en marchant vers le Hameau.

Léon lui racontait l'essentiel de la vie de la famille. Arrêté devant les façades alignées, là ou il avait connu le chemin, Gustave hocha la tête :

— Ça fait tout de même un choc.

En retrouvant la cour dégagée de l'ancienne ferme familiale, il ajouta avec un brin d'émotion :

— Ici, au moins, rien n'a changé. Sauf les arbres qui ont bien poussé. Léopold serait content de voir comment tu les as entretenus.

Son frère, dès les premiers instants, l'avait trouvé changé, moins agressif, curieux de tout, disert.

— Installe-toi dans la Bicoque. Je la transforme peu à peu en logement. Je n'ai plus guère de tonneaux de vin à mettre en réserve. Alphonse et Marie restent là, le soir, quand il fait bon.

Après des retrouvailles embarrassées au retour de l'école, Marthe prépara le dîner comme à l'habitude. Pour créer une ambiance familiale, elle avait invité son autre beau-frère et sa femme. Marie éplucha les légumes, coupés en dés pour une julienne. Alphonse fournit avec fierté les fines herbes, les premières de son jardin, pour l'omelette. En venant à table, Gustave apporta des cadeaux, un panorama, roulé, du port d'Alger avec la ville blanche au premier plan pour le chef de gare, un plateau en cuivre ciselé pour Léon et Marthe, des babouches pour Louis, qui prit plaisir à sentir l'odeur fauve du cuir.

— Dans mon sac, j'ai encore une djellaba pour Julie.

Les sujets de conversation ne manquaient pas. Gustave ne plastronnait pas, négligeant ses premières années de campagne dans le bled pour parler de son séjour à Alger dans les ateliers du gouvernement :

— Je n'ai pas pris de galon mais j'ai appris un métier. Me voici menuisier, ébéniste même, expert dans la marqueterie grâce aux artisans arabes qui travaillaient avec moi. J'ai gonflé les économies de ma solde avec l'argent des commandes de tables de jeu pour les salons des générales et des colonelles ou de tables à thé pour les appartements des cadis et les bons restaurants de la casbah. Je fabrique aussi les bureaux, les placards ou les dessertes. Dès qu'arrivait un nouveau général ou un autre haut fonctionnaire, on changeait les meubles. Je voudrais avoir un atelier et peut-être une boutique, ici à Pompey ou ailleurs.

Moins d'une semaine après, Gustave s'installait dans les murs de son ancien patron, Paolini, mort trois mois plus tôt après une chute d'échelle sur un chantier : sa veuve liquidait, à bon compte, pour retourner en Italie. Léon versait une mensualité à son frère, pour l'aider en reprenant la part qu'il possédait sur la maison. Marthe ne manifestait aucun embarras.

Gustave Eiffel ne vint pas à l'usine comme l'espéraient la direction et le personnel. En avril, deux mois après la signature de la commande, en plus d'expéditions quotidiennes, un ensemble de quatre wagons de pièces quittait l'usine. A la demande des ateliers de Levallois-Perret, un ingénieur se rendit sur place pour la livraison. Léon le rejoignit le jour de l'arrivée du chargement. Il ne connaissait jusque-là que les courts déplacements en chemin de fer autour de Nancy. Les six heures de train jusqu'à Paris lui semblèrent courtes tant il découvrait de choses. Il suivait l'itinéraire sur une carte dessinée par Louis, avec des indications sur les villes et les lieux traversés. A l'approche d'une gare Léon passait d'une vitre à l'autre quand le nombre de voyageurs du compartiment le permettait. A Toul, le soleil de l'aube auréolait de rouge la cathédrale. A Commercy, la façade du château n'était pas du bon côté ; Léon aperçut de justesse, avant l'arrêt, un grand escalier descendant vers un fossé. Grâce au ralentissement, il suivit pendant quelques instants les travaux sur le canal de la Marne au Rhin, en bordure du chemin de halage. Surtout, il découvrait une France de forêts, de campagnes et de rivières. Il retrouvait le décor de Pompey avant l'arrivée de la fonderie. Des vignes grimpaient sur les coteaux. La Meuse serpentait entre les saules et les peupliers. Des fardiers, retenus à l'arrière par un attelage de quatre boulonnais arc-boutés, descendaient la lisière d'un bois, les troncs écrasant de leur poids les roues basses du chariot. A l'entrée d'un village, près d'un barrage d'eau d'un mètre au plus, tournait la turbine d'une fabrique pas plus grande qu'une maison, qui fournissait, le soir, à des fermiers, quelques heures d'électricité qu'ignoraient encore les grandes villes. A l'inverse, à l'approche de bourgs plus importants, les cheminées et les citernes d'une usine à gaz marquaient de leur noirceur les alentours d'une église, carrée comme une forteresse, et le cimetière entouré de tilleuls.

A mi-chemin, après une attente en gare de Châlons pour l'alimentation de la locomotive en charbon et en eau, la voie longeait la Marne. Dans une courbe paisible glissaient des cygnes. Léopold Muller racontait à ses fils que son père en tuait en les attrapant avec un nœud coulant ; la grand-mère en faisait des pâtés. Une fois par an, un chapelier de Nancy passait au Hameau acheter des plumes. A l'approche de Paris, à Château-Thierry puis à

Meaux, montèrent de nombreux voyageurs. Coincé au milieu de la banquette, Léon ne bougeait plus, apercevant parfois un bout de Marne, puis d'autres usines à gaz, des triages et des alignements de wagons de marchandises, de plates-formes avec des canons et des caissons d'artillerie, des usines basses qui étiraient leurs murs vitrés parmi des amoncellements de matériaux et de buttes de charbon ou de coke. Il regarda une dernière fois la carte. Dans un carré au-dessous de *Terminus*, Louis avait écrit : *Ne pas oublier de descendre.*

Il était 1 heure. Léon marcha sous la verrière de la gare de l'Est, étonné des vols de pigeons qui filaient sous les poutrelles. Le bruit le surprenait, moins brutal que celui des ateliers, plus pressant avec la continuité et le mélange des grincements de freins des rames entre les quais, du souffle ronflant des jets de vapeur des machines, les consignes inaudibles des haut-parleurs du hall, le brouhaha et les cris des voyageurs, les flonflons de musiciens qu'on trouvait partout dans la salle des pas perdus avec une chanteuse, un chien savant, un manipulateur d'écharpes et de cartes géantes. Assis à une terrasse, sa mallette entre les jambes par sécurité, il observa, déplié devant lui sur la table, le torchon qui enveloppait son casse-croûte, deux tartines au jambon, une autre au fromage blanc parsemé de persil mélangé à de l'ail. Un garçon habillé comme un majordome, avec un gilet noir au-dessus de son tablier et un nœud papillon sous son col cassé, lui servit une bière :

— Une vraie mousse bien de chez nous.

Le serveur cherchait sa monnaie dans une sacoche de cuir noir attachée par une chaîne autour de son cou :

— Ici, pas de bière teutonne. Est-ce-que vous savez, monsieur, qu'en Allemagne on brasse avec de l'alcali, de la potasse ou de la gentiane, à la place de l'orge, les bières destinées à l'exportation en France ? Un monsieur qui venait de Francfort m'a montré une liste de cinquante-trois condamnations pour contrefaçon. Vous partez ou vous arrivez?... Alors, bon séjour à Paris.

Léon rejoignit le guichet 10 où l'ingénieur devait l'attendre. Ils arrivèrent en même temps et marchèrent vers le parc des voitures de location, des cabriolets découverts ou de petits fiacres. Un cocher montrait une ardoise indiquant *Pompée*, écrit comme le nom choisi par Julie pour le théâtre. L'homme connaissait son programme. Il descendit au petit trot l'avenue devant la gare, contournant des omnibus pour les doubler, ralentissant pour laisser la priorité aux cavaliers, peu nombreux. Léon notait la variété des véhicules, petites voitures vertes attelées ne transportant qu'une dizaine de passagers, citernes annonçant en gros un chargement de vin, cabriolets carrés et fermés de sociétés alimentaires, bétaillères chargées de cinq ou six bêtes à cornes ou de chevaux pour l'abattoir. Dans la circulation assez dense se faufilaient des charrettes à bras poussées par un homme dans les brancards et un ou deux aides sur le côté ou à l'arrière.

L'ingénieur ne parlait pas. Quand le tilbury tourna vers la gauche, le long de la Seine, en face de palais aux fenêtres étroites, Léon dit : « C'est beau », sans avoir de réponse. Sur la chaussée resserrée, le cheval avançait au pas. « Voici le Louvre », dit le cocher devant une cour pavée à proximité d'un pont. Sur l'autre rive du fleuve, les immeubles devenaient plus rares, laissant l'espace à des propriétés cossues entourées de parcs, de grilles, de chênes ou de marronniers. Au-delà, commençait une plaine que bordait au loin le décor flou des collines. Par-ci, par-là, des campements et des allées et venues de chariots autour d'échafaudages indiquaient des chantiers. « Les pavillons de l'Expo !, indiqua le cocher, et là-bas à gauche, la folie du siècle, le mauvais tour de monsieur Eiffel ! » Léon ne voyait rien qu'une agitation confuse, des masses de terre, quelques flèches de grues comme celles des quais. En approchant, il reconnut une zone de fondations qui rappelait celle des premières pierres posées dans les prés de Pompey à l'annonce des hauts fourneaux. Le fiacre se rangea près de trois baraquements alignés autour d'une courette couverte d'une bâche.

— Attendez-moi, dit l'ingénieur.

Léon mit pied à terre. Sans s'éloigner trop, il approcha d'un terre-plein qui servait de plate-forme d'accès au chantier. Des hommes poussaient des wagonnets de sable et de graviers qu'ils déversaient dans des tranchées autour de pyramides de pierres et de ciment, taillées en épi, surmontées de boulons géants longs comme des troncs d'arbres. Seules les assises de la future tour sortaient de terre. Des ordres venaient de partout, coupés par le fracas répété d'un pilon cognant un palan. Un peu déçu de ne pas voir l'amorce de l'assemblage des pièces expédiées de Pompey depuis trois mois, Léon se souvenait, rassuré pour l'avenir, de la rapidité du montage des ateliers, des bureaux et des cheminées en bordure de la Moselle.

Il rejoignit la voiture. Le cocher fumait une pipe recourbée, assis sous la tête de son cheval occupé à manger le picotin de son sac.

— C'est beau, hein, les nouvelles catacombes pour planter dessus un immense cierge en fer. Tiens ta bougie droite ! Pendant qu'on met de l'argent dans cette horreur inutile, Bismarck construit des canons et des cuirassés. A bas Eiffel, vive Boulanger !

Léon reconnut les propos tenus par le grand Krier, séduit par « le brav'général », comme il disait.

— Voilà monsieur La Carpe qui revient, murmura le conducteur du tilbury en apercevant le silencieux ingénieur, qui n'eut même pas à dire « en route ».

Après une heure de chemin à travers des quartiers aux rues étroites, autour de parcs cinq ou six fois plus grands que la Pépinière de Nancy, puis dans unc zonc d'atclicrs et de petites usines, le cocher arrêta ses passagers dans une cour cernée de longs baraquements, près d'un embranchement de la voie ferrée et de quelques wagons en dépôt. Les deux hommes étaient attendus. L'ingénieur entra dans un bureau. Léon suivit un garde vers des hangars. Un homme en blouse blanche l'accueillit :

— Je m'appelle Plouhic. Breton, comme un Parisien sur deux : l'autre est auvergnat. Dessinateur.

Autour étaient alignées des tables à dessin, en rangées comme les pupitres d'une classe. Plouhic montra un calque, grand comme une page de cahier :

— C'est un morceau du squelette de la Tour. Plus qu'un squelette car, en plus des os, il y a les veines et les artères, la peau. Chaque lamelle de fer est tracée avec l'indication des rivets au millimètre près. Chaque feuille est numérotée. Avec cinq ou six feuilles on réunit le dessin d'un petit ensemble, monté ici avec ce qui vient de Pompey et d'ailleurs, transporté sur le chantier et assemblé avec la précision d'un puzzle.

Léon regardait sur les murs les plans qui traçaient la Tour dans son ensemble, sa large base arquée comme un pont, sa flèche effilée jusqu'à la pointe. Le dessinateur le promenait d'un dépôt à un autre qui ressemblait, avec les rangements des pièces et les panneaux numérotés, à la salle de manutention Eiffel à l'usine. Ici, à l'inverse, les cartons collés aux murs indiquaient « Pompey ». Plouhic, devant les derniers arrivages, en reconnaissant que les consignes de classement étaient respectées au départ de Lorraine, insistait sur la précision millimétrée du grand jeu de construction peu à peu mis en place, et sur la rigueur mathématique exigée à tout moment de la chaîne.

Dans la soirée, la visite se prolongea avec des ateliers de soudure où se préparait le rivetage d'éléments définitivement prêts pour l'assemblage. Un employé affichait sur des panneaux le calendrier définitif, qui ne bougerait pas plus d'une heure que les trous des forêts ou des boulons d'un millimètre : « 30 juin 1887, fin des fondations; 15 mars 1888, premier étage, 14 juillet, deuxième étage; 30 mars 1889, ouvrage terminé. »

Léon passa la nuit dans le dortoir de Levallois-Perret. Avant de le quitter, Plouhic lui offrit une des tours Eiffel miniatures moulées pendant leurs journées de repos par des ouvriers du Cantal exilés de chez eux pour la durée des travaux. Un tilbury reconduisit le visiteur à la gare de l'Est sans qu'il en ait vu davantage de Paris, sauf les tours de Notre-Dame au passage, dont le coq, lui avait-on assez répété, arriverait tout juste au vitrage de la première plate-forme de la Tour. Il se cala dans le compartiment près de la portière de gauche, du côté de la voie qui longeait le plus longtemps la Marne au départ, la Meuse ensuite et la Moselle, enfin, après Toul. Il ne revit pas de cygnes mais, sur un étang, après Bar-le-Duc, une trentaine de flamants roses, oiseau qu'il ne connaissait jusque-là que par des images et sans la couleur.

En gare de Nancy, il découvrit Julie au milieu d'un groupe exubérant qui chahutait autour d'un amas de valises et de paniers.

— Nous jouons deux soirs au théâtre de Lunéville, dit la jeune comédienne. Nous débutons à la Foire de Nancy le jeudi de l'Ascension : je compte sur toute la famille pour la claque.

Le jeudi 13 mai, Léon, Marthe et Louis étaient au rendez-vous sur l'esplanade du cours Léopold pour repérer les lieux et retenir des places pour le spectacle. La Foire de mai prenait de l'importance depuis la fusion de deux fêtes foraines plus modestes, la foire de Saint-Joseph, le 19 mars, et celle de Saint-Georges, le 23 avril. Les autorités encourageaient la manifestation pour montrer que dans la grande ville la plus proche de la frontière on s'amusait aussi bien que sur les bords du Rhin, et entre soi : puisque les métiers français étaient interdits à la Foire de Metz, les forains allemands n'étaient pas acceptés à Nancy.

Les Muller traversèrent les allées de manèges et de baraques pour trouver, à l'extrémité, près de la Porte Desilles évoquant la bataille de la Révolution française fatale au lieutenant breton et à beaucoup d'autres, le chapiteau du théâtre Robba avec son promenoir extérieur pour la présentation des acteurs. Des affiches annonçaient les pièces et les dates. Le nom de Mademoiselle Pompée, petit au générique de *La Tour de Nesle*, moyen pour *Charles le Téméraire*, apparaissait en gros pour le rôle de Suzel dans *L'Ami Fritz*, joué le dimanche 23 mai en matinée.

Marthe loua une loge de six places proche de la scène, « du côté cour » précisaient les billets. Léon et Louis l'attendaient devant l'estrade d'une ménagerie. Un bonimenteur en tenue de cérémonie, avec queue-de-pie et huit-reflets, une canne à pommeau à la main, annonçait le repas des fauves avec le soutien d'un clarinettiste et d'un joueur de cymbales. Il tenait un chien en laisse, un loulou blanc frisé :

« En guise de prologue à votre visite à monsieur Brutus, lion de l'Atlas, et à mademoiselle Mascotte, sa fille, née dans notre établissement, je vous présente monsieur Stop, qui n'est pas un chien d'arrêt mais, à la demande, un maître simulateur. Quand je lèverai le bras, vous crierez son nom. »

L'homme détacha la laisse : « En avant, Stop ! » Le loulou avança au bord de l'estrade. Quand la foule cria son nom, il se mit à boiter de la patte avant droite, soudain amollie et rétrécie. Il reprit sa marche normale sur un coup de canne du maître sur le plancher, puis mima de nouveau le boitillement à l'appel de son nom. Louis insista pour assister au repas des lions. Quatre couples de fauves, derrière les barreaux des roulottes, déchiraient des pièces de viande en s'aidant de temps à autre de la patte. Le garçon s'amusa davantage des mimiques des deux ours noirs, l'un qui balançait sans arrêt la tête comme un balancier d'horloge, l'autre qui, assis sur son arrière-train, attrapait au vol, à travers les larges barreaux, les morceaux de gaufre ou de biscuit lancés par des spectateurs.

Marthe orienta le parcours vers la contre-allée, après les postes mobiles de la police, des pompiers et de la police militaire, où des bonimenteurs attiraient la clientèle sous les tentes de la coutellerie de Langres, de la porcelaine de Limoges, l'exposition de parfums *A la Ville de Nice*, celle de dentelles *A la Ville de Valenciennes*. Entre ces boutiques, décorées de glaces qui les agrandissaient artificiellement, des camelots, avec ou sans une table ou un étal, proposaient avec autant de mimiques que de bagout des ustensiles ménagers, battoir métallique pour la mayonnaise, qu'ils montraient dure et compacte en renversant le bol, râpe pour les carottes, le céleri ou le fromage, couteau à bec retourné pour couper et prendre un bout de fromage. Louis râlait, en guignant vers les estrades animées.

Grâce aux parades, les visiteurs découvraient les attractions proposées. Le spectacle était en vitrine. Le patron de *L'arène athlétique*, après l'inévitable roulement de tambour, entrouvrait un rideau qui découvrait, dans une sorte de castelet, deux lutteurs, les pectoraux et les biceps gonflés, portant chacun sur une épaule une jeune femme en collant couleur chair moulant ses contours de

« modèles des charmes du XIXe siècle ». En face, « Au Concert tunisien », deux eunuques, gras comme des bouddhas, rythmaient avec des pipeaux la danse du ventre d'une négresse qui ne semblait pas garantie grand teint. Le mystère, au contraire, perçait dans les annonces verbales, pompeuses et emberlificotées, des baraques de l'homme-poisson, de la femme à trois têtes, du géant de Manchester et des sœurs Brousson, Albertine l'aînée, 17 ans, 18 kilos, 75 centimètres, et Odalie, la cadette, 13 ans, 9 kilos, 73 centimètres.

Plutôt que de choisir entre l'homme de 2,33 mètres et les minuscules gabarits, Marthe prit trois entrées pour le musée de cire et ses mille sujets anatomiques. Louis traînait les pieds parce que sa mère lui avait refusé un tour au manège des vélocipèdes. La directrice d'école retrouvait son terrain avec des squelettes, des maquettes colorées du système sanguin ou de la cage thoracique, des exemples moulés des ravages de la peste noire, de la diphtérie ou du choléra. Léon porta plus d'intérêt à la représentation de Léon Gambetta sur son lit de mort, Louis à un Apollon anatomique de cent quatre-vingts pièces et surtout au cyclope de 4,50 mètres qui permit à sa mère de rappeler les prouesses d'Ulysse et de demander le nom de son père, sans attendre la réponse pour écarter le garçon des descriptions gynécologiques de la femme.

Il pleuvait. La famille s'installa sous l'auvent d'une terrasse qui donnait sur la foire et sur la rue, en face de l'immeuble de l'Université. Louis mangeait son premier nougat ; Léon découvrait le stout, une bière brune anglaise ; Marthe dégustait une plombières, glace aux fruits confits que des pancartes disaient à la mode dans l'Europe entière. De l'extérieur de la foire arrivait le bruit d'une forte musique, dominée par les tambours et les cuivres, entraînée et joyeuse. Des clients près de la chaussée annoncèrent : « La parade du cirque ». Approchait déjà de la terrasse un chariot tiré par quatre chevaux revêtus de couvertures rouges à parements jaunes marquées, dans un écusson, de la lettre P. Sur une plateforme, une jeune femme en costume de cour, coiffée à la Pompadour, trônait près d'un arc de triomphe annonçant : *Cirque Plége*. La fanfare suivait dans des uniformes également rouges à galons dorés. Monsieur Plége lui-même avançait au milieu de la rue, en costume noir avec chemise blanche à jabot, en selle sur un cheval blanc paré de cocardes fleuries, précédant des chevaux arabes sans cavaliers et des pouliches gris pommelé montées en amazone par des écuyères. Sur des plates-formes attelées venaient des clowns jonglant avec des boules de chiffons reliées entre elles par des fils qui s'emmêlaient, des trapézistes assises sur un portique, des chiens savants sautant dans le cerceau enflammé tenu par un Écossais en kilt. Achevait le cortège, annoncé au porte-voix comme le clou du spectacle, le groupe des piqueurs et des chasseurs de la « chasse aux cerfs sous Louis XV », où ne manquaient pas les nymphes court vêtues agitant leur tulle transparent autour d'un solide dix-cors cerné par une meute. Le cirque Plége était chaque année l'événement de la foire :

« J'aimerais mieux voir Mademoiselle Aïda marcher sur un fil que Mademoiselle Pompée parler sur scène », dit Louis que frôla la taloche de sa mère revenue à sa plombières.

Il pleuvait encore le dimanche de la représentation de *L'Ami Fritz*. Gustave régala la famille au restaurant Lallement, installé dans des structures en bois place de l'Académie, spécialiste du chou de Paris rondelet et dodu sous le gratin, qu'on opposait, avec des fanions tricolores sur les tables, à la choucroute de Munich. Avant d'entrer au théâtre Robba, les hommes rivalisèrent d'adresse au tir à la carabine sur des cartons qui tournaient lentement sur un pivot. Gustave gagna une poupée de décoration, une gitane brune, maquillée avec excès, la poitrine pointue au-dessus d'une robe large à étaler sur un fauteuil ou un couvre-lit.

La loge retenue par Marthe dominait la fosse d'orchestre. En attendant le lever du rideau, une dizaine de musiciens jouaient les airs habituels des kiosques publics, la *Marche des Troyens* de Berlioz, le duo de *Philémon et Baucis* de Gounod, le martial *Serrez vos rangs* d'Aristide Bruant que soutenaient les claquements de mains du public. Les gradins et les travées du chapiteau étaient combles. Les soldats, nombreux à la galerie, agaçaient les jeunes filles du parterre avec des boulettes de papier jetées ou suspendues à un fil au-dessus de leurs têtes. Les trois coups du brigadier annoncèrent le lever du rideau dès que les musiciens eurent quitté leurs sièges.

A l'apparition du décor montèrent les applaudissements. Le clocher sur la toile de fond, derrière les maisons, ressemblait à la flèche de la cathédrale de Strasbourg. L'auberge, à droite de la scène, avec sa table en terrasse sous les arbres, évoquait une ville, la maison cossue, de l'autre côté, la campagne, avec ses colombages et un escalier de bois grimpant contre la façade tapissée d'une vigne. Fritz Kobus, sa capote verte rejetée en arrière, son chapeau posé sur une chaise, interpellait un homme maigre à la barbiche grise :

« — *Hé! Hé! vieux rabbin. Comment ça va-t-il? Arrive donc que je te fasse goûter mon Kirschenwasser.*

Face à face devant la carafe et les verres à pied, les deux hommes parlaient mariage :

— *Voilà le vingt-troisième parti que tu me refuses, Kobus.*

— *C'est vrai, David, je voudrais me marier pour te faire plaisir, mais tu sais...*

— *Je sais, tu es un gros égoïste qui ne pense qu'à boire et à manger.* »

Louis, assis sur un tabouret entre deux chaises, demandait à sa mère : « Elle arrive quand, Julie ? » Marthe, sans quitter la scène des yeux, mit un doigt sur ses lèvres pour imposer le silence. La loge lui semblait proche des acteurs, qu'on entendait souffler après leur réplique. Plus agréable, la proximité apportait la piquante odeur du mélange de poudre et de fard du maquillage.

Après une brève fermeture du rideau, la pièce reprit avec Fritz et le rabbin, encore à table, à l'auberge du « Bœuf rouge » cette fois, servis par la vieille Katel :

« — *Qui donc est dehors, Katel ?*

— *C'est la petite Suzel, monsieur Kobus, vous savez, la fille de Cristel, votre fermier de Meisenthal. Elle apporte des œufs et du beurre frais.*

— *Ah, c'est la petite Suzel, tiens, tiens. Eh bien, qu'elle entre.* »

Katel parlait à la cantonade :

— *Suzel, monsieur demande que tu entres.*

On entendait Julie en coulisse :

— *Ah mon Dieu, mademoiselle Katel, moi qui ne suis pas habillée !*

Kobus tonnait :

— *Suzel, arrive donc !* »

Du rideau de scène, à droite de la loge, sortait la jeune fille, happée par les applaudissements du public et ceux de Louis qui criait presque : « La voilà, la voilà ! » L'actrice contournait la table des deux hommes et se présentait de face, rajeunie par la teinture blonde de ses cheveux et l'onguent qui donnait un reflet bleu à ses yeux. Elle portait une jupe de laine blanche, un casaquin de toile noire.

« — *Allons, Suzel, prends le café avec nous. Katel, apporte une tasse pour la petite.*

— *Oh ! monsieur Kobus, je n'oserai jamais.*

— *Bah, bah ! Katel, dépêche-toi.* »

Julie poursuivait son jeu sans regarder du côté de la loge où les femmes échangeaient à l'oreille de brefs commentaires : « On lui donnerait cinq ans de moins », « Elle est bien souriante. » Gustave, qui n'avait pas revu Julie depuis son retour, répétait en se cachant les lèvres : « C'est une femme, c'est une femme. » A l'entracte passèrent des figurantes qui vendaient, au profit des acteurs déshérités, des cocardes de crépon piquées sur une aiguille. Louis, sa mère et sa tante traînaient dans le promenoir pour écouter les commentaires, flatteurs pour Julie, plus sévères pour Kobus, qu'on trouvait trop vieux pour le rôle.

Au troisième acte, la salle trépigna quand, à table, un ami de Fritz dit : « *Laisse donc! Avec ces Prussiens, est-ce qu'il faut se gêner?* » Les hommes se levèrent dix secondes plus tard quand le même acteur ajouta : « *Je défie la Prusse, je défie tous les Prussiens, depuis le caporal Schlague jusqu'au feld-maréchal!* » Le public féminin manifesta autant quand Suzel parut, au final, habillée pour la noce, avec la coiffe et les dentelles. Les battements de pieds et de mains accompagnèrent la valse cristalline du violoniste Jisef. Sans qu'on entende la dernière réplique, la galerie entonna la *Marseillaise*, reprise par les spectateurs et les acteurs, guidée par l'archet du musicien puis soutenue par deux trompettes de l'orchestre sortis du décor. La lumière s'éteignit un instant sur le rideau hâtivement tiré. Puis, sous les projecteurs revenus, monsieur Robba, qui tenait le rôle du rabbin Sichel, présenta les acteurs et les actrices à l'avant-scène. Quand il dit : « dans le rôle de Suzel, Mademoiselle Pompée », la loge se leva. Julie approcha de sa famille, saluant d'une révérence qui doubla l'intensité des applaudissements. Pendant l'évacuation de la salle, par une porte des coulisses, elle rejoignit les siens, tremblante de plaisir et d'émotion, sans pouvoir rester, à cause, dit-elle, d'un buffet qu'offrait aux acteurs le maire de la ville.

Pendant qu'Alphonse récupérait au stand de tir sa poupée gitane, Louis, avec Gustave, bouclait dans un wagonnet l'anneau de la montagne russe, qui effrayait plus par son fracas métallique que par la vitesse de la voltige. Le neveu appréciait la compagnie de l'oncle. Il passait volontiers des heures avec lui dans son atelier. Gustave lui donnait à limer des planchettes, qu'il reprenait ensuite pour les affiner. Il lui parlait des courses de chameaux sur les pistes plates du Sud algérien, des ruelles parfumées de la casbah d'Alger, des manœuvres de la troupe dans la Mitidja. Louis calquait ces récits sur ses leçons d'histoire les plus récentes, qui évoquaient les campagnes de l'armée française en Afrique et en Asie.

Le Certificat d'études approchait. Marthe présentait onze élèves. Seul Louis appartenait à une famille de Pompéens de souche. Ses camarades, la plupart nés dans la commune, venaient de Moselle ou d'Alsace, de Belgique ou du nord de la France, et Bruno, le bien nommé, d'Italie. Tous furent reçus à l'examen, Louis le premier du canton avec zéro faute en orthographe, la plus grande fierté de sa mère. L'inspecteur primaire et le député présidèrent la distribution des prix qui se fit dans la salle de bal du « Central », la construction de la salle des fêtes communale ayant pris du retard. Les élèves passaient un à un sur l'estrade pour recevoir de l'inspecteur, pour les lauréats du C.E.P., un diplôme, que certains signaient aussitôt sous la mention *Titulaire*, et, de la main du député, des livres pour tous, de la petite classe aux grands, écoles de filles et de garçons mélangées.

Louis ajoutait à sa collection de Théophile Gautier et d'Edmond About les deux volumes de l'*Astronomie populaire* de Camille Flammarion, reliés en rouge avec une tranche dorée. Pour ne pas montrer de favoritisme, Marthe choisit Bruno pour le compliment officiel, orienté sur les vertus de l'instruction et du travail, le mérite des enseignants. Les discours des officiels semblèrent longs aux chanteurs de la chorale de l'Avant-Garde qui, après la *Marseillaise*, interprétèrent, avec une certaine confusion, l'air des petits soldats de la *Carmen* de Bizet. Des retardataires arrivèrent juste pour les rafraîchissements offerts par la municipalité dans la salle du café.

Autour des tables, les enfants se montraient les uns aux autres leurs livres, les moins bien classés avec un brin de fanfaronnade. Mathieu Fischer, destiné au Certificat d'études de l'année suivante dans la classe de Marthe, présentait les six romans d'Erckmann-Chatrian de sa première place. Elise cherchait les pages d'illustration pour son père et sa mère venus pour la circonstance et pour quelques jours « à l'air libre », disait le vieux Messin. Parfois, l'inspecteur primaire frappait avec une cuillère le goulot d'une carafe pour réclamer le silence. A côté de lui, sur une chaise, une fillette ou un garçonnet récitait un poème en annonçant le titre au début, le nom de l'auteur à la fin. Des plus petits, surveillés de près par une maîtresse prête à souffler les paroles, chantaient des comptines que murmuraient avec eux, dans le fond de la salle, leur mère et leur grand-mère. Pour ne pas être en reste et hausser le ton de la fête, une maîtresse interpréta un air de *Manon* et un musicien de la fanfare la *Chanson des blés d'or*, qui obtint un vif succès.

Le pépère Fischer, enthousiasmé par l'ambiance, grimpa sur une table, malgré Elise qui le retenait :

— *Ich bin Fischer von Metz*... (Il balayait l'espace de sa main pour calmer l'étonnement :) Voilà comment je devrais me présenter à vous si je respectais le diktat prussien. Mais je suis Fischer, français comme vous, grand-père de Mathieu que voici. Je suis français mais il me faut des visas avec l'aigle impérial pour venir à Pompey. Mesdames et messieurs, monsieur l'inspecteur et monsieur le député, pardonnez-moi de prendre la parole comme un insurgé des barricades. Je veux vous dire que les enfants comme ceux-ci qui, à Metz et en Moselle, fréquentent les dernières écoles françaises, sont considérés comme français et donc étrangers, menacés d'expulsion, sans leurs parents s'il le faut. Il faut soutenir notre effort pour que la Lorraine et l'Alsace annexées gardent leur âme française. (Le pépère coupait du geste les applaudissements :) Aujourd'hui nous fêtons le travail des écoliers et des écolières, celui de leurs maîtres, je ne gâcherai pas leur plaisir. Moi aussi je vais chanter. Ce pourrait être la *Marseillaise*. J'ai choisi plutôt *Les Pompiers de Nanterre*. Pourquoi ? Parce que cette chanson française, qui n'a que le seul tort d'être française, est interdite dans le Reichsland à nos chorales et à nos fanfares.

Il annonçait le titre comme le faisaient les enfants : « *Les Pompiers de Nanterre.* » Il battait la mesure en se dandinant :

— *Quand les beaux pompiers vont à l'exercice. Pleins d'une noble ardeur, faut les admirer. Ils embrassent d'abord leurs femm's et leurs fisses. Puis sans murmurer. Dans Nanterre ils vont manœuvrer.*

Il salua comme s'il enlevait son chapeau. Il descendit de son perchoir sous les rires et les acclamations. Le député cogna la carafe de l'inspecteur primaire :

— Je dirai simplement : bravo et merci. J'ajouterai : vive l'école libre !

Flairant la bourde, il se reprit :

— Je veux dire : vive l'école de la liberté !

Léon sortait de la fonderie quand passèrent devant le portail les Muller et les Fischer :

— Si tu entends parler demain des « pompiers de Nanterre », tu sauras que c'est moi le capitaine, dit le pépère pas mécontent de sa prestation.

Plutôt que de rentrer au Hameau, Louis préférait montrer les beaux volumes de son Astronomie à son oncle. Léon et Marthe prirent seuls le chemin de leur maison, à quelques mètres derrière la famille d'Elise. Mathieu portait sa pile de livres sur la tête, une main sur le côté, l'autre sur le dessus :

— Si ça continue, il faudra porter un lit pour Louis chez mon frère. Il s'ennuie à la maison.

— Ça le change un peu.

— Tu le vois aussi, Gustave?

— Comme tout le monde. Si je le croise en sortant de l'école, je ne change pas de trottoir.

— Vous allez prendre un verre au café?

— Si j'avais soif, je le ferais. C'est mon beau-frère.

— C'est un peu un ancien, aussi, comme on dit. Tu es différente depuis son retour.

— Rien n'est vraiment changé. Tu travailles, tu t'occupes de ton jardin et de tes mirabelliers l'après-midi, de tes réunions le soir ou les jours de repos. Moi, l'école, les préparations, les devoirs, Louis me prennent mon temps. Le reste passe à l'Avant-Garde, ou à la cuisine et au ménage.

— Tu ne me dis jamais rien.

— Nous n'avons jamais bavardé beaucoup ensemble.

— Tu as des regrets?

— Qui n'en a pas? Ce qui compte pour l'heure, plus que ton questionnaire, c'est de trouver une suite pour Louis, continuer des études ou apprendre un métier.

— Je t'embarrasse en parlant de Gustave?

— Quand j'aurai quelque chose à te dire à propos de Gustave ou d'un autre, je le ferai. Sans mentir et, sans doute, sans hésiter.

Elise attendait au seuil de la cour des Muller :

— Pépère voudrait emmener Mathieu et Louis à Nancy pour le 14 juillet. Vous êtes d'accord?

Ils se levèrent tôt pour prendre à Frouard l'omnibus de six heures quinze. La pluie de la nuit séchait sur la chaussée, laissant alentour des flaques de l'orage de la veille au soir. Le train amenait beaucoup de monde à Nancy, des groupes entiers de Lorrains annexés, fidèles au rendez-vous des fêtes patriotiques comme, en décembre, aux divertissements de la Saint-Nicolas. Un doute existait sur les lieux du défilé. Prévue sur l'hippodrome de Jarville, la revue était annoncée depuis quelques jours sur le cours Léopold, la Société des Courses réclamant pour les tribunes officielles ou publiques le règlement des billets d'entrée, comme pour une manifestation ordinaire de trot attelé ou de steeple-chase. On apprit à l'arrivée à Nancy que le champ de courses gardait la préférence, après un coup de semonce du général-gouverneur.

Pépère trouvait, avec regret, la gare de Nancy plus petite que celle de Metz, mais fort belle la place Thiers avec la statue du libérateur du territoire cernée de jardinets fleuris. Des voyageurs venus de loin dans la nuit pique-niquaient sur les bancs du square avec du pain frais acheté dans le quartier. D'autres déjeunaient aux terrasses des cafés et des brasseries en bas d'immeubles neufs aux élégantes façades. Les tramways arrivaient et partaient sans arrêt, coiffés à l'avant et à l'arrière de petits drapeaux, le wattman sonnant pour alerter les piétons engagés sur les rails. Le grand-père et les deux garçons montèrent dans la bousculade sur une plate-forme, bon endroit pour suivre l'animation des rues, les équipages de familles endimanchées avec capelines à fleurs pour les dames, les cortèges de porte-drapeaux des sociétés groupés en escouade, les militaires en quartier libre marchant au pas vers le spectacle des copains sur le pied de guerre. Après l'hôpital central, malgré les avertissements du conducteur, le tramway resta bloqué derrière la foule qui suivait une fanfare militaire. Les passagers emboîtèrent le pas. Le grand-père tenait les deux garçons par la main avec consigne de ne jamais le lâcher.

Les bouquets et les drapeaux coloraient les façades des

maisons de Jarville. Le pont sur le canal était un arc de triomphe voilé d'oriflammes et bordé de plantes vertes. Des pavois décoraient les péniches à l'arrêt, qui ajoutaient le concert de leurs cornes et de leurs cloches aux clairons de l'escorte musicale. En suivant des anciens combattants qui se trouvaient là comme chez eux, le père d'Elise trouva trois places sur des gradins à côté de la grande tribune, face au terrain qui rejoignait au fond la rive de la Meurthe. « Toute l'armée française est là », disait le grand-père en montrant les quatre régiments de ligne rangés en carrés, les cavaliers à l'opposé, près d'autres unités. Mathieu et Louis, qui attendaient le défilé, trouvèrent longs les préparatifs, l'arrivée du général, la revue des troupes, la lente cérémonie des remises de décorations. « Ça va commencer ! » annonça Louis quand la musique prit place devant les gradins. En ordre de marche approchaient les régiments. Les rangées sombres se coloraient des capotes bleues et surtout des pantalons rouges. Les souliers cognaient en douceur l'herbe du champ de courses. On entendait le pas des chevaux mais davantage les bruits métalliques des étriers, des garnitures des colliers ou des têtières. Les élèves en uniformes verts de l'Ecole Forestière reçurent autant d'applaudissements que les fantassins du « 26 », le régiment de Nancy. « Ils étaient à la bataille de Saint-Privat, accroupis derrière les murets pour tirer sur les Prussiens », commentait Pépère.

Mathieu s'inquiétait : « C'est déjà fini ? » Il n'était pas encore dix heures. Personne ne bougeait. La musique finissait en intermède *La Marche consulaire à Marengo.* La poussière monta en bordure de la Meurthe, de l'autre côté de l'hippodrome. Surgirent en ligne les hussards lancés au galop, encadrés par les trompettes sonnant la charge. Le sol, cette fois, résonnait du martèlement de la cavalcade. Les cavaliers approchaient sabre au clair ou la lance levée. On entendit à peine le commandement hurlé par le colonel qui bloqua les montures à quinze mètres des tribunes dans un bruit confus qui mêlait les cliquetis des armes, les hennissements et l'ébrouement des chevaux. Dans les gradins les militaires saluaient ou applaudissaient. La foule criait : « Vive l'armée ! » Le grand-père, prenant les voisins à témoin, répétait : « A bientôt à Metz ! A Metz et à Strasbourg. »

Ils remontèrent à pied jusqu'à la gare, dans une ambiance de fête. Des camelots et des forains profitaient de l'afflux de chalands. Tous les cinquante mètres sur les trottoirs, ils proposaient des boissons, de la citronnade ou du jus de réglisse à l'eau, des tartines de pain aussitôt préparées au pâté, aux concombres ou au saucisson. Ceux-là faisaient moins recette que les stands de jeu, des loteries ordinaires avec la grande roue aux triangles multicolores, des jeux de boules qu'on lançait sur des pyramides de boîtes de conserves ou sur des caricatures en bois d'hommes célèbres et qui se renversaient quand le but était atteint. Le grand-père s'offrit un joli plaisir en tirant contre les portraits de Bismarck, d'officiers et de soldats prussiens, ridicules et menaçants. Il concentra ses six boules sur le chancelier, bousculé in extremis. Il chantonnait gaiement les paroles mises par les Messins sur une sonnerie régimentaire allemande : « *Un Prussien chie dans la rue... Un Français lui envoie un pruneau dans le cul.* » Puis il ajouta pour les garçons :

— Vous ne chanterez pas ça à vos parents. A la maison je vous apprendrai *Les Pompiers de Nanterre*, c'est plus beau.

En milieu d'après-midi, Pompey était animée. La fanfare de l'Avant-Garde donnait son concert de quartier en quartier. Devant la mairie, autour des mâts de cocagne, les enfants disputaient des jeux dirigés par Léon en tant que président du comité des fêtes et par des bénévoles de diverses sociétés. Les deux garçons s'engagèrent dans une course en sac, puis Louis, seul, dans la course à l'œuf, terminée après trois enjambées, la coquille tombée de la cuillère et le beau rond du jaune collé sur le sol comme au fond d'une poêle. Le garçon fut plus à l'aise au jeu des portraits, en reconnaissant coup sur coup Richelieu, le général Eblé et Benjamin Franklin.

— Comment connais-tu le général Eblé ? lui demanda le maire en lui remettant sa récompense, une boîte de gaufrettes.

— Le grand-père de mon père, Astolphe, a passé la Bérézina avec lui.

— Avec tes bonnes notes à l'école, je suppose que tu veux être instituteur ?

— Non. Je serai menuisier. Comme mon oncle Gustave.

La foule applaudit Mathieu arrivé au sommet du mât de cocagne. Il chantait à tue-tête : « *Quand ces beaux pompiers vont à l'exercice...* » L'air n'y était pas mais le public acclamait. Le pépère chantait aussi.

## 7

Alphonse portait avec fierté sa casquette de chef de gare. Pendant le travail, sur les quais ou les hangars de la « Petite Vitesse », il utilisait les coiffures ordinaires, fournies par la Compagnie, avec une visière de carton bouilli, craquelée par le temps, surmontée des deux étoiles blanches de son grade. Louis, quand il le croisait, disait, inspiré par son oncle Gustave : « Bonjour, mon général. » Les jours de fête, le cheminot sortait sa « belle gâpette », comme il disait, commandée au chapelier de la rue de Nancy qui travaillait aussi bien dans l'uniforme que dans le civil. Au repos il ressortait la coiffure de ses débuts à Vézelise, un modèle militaire inspiré de la Garde nationale. Avec son tissu détendu et sa couleur délavée, elle lui donnait l'air d'un ancien combattant. Ses camarades l'appelaient le « père Bugeaud ».

A Pompey il était plus populaire que son confrère, le chef de gare en titre, deux étoiles dorées, qui s'occupait du trafic des voyageurs, surnommé, par opposition, le « père Bureau » à cause de sa manie du règlement et du moindre détail. Le départ du train de Nancy, le matin à six heures trente-sept, était un concert de coups de sifflet répétés et de rappels à l'ordre verbaux, appuyés de mouvements secs du bâton du drapeau enroulé. Cet homme maigre, chauve bien avant l'âge, ne supportait rien. Le temps, quel qu'il fût, le contrariait. Les sifflets des locomotives, trop répétés à l'arrêt, l'agaçaient : il avait protesté contre cela auprès de ses supérieurs, comme pour la longueur des trains et pour le tapage des militaires, auxquels il souhaitait interdire certains omnibus. Alphonse ne dépendait pas directement de lui pour le trafic des marchandises mais n'échappait pas à ses humeurs dans les détails de la gestion partagée. Le « père Bureau », que rongeait une vocation de marin ramenée par son père au seul horizon des quais de gares, n'aimait pas son métier, la routine des horaires, la pression des usagers. Il était tout le contraire d'Alphonse, qu'on aurait mieux vu au contact des voyageurs que son misanthrope collègue.

Leurs relations se limitaient au service à cause d'un projet mené à bien par le chef des marchandises contre l'avis de l'autre : l'ouverture d'un économat pour les employés de la Compagnie. La population cheminote se développait, groupée en quelques maisons, solidaire dans une amicale qui organisait des concours de pêche, des déplacements collectifs, des spectacles avec des comédiens et chanteurs amateurs de centres ferroviaires importants comme Lérouville, ou dépôts comme Jarville, non loin de Nancy. Alphonse, conseillé par son frère et par Marthe, aidé par le maire Peltier, tenait enfin cet économat, succursale de celui de Frouard.

Marie gérait le magasin installé sobrement près de la livraison des colis à la « Petite Vitesse ». C'était une épicerie-bazar, sans vitrine à la demande des commerçants locaux, mécontents d'affronter une deuxième concurrence après celle de la Ruche de la fonderie. L'amicale des cheminots adhérant au comité des fêtes, Léon, toujours président, avait apaisé les esprits en obtenant que l'économat ne vende pas de produits frais, légumes ou viandes. A l'usage, Marie réalisa les meilleures ventes de

Pompey en chocolat, café, sel, savon, biscuits que ses clientes achetaient pour elles-mêmes et pour leurs voisines, non admises au magasin de la Compagnie mais largement bénéficiaires.

Marthe, de son côté, menait une autre bataille alimentaire qui divisait la municipalité et la population. Elle réclamait, pour un boucher du Marché central de Nancy, l'autorisation de s'installer, non loin de la gare, pour vendre du cheval. Sa campagne débuta auprès des femmes de l'Avant-Garde. Marthe, dans le propos qu'elle leur tenait, opposait au prix de la viande de bœuf ou de mouton le gâchis des ressources d'animaux, bons à manger, abandonnés à l'équarrissage à vil prix. Malgré l'intérêt pécuniaire, l'opposition exprimait une réticence morale, mythologique disait Marthe, à manger le frère d'un Pompon ou d'une Câline, compagnon ou compagne du père à la ferme ou à la maison.

— Et que croyez-vous, rétorquait Marthe, que mangeait le père de votre père quand Napoléon l'a traîné au fond de l'Autriche ou sur la Moskova ? Du cheval ! Et quelquefois même « son » cheval. Et le frère de votre père à Metz, après Bazaine, ou à Paris, pendant le siège, a mangé de l'âne, du chien, du rat. Voulez-vous que vos enfants passent bien l'hiver avec du cheval ou subissent, n'importe quand, affaiblis, la fièvre, le croup ou autre chose ?

Le vicaire, en chaire, évoqua les coutumes païennes. Les ouvriers, habitués à côtoyer les chevaux au travail, parlaient de leur côté de la perte d'un outil. Les commerçants recommandaient plutôt la consommation du poisson, amené par train depuis les côtes, et annonçaient une flambée du prix du saucisson de cheval dès qu'on le mettrait habituellement au menu. Le maire, à l'approche d'élections, sollicitait les avis des conseillers plus qu'il ne donnait le sien.

Pour le convaincre, le boucher du Marché de Nancy invita Peltier et son conseil à un repas à la « Cure d'air ». Elise proposa, au choix, du rôti de cheval au four ou du steak grillé. Marthe, conviée à la dégustation, posa la question essentielle : « Est-ce bon ? » Les édiles se rangeaient plutôt pour la formule « mangeable ». Le boucher, qui offrit également de la mirabelle bouchée de douze ans d'âge, montra sur deux ardoises, à la fin du repas, les prix de la viande de bœuf et ceux de la viande de cheval. Peltier, le maire, fidèle à sa prudence, estima en conclusion qu'ouvrir une boucherie hippophagique n'obligeait personne à se fournir chez elle. Il mit aussitôt l'autorisation aux voix, ralliant tous ses amis. Marthe revint à la charge pour qu'on accepte l'enseigne « boucherie chevaline » plutôt qu'« hippophagique », terme savant utilisé pour masquer la réalité aux âmes sensibles. Peltier acquiesça :

— Nous avons tendance à avoir peur des mots. Appelons un chat un chat, et un cheval un cheval. (Il ajouta, plus bas pour la directrice d'école :) Et que notre vicaire aille se faire cuire un œuf.

Marthe pensa en souriant que le maire bouffait volontiers du curé en ce début d'année du centenaire de la Révolution française.

La commémoration prenait son importance à Pompey avec la participation de la fonderie à la construction de la Tour Eiffel. A quelques mois de l'inauguration de l'Exposition, le projet semblait du passé, avec la fin des livraisons l'année précédente. Une importante commande par les arsenaux maritimes occupait l'usine depuis des mois dans un étrange climat de méfiance, pesant comme un secret militaire. Dans le hall de la manutention, devant les pièces empilées pour l'expédition, Léon ne disposait plus de calques millimétrés comme en fournissaient les dessinateurs de Levallois-

Perret mais de simples lettres ou chiffres, alignés parfois en un véritable numéro matricule. Un fonctionnaire, venu de Brest, notait sur un registre l'arrivée des éléments sortis des ateliers et assistait, plus tard, à leur enlèvement, particulièrement lent quand il ne trouvait pas la correspondance de son code entre l'entrée d'une plaque ou d'une cornière et sa sortie. Sur les murs des affiches appelaient à la vigilance. Un imposant soldat prussien, écrasé sous son casque à pointe, collait ses jumelles sur un visage menaçant, au-dessus de la légende : *L'ennemi est à nos portes.* Un uhlan, sans coiffure, à la chevelure blonde de buveur de bière, tenait dans ses mâchoires serrées une pointe de baïonnette rougie par le sang : *Ne donnez pas d'autres armes à l'ennemi.*

La peur des espions persistait, attisée par les campagnes de partis et d'associations pour une revanche sur les déboires de 1870 et la rapide récupération des villes annexées. Pour éviter un interrogatoire du brigadier de gendarmerie Napoléon, de plus en plus zélé depuis qu'il commandait deux subordonnés de plus, Léon et Marthe avaient gardé pour eux et pour Louis les nouvelles données par Otto, le déserteur bavarois. En un français compréhensible malgré les fautes d'orthographe, il consacrait une page à des remerciements : « Sans vous les choses aurait pu tourné autrement et moi finir en prizon ou même sous les fusis. » Après son interrogatoire à Nancy, il avait signé un engagement dans la Légion étrangère. Il appartenait à une unité de méharistes dans le Sud algérien, près de Tamanrasset : « Pas bocou de guerre mai du sable, du vent de sable et des zcorpion. Brrr ! » En dessous de sa signature il ajoutait qu'il lisait les contes de Perrault trouvés chez des missionnaires et qu'il les racontait aux enfants dans les campements nomades où il apprenait le touareg.

En regardant sur le mur le uhlan au couteau entre les

dents, Léon pensait à Otto qui ne construirait sans doute jamais plus de trains mécaniques avec son père à Nuremberg. Des ouvriers crachaient en passant devant l'affiche, montraient le poing ou tiraient la langue. Fallait-il imaginer d'autres Otto, braves gens comme le déserteur, transformés en impitoyables guerriers par les discours et les proclamations ? Dans les réunions, même celles des sociétés, le simple nom prononcé de l'Allemagne était hué, l'Allemand désigné comme l'ennemi de toujours, plus détesté que l'Anglais qui avait brûlé Jeanne d'Arc. Souvent les discussions se terminaient par une chanson partisane de Paul Déroulède, des insultes contre Jules Ferry ou d'autres, des appels au général Boulanger qui fustigeait dans ses discours les parlementaires, profiteurs ou vénaux, la mollesse des gouvernements, la puissance de l'argent manipulé par les banquiers juifs. La grogne débordait Léon, qui s'efforçait de ne pas mélanger le désastre militaire de Long Song au Tonkin et l'organisation des distractions communales ou, à l'usine, la discussion entre le dimanche et le lundi pour le choix d'un hypothétique jour de repos dominical.

— Les esprits s'échauffent, constatait Marthe, entre l'école et l'Avant-Garde. Titillés par les porteurs de bonne parole qui se réfèrent à Dieu, au Roi, à la Patrie, à l'Ouvrier, avec également une majuscule, les hommes des cités découvrent soudain la politique, plutôt pour se déchirer que pour s'unir. Cent ans après il ne reste pas grand-chose de la fraternité que réclamaient les Sans-Culottes. Je vois Pompey se diviser pas seulement en républicains et en conservateurs, mais en monarchistes, révisionnistes, militaristes, ouvriéristes, radicalistes. Dans la cacophonie, il est de plus en plus difficile de prétendre sans parti pris qu'on peut être tolérant en allant à la messe ou patriote en n'y allant pas : je ne sais pas si en plus de la fraternité, ce n'est pas une façon de perdre la liberté.

Elise Fischer, sans recourir à de tels discours, observait que les femmes des cités, après la curiosité du début pour les cours ménagers et l'organisation du foyer, préféraient l'évasion des bons instants qui se présentaient, les bals et les déguisements, des parties de cartes, entre elles ou avec des hommes.

— Il y en a même qui fument, disait-elle en riant, pensant à sa patronne Léontine Colin qui, les jours d'affluence, trônait à la caisse un fume-cigarette entre les doigts ou pincé entre les lèvres comme une baguette chinoise. En plus, elle nous embête avec sa chienne. Voilà que la Chouquette a fait quatre chiots. Léontine cherche à s'en débarrasser. Pour un peu elle en mettrait un en gros lot au tournoi de belote.

Elise, Marthe et Marie, quand l'économat le permettait, se retrouvaient une ou deux fois par mois chez l'une ou chez l'autre. La visite dans l'appartement de la « Cure d'air » était la plus gourmande : pour le goûter, la cuisinière essayait avec ses amies des desserts nouveaux qui changeaient des traditionnelles tartes. Elle se lançait dans les choux, les éclairs et les cornets à la crème réservés jusque-là aux pâtissiers patentés. Chez Marie, l'après-midi passait plutôt en travaux de couture, chacune amenant son ravaudage ou un tricot en cours. La salle à manger devenait un musée du Chemin de fer avec les gravures des almanachs qu'Alphonse encadrait, des halls de gares, vitrés comme des cathédrales, le viaduc de « Garraby », jamais écrit de la même façon, la page du *Petit Journal* avec un attelage emporté par une rame à un passage à niveau. Dans une vitrine, le chef de la « Petite Vitesse » gardait deux sifflets qui dataient de ses débuts, un composteur de contrôleur de billets, un cendrier de wagon-restaurant, une poignée de compartiment récupérée sur une épave, un cadre de wagon qui évoquait l'Orient-Express avec l'image d'une rue de Sofia prochc d'une mosquée et de son minaret dressé. Sur un fauteuil trônait la poupée gitane gagnée par Alphonse au stand de tir à la Foire. Le panorama d'Alger ramené par Gustave dominait la glace basse du buffet, serré dans son cadre de baguettes dorées. Marthe, son tour venu, recevait les deux femmes dans le salon de la Bicoque, près du feu de bois, sur des banquettes basses couvertes de coussins qu'avaient fabriquées Gustave et Louis.

— Je n'aurais pas cru qu'il progresserait si vite dans le travail manuel, disait-elle de son fils.

— Il gagnera plus d'argent comme menuisier que Mathieu comme instituteur, répondait Elise. Regarde Germaine : heureusement que je la loge et que je la nourris. Elle touchera plus quand elle sera professeur.

Germaine enseignait depuis un an à l'école de Marthe. En plus de sa classe, elle s'occupait des cours d'allemand, moins suivis que l'anglais ou, surtout, l'italien. Elise ne comprenait pas qu'on propose une langue étrangère facultative aux élèves du Certificat d'études alors que Marthe l'avait souvent souhaitée obligatoire.

— Mon grand-père parlait patois, disait Elise. « Mateus quoite couverts et que tortot suf prope... » : Mettez quatre couverts et que tout soit propre. Après, la loi a imposé à la campagne le français des villes. Maintenant on nous propose la tour de Babel et plus personne ne comprendra personne. A Metz, mon pauvre père a bien du mal à faire parler le français aux gamins de son quartier. Les Allemands, sur les enseignes de la gare, écrivent *Restaurant*, *Café*, et obligent les Messins à dire « *Restauration* », « *Kaffée* ». Au moins ça servira à Germaine pour enseigner au collège, si elle passe bien ses examens.

Germaine travaillait chaque soir avec Marthe. Elle donnait aussi des leçons à Louis quand il remontait dormir chez ses parents. Le plus souvent, le garçon restait avec Gustave. Il disposait d'une chambre sous l'appentis au-dessus de l'atelier. L'oncle et le neveu passaient leurs soirées à bricoler pour leur plaisir. Louis, au jour de l'an, avait offert à ses parents un jeu de petits chevaux fait sur un modèle de grand magasin parisien avec, sur un tapis de feutre vert, quatre cases marquées d'un fer à cheval de la couleur des quatre écuries. Louis avait moulé lui-même les socles des seize chevaux et sculpté la tête de ceux-ci dans du noyer, poli puis peint. Les dés avaient la couleur de chaque case.

Elise, quand elle était seule avec Marthe, lui parlait de temps en temps de Gustave, comme autrefois Marie le faisait de Léon, au point de les marier. Marthe se livrait peu, même quand son amie insistait sur les heures, de plus en plus nombreuses, où elle restait seule parce que Léon se démenait dans ses activités. Elise savait que la directrice de sa fille s'efforçait de ne pas rencontrer son beau-frère en tête à tête :

— Nous savons à quoi nous en tenir, avait confié Marthe une fois. Rien n'a vraiment changé entre nous malgré ses années d'absence et malgré mon mariage. Gustave me l'a fait comprendre mais il ne veut pas causer de l'embarras à son frère. De mon côté, comme directrice de l'école, je ne peux pas réciter à mes élèves le catéchisme républicain et quitter mon mari pour son jumeau. Louis, qui avec l'âge comprend mieux, dit que la famille de son père est plus à la fonderie qu'à la maison.

Léon, emporté dans le mouvement de son travail et de ses réunions, fasciné par la finition de la Tour Eiffel, laissait filer le temps en négligeant la vie commune. Il considérait Louis comme un adulte, mis au travail comme les autres à quatorze ans. Il pensait Marthe heureuse avec son indépendance et ses activités professionnelles ou associatives. A la maison, il consacrait son temps libre à la finition de la Bicoque, devenue une maison indépendante, ou à un projet d'un jardin d'agrément à proximité de l'allée des mirabelliers. Il pensait construire un mur entre la Bicoque et la rue, le tapisser de glycines et de clématites, le prolonger, en façade, par des massifs de campanules, pétunias et mirabilis. Cet intérêt nouveau résultait de la visite d'une exposition de la Société d'horticulture à la Pépinière de Nancy. Avant le temps du jardinage, Léon profitait des soirées de l'hiver pour réunir des fiches, découpées ici ou là, sur les plantes, les fleurs, les arbustes. Il enrageait de ne pas retrouver dans ses lectures des noms notés sur les languettes de bois des espèces exposées, le plus souvent en latin. Il cherchait désespérément la trace d'un palmier *medinilla*. Gustave, après avoir interrogé le curé de Sainte-Euchaire, lui apprit que cette espèce rarissime ne donnait de fleurs qu'à sa vieillesse.

Le menuisier, qui ne pratiquait pas davantage que ses frères, fréquentait la paroisse en tant que responsable de la section locale du « Souvenir français ». L'idée récente de cette adhésion au mouvement venait d'un passage du grand-père des enfants Fischer. A Metz, le fidèle Pépère militait à « l'œuvre des tombes », un groupe d'hommes et de femmes qui dans les villages, en rase campagne parfois, entretenait les sépultures des soldats français tués dans les grandes batailles de 1870. Depuis deux ans, le Souvenir français accomplissait la même tâche de l'autre côté de la frontière. Gustave ne limitait pas son action au nettoyage et au fleurissement des pierres tombales : il collectait des livres qu'il adressait au Pépère messin pour renouveler, avec des romans d'Emile Zola ou des contes de Maupassant, le stock des vieux ouvrages trouvés dans la cantine pendant la débâcle. Le curé et quelques paroissiens participaient à l'œuvre de fidélité de Gustave Muller, cherchant plus les dons pour l'achat de géraniums que des exemplaires des *Rougon-Macquart* ou de *Boule-de-Suif*.

Gustave participait désormais aux réunions du comité des fêtes présidé par Léon. Trois fois, le verglas puis la neige avaient amené l'annulation de l'assemblée pour la préparation des fêtes du Centenaire. Février approchant, Léon convoqua les présidents et secrétaires un après-midi au « Central ». Pour estomper les inconvénients des reports successifs, il avait commandé à Elise neuf galettes des rois, payées par le maire. Avant la séance, les invités se partagèrent huit gâteaux, le neuvième désignant le roi parmi ceux qui avaient trouvé une fève, un bonnet phrygien en plâtre avec une discrète cocarde tricolore pour ne pas sembler monarchiste au moment de parler de l'anniversaire de la prise de la Bastille. Les plaisanteries ne manquèrent pas à ce propos. Comme les femmes ne participaient pas à la réunion, l'épouse du cabaretier Marchal fut désignée comme reine, avec la contrainte de faire la bise à tous, plutôt deux fois qu'une.

L'ambiance perdit de sa gaieté quand Léon ouvrit l'ordre du jour. La politique perça tout de suite dans les propos. Certains évoquaient la Terreur, la Vendée, la déportation des prêtres. La plupart ramenaient leurs propos à la situation du moment, traitant la République de « gueuse », demandant qu'on envoie les députés à la lanterne, reprochant même au gouvernement l'argent mis dans une Tour Eiffel plutôt que dans la fabrication de canons. A ce moment entra dans la salle monsieur Suaire, invité pour parler des projets de la fonderie à la suite des travaux effectués pour Gustave Eiffel. Il prit aussitôt la parole :

— Ne me demandez pas d'être plus républicain que le

roi. Permettez-moi de vous rappeler que l'armature de la Tour Eiffel a assuré les salaires et les primes de bon nombre d'entre vous pendant de longs mois. Quant aux canons, le jour où il en faudra pour défendre la liberté et la fraternité, nous ne serons pas les derniers à en fournir à la Patrie.

Son autorité imposa le silence. Léon fit asseoir le directeur du personnel de l'usine à côté de lui.

La discussion s'engagea sur le choix d'une date, celle de l'ouverture des Etats Généraux ou de l'inauguration de l'Exposition, ou le 14 juillet. Monsieur Suaire indiqua que monsieur Fould souhaitait offrir un repas à ceux qui avaient moulé ou laminé, ébarbé les poutres du fameux monument. A deux mois des élections législatives, la date du 14 juillet pouvait, à son avis, manifester un parti pris, celle de l'inauguration appelait à Paris l'état-major de la société. Il proposait plutôt le jour de la Saint-Jean « bien dans nos traditions rurales » et en même temps « propice aux feux de joie ». Il laissait aux participants le soin de préparer un défilé avant le repas, des jeux pour les enfants dans l'après-midi et des bals populaires dans deux ou trois quartiers pour le soir. Il mangea un bout de galette des rois apportée par madame Marchal, leva son verre à la santé de tous et s'éclipsa par la porte du fond de la salle.

Léon reprit la direction de la réunion, avec fermeté, devant une assistance surprise par la rapidité des premières décisions :

— N'ergotons pas sur la place qu'aura l'Amicale des tireurs ou la Société de pêche dans le cortège; enregistrons les participations, avec ou sans char, avec ou sans musique; inscrivons les sociétés pour les distractions de l'après-midi, choisissons trois emplacements pour les bals.

Devant le débit directif du président, un participant cria :

— Muller, tu as bouffé du cheval.

Après les rires, Gustave annonça qu'il fournirait un char. Léon plaida en vain pour qu'on danse sur la terrasse de la « Cure d'air », pour que le Hameau soit également de la fête. L'adhésion n'avait pas été ce qu'il espérait pour l'ensemble du projet. Il se réjouissait que l'idée du repas offert par la fonderie ait influé sur les adhésions. Il sentait derrière les réticences de quelques-uns les conséquences des campagnes électorales en cours, le malaise des mécontents entretenu par les discours antiparlementaires qui promettaient la lune à des ouvriers qui ne voyaient pas souvent le jour.

Pompey ne connaissait pas de clans affirmés. Chacun gardait secrète une opinion réservée aux urnes de septembre. La confusion des réunions offrait l'anonymat aux anathèmes lancés à coups de slogans, de « vive celui-ci » de « à-bas celui-là ». Les reproches assenés sous les préaux des écoles ou dans les arrière-salles de cafés par les meneurs politiques, les anciens élus ou les futurs candidats, tout le temps en campagne, engendraient sournoisement des discussions à chaque instant de la vie publique. Le meilleur avis se noyait dans les arguties partisanes étayées sur des péripéties de la vie politique nationale, sur des rumeurs.

Chez Carcel, au « Central », à la « Cure d'air », à l'usine, dans les sociétés, lieux habituels du débat communal, l'installation d'un combiné téléphonique dans le bureau du maire partageait les avis depuis le Noël précédent. On estimait que le télégraphe suffisait bien à l'acheminement des nouvelles et des grandes décisions. On défendait les deniers de la commune contre un luxe jusque-là réservé, à Pompey, au seul monsieur Fould et à un ou deux de ses proches collaborateurs de l'usine. Les adversaires du téléphone municipal, les plus rompus aux propos des tribunes politiques, le présentaient comme un mouchard infiltré dans la vie quotidienne par un Etat qu'on soupçonnait d'ouvrir le courrier des citoyens comme il truffait les rues de sombres argousins, les ateliers et les cafés d'indicateurs de la police : « A la moindre grève le maire tournera sa manivelle et demandera des gendarmes au préfet. »

Léon, qui pensait à Alphonse, répliquait à cela : « Le maire peut aussi appeler des secours si un train déraille en traversant Pompey. »

Peltier passa au-dessus des commentaires divergents en installant un combiné dans un placard devant son bureau. Le tambour de ville annonça aux habitants qu'ils pouvaient, dans un cas exceptionnel, alerter la mairie, et son concierge la nuit, pour un appel à un médecin ou au service d'ordre, mot préféré à « police » dans le communiqué de l'appariteur.

Dans le même temps d'autres arguments empêchèrent l'affichage quotidien dans le hall de l'hôtel de ville d'un exemplaire de trois des journaux publiés à Nancy : « Une mairie est une maison commune qui doit respecter les opinions de tous et n'en afficher aucune. » Un des trois titres apparaissait toujours de trop à l'un ou à l'autre :

— Je ne comprends vraiment pas, répétait Léon mêlé à chaque débat. Un journal se présente comme un menu à l'entrée d'un restaurant. Vous choisissez ce qui vous plaît. Si rien ne vous convient, vous regardez le menu suivant. Camarades, nous ne savons rien de ce qui se passe ailleurs. Pompey n'est pas le nombril du monde. Il y a des bateaux qui traversent les océans. Des hommes qui travaillent en Angleterre, en Russie, en Espagne. L'Orient-Express, qui passe ici, roule jusqu'à Istanbul : qu'est-ce qui se passe à Istanbul? Ça ne vous intéresse pas?

*L'Impartial*, de droite, *Le Progrès de l'Est*, de gauche, *Le Courrier de la Meurthe*, boulangiste, dirigé par le jeune écrivain Maurice Barrès, furent exclus des panneaux municipaux. Léon organisa une quête pour souscrire un abonnement aux trois quotidiens au nom du « Central ». Chaque après-midi les clients trouvaient sur les tables la presse de leur choix. Avant de taper le carton, des beloteurs ou des manilleurs écoutaient l'un d'eux lire à haute voix une fin d'éditorial, un fait divers, un écho. Souvent les clients du soir ne trouvaient plus qu'un seul des trois titres, ou des pages amputées du feuilleton ou des pavés de réclames. Des ouvriers mosellans conseillèrent au cafetier Marchal d'adopter un système pratiqué à Metz comme dans les tavernes allemandes : le journal pincé dans un montant de bois avec un manche qui facilite la lecture. A la caisse, madame Marchal donnait un quotidien à qui le voulait puis le récupérait. *Le Courrier de la Meurthe* circulait davantage que *Le Progrès de l'Est*. Louis avait taillé et verni les supports, si originaux et pratiques que des ingénieurs de l'usine et le curé lui-même, abonné à *L'Impartial*, en commandèrent pour leur usage personnel.

Le curé de Sainte-Euchaire n'appartenait plus à la section locale du Souvenir français, pas plus que quelques fidèles ouailles. Gustave, fondateur indéracinable, ne correspondait pas à leur idée du souvenir patriotique. On le savait beau-frère d'une directrice d'école qui refusait d'enrôler ses élèves dans les brigades scolaires. Son frère défendait des idées de libre penseur. Tous semblaient d'ardents républicains, ce qui supposait, aux yeux de ces censeurs, du sectarisme, de l'incroyance et du laisser-aller. La rupture entre Gustave et le curé et ses paroissiens n'était pas d'ordre idéologique mais moral. En fournissant des meubles le menuisier s'était montré complice de l'ouverture d'une maison close en bordure de la Moselle, « sur la dérive de la Moselle » dénonçait en chaire le pasteur. L'affaire, dont on parlait à voix basse à table devant les enfants, descendit dans la rue avec un cortège de protestataires qui ne réunissait pas que les seules dames des bonnes œuvres. Des femmes, des mères de famille portaient des banderoles réclamant « la propreté pour Pompey ». Des hommes criaient : « Sauvons nos familles. » Quelques joueurs de flûte tentaient d'interpréter une marche nuptiale. Devant la maison coupable, dont les peintres ravalaient la façade, le curé mit le feu à des feuilles de carton portant un gros numéro 13, qui rappelait l'enseigne et la lanterne de la porte.

La municipalité frôla la démission parce que le maire avait signé le permis d'exercice d'un commerce présenté comme établissement de boissons. Des élus de l'opposition, oubliant le vote collectif, dénoncèrent la supercherie, l'atteinte à la dignité humaine, le retour de l'esclavage, la dégradation des mœurs d'un Etat gangrené par l'argent et bientôt plombé par la vérole.

Peltier, aguerri peu à peu par les obstacles, répondit :

— Pompey est une ville comme les autres, avec des soldats dans sa caserne, des célibataires et des étrangers dans son usine, des voyageurs et des représentants de commerce dans ses hôtels. La nature étant ce qu'elle est, je préfère qu'elle se libère au *13* plutôt qu'à la sortie de nos écoles ou dans les bosquets de nos jardins.

La pétition, lancée sous le manteau, ne réunit pas plus de trente signatures. Marthe, opposée par principe à la prostitution, Léon, conscient des visites que des compagnons effectuaient dans les bordels de la rue du Maure-qui-trompe de Nancy, restèrent à l'écart de la querelle. Gustave équipa le *13* de boxes de bois noir comme ceux de *L'Oriental* à Alger. La commande lui rappelait les virées dans la casbah. Il appelait le *13* le *bousbir*, vague souvenir du vocabulaire des zouaves en goguette. Aux adhérents du Souvenir français, un peu froissés eux aussi, il démontra que le boulanger ne refusait pas son pain à la bonne du lupanar, ni l'épicier les oranges pour les jus de fruits du salon : « Je suis commerçant en menuiserie. Je fournis le bois, pas le mode d'emploi. » De la même façon Marthe expliqua pourquoi elle acceptait dans la classe de Germaine les deux garçons de la taulière, qui se révélèrent particulièrement curieux et studieux. Louis, qui les connaissait, disait à sa mère : « Je me réjouis de la prochaine distribution des prix... »

L'école aussi préparait le Centenaire. En plus du programme qui rappelait les Etats Généraux, les cahiers de doléances et la prise de la Bastille, Marthe et les enseignants travaillaient à un court spectacle pour la journée de la Saint-Jean. Les enfants respectaient la consigne de ne rien révéler à leurs parents, ce qui privait les maîtres de l'aide des mères pour la préparation des costumes. Marthe espérait profiter d'un passage de Julie pour corser le programme avec une déclamation de la Déclaration des Droits de l'homme et du citoyen, mais la jeune femme ne pouvait quitter Paris où elle répétait un spectacle.

Elle n'était plus Mademoiselle Pompée au théâtre Robba mais simplement Julie, dans une agence de spectacles qui fournissait des acteurs à des scènes parisiennes et à des tournées. A Marthe qui s'inquiétait de ne plus la voir à la Foire de Nancy, elle écrivait : « J'ai changé de nom et de métier. Ce n'est plus le spectacle facile qui racole le public mais un répertoire varié qui me permet de jouer Molière aussi bien que Victorien Sardou. Je visite toutes les villes de France. Je reviens de Bruxelles. Je pars à Genève. Rassure-toi, tu liras bientôt le nom de Julie sur les affiches du théâtre de Nancy. »

A cause de la fête à venir, Léon calmait son impatience

d'aller à Paris admirer la Tour. Marthe préférait reporter le voyage à la fin de l'année scolaire, après le Certificat d'études. Alphonsc annonçait pour tout l'été des trains spéciaux à tarif réduit. Par les journaux et les illustrés venaient les échos du succès des premières journées de l'Exposition universelle. L'audace, la taille et la beauté de la Tour sidéraient tout le monde. Ses farouches adversaires osaient à peine se rappeler leurs réticences, comme monsieur Arago avait hâtivement cessé d'annoncer les rhumes que risquaient dans les tunnels les voyageurs du chemin de fer. Personne n'évoquait la part prise par l'usine de Pompey en fournissant à Gustave Eiffel les éléments de construction, pendant les fondations, bien avant que n'apparaisse la première poutrelle du premier pilier. Marthe, pour le calmer, disait à Léon qu'on parlait toujours des victoires de Napoléon sans jamais citer les conscrits d'Austerlitz. Alphonse, qui ne s'arrêtait pas aux rivets et aux charnières, voyait dans l'apothéose de la Tour Eiffel le triomphe du Chemin de fer qui amenait les foules de tous les coins de France et même de l'Europe entière. L'arrêt soudain d'un train devant sa gare de la « Petite Vitesse », après le déclenchement du signal d'alarme par un mauvais plaisantin, avait révélé la présence dans un compartiment de deux Turcs, un Hongrois, deux Arméniens, un officier bavarois et sa femme, un Bulgare. Au bout de deux jours et deux nuits de train pour certains, ils allaient voir la Tour. Gustave, sidéré, ajoutait : « Et tous parlaient français, l'Ottoman de Constantinople comme le marchand de yaourts. »

Léon retrouvait l'animation de la grève de 87. Il tenait une permanence, dans le hall de la salle des fêtes, avec des responsables des sociétés et un cadre de l'usine. Sur des tableaux noirs autour d'eux, des croquis présentaient un plan sommaire des rues principales de Pompey, avec les emplacements des éléments du cortège, au départ, et, à l'opposé, le dispositif d'accès au grand pré de la Moselle pour le repas. Des pastilles de papier colorées de façon différente pour les groupes, les musiques et les chars permettaient de constituer une suite harmonieuse qui espaçait les centres d'intérêt, les animations et les simples mouvements de foule. L'inconvénient venait de l'ignorance qu'avaient les organisateurs des thèmes évoqués sur les chars annoncés. Prudent, Léon, pour éviter une polémique supplémentaire, avait obtenu le droit pour lui et son comité de récuser, à la formation du défilé, un tableau qui ne serait pas conforme à l'esprit de la manifestation. On avait ajouté « à la décence et aux bonnes mœurs » pour que la restriction soit moins ridicule.

L'organisation se compliquait avec la participation de la fonderie, qui mêlait à la fête populaire des invitations officielles, leur protocole et leurs obligations. Sur les tableaux noirs de la permanence une hachure à la craie séparait le parcours de la cérémonie jusqu'à la mairie et le début de l'espace du grand banquet, ouvert par des arcades de fer qui rappelaient la base de la Tour du Champ-de-Mars.

Soudain les nuances politiques tombaient. La Tour comptait plus que la Bastille. Dans sa réussite et son prestige naissant, les Pompéens, tous liés à l'usine d'une manière ou d'une autre, trouvaient leur fierté commune.

Aux premières heures du jour de la Saint-Jean, les rues grouillaient de monde. Des cordes retenaient les spectateurs hors de la chaussée réservée aux allées et venues des groupes du cortège et au passage des voitures d'invités. Le brigadier Napoléon, à cheval, descendait et montait l'avenue de Nancy, fier de commander, en plus de ses hommes, les renforts venus d'autres communes. De dix mètres en dix mètres des soldats de la petite garnison locale jalonnaient le parcours. Pour accroître la curiosité, des toiles et des bâches recouvraient les chars qui descendaient vers le lieu de rassemblement. Gustave et Louis, énigmatiques, passèrent à pied, les enfants des écoles sans costume, Alphonse avec sa casquette des grands jours derrière le fanion de l'Amicale des cheminots. Les fanfares, espacées sur l'itinéraire, enchaînaient les airs patriotiques, la *Carmagnole* ou le *Chant du départ*, des chansons traditionnelles, *Il pleut bergère* ou *Fanfan la Tulipe*. On entendit aussi le son du canon avec la salve tirée par des artilleurs du fort de Frouard dans le prolongement des coups de onze heures à l'église. Des groupes arrivés des communes voisines, de Nancy même, des Messins aussi croyait-on, multipliaient les rangs du public de chaque côté de la rue unie dans une rumeur satisfaite et dans les applaudissements.

Le char de la société de gymnastique ouvrait le cortège. Deux athlètes déguisés en Sans-Culottes, tenant une pique coiffée d'un bonnet phrygien en guise de balancier, marchaient sur un fil tendu devant le décor peint de deux tours de la Bastille. Après le conseil municipal et quelques élus ceints de tricolore, marchaient les élèves de Marthe, alignés en trois colonnes, habillés en représentants de la Noblesse, du Clergé et du Tiers-Etat. Perchées sur deux tricycles, deux femmes de l'Union cycliste tiraient sur une charrette chargée de faux sacs de farine le boulanger, la boulangère et le petit mitron, portant perruques et jabots. La canne sur l'épaule, l'épuisette ou le seau à la main, les pêcheurs à l'allure indifférente obtinrent un succès significatif que soutenait le Réveil de Frouard avec la *Truite* de Schubert. Le *Ça ira* réveilla les ardeurs avec le char de l'Avant-Garde : les ailes du moulin de Valmy tournaient devant des cantinières qui jetaient des poignées de pétales de roses.

Distant des premiers groupes, en un intermède isolé, des garçons et des filles, costumés en Lorrains et en Alsaciens, claquaient leurs sabots autour d'un arbre de la liberté, enrubanné de tricolore sur un char à bras que traînaient quatre forçats, boulet au pied. Seulement alors retentit la *Marseillaise*, quand parurent les rangs d'ouvriers de l'usine, avec leur bonnet d'atelier et leur tablier de vieux cuir, sur l'épaule une hache, un maillet ou le ringard qui remue la fonte en fusion. Les accompagnaient, en une file sur le côté, des ingénieurs et des cadres en costumes sombres, des dessinateurs et des employés en blouse blanche. Arrivait enfin, dressée sur un chaland du port de l'usine que tirait un cheval de halage, une Tour Eiffel de bois, haute de six mètres, préparée en secret par Gustave et Louis, réduction au cinquantième du monument de Gustave Eiffel, fidèle dans le détail des arceaux et de la courbe de l'élévation. Des enfants habillés en Russes, Ecossais, Chinois, Africains, Indiens, Péruviens, Turcs et Italiens tenaient autour du char des rubans tricolores. Une lampe de mineur brillait au sommet de la Tour comme la flamme de la statue de la Liberté qui éclaire le monde.

Devant la mairie, les élèves de l'école, face à l'estrade des officiels invités par l'usine, reconstituèrent les attitudes des personnages du *Serment du Jeu de paume*, le tableau de David. Germaine, en l'absence de Julie, lut aussi fort que possible la Déclaration des Droits de l'homme. Sans qu'il y ait de discours, le char de la Tour Eiffel fut conduit sur la placette dessinée par des mâts et des oriflammes au milieu du pré de la Moselle, cinquante tables de vingt couverts placées autour en épis. La Tour présidait le banquet à la manière d'une pièce montée.

Chaque invité trouva dans son assiette, à côté d'une tranche de pâté en croûte, une médaille commémorative avec le monument au recto, l'inscription *Pompey-Paris 1887-1889* au verso. Au dessert, après les tranches de gigot froid et la salade de pommes de terre, la Tour réapparut en sucre glace sur le dessus des meringues roses.

Certains s'en privèrent pour la ramener intacte à la maison. Monsieur Fould réserva son allocution à ceux qui prirent le café dans le salon d'honneur de l'usine.

Léon ne rejoignit pas les siens, qui déjeunaient à la « Cure d'air ». Il surveilla l'organisation des jeux pour les enfants, sans s'attarder. Marthe le trouva, en fin d'après-midi, arrondissant à coups de boucharde des pierres meulières destinées au mur près de la Bicoque :

— Tu boudes la fête?

— C'était une messe basse mais quand même la messe. Ce n'était pas une bonne idée de mêler l'usine à la Révolution. Il y avait une Tour ou une Bastille de trop.

— Tu n'es jamais content.

— Je serai content quand je mettrai le pied sur la première plate-forme et que je regarderai Paris en caressant les montants que j'ai vus rougir à la sortie des fours.

Léon resta à bricoler, sans se soucier de la soirée qui sur le pré de la Moselle réunissait deux ou trois milliers de personnes. Les tables du banquet servaient aux brasseries improvisées sur place par les cafetiers et les restaurateurs de Pompey. Avec les guirlandes, les drapeaux et quelques musiciens, c'était autant de guinguettes qui servaient plus à boire qu'à manger. Pour rappeler sa verdure au sommet du Hameau la « Cure d'air » proposait, avec des branchages jetés sur un treillis de fils, des sortes de tonnelles qui gardaient une certaine fraîcheur au crépuscule de la chaude journée. Elise, aidée par deux femmes, préparait sur la grille d'un tapis de braises les crêpes qu'Albert Colin badigeonnait au goût du client. Léontine passait de table en table, racontant à ses habitués sa satisfaction d'avoir donné au tambour de ville le dernier chiot de sa chienne, qu'elle appelait « Satan » tellement il était insupportable et querelleur.

En venant saluer Elise, Marthe trouva Louis et Gustave attablés dans un coin, en face de leur Tour Eiffel couronnée d'un lampion allumé dans le jour finissant.

— Elle a bien été le clou de la journée, dit Louis à sa mère.

Il raconta comment son oncle et lui avaient préparé la haute maquette en quatre éléments assemblés dans la nuit au point de départ du défilé. Ils commandèrent des crêpes, une à la pâte de sardines, la deuxième aux rillettes, la dernière à la marmelade de fraises, qu'ils se partagèrent avec un pichet de vin rosé que Léontine choisit parmi les plus frais. Gustave s'inquiéta de l'absence de son frère :

— Il y a eu, dit-il, des discussions à la formation du cortège. Suaire voulait soudain placer en tête les ouvriers de la Tour. Léon soutenait que c'était d'abord le centenaire de la Révolution et que le dispositif avait pris des heures de préparation. Il n'a pas cédé, mais le petit couac ne lui a pas plu.

Beaucoup de ceux qui passaient en bordure de la tonnelle lançaient un mot au menuisier pour le féliciter de son travail.

— J'avais en Algérie, expliqua-t-il à Marthe, un chef d'atelier qui était Compagnon du devoir. Il racontait sans cesse son tour de France. Il connaissait tous les termes du métier et surtout les finesses des assemblages ou des emboîtements de mortaises. Louis les maîtrise à son tour grâce à la Tour Eiffel. Il lui reste beaucoup à apprendre mais il possède une très bonne graine d'artisan.

Le garçon, un peu embarrassé par le compliment, s'éloigna pour chercher Alphonse et Marie dans la foule.

— Nous ne sommes pas souvent seuls, dit Gustave.

— N'est-ce pas mieux ainsi?

— Je me tais à cause de Léon. Je me dis aussi parfois

que le temps file vite et que nous gâchons peut-être notre dernière chance.

— Elle a passé une fois. Aujourd'hui je peux avouer que je le regrette.

— Nous ne sommes plus des gamins, Marthe. La vie change. Pompey n'est plus un village où commandent les commères et les punaises de sacristie. La ville offre plus de liberté.

— Quelle liberté?

— Celle de choisir sa vie, si on le souhaite, sans se soucier du qu'en-dira-t-on ou de je ne sais quel sacré principe.

— Je me pose aussi la question.

Gustave ne lâchait pas le regard de Marthe. Il posa une main sur la sienne :

— Je ne te propose pas une aventure prolongée, dans le dos de mon frère. Je t'offre de vivre avec moi, de te remarier même si tu veux, de recommencer notre amour ou nous l'avons laissé.

— Où tu l'as laissé.

Il serra les doigts sur la main :

— L'essentiel n'est pas là. Qu'en penses-tu?

— Nous en reparlerons au calme, sans l'euphorie de la fête, sans le tournis du vin rosé. Que vas-tu faire de ta Tour Eiffel?

Gustave se leva, croisant les bras en regardant la pièce de bois qu'éclairaient les lampions de plus en plus nombreux.

— La brûler, dit-il, comme une bougie sur un gâteau d'anniversaire. C'est la Saint-Jean, il faut allumer les feux, danser autour avec celle qui dans l'année deviendra peut-être votre compagne.

Marthe essuya une larme.

Des brasiers flambaient dans le pré. Au bord de la Moselle, un groupe de jeunes gens dressait un échafaudage de planches pour une roue de paille qu'ils voulaient enflammer à minuit et pousser du haut du tremplin vers la rivière.

— Mon père racontait que dans sa jeunesse les villageois, un peu plus haut sur la colline vers Belleville, envoyaient une meule en feu en direction de la Moselle. Ils accusaient le Diable si elle n'atteignait pas son but. Les filles hésitaient à se marier dans l'année après ce mauvais présage.

Gustave appela Louis. Avec quelques hommes ils éloignèrent la Tour du cercle de mâts et de drapeaux. Marthe les regarda placer sous le socle des brassées de paille et du bois coupé. Louis jeta dessus un lampion allumé. Des flammèches tremblantes léchèrent les herbes séchées puis le vent rasant attisa le feu qui embrasa le foyer. Les gens approchèrent, pas surpris du spectacle qu'ils pensaient prévu. Rapidement les pattes du socle de la Tour s'affaissèrent, entraînant la chute du sommet. Marthe marcha vers le brasier, devenu le centre de la soirée. Les musiciens réunis en un orchestre de circonstance jouaient le french-cancan de la *Vie parisienne*. Gustave entraîna Marthe dans la ronde qui se formait. Ils riaient. A l'arrêt, tandis que des femmes s'écroulaient au sol en tendant la jambe comme la Goulue, Marthe dit :

— S'il n'y avait pas le qu'en-dira-t-on, je t'embrasserais.

Gustave montra la boule de paille qui, au bout du pré, roulait vers la rivière :

— Le Diable ne l'a pas arrêtée. L'année sera bonne pour ceux qui s'aiment.

Marthe s'éloignait pour regagner le Hameau. Elle se retourna :

— Je te demande un peu de patience.

Quand elle s'allongea sur le lit, Léon dormait. Ou tout comme.

L'écho de la fête amena dès le lendemain la carriole d'un photographe qui souhaitait réunir quelques ouvriers de l'usine devant la Tour Eiffel de bois. A cause du tas de cendres il organisa autrement sa visite après une rencontre avec le maire. Le tambour de ville annonça dans les quartiers des prises de vues de cartes postales et demanda la participation de la population. Il déambulait pour la première fois avec le chien donné par Léontine, aussitôt appelé « Wouawoua » parce qu'il aboyait plus que son maître. Le photographe errait dans les rues pour noter ce qui l'intéressait. Il posait devant une façade de boutique ou un groupe de maisons un chevalet de peintre, reculait de deux ou trois mètres, regardait à travers l'œilleton d'une jumelle de théâtre. Sur la feuille de son pupitre il traçait les traits de son cadrage, protégeant son regard du soleil par l'écran d'un chapeau large comme celui d'Aristide Bruant sur ses affiches. Puis il frappait à quelques portes pour demander de la figuration, qu'il souhaitait en habit de sortie, avec plus de femmes et d'enfants que d'hommes. Son aide prenait un rendez-vous pour le jour suivant, si le beau temps se maintenait. En revenant à leur voiture, les deux hommes trouvaient des gens du quartier qui souhaitaient participer aussi, pas nécessairement devant chez eux. Le lendemain le photographe et son acolyte les promenaient derrière leur carriole, prenant ici un gamin pour l'asseoir en bordure du caniveau, là une femme, qui se retrouvait avec un panier de paysanne au bras, ailleurs un homme transformé par une casquette en ouvrier ou en promeneur.

Son collègue, le « père Bureau », ayant refusé qu'on photographie la gare, Alphonse fut au centre d'une mise en scène sur un quai de la « Petite Vitesse ». Un commissionnaire attendait, devant son chariot chargé de malles de voyageurs, l'arrêt d'un train dont on apercevait la locomotive au bout de la voie. La réserve de figurants fournis en cannes, parapluies, chapeaux et sacoches tenait lieu de clients en attente de leurs bagages. Alphonse, la casquette droite, le drapeau à la main, écartait son monde de la voie sous le panneau indiquant : *Pompey, P.V.*

Déçu de ne pouvoir entrer dans la cour de l'usine, le photographe se consola avec le passage, devant les hauts fourneaux, d'un trio autrichien qui, à la suite d'un pari, allait de Vienne à Paris pour voir la Tour Eiffel en poussant une brouette décorée de dessins de circonstance. Les trois compagnons se relayaient pour porter, en tête, une pancarte annonçant *Vienne-Paris en trente jours*, prendre place dans la brouette sur une caisse en bois contenant les affaires de route, ou enfin, de kilomètre en kilomètre, tenir les brancards. C'était un cocher et deux bouchers, que les contrôles de frontière avaient écartés de la route directe entre Strasbourg et Paris. Ils posèrent volontiers devant le photographe enfoui sous son drap noir. Ils négocièrent pour acheter la plaque de verre que le photographe leur promit contre le règlement de deux nuits et deux repas au « Central ».

Alphonse apprécia ce coup de pouce de la réclame alors qu'il recrutait du monde pour le train spécial de la Compagnie, qui proposait quatre jours à Paris avec plusieurs options pour l'hébergement, en hôtel, chez l'habitant ou en dortoir dans des pensionnats ou des casernes. Le chef de gare rageait de ne pouvoir profiter du voyage comme Marie, décidée depuis longtemps à accompagner Léon, Marthe et Louis, qui ne voulait pas rater le spectacle.

Le voyage demandait aux participants plus de préparatifs que le séjour. Le train, venant de Nancy, passait en gare de Frouard à dix heures cinquante-huit le soir, pour arriver à Paris à huit heures cinquante-sept le jeudi matin. Au retour il quittait Paris à onze heures vingt avec un avant-dernier arrêt à Frouard à neuf heures quatorze. Dans un prospectus qui accompagnait les billets de réservation, la Compagnie recommandait de ne pas se charger de bagages inutiles, de limiter les paniers de repas et de prévoir un parapluie plutôt que des vêtements chauds.

— On peut faire une croix sur les deux nuits, annonça Louis. Avec un arrêt dans presque toutes les gares, on ne risque pas de dormir beaucoup.

Grâce à un contrôleur ami d'Alphonse, les Muller trouvèrent quatre places dans un compartiment du wagon de tête qui avait, en plus, l'avantage d'être réservé à des non-fumeurs. Les deux couples déjà installés travaillaient à l'intendance de l'Ecole normale, ce qui facilita aussitôt la conversation avec Marthe puis avec les autres. Ils furent surpris d'apprendre que la fonderie de Pompey fournissait des matériaux à une construction comme la Tour Eiffel. Léon raconta son précédent voyage à Paris, sans pouvoir donner beaucoup de détails sur la ville ni la façon d'y circuler. A l'arrêt à Pagny-sur-Meuse, après Toul, les employés de la Compagnie crièrent sur le quai : « Il est minuit, il est minuit », comme les veilleurs de nuit autrefois.

Marie somnolait, la tête appuyée sur l'épaule de Louis. Une des dames montées à Nancy trouvait à chaque halte qu'il faisait trop chaud. Son mari descendait la vitre en retenant plus ou moins bien la bande qui plongeait dans la portière. Dès que le train prenait un peu de vitesse, l'épouse se plaignait du vent qui rabattait l'odeur de fumée. L'homme remontait le panneau sans toujours le remettre bien en place : le châssis lui filait sous le nez avec fracas. Marie ouvrait un œil, sans plus d'émoi, en ancienne locataire d'un étage de gare.

A Châlons-sur-Marne, alors que pointait le jour, des camelots, accrochés à des chariots équipés comme des garde-manger, proposaient des boissons et des sandwiches. Le compartiment commanda du café qui se révéla froid à tout le monde, trop sucré à la dame à la fenêtre et fadasse à son mari, qui parla de jus de chaussette. Ce fut ensuite la partie la plus agréable du parcours, dans la clarté du petit matin. La Marne brillait dans la lumière rasante du soleil qui rosissait les murs des fermes et des églises. A chaque gare, Léon cherchait la pendule et vérifiait sur l'itinéraire fourni par la Compagnie si le convoi respectait l'horaire. A Château-Thierry, il annonça triomphalement qu'étaient regagnées les quatre minutes perdues au passage à Vitry-le-François : « C'est un vrai problème de Certificat d'études, dit Marthe. Il ne reste plus à connaître que l'heure à laquelle nous croiserons à Meaux le train parti de Paris à trois heures cinquante-six. » Les messieurs de l'intendance de l'Ecole normale enchaînèrent pour constater que le niveau du Certificat baissait et s'étonner qu'une épreuve de dessin, avec une bouteille pour modèle, compte autant qu'un accord de participe passé dans une dictée.

Louis, le premier, aperçut, au-dessus d'un poste d'aiguillage signalant *Paris 3 kilomètres*, une colline ronde qui dominait la ville. Marthe, prévenue par son mari, indiqua que c'était la butte de Montmartre et que l'espèce de chapeau qu'on devinait sur la crête était l'échafaudage d'une basilique en construction en souvenir de la guerre de 1870.

Les Muller abandonnèrent leurs compagnons de route dès la descente du train. Léon guida la famille vers la terrasse où il avait attendu son ingénieur deux ans plus tôt. Le café au lait, cette fois, fumait dans les tasses, et un panier de croissants occupait le milieu de la table. Léon, qui ne voulait pas déjeuner, fut convaincu par l'enthousiasme des autres. Marthe et Marie cherchaient à définir le goût aussi bien que possible. Louis, des miettes de croûte sur son plastron, proposa qu'on en redemande.

— Il faut ouvrir un carnet de comptes, dit sa mère. On a bien dit qu'on ne dépensait pas plus de cinquante francs par jour, à quatre.

L'un après l'autre ils descendirent aux toilettes pour s'asperger le visage. Marie fut étonnée par le carrelage et la chasse d'eau, Louis par la cuvette des urinoirs :

— C'est beau, mais c'est bien la première fois de ma vie que je donne deux sous pour pisser.

Marthe lui tapa sur l'épaule :

— Il y a quelques années, je disais aux femmes de l'Avant-Garde que le besoin coûte cher. On n'arrête pas le progrès : aujourd'hui le petit besoin est déjà à deux sous.

Louis trouvait sa mère plus enjouée que d'habitude.

Ils gagnèrent à pied la caserne où ils étaient logés, près de la place de la République. Les deux hommes portaient ensemble le sac à deux poignées qui contenait le bagage de chacun, sur le conseil de Gustave habitué aux bardas. Ils ne logeaient pas en dortoir, comme prévu, mais dans une chambrée de sous-officiers avec quatre lits et un lavabo. Ils pouvaient prendre au réfectoire le petit déjeuner, gratuit, et le souper, qui était payant. L'heure de la rentrée était libre le soir mais la diane sonnait le réveil à six heures : « A la guerre comme à la guerre », disait le sergent qui les guidait. C'était un conscrit normand qui comptait sur cette corvée de chambres d'hôtes à la caserne pour entrer dans l'hôtellerie à Sainte-Adresse, près du Havre, d'où il était natif.

Les affaires de chacun rangées dans les armoires étroites près de chaque lit, ils ne traînèrent pas. Ils disposaient, remis à l'arrivée à la caserne, d'un vade-mecum avec un plan sommaire de Paris, un schéma de l'Exposition, une carte des principales lignes d'omnibus. La leur, qui venait de la Bastille, allait de la République à la Madeleine, puis, au-delà, vers le Trocadéro, avec des arrêts à proximité des ponts qui conduisaient à l'Exposition. Ils se penchèrent à l'étage, découvert, pour profiter de l'air frais et de la vue. Tout semblait grand, bien plus que sur le Cours Léopold à Nancy ou autour de la gare. Marthe et Marie détaillaient les magasins. Léon attendait d'apercevoir la pointe de la Tour, encore bien lointaine. Louis observait la multitude de voitures attelées, le plus souvent avec un seul cheval, tilburys pour deux passagers, fiacres classiques, sévères comme des fourgons cellulaires, charrettes carrées en bois, fermées, bien peintes, avec le nom d'une marque ou d'une société, ou bâchées avec des sacs à l'arrière, des entassements de coupons de tissus ou de cartonnages. Les quatre voyageurs de l'impériale se montraient les terrasses des brasseries, les affiches du Théâtre de la Porte Saint-Martin, la façade de la gare de l'Est, aperçue au loin, en haut d'un boulevard, pendant l'encombrement d'un croisement.

Ils étaient en bordure de la Seine quand Léon la vit sur l'autre berge, au-dessus des toits exotiques des palais de l'Exposition : « Qu'elle est grande, qu'elle est haute ! » Debout, les mains en visière au-dessus des yeux, il cadrait les deux étages supérieurs et la crête, qui lui sembla fine. En arrivant au pont d'Iéna, avec une vue complète des plates-formes au-dessus de l'élargissement des arceaux de la base, il retrouva l'élancement harmonieux que suggéraient les dessins parvenus à la fonderie au commencement des travaux et que, depuis des mois, montraient les gravures dans les pages des journaux. La fatigue de la nuit de train ne comptait plus. Léon entraînait les autres au pas de chasseur, indifférent au ballet des bateaux sur la Seine, le parapluie de Marthe dressé au-dessus de sa tête en point de ralliement pour les autres. Il pensait accéder aussitôt aux ascenseurs ou aux escaliers. A chacun des quatre piliers piétinait une file de visiteurs. Un panneau annonçait une heure quarante-cinq d'attente. Léon admit qu'il valait mieux venir tôt le lendemain matin. Il se contenta de regarder sous la voûte l'harmonie des poutrelles entrecroisées jusqu'à la terrasse du premier étage. Le brouhaha de la foule couvrait le bruit des crémaillères des élévateurs.

Ils traversèrent le Champ-de-Mars qui ressemblait à une foire entre les façades de pavillons dominés par des arches, des colonnes, des minarets, des dômes. Des bonimenteurs et des camelots interpellaient sans cesse les visiteurs, toujours groupés par famille ou par colonie de gens d'un même village ou d'une amicale. Les provinciaux fort nombreux, reconnaissables à une allure plus empruntée ou à leur habillement, subissaient les assauts de titis effrontés qui vendaient de la pacotille et du vent en forçant sur leur accent et sur leur argot. Marthe et Marie se reposèrent assises sur un muret en face des fontaines du Palais des machines. Les jets d'eau du bassin giclaient comme des lames d'argent au pied de la coupole dominée par le char de la fée Electricité que traînait un Pégase prêt à surmonter tous les obstacles. A l'intérieur, sombre derrière les grandes baies teintées, des projecteurs qui changeaient de couleur à chaque passage caressaient les flancs des outils, des engins et des machines exposés. En trente secondes, un élévateur montait quarante personnes jusqu'à une plate-forme d'un pont transbordeur qui, roulant sur ses rails, traversait le hall au-dessus de turbines de paquebot, d'engrenages de roues géantes de centrale électrique, d'échafaudages de ponts préfabriqués comme celui du Douro : « Tu voulais voir du fer, en voilà, disait Louis à son père. J'espère qu'ils ont pensé au bois quelque part. » Un mur couvert d'une mosaïque de plaques métalliques et de carrés de verre annonçait « la façade de demain ». Marthe, toujours en retard d'une leçon de lecture, commentait : « Jules Verne n'a rien inventé. » Marie tendait l'oreille, tant grondait le bruit grinçant des poulies et des treuils. Léon aurait volontiers passé la journée dans ce futuriste atelier, tellement éloigné par ses lumières et sa propreté des salles de travail qu'il connaissait. Les femmes l'entraînèrent, non loin, au Palais gastronomique.

Comme pour les machines, on se retrouvait dans le futur, mais dans une agréable odeur de cuisson ou, selon les stands, de parfums de réglisse, de cannelle ou de chocolat. « C'est la cuisine de Gargantua », disait Louis. Des marmitons versaient dans de grandes marmites en cuivre un bidon de lait entier et des pelletées de farine. Un chef brassait la cuve avec une louche, en cuivre elle aussi, à la mesure du reste. Plus étonnant que ces gestes, spectaculaires par leur ampleur mais traditionnels, était le fournil automatique d'un fabricant de biscuits anglais. A la place d'un bonnet gaufré, les pâtissiers portaient un chapeau rond de gentleman de la City, des gants blancs, et, sur un bras, le manche crochu d'un parapluie. Ils se contentaient de surveiller le travail de la chaîne. Un pétrin mécanique brassait les ingrédients fournis, à espaces réguliers, par un versoir. La pâte, peu après, glissait sous un rouleau qui l'étalait, amincie, sur des plaques pré-enduites de beurre, amenées sur un tapis roulant à un appareil qui découpait des rangées de ronds réguliers aussitôt absorbés par le four vitré. C'était, pendant quelques instants, un régal pour les papilles, avec le mélange de pâte chaude et de croûte caramélisée. Une musique cristalline, rappelant la sonnerie de Big Ben à Londres et un rien du *God save the queen*, annonçait la fin de la cuisson. Les chefs au chapeau melon pivotaient sur eux-mêmes en s'appuyant sur la pointe de leur parapluie. A l'autre bout, la chaîne recommençait son cycle. Des jeunes femmes, habillées en commères de Windsor avec petite cornette blanche et tablier bleu, offraient au public les muffins encore chauds. Léon, qui se brûlait un peu la langue, ne partageait pas l'étonnement béat de son fils :

— Quand les machines feront le travail des hommes, les hommes ne pourront plus acheter les gâteaux qu'elles fabriqueront. Ils seront chômeurs. On fermera les boulangeries, les pâtisseries, et on démontera Pompey. Mais l'herbe repoussera-t-elle sur les scories ?

Ils montèrent jusqu'à la galerie réservée aux produits régionaux. La visite leur tenait lieu de repas, avec les toasts de dégustation proposés sur des plateaux par des jeunes filles en costume du pays, foie gras d'Amiens, pâté d'alouettes du Morvan, anguille fumée des étangs de Péronne, fromage de partout. Marthe acheta pour Elise une boîte de conserve d'ours, qui préservait l'effet de surprise par son étiquette écrite en basque. En retrouvant le Champ-de-Mars, ils n'en pouvaient plus de fatigue, comme tant d'autres affalés sur tout ce qui pouvait tenir lieu de siège, s'épongeant le crâne, massant un pied déchaussé, buvant à la régalade une bouteille d'eau sortie d'un panier. Ils s'effondrèrent sur les bancs d'un wagonnet du petit train Decauville qui, en vingt minutes, ramenait trois cents visiteurs épuisés à l'Esplanade des Invalides. Louis repéra vite l'omnibus qui passait par la place de la République. Ils se mirent au lit sans rien demander de plus.

Léon se réveilla bien avant le clairon de la diane, préoccupé de savoir si le ciel était bleu. Les femmes ne traînèrent pas. Avant huit heures ils étaient au pied de la Tour Eiffel, espérant prendre place en tête d'une file d'attente. Des dizaines de personnes piétinaient déjà autour des quatre piliers. Les Muller entrèrent dans les barrières devant le guichet d'un ascenseur qui n'ouvrait qu'à dix heures. Le passage des petits vendeurs aidait à patienter. Peu de monde achetait les objets proposés, qui mettaient la Tour Eiffel sur les mouchoirs, les cendriers, les porte-plumes, les décimètres gradués avec la hauteur des monuments du monde entier. La livraison des restaurants du premier étage apportait de la distraction. Des bouchers, des carcasses sur le dos, prenaient l'escalier du pilier Est, dont les marches de bois convenaient mieux à leurs sabots. L'arrivée des groupes nouveaux, qui allongeaient les rangées, réjouissait ceux qui se trouvaient les mieux placés.

Marthe et Marie ne voulaient pas dépasser le premier étage, par peur du vertige. Quand elles sortirent de l'ascenseur sur la plate-forme, elles s'amusèrent de leur crainte : « On se croirait sur une place publique. » Les allées larges comme des rues grouillaient de monde. Les entrées des restaurants et de la salle de spectacle alignaient des façades comme dans un centre ville. Parce qu'il fallait attendre une nouvelle fois, et plus d'une heure, pour acheter les billets blancs qui permettaient de monter au second étage, ils décidèrent de profiter mieux de leur belvédère. Ils s'arrêtaient à leur gré à l'angle qui les intéressait, sauf Léon qui observait sans se lasser l'arrivée et le départ des ascenseurs, leurs roues et leurs câbles, les piliers des escaliers. Marthe, qui avait vécu à Paris, cherchait les quartiers et, sur les plans fléchés, la direction des villes de la banlieue. Des gens prétendaient que par temps clair on devinait la cathédrale de Chartres et la ligne bleue de la côte, vers Etretat. Louis, une fois repérés au sol les pavillons de l'Exposition, ne quittait pas le balcon qui dominait la Seine. Les bateaux étaient des jouets glissant en douceur, sans bruit. De longs remorqueurs, crachant leur fumée, tiraient au milieu du fleuve des convois de péniches écrasées par leur cargaison. Marie s'intéressait aux menus affichés à la porte du restaurant russe et du restaurant anglais, sans comprendre grand-chose aux chutney, pudding, caviar et bortsch annoncés.

Louis rassembla tout le monde, fier d'avoir déniché le circuit du trottoir roulant qui permettait de se déplacer sans se fatiguer, à la vitesse d'un marcheur ou deux fois plus vite si on choisissait la plate-forme inférieure. Ils parvinrent ainsi à l'Esplanade des Invalides, pour traîner successivement dans un souk d'un pavillon colonial, les douves du château fort reconstitué au Palais du ministère de la Guerre. En regardant le plan, Marthe et Louis échangèrent la visite du Pavillon de la forêt contre celle de la Vitrine du vêtement où dominait la fourrure, avec de la zibeline, de l'astrakan et des descentes de lit en renard. Les fûts des arbres, qui coupaient de colonnes brunes et vertes la Halle forestière, offrirent aux quatre visiteurs un calme reposant. Marthe et Marie restèrent près d'une cascade où sautillaient des truites. Louis détaillait à son père les avantages et les inconvénients des bois exposés, questionnait les présentateurs sur des espèces qu'il ne connaissait pas, le courbaril tropical utilisé pour des placages, le sycomore dont il fut fier de dire à sa mère qu'on l'appelait le « figuier des pharaons ».

Ils passèrent une partie de l'après-midi sur un bateau-mouche qui, après le périple par l'île Saint-Louis, les déposa à un petit débarcadère proche du Trocadéro, voisin d'un restaurant recommandé pour la soirée par le guide de l'embarcation. C'était, à l'entrée du pont d'Iéna, une bâtisse de trois étages dressée sur le modèle d'un hôtel de plage à Brigthon. Les bow-windows donnaient sur la Seine juste en face de la Tour Eiffel. Pour rester dans le maritime, le *Slaters Restaurant* proposait des fruits de mer, avec arrivage du jour. Le plateau, amené après une longue attente, tenait le milieu de la table. Marie, qui fit rire le garçon en prenant le varech de la décoration pour des légumes, échangea avec les deux hommes les huîtres qu'elle n'avait pas envie de manger contre un crabe, qui lui posa bien des problèmes. Marthe semblait absente. Louis notait les réclames sur les flancs des bateaux-mouches : *Amer Picon, Ripolin, Cycles Perfecta, Chocolat Menier.*

Léon ne quittait pas des yeux l'autre rive du fleuve, annonçant l'éclairage de la Grande Roue dans le fond puis celui de la façade du Palais des machines, et soudain, celui de la Tour Eiffel. Les lampes clignotaient sur les contours avant de briller normalement, rondes et blanches, dessinant une autre tour sur le fond noir des poutres de fer. Le restaurant entier applaudit. Pendant que le garçon servait le dessert, une coupe Tour Eiffel qui finissait en pointe avec un cône de crème Chantilly, deux projecteurs s'allumèrent au dernier étage, rayant le ciel de deux faisceaux hésitants qui se braquèrent sur l'énorme boule du Globe terrestre avant de descendre par bonds, au-dessus des ponts, au fil de la Seine.

Avec quelque risque de ne pas se retrouver avant le soir à la caserne, les Muller se séparèrent le troisième jour. Léon retournait seul dans les ferrailles de la Tour et des machines. Louis accompagnait sa mère et sa tante sur les Boulevards. Ils traînèrent sur le Carreau des Halles, un marché à la taille d'une ville traversé d'attelages et de chariots de toutes sortes, puant de légumes écrasés, de morceaux de viande et de poissons que s'arrachaient des chats sans avoir à se battre. Ils mangèrent des sandwiches anglais à une terrasse devant l'Opéra, une tranche de viande froide dans une feuille de salade entre deux tartines de pain de mie. Sur un prospectus qui présentait la façade de l'édifice de Charles Garnier, Louis découvrit qu'un ministre d'État nommé Fould était à l'origine de l'acquisition des terrains de l'Opéra à la fin de l'Empire :

— C'est le même Fould que le nôtre ?

— C'est un cousin de notre Alphonse de l'usine, dit sa mère. Mais il est mort depuis longtemps. Il était ministre des Finances de Napoléon III. Il me semblait que nous avions appris le Second Empire à l'école.

— Oui, je connais même le nom du monsieur du Boulevard : Haussmann !

Les deux femmes se régalèrent dans les étages du Printemps voisin. Louis regardait de près les comptoirs, les caisses et les rayons, leur bois et leur assemblage plus que les piles de corsages, de chemises et de foulards.

Léon était au rendez-vous à la station *Quai d'Orsay-Pont des Invalides* de la plate-forme mobile. A l'écart des foules des esplanades, un quai, abrité d'un auvent de gare de campagne, servait à la fois aux piétons du trottoir roulant et aux voyageurs du petit train électrique. Derrière se dressait la façade de cathédrale et les dômes romains du Pavillon de l'Italie. Indifférent à la répétition des sérénades des guitaristes napolitains, Léon patientait en regardant encore et toujours l'image d'Epinal achetée à la boutique du *Figaro*, à proximité de l'imprimerie du journal installée au second étage de la Tour pour la durée de l'Exposition. Le grand format, numéro 418, de l'imprimerie Pellerin, montrait un monument joyeux, irréel comme le rêve qu'il avait longtemps été pour l'ouvrier de Pompey. Marthe arrivait avec un nouveau chapeau, un nœud de fleurs parme sur une capeline de paille noire. Marie portait à la main, comme un bouquet, une pendule de cheminée qui avait la forme de la porte centrale de la gare de l'Est. Ils restèrent un moment sur le banc de la station pour se reposer. Les visiteurs qui glissaient devant eux saluaient au passage d'une mimique complice ou envieuse, assortie d'un « Plein les bottes ! » ou d'un rire compréhensif. Le train Decauville passa une fois, surchargé et bruyant ; Léon pensa aux wagonnets qui amenaient le ciment dans les tranchées des fondations, deux ans plus tôt.

Sans céder à l'attrait du Pavillon italien, ils flânèrent dans les entrées de quelques palais sans s'imposer une visite complète. Ils grappillaient des curiosités en piétinant, comme on feuillette un catalogue où tout se mêle dans les pages. A peine admiré un tapis d'azalées et de rhododendrons, ils découvraient sous une tente de l'Equateur une tête d'homme réduite à la grosseur d'une noix. Léon ne parvint pas à entraîner les femmes sous la coupole rouge de l'usine du Creusot, mais ne put échapper à un étal de mercerie qui proposait dans des boîtes à n'en plus finir des boutons en nacre, en os, en ivoire, en argent. Marie acheta une plaque de boutons de veste blancs, gravés au centre d'un avant de locomotive. En lisant la notice au dos de l'article, Louis lui apprit que ce qu'elle prenait pour de l'ivoire était du corozo, substance dure de la graine de palmier tropical. « Je ne les ai pas achetés pour la matière mais pour le dessin. Je tricoterai une veste à Alphonse. »

Les ânes blancs qui tournaient autour d'une aire de battage annonçaient la rue du Caire et le quartier indigène. Des façades sculptées dans le stuc voisinaient avec des cabanes de paille devant lesquelles des femmes, leur enfant accroché dans le dos, écrasaient au pilon du milet dans des jattes de terre battue. Le service d'ordre lui-même reflétait la couleur locale des colonies, avec des spahis africains, des cipayes indiens enrubannés, des evzones grecs en jupe, des bersaglieri à casque blanc, des zouaves français qui récoltaient le plus de baisers des jeunes promeneuses. Marthe hésitait à acheter un coupon de toile damassé dans la rue des étoffes du souk tunisien fermé par la mosquée de Kairouan. Léon envoyait promener les adolescents noirs ou basanés qui demandaient un sou pour indiquer la direction de la pagode d'Angkor ou des koubbas dressées dans le cimetière d'un douar. La rue du Caire formait un boulevard exotique encombré de visiteurs que frôlaient des croupes de chameaux, les roues de charrettes basses guidées par des âniers, les jougs de bois des porteurs d'eau et des marchands de glaces. Les maisons étaient basses, surmontées d'une logette grillagée par un moucharabieh qui évoquait la chambre des femmes voilées et les romans de Pierre Loti. Sur des placettes des hommes gesticulaient, des serpents autour du cou, un singe savant sur un perchoir, ou le nez transpercé d'un clou géant.

Les Muller trouvèrent quatre places à la terrasse surpeuplée d'un restaurant annamite. Les tables formaient des îlots ronds autour d'un cuisinier qui, au centre, préparait les plats apportés par deux serveurs en pagne. Le menu se composait de fritures de crevettes et de boulettes de viande que le chef plongeait dans une bassine de graisse bouillante qui empestait. Sur une scène surélevée, une trentaine de personnes jouaient au son d'un gong, d'un tam-tam et de deux violons à une seule corde, une pantomime religieuse réunissant, vêtus de toiles lamées, des mandarins et des prêtres, un roi et une reine entourés de guerriers, le torse nu zébré de peinture blanche et rouge. Les officiants jetaient des pétales de rose sur une idole dressée sur un tabouret. Leurs aides allumaient des bols d'encens qui ajoutaient leur parfum tenace aux fumées renouvelées du graillon.

En remontant vers l'Esplanade des Invalides pour prendre l'omnibus, ils ne savaient que dire. L'électricité blanchissait la nuit des lampes et des projecteurs de façades. Les plates-bandes de fleurs elles-mêmes semblaient plus colorées qu'en plein jour. L'éclairage nocturne transformait les volumes et les distances. Marthe prétendait que l'électricité compterait plus que le fer dans le futur; « Ne serait-ce que pour couper le bois », ajoutait Louis.

Ils se réjouissaient de rencontrer Julie le lendemain, et

de voir de Paris autre chose que des villages mauresques, la reconstitution d'une cité lacustre ou l'assemblage d'un piston et d'une bielle sur un moteur thermique de l'usine Cail à Denain.

Julie ne ressemblait plus à la Suzel de *L'Ami Fritz*. Elle portait des cheveux courts, bruns, gonflés au-dessus des oreilles, tombant sur le col relevé d'un corsage blanc que coupait sur le devant une cravate bouffante. Sa jupe bleu marine descendait jusqu'au sol, serrée à la taille par une ceinture fermée par une boucle dorée. Elle n'avait pas de sac mais une ombrelle blanche fermée sur un long manche noir :

— Tu mets du parfum, en plus, dit Marie. On te prendrait pour Sarah Bernhardt.

Julie montra, sur les affiches des kiosques, les noms de ses camarades de travail qui jouaient à la Porte Saint-Martin ou au Châtelet :

— Je n'ai pas pu signer pour *Michel Strogoff* parce que je répète pour le Gymnase une pièce d'Alphonse Daudet, *La Lutte pour la vie*. Je suis la duchesse Padovani, qu'on cherche à empoisonner. L'histoire est inspirée par un fait divers qui a envoyé deux étudiants à la guillotine. C'est l'auteur de *Tartarin* et du *Petit Chose*...

— On connaît, dit Marthe pincée, merci...

— Il est malade et ne vient presque jamais à la répétition. Quand il est là et qu'un acteur rate une réplique, il tape avec sa canne sur un fauteuil en criant : « Oh, fan de potoun ! » Ça veut dire « enfant de putain ». Il a un accent si drôle.

Ils marchaient presque autant qu'à l'Exposition et découvraient autant de choses. Les porteurs de tissus croulaient sous leur charge dans la rue du Temple. La façade Renaissance de l'Hôtel de Ville chauffait ses pierres neuves au soleil devant une place calme et fleurie.

La berge descendait doucement jusqu'à la Seine, où la grève servait d'abreuvoirs à des chevaux que les charretiers attendaient en jetant dans l'eau des morceaux de bois pour les chiens des mariniers. Le mail se prolongeait en marché flottant, avec la vente de poires et de pommes sur des péniches arrivées à l'aube du Val de Marne ou du Vésinet.

Julie servait de guide, regrettant de ne pouvoir en montrer davantage. Près du fleuve et dans l'Ile de la Cité, l'ambiance était calme, sans voitures de livraison, avec peu d'omnibus, à peine d'attelages de particuliers. Le parvis de Notre-Dame, bordé de quelques arbres et de becs de gaz, appartenait aux pigeons, aux photographes ambulants qui posaient leur trépied à côté des marchands de grains. Avant le Pont-au-Change, Léon nota quelques noms nouveaux au marché aux fleurs. Louis offrit un bouquet de violettes à sa tante, qui retrouva son excitation pour indiquer les deux façades du Châtelet et du Théâtre Sarah-Bernhardt.

Le repas terminé, ils flânèrent sur les quais. Julie les accompagna jusqu'à la place de la République avant de courir à sa répétition. Un peu reposés après une détente dans leur chambrée, les quatre Pompéens, les hommes traînant le sac, empruntèrent l'omnibus de la Compagnie qui ne prenait que les voyageurs des lignes de l'Est. Ils attendirent l'arrivée de leur train puis l'embarquement au milieu de Lorrains épuisés qui s'interpellaient pour raconter ce qu'ils avaient vu et savoir ce qu'ils avaient manqué.

La nuit de train du retour ressembla à celle de l'aller, sauf qu'à Commercy, pour accompagner les madeleines vendues par quatre sur le quai, le café était chaud. Alphonse, heureusement, attendait en gare de Frouard avec le cocher du chariot à bagages de la « Petite Vitesse ». Il pleuvait. « J'ai oublié mon parapluie au buffet de la gare de l'Est », dit Marie qui ajouta : « Mais voici l'essentiel » en sortant de son sac la pendule en forme de gare de l'Est.

— Neuf heures vingt-cinq, nota Alphonse. Le train est arrivé pile à quatorze. Comme prévu. Pas mal, la Compagnie.

# 8

— Pourquoi votre frère n'a-t-il pas gardé sa Tour Eiffel ? Peinte en vert bronze, nous l'aurions installée dans un hall de l'usine.

Monsieur Suaire tendait un verre de vin blanc à Léon Muller. La fanfare, dans le nouveau réfectoire, jouait, en sourdine, un pot-pourri de refrains populaires. Léon haussa les épaules :

— Il a voulu laisser la vedette à la vraie.

— Vous l'avez vue ?

— J'en reviens, pour ainsi dire. C'est grand, audacieux. On peut dire aujourd'hui d'une chose qu'elle est « solide comme du fer ».

— Vous voilà donc avec une médaille bien méritée, Muller. Malgré les divergences, une usine a besoin d'hommes comme vous. Peut-être faudrait-il que nous autres, patrons, discutions davantage avec les ouvriers... si ceux-ci veulent bien discuter avec nous... plus posément, dirai-je. Muller, buvons à la Tour Eiffel.

Les deux hommes rapprochèrent leurs verres. Le directeur du personnel marcha vers un groupe d'ingénieurs. Il avait décoré une quarantaine de salariés de la fonderie, récompensés, en plus d'une breloque de la Tour, par un diplôme et deux pièces de cinq francs.

Cette fête du Travail, qui faisait suite au défilé matinal du 14 Juillet, prolongeait celle de la Saint-Jean. N'y prenaient part, outre les récipiendaires et les cadres de la société, que les officiels de la commune et du canton. C'était, après la détente joyeuse de l'Exposition universelle et du Centenaire de 1789, la fin d'une période conviviale, au seuil de la campagne des élections législatives de l'automne. Quelques instants plus tôt, à la suite des discours de la fête nationale sur la place de la Mairie, des cris hostiles étaient venus d'un groupe de spectateurs, des ouvriers de l'usine, des artisans locaux et des individus étrangers à la commune, habitués des préaux et des discussions de comptoir. Sur les murs un affichage sauvage annonçait, sans les personnaliser, les trois candidatures appelées à départager les Pompéens, un républicain, un monarchiste, un boulangiste.

Peltier, le maire, farouche républicain, ne briguait pas un mandat à sa portée. Il consacrait le temps que lui laissait la gestion communale à ses bains-douches, en extension, et surtout à la mise en route de son « Hôtel des Voyageurs », quatorze chambres éclairées au gaz et équipées de l'eau courante, comme l'indiquait le grand panneau de sa façade. Il profitait de la clientèle des représentants et placiers et de celle des visiteurs de la fonderie, certains séjournant une semaine et plus pendant un stage. Camille Peltier, sa femme, tenait la réception et le salon qui servait à un rafraîchissement dans la journée et au petit déjeuner le matin. Elle dirigeait aussi son équipe de femmes de chambre et le veilleur de nuit, un retraité de la marine encore jeune, qui en imposait avec les tatouages de ses avant-bras toujours mis en évidence. Les pensionnaires de passage ne se préoccupant guère des opinions de leur logeur, Camille Peltier laissait son mari défendre ses idées comme il l'entendait. Elle-même regrettait la sérénité d'une autorité royale, sans en faire cas et sans avoir à donner son avis de citoyenne, ce qu'elle trouvait injuste.

Les oreilles agacées par les quolibets du matin contre les « républicains, poches de coquins », Peltier organisa sa réplique sans plus attendre. Son verre de blanc à la main, il passait entre les médaillés du jour pour retrouver ses amis ou ses sympathisants. Il entraîna Léon sous la perspective de la fonderie peinte en bas-relief sur un mur du réfectoire.

— Grâce à toi le drapeau tricolore n'a jamais flotté aussi haut à Pompey, Léon !

— Il ne rattrapera jamais celui de la Tour Eiffel.

— Est-ce qu'on ne reprendra pas un jour le drapeau blanc ? Si ça se produit, tu pourras préparer ton sac pour la Nouvelle-Calédonie.

— Et toi pour Cayenne.

— Léon, je veux te dire un mot. La République n'est pas à genoux, tant s'en faut. Le roi ne retrouvera pas son trône. Je crains plus les idées de Boulanger. Il se verrait bien en une sorte d'empereur, et ses amis en barons et en princes d'un empire de pouvoirs. Pour y arriver ils minent le sol, ils remuent la boue qui ne manque pas, ils agitent les abus et les combines qui abondent. Ils détruisent pour être les maîtres, même d'un champ de ruines.

— Là-dessus, Peltier, je suis d'accord avec toi.

— Il faut le montrer, Léon. On écoute ton avis à Pompey. On connaît ton indépendance, ta bonne foi. On ne te cloue pas le bec, non plus. Je voudrais que tu présides nos réunions électorales à Pompey et quelque fois dans le canton.

Léon regardait le panorama de la ville sur le panneau mural.

— Il n'y a pas un arbre, dit-il. Des murs de fonte, des cheminées, des cuves de hauts fourneaux et de la fumée.

Pompey, notre village, est parti en fumée. Je n'ai rien d'autre à dire.

Les deux hommes marchaient devant la table du buffet, vidée des petites quiches et des carrés de tarte à l'oignon. Peltier posa les mains sur les épaules du puddleur :

— Léon, la patrie n'est pas en danger. Ce n'est pas Valmy. Tu te souviens de ton père en 70 ? Des vieux des hauts de Pompey, qui viennent chez moi prendre la première douche de leur vie, se souviennent encore des chaînes qu'il a dressées sur le pont de la Moselle pour casser les paturons des canassons uhlans. Je te demande moi aussi un peu de vigilance, et de crier plus fort qu'un autre dans une salle de réunion : « Vous prendrez la parole à votre tour et d'ici-là collez vos fesses sur votre chaise. » Léon, j'ai besoin de ta grande gueule.

Léon avança la main vers celle du maire :

— Je ne vais pas minauder comme ma sœur Julie, qui ne veut plus jouer que de l'Alphonse Daudet ou du Courteline. Tope là. Je te ferai le bateleur de foire.

— Tu me le dis ou tu te débarrasses de moi ?

— Quand le vieux Muller disait « tope là », sa parole était donnée.

Ils quittèrent ensemble le réfectoire. Dans la rue de Nancy, Peltier montra des affiches *Votez Boulanger*, qui recouvraient des panneaux d'adversaires.

— Les types qui ont crié tout à l'heure après les discours passent dans la rue avec des pots de colle et placardent leur slogan sur le reste, même les annonces municipales. J'ai dit à l'un d'eux : « Vous n'avez pas le droit. » Il m'a répondu : « Si je n'ai pas le droit, je le prends. » Ça promet.

Léon bénéficiait, comme tous les médaillés, d'une journée de repos, payée. Il traîna sur la place de la Mairie où les enfants disputaient les jeux habituels. La nouveauté était un vélocipède de compétition. La roue arrière tournait sur un cylindre qui entraînait un compteur. Chaque participant tentait d'améliorer, en deux minutes, la distance en mètres et centimètres réussie par le prédécesseur. On se pressait autour de l'estrade pour participer, ou simplement pour regarder, à deux pas du traditionnel mât de cocagne déserté.

Au Hameau, Léon trouva Gustave installé devant une table à l'ombre des mirabelliers, deux casseroles devant lui :

— Tu prépares la soupe?

— Je déclare la guerre aux mouches. De vrais nuages de sauterelles, cette année.

Gustave expliqua à son frère la recette qui venait des petits casernements du bled. Il préparait d'abord au bain-marie un mélange de poix noire et d'huile d'olive. Dans la pâte refroidie il incorporait quelques cuillères de miel. Il en était là :

— Je remettrai le tout à fondre. Je badigeonnerai enfin mes morceaux de carton, ou des bandes de tissu torsadées. Ça peut attendre demain ou après-demain.

Léon montra sa médaille.

— J'aurais cru que tu la refuserais, dit Gustave. On ne travaille pas pour décrocher des breloques. Ce sont des os jetés aux chiens par les maîtres.

— C'est comme si on me donnait un petit bout de la Tour Eiffel. L'usine aurait bien récupéré la tienne pour la planter dans une entrée, m'a dit Suaire.

— L'usine a ses menuisiers. Monsieur Fould achète ses meubles dans les expositions universelles. Louis n'aurait pas donné sa tour de bon cœur non plus. Je l'attends : il achève de vernir une armoire à la « Cure d'air ». C'est un maniaque du fignolage.

Gustave rentra dans l'arrière-cuisine sa mixture noire pour qu'elle chauffe doucement une dernière fois. Les deux frères se retrouvèrent assis sous les mirabelliers devant le flacon de mirabelle apporté par Léon.

— Louis l'appelle « la bouteille d'Astolphe ». Il a imaginé que Lucien conservait la fiole du vieux grognard. Ce n'est pas faux. C'était le vase sacré à la maison. La mère tremblait en le portant. Le père l'emplissait goutte à goutte, de loin en loin, avec un alcool distillé par lui et gardé pendant cinq ans dans le même tonnelet, le tonnelet d'Astolphe je suppose. Bientôt j'achèterai ma mirabelle à la ruche ou à l'économat de Marie. Méritera-t-elle cette bouteille-là ?

Gustave et Léon parlaient peu du passé familial, qui semblait appartenir à une autre vie. Ils étaient arrivés à l'âge d'homme au moment où le village basculait dans un monde moderne. Déjà, en vingt ans, tout avait changé une nouvelle fois. Les femmes n'allaient plus au puits mais à la pompe. Certaines, pas loin du Hameau, ne rentraient plus de bois pour l'hiver : elles préparaient les repas familiaux sur des cuisinières à gaz qui réduisaient de moitié le temps de cuisson du bœuf bourguignon. Des lampes Carcel il ne restait que le nom du café, sans que les consommateurs sachent pourquoi. Au « Central », les journaux ouvraient les horizons du monde entier : les conversations ne se limitaient plus à des banalités de cour de ferme, à des leçons de morale sans cesse répétées, mais s'ouvraient à la vie de pays d'Europe ou du Moyen-Orient que les passages de trains semblaient mettre à portée du rêve. L'usine ne ressemblait plus à la fabrique sombre des débuts. Le gaz éclairait les ateliers obscurs, accrochant des soleils bleuâtres au-dessus des gerbes d'étincelles. Les dessinateurs préparaient des plans sous des abat-jour électriques. Certains jours de beau temps, monsieur Fould arrivait à l'usine dans un chaotique cabriolet, qui empestait la rue de Nancy des échappements répétés de son moteur à vapeur.

— On va voter, dit brusquement Léon. Le Souvenir français prendra parti ?

— Le Souvenir français part du principe que les tués

de 1870 ont emporté leurs opinions dans la tombe. On dit « avaler son bulletin de naissance », c'est, aussi, avaler son bulletin de vote. Pas de politique chez nous, comme tu n'en souhaites pas à l'usine ou au comité des fêtes. Ça n'empêche pas les sentiments, comme on dit. J'ai mes forcenés de la revanche qui voudraient bien qu'on sorte les morts en uniforme pour les poster aux frontières. D'autres, à l'inverse, entretiennent les tombes par pacifisme, pour qu'on n'en ajoute pas des milliers d'autres. Moi je travaille comme le père d'Elise Fischer, pour garder une Lorraine unie malgré les avatars. Pour le reste, je pense que la République cherche sa voie à travers les coups et les traquenards : je lui fais confiance parce que j'aime la liberté.

Marthe, sortie de la Bicoque, arrivait en traînant un escabeau. Elle se plaça en face des deux hommes.

— Je prendrais bien un doigt de mirabelle. Les femmes des cités appellent ça un « canard » : elles épongent le fond d'une tasse avec un sucre.

Léon lui passa son verre sans rien verser d'autre.

— On ne vous voit pas souvent en tête à tête, comme ça, tous les deux.

— C'est pour ça que j'ai sorti la bouteille d'Astolphe, dit Léon.

On entendait les cris et les roulements de tambours de jeux d'enfants dans le centre de la ville. Une bise tiédissait d'un souffle léger l'air orageux qui montait de la vallée. Il faisait souvent meilleur sur la colline du Hameau que dans les rues basses. Gustave montrait les grappes au-dessus de sa tête :

— Les mirabelles sont encore vertes, mais on les sent bien rondes.

— Ce sera une bonne année en quantité et en qualité. Dans un mois, elles seront dorées. Dommage de ne plus distiller.

— Quand trouverais-tu le temps? demanda Marthe.

— Voici les élections, en plus.

Marthe enleva le bouchon de la carafe, versa une larme d'alcool. Le parfum couvrit la table d'une saveur de prune, annonciatrice de la récolte proche. La jeune femme fixait la mirabelle qu'elle agitait doucement dans le verre.

— Je suis heureuse de vous avoir là tous les deux. Et aujourd'hui! Léon, je t'ai promis d'être claire. Je le suis : Gustave et moi allons vivre ensemble.

— C'est le bouquet de la fête nationale!

Léon se levait, par réflexe, dans sa surprise et son indignation. Marthe, en lui tirant le bras, l'obligea à reprendre sa place.

— J'ai attendu aujourd'hui, sans savoir qu'on te remettrait une médaille, parce que je voulais que soit tournée la page de la tour Eiffel. Je ne souhaitais pas troubler la fête que tu te faisais de la visite à Paris. Ce fut un agréable voyage, même si nous ne l'avons pas totalement fait ensemble.

— Tu le regrettes?

— N'entrons pas dans les détails.

Elle trempa les lèvres dans la mirabelle.

— Après des années de mise en route, de patience, puis d'indifférence, nous nous séparons.

— Vous... êtes déjà ensemble?

— Pas du tout. Même si ça ne change rien à l'affaire, je trouve cela plus normal, plus juste.

Léon croisa les bras sur la table. Il chercha le regard de son frère.

— Et toi, tu n'as rien à dire?

— Tu ne veux quand même pas que je te demande la main de ta femme? Je ne referai pas l'histoire. Nous savons tous les trois à quoi nous en tenir. C'est notre affaire, et pas même celle de Louis, qui sait marcher tout seul.

— Pompey reste quand même un village, dit Léon. Les gens cancaneront, riront.

— J'en ai parlé avec Gustave. Ce sera délicat pour moi à l'école comme pour toi à l'usine ou ailleurs. Mieux vaut être heureux en famille que malheureux en couple. Nous avons d'autres liens, comme Louis, comme Alphonse et Marie, Julie. Des sentiments que nous défendons, aussi, pour la dignité des individus. C'est toi, Léon, qui ne dis plus rien cette fois !

Il versa une goutte de mirabelle et l'avala aussitôt.

— Ce n'est pas le verre du condamné. Je suis surpris et je ne le suis pas. Est-ce le bon jour, peu importe. Je n'ai pas envie de poser des questions inutiles. Je suis comme je suis. Je n'ai pas changé depuis le mariage.

— Léon, je suis ton frère...

— ... Oui, ça ne sort pas de la famille. Tu vois la suite comment, Marthe, pour la maison et le reste ?

Marthe se leva à son tour, soulagée et encore tendue.

— Ne bousculons rien. Entre toi et moi les distances sont prises depuis quelque temps, dit-elle. Laissons-nous le temps d'organiser les changements. Avant la rentrée des classes, disons.

— J'ai promis à Peltier de faire campagne avec lui. Je voudrais que tout soit réglé avant.

Gustave le regarda presque timidement :

— Réglé... réglé avant... Ce n'est pas une affaire de succession. On ne va pas s'envoyer des huissiers de justice et des clercs de notaires.

Louis criait depuis le seuil : « Vous avez descendu la bouteille de mirabelle du grand-père Astolphe ? »

Il posa sa caisse d'outils au pied d'un mirabellier. Il dit à son père en regardant la Bicoque :

— Voilà ton mur fini. Je te bâtirai les espaliers si tu

veux. Je ne voudrais pas dire mais... vous en faites des têtes.

— Je m'installe avec Gustave, dit Marthe.

— Aujourd'hui?

— Bientôt.

— Et c'est pour ça que vous vous remontez le moral à la mirabelle? Je n'ai rien à dire. Vous êtes grands et pas trop bêtes, je crois. Moi, tout ce que je souhaite, c'est de conserver la famille Muller comme elle est, ensemble et pas ensemble à la fois, avec des idées un peu pareilles en tête et pas tout le temps quelqu'un sur le dos. Je voudrais bien aussi qu'on conserve le Hameau, ici, le flacon d'Astolphe, le mirabellier de Léopold, le mur de fleurs de Léon sur l'espalier de Louis. Le reste...

Comme personne ne pipait mot, tout en semblant acquiescer, Louis ajouta pour faire diversion :

— Vous connaissez la nouvelle : Berlou, le tambour de ville, est mort. Foudroyé en une heure après de terribles convulsions. Le brigadier Napoléon est monté à la « Cure d'air ». Il cherche le chien du tambour, qui avait une trace de morsure à la main. On a peur que le clebs ait la rage. Napoléon pense qu'il est peut-être retourné du côté de Léontine Colin, son ancienne maîtresse. Les gendarmes battent les fourrés en criant « Satan » et « Woua wouah », puisque le chien avait deux noms, le fusil à la main si l'animal semble dangereux. Léontine est aux cent coups, désolée pour le pauvre Berlou et pas mécontente de n'avoir pas gardé le mauvais chiot. Ernest, qu'elle agace un peu avec ses histoires de chien, se moque d'elle en lui répétant, narquois : « Si tu t'approches, je te mords. » Napoléon, lui, demande qu'on interdise les chiens, sauf pour les bergers, l'armée et les gendarmes.

Marthe trouva que Louis en faisait trop, mais se réjouit qu'il soit passé au bon moment. Gustave hésitait à descendre aussitôt à l'atelier. Il entreprit de tresser les bandes de toile à préparer pour ses pièges à mouches. Louis mesurait sur le mur l'espace disponible pour ses claies. Léon traçait au cordeau l'emplacement d'une allée dans le carré de son futur jardin ornemental. Dans la gêne, chacun montrait que la brisure ne détruirait pas l'unité familiale.

Deux jours plus tard, tous les Muller se retrouvèrent pour dîner à la fraîche entre la Bicoque et les mirabelliers. Un brochet de neuf livres, acheté par Marie à un client de l'économat qui pêchait pour arrondir ses fins de semaine, provoquait ce casse-croûte vespéral qui permettait à Gustave et Alphonse de régler les détails d'un projet. Le président du Souvenir français et le chef de gare préparaient le départ, depuis la « Petite Vitesse », d'un wagon de voyageurs accroché, au passage, à un train de Nancy vers Pont-à-Mousson et Mars-la-Tour, pour le pèlerinage annuel des patriotes lorrains. Léon, au premier instant du repas, parla de l'essentiel :

— Avant de mettre sur rail le Pompey-Mars-la-Tour, nous avons à régler un autre problème d'aiguillage. Comment nous organiser... (Il marqua un blanc avant d'ajouter :) ...maintenant ! (Puis :) Bien entendu je ne quitterai pas la maison. Avec la Bicoque ça fait beaucoup pour un homme seul.

Comme on attendait un commentaire, Gustave dit simplement :

— C'est un peu loin de mon atelier.

Alphonse reprit aussitôt :

— Nous avons parlé, Marie et moi... depuis un moment déjà. La Bicoque nous plaît, nous y sommes un peu chez nous. Avec quelques aménagements, elle offre un logement parfait.

Marthe regarda Gustave.

— Dans ce cas-là nous pourrions reprendre votre appartement. Il resterait à caser Louis.

— Moi, je logerai à l'atelier. Il y aura de la place. J'aurai toujours une chambre, ici, au Hameau, surtout si je dois meubler une cuisine pour Alphonse et Marie.

Léon entoura son brochet d'un ruban de mayonnaise. Il pensait à son père, et se trouvait soudain installé dans la même position de chef de famille. Le départ de Marthe changeait son rôle, lui donnait d'autres responsabilités.

Ils parlèrent de dates. Il fallait, cette fois, laisser passer le voyage à Mars-la-Tour qui redonnait la parole à Gustave :

— Le wagon est complet, on aurait pu en remplir deux. Mars-la-Tour, c'est une autre fête nationale, dans un point de rencontre entre les Lorrains libres et les Lorrains annexés.

Louis demanda :

— Pourquoi justement le 16 août?

Marthe prit son ton de l'école. Elle expliqua que, le 16 août 1870, Bazaine, chargé par Napoléon III de mener la garnison de Metz vers Châlons-sur-Marne en passant par Verdun, hésita à profiter d'un bon moment pour attaquer les Prussiens. Il en résulta le lendemain, entre Rezonville et Mars-la-Tour, une terrible mêlée qui tua dix-sept mille hommes de chaque côté.

— Chaque année, la cérémonie du 16 août amène des dizaines de milliers de personnes, dit Gustave, pas seulement du Souvenir français, pas seulement des parents qui pleurent un fils, pas seulement des pacifistes. Pour moi, c'est une façon de redresser la tête et de regarder un Prussien dans les yeux au-delà des tombes.

Alphonse et Gustave minutèrent dans leur coin le temps des préparatifs et du départ. Marthe et Marie notèrent dans la Bicoque les travaux les plus urgents à entreprendre. Louis et Léon parlèrent entre hommes pour la première fois :

— C'est une bonne solution.

— En apparence. Ta mère me quitte, quand même.

— Ce n'était pas le grand amour. Je répète encore que la famille compte aussi. Regarde comme se retrouvent toujours des clans de cousins : les ouvriers de l'usine retournent dans leur village pour la fête patronale. A l'inverse, des vieux parents descendent à Pompey pour une médaille du fils ou pour la communion du gamin. Ça n'empêche pas les différences, les divergences...

— ... ni les séparations. Comme on dit, je fais une croix dessus. Ton grand-père, qui s'y connaissait en bornes avec son métier de cantonnier, a tracé les nôtres. Une famille, c'est un groupe. On se sent entre soi, protégés face au chaos de la société.

Les Muller et les Fischer occupaient un compartiment du wagon pour Mars-la-Tour. Elise, Mathieu et Germaine, en vacances, accompagnaient Léon, Gustave, Marthe, Louis et Marie. Alphonse, mobilisé à son quai de gare, n'était pas du voyage. Le rendez-vous matinal ressemblait à un départ pour une partie de campagne, rendu insolite par l'abondance des uniformes de gardes nationaux, de chasseurs d'Afrique et de marins. Des garçons de sept ou huit ans paradaient aussi en costumes de zouave ou de fantassin à pantalons rouges. Quelques anciens combattants portaient un drapeau roulé dans un fourreau noir. Les femmes assumaient l'intendance avec des paniers fermés par des torchons noués. Des enfants serraient sur leur ventre une musette alourdie par deux ou trois bouteilles d'eau et la gourde de vin du père.

Alphonse lui-même dirigea les manœuvres d'accroche du wagon pompéen au train arrivant de Nancy, long comme un convoi de marchandises, avec des voitures surchargées et des passagers debout dans les fourgons. Des drapeaux français et des oriflammes lorraines, jaune et rouge, coupées par la bande des alérions, flottaient aux vitres. Quand Alphonse siffla le départ, les chants qui avaient cessé à l'arrivée reprirent de plus belle, emportés en rase campagne par les bruits du train mais renouvelés et accrus à chaque halte. Plusieurs fois se prolongèrent des arrêts à des aiguillages. Deux rumeurs effilochées se croisaient quand, à vitesse réduite, une rame en doublait une autre, des visages réjouis collés aux glaces.

La petite gare de Mars-la-Tour grouillait comme le nœud ferroviaire d'une métropole, sous une voûte de fumées. La cacophonie mêlait les sifflets des machines qui arrivaient ou manœuvraient, les cornes des cheminots qui soutenaient par le son les signaux optiques de leurs drapeaux verts ou rouges, les sonneries de clairon jetées à la cantonade par des musiciens de fanfare ou des nostalgiqucs isolés.

— Je ne retrouverai jamais mes parents, disait Elise Fischer.

— Il y a plus de monde qu'à l'embarquement du train Decauville aux Invalides pour la Tour Eiffel, notait Léon, fidèle à ses références.

La foule avançait, entre les files de douaniers et de gendarmes, jusqu'à un terre-plein qui servait de lieu de rassemblement. Les gens se bousculaient pour ne pas perdre leurs groupes. Des familles marchaient en cordée, les enfants noués à des cordes entre leurs parents. Pendant l'attente, Mathieu Fischer aperçut au bout d'un bâton le poisson dessiné sur un carton que son grand-père avait annoncé pour se faire reconnaître. Il guida vers l'emblème familial les sept autres, qui se tenaient par la main, Louis entre sa mère et son père :

— Voici la Lorraine réunie, dit le pépère. Ici on a le

droit de chanter *Les Pompiers de Nanterre*, mais c'est plutôt la place de la sonnerie aux morts.

Les cloches sonnaient la fin de la messe.

— L'évêque de Nancy, monseigneur Turinaz, n'est pas venu chanter l'office. Il n'a pas voulu changer un mot de son homélie. Chaque année, il cogne un bon coup sur la pointe du casque à Bismarck. On l'appelle « l'évêque des frontières ». Il ne tient pas une crosse pastorale mais une baïonnette. Je connais le curé de Mars-la-Tour, Fuller, c'est le fils d'un serrurier de Metz qui était conscrit de mon père.

Le pépère Fischer était comme chez lui. Il savait tout, et même que la cérémonie prenait du retard parce que le général sous-gouverneur de Verdun s'était perdu dans la foule. On le cherchait pour ouvrir le défilé.

— Celui-là, avec sa barbichette et son écharpe, c'est le député Mézières : il est professeur à la Sorbonne et membre de l'Académie française. Alfred Mézières, patriote lorrain.

Même Marthe ignorait son nom. Germaine eut droit au baiser reconnaissant de son grand-père lorsqu'elle lui dit qu'il était le meilleur commentateur à la fois de Shakespeare et de Dante.

Les clairons éclatèrent.

— Ah ! v'là l'général qui passe, annonça Pépère.

Ce fut aussitôt la *Marseillaise*, reprise en chœur par la foule avec, pour les couplets moins connus, l'aide de deux chanteuses du Conservatoire de Nancy. La fanfare du bataillon de chasseurs ouvrit la voie, de l'autre côté du chemin de fer, vers le monument. Les Muller et les Fischer, comme la plupart des pèlerins, n'entendirent rien des discours, seulement les roulades de tambour qui ponctuaient les commandements de la prise d'armes devant la stèle.

Comme dans un enterrement, la foule défila lentement, silencieuse. Une chorale chantait des hymnes coupés d'intermèdes de tambours voilés de crêpe noir. On ne devinait d'abord du monument que la silhouette de bronze de la France soutenant un soldat mourant. Devant le socle, les visiteurs détaillaient sur le bas-relief une autre mère-patrie, confiante au milieu de scènes de combats d'infanterie et de cavalerie. Quelques mains lançaient une fleur flétrie par l'attente. A l'entrée du chemin du retour vers le village, une fillette en Lorraine, une autre en Alsacienne quêtaient au profit de l'entretien des tombes.

Dans le périmètre de la gare, dans des prés, sur des places et dans les rues s'organisait un curieux pique-nique de civils et de militaires, des musiciens assis près de leurs instruments. Des habitants passaient avec des seaux d'eau fraîche et un gobelet, quelques-uns, rares, avec une bouteille ou un tonnelet de vin. Devant son panier ouvert, Elise distribuait ses victuailles. Pépère coupait les tartines d'une longue miche. Germaine alignait les bols de saindoux, de pâté de lapin, de rillettes et de fromage de chèvre. Marthe versait sur un torchon le sac de prunes achetées au passage à une fermière. Gustave parlait au vieux Messin d'un envoi de livres collectés par ses amis du Souvenir français. Le bonhomme soupirait :

— Il ne faut pas relâcher la garde. Les parents disparaissent. Les enfants sont presque germanophones de naissance ; ils devront le rester s'ils veulent trouver du travail, même comme plongeur dans un bistrot de quartier. Méfions-nous : les Prussiens rêvent d'une Lotharingie dont la capitale serait... Nanzig. C'est aussi ce qu'espérait Charles le Téméraire avant de se faire croquer par les loups. Je n'ai plus de bonnes dents mais je suis le loup de Bismarck.

Le train arriva en gare de Pompey à dix-neuf heures trente-six. Alphonse, la belle casquette sur la tête, dirigeait la manœuvre, prolongée par le décrochage du wagon aussitôt tiré vers la halle de marchandises. Les voyageurs descendaient au milieu de caisses de volailles en attente du départ. Les piaillements remplaçaient les chants matinaux, éteints après les deux heures de train et l'épuisement des piétinements. Gustave allait des uns aux autres en répétant : « Quelle belle journée, n'est-ce pas ? » Alphonse regardait l'heure avec la satisfaction du cheminot pointilleux.

Léon s'attarda devant une affiche de voyage à Paris. Un dessin montrait la Tour Eiffel dressée dans le prolongement de deux rails de chemin de fer. Marthe s'approcha :

— Je ne rentrerai pas, ce soir. Ce sera plus simple pour les déménagements de demain matin.

Léon leva les bras en signe de fatalité :

— De toute façon, tu es déjà partie.

Il précéda les autres, laissant le groupe s'effiler derrière lui, Gustave et Marthe en dernier, proches et discrets.

A dix heures, l'appartement d'Alphonse et Marie était vidé de ses meubles, entassés sur la charrette qu'Ernest Colin utilisait pour transporter des marchandises ou des clients. Son seul cheval suffisait pour tirer le modeste chargement. Les éléments des meubles démontés formaient un amas de planches protégées par des couvertures et des toiles sur les conseils de Gustave. Marthe et Marie, aidées par une femme de chambre de la « Cure d'air », lavaient ou balayaient les pièces qui semblaient soudain plus grandes. « Je regretterai mon papier à fleurs », dit Marie à sa belle-sœur, qui s'empressa de constater qu'il faudrait le changer à cause des traces laissées par l'emplacement des meubles et par le cadre du panorama d'Alger rapporté par Gustave. A un moment où les deux femmes étaient seules, Marie demanda, comme si se prolongeait une conversation :

— Vous comptez vous marier?

— C'est fait depuis cette nuit, répondit Marthe. Je change d'homme mais je conserve le même nom. On dira, comme pour d'autres, que je vis « à la colle ». Pour moi ce sera vrai puisque je suis la femme d'un menuisier.

— Et pour l'école?

— L'Instruction publique nous demande d'être les missionnaires de la République, pas des moines ni des bonnes sœurs. Ceux qui y trouveront à redire inscriront leurs enfants à l'école libre. On jasera. Regarde dans la rue, en sortant : on voit dans le coin des fenêtres des mains qui tirent brusquement un rideau pour cacher un visage. Marie, je te dis que je n'étais pas malheureuse et que je suis heureuse.

Après la rotation à la Bicoque, le chariot de Colin descendit à l'atelier. Gustave et Marthe ne souhaitaient pas emménager avant quelques travaux et modifications mais profiter du véhicule pour amener l'essentiel du mobilier de célibataire et, pour tout le monde, dans la famille et dans le quartier, tracer leur territoire. Ils gardaient dans l'atelier une pièce pour la cuisine et les repas, avec l'intention de ne monter à l'appartement du Hameau que pour les travaux de tapisserie et de peinture, et pour dormir. Louis se tenait à l'écart du remue-ménage, occupé aux commandes les plus urgentes de la menuiserie. Comme l'avait souhaité Gustave, le travail se partageait entre des chantiers ordinaires, de placards chez les particuliers ou de comptoirs et de casiers chez des commerçants, et des fabrications plus personnelles de petits meubles, tables de jeu, dessertes, consoles, le domaine privilégié de l'oncle pendant son séjour algérois. Il manquait au maître et à l'apprenti la technique de la tapisserie, alors que les fauteuils jusque-là réservés à des salons bourgeois entraient dans les familles plus modestes, qui découvraient à leur tour la conversation, les hommes la lecture du journal, les femmes des travaux de couture ou de tricot qui n'étaient plus des nécessités mais un plaisir.

Léon, descendu à l'usine à cinq heures du matin, trouva le reste du chargement d'Alphonse devant la Bicoque.

— Mes locataires sont arrivés, dit-il.

Alphonse reposa la caisse qu'il soulevait :

— Je n'ai pas encore signé le bail. J'espère que le proprio n'est pas trop vorace.

Les deux frères réglèrent cette question en prévoyant le partage des frais communs. Léon entendait garder l'entretien du « devant », comme il disait, avec les mirabelliers, le mur floral et le jardin d'agrément encore en chantier. Il abandonnait volontiers le potager à son aîné, qui se mettait en tête de refaire du lapin, comme la mère autrefois, projet qui resta sans suite. Marie, sans sortir de la maison, cria :

— Alphonse, tu amènes le reste des assiettes, que je les lave avant de les ranger.

Léon laissa son frère à son emménagement. Il souhaitait, dès le départ, montrer que le partage de l'habitation s'accompagnait de l'indépendance pour tous. Il prépara le souper pour trois, comme il convenait, soulageant Marie qui ne retrouvait rien dans ses cartons.

Ils mangèrent devant la cuisine, les deux hommes ravis de parler encore du voyage à Mars-la-Tour. Alphonse estimait que les huit trains spéciaux frétés par la Compagnie de l'Est transportaient environ vingt mille passagers. Léon racontait une anecdote qui circulait le matin au « Central ». Les Prussiens, à son arrivée en gare de Metz, avaient arrêté le chef d'une fanfare de la ville :

— Il avait joué avec ses musiciens la musique régimentaire du 13e Chasseurs engagé en 1870 à Mars-la-

Tour en la présentant, pour le programme, sous le titre *Der Kamarad*. Les Bismarck étaient furieux parce que le même air avait été interprété la veille à Gravelotte, dans les cérémonies annuelles du souvenir allemand.

Marie souriait :

— Il faudra le raconter à Gustave.

Alphonse fronça les sourcils.

Le Hameau, comme Pompey, fut réveillé peu avant minuit par un fracas dans la vallée, une sorte d'explosion prolongée par des bruits sourds de chocs répétés. Léon, le premier levé, s'habilla dehors, en cherchant des flammes dans la nuit. Les sirènes de l'usine sifflaient l'alerte, accompagnées de signaux courts de locomotives. La nuit renvoyait l'écho de coups de masses, de cris, de cornes.

— C'est un déraillement, dit Alphonse en sortant de la Bicoque, la casquette sur le front, la lampe pigeon à la main, hâtivement allumée par Marie ; je connais ce bruit-là. Je l'ai entendu à Vézelise avec le train de Mirecourt.

Ils descendirent en courant vers la rue de Nancy, sans répondre à ceux et à celles qui, penchés à une fenêtre, demandaient ce qui se passait. Ils rattrapèrent Gustave un peu plus bas. Le « Central » était éclairé comme à cinq heures du matin. Personne ne s'arrêtait. Les groupes trottinaient vers le pont de la Moselle, suivant les indications relayées par ceux qui les précédaient : « C'est le train, sous la route de Frouard à Pompey. » Certains qui revenaient, on ne sait trop pourquoi, parlaient de catastrophe et d'hécatombe. Les sirènes crachaient à nouveau des signaux brefs, lugubres, qui relayaient le tintement pesant d'un clocher et les grelots agités de cloches individuelles de quelques frontons de maisons cossues.

Au bout du pont, la masse sombre de la foule dominait

la voie. Des lampes s'agitaient comme des lucioles. Les feux des poteaux du remblai couvraient d'un halo bleuâtre le lieu de l'accident. Alphonse traversa sans difficulté les rangs de curieux qui s'ouvraient en annonçant : « Voilà Alphonse, laissez passer le père Bugeaud... » Le chef de gare tenait son fanal devant lui, à la fois pour éclairer sa casquette et montrer sa responsabilité. Léon se joignit aux hommes du poste de garde de l'usine, les premiers arrivés sur les lieux, avant même les gendarmes du brigadier Napoléon ou ceux de Frouard. Gustave, dans la confusion, ne pouvait qu'écouter et regarder.

A quelques mètres du poste de bifurcation des voies de Nancy et de Metz, la lune et les rares projecteurs éclairaient un amas de wagons de marchandises en partie brisés. Sur une voie latérale stationnaient des voitures, reconnaissables, de l'Orient-Express, et devant elles, la machine, noyée dans la fumée montant des pistons au ras de la voie et retombant de ses cheminées haletantes. Aux vitres baissées du convoi guettaient les voyageurs réveillés dans leur premier sommeil, certains en robe de chambre dans leur compartiment-couchette, des femmes coiffées de bonnet de nuit. Ils posaient des questions en français, en anglais, en italien, mimaient avec les mains et les poings la violence du choc.

Gustave apprit les faits peu à peu. L'Orient-Express, parti de la gare de l'Est à six heures vingt-cinq (il tenait la précision d'un cheminot), avait trouvé à l'entrée de Frouard le disque fermé lui interdisant le passage.

« J'étais de garde au poste d'aiguillage, racontait un homme sans arrêt sollicité. J'ai compris que le mécanicien renversait la vapeur, comme c'est souvent le cas ici, à l'entrée de la courbe. Le convoi n'a pas ralenti. Tout s'est passé vite. L'Orient-Express sifflait pour dire que ses Westinghouse ne répondaient plus. Derrière moi défilait, pépère comme Baptiste, un train de marchandises venant de Nancy. Je me suis accroché à ma table. En un éclair, le temps du choc, la terre trembla, les voies grincèrent. La vapeur giclait comme d'une lessiveuse trop pleine. Inutile de donner l'alerte, le bruit du choc avait prévenu tout le monde. »

Le témoin disparut bientôt, emmené par un gendarme auprès des premiers enquêteurs arrivés de Nancy.

L'absence de victimes facilita les travaux de secours. Parmi les sauveteurs circulait la consigne de la rapidité, afin de rendre dès que possible à la circulation la voie ferrée la plus proche de la frontière, et stratégique s'il en était. Le matériel arrivant promptement des dépôts nancéens montrait la volonté de dégager les débris dans les plus courts délais. Des lampes à gaz, des projecteurs alimentés par des wagons électrogènes éclairaient le carrefour ferroviaire comme une scène de théâtre en plein air. Des grues levaient les épaves fracassées, de chaque côté de la locomotive et du fourgon postal de l'Orient-Express droits sur leurs rails dans la brèche foudroyée de l'obstacle. Des mécaniciens travaillaient autour de la Crampton privée de ses freins, une machine de secours prête à la tracter.

Avec les chefs de gare de Frouard, Alphonse Muller, laissant les relèvements aux responsables des voies, prépara le déplacement des deux rames accidentées. Le triste « père Bureau » de la gare des voyageurs de Pompey n'était pas présent sur les lieux. Ses confrères s'en étonnaient sans s'en plaindre.

Le jour se levait. Des cheminots et des gendarmes écartaient des voies les spectateurs inutiles. Gustave s'installa sur le pont qui surplombait les voies. Les voyageurs du train, descendus en pyjama ou en déshabillé, regagnaient leurs voitures, sauf un photographe qui continuait de promener son trépied devant les gens qui déposaient les essieux démantelés sur des plates-formes de secours. Le chef de train fut contraint de le mener vers les marches d'un wagon. Poussé par la locomotive de secours, l'Orient-Express recula lentement en direction de Liverdun, le long de la Moselle. Alphonse préparait le départ du train de marchandises vers sa « Petite Vitesse ». Les mécaniciens étaient belges, venus de Charleroi avec du coke. Ils répétaient qu'à dix secondes près les deux locomotives se télescopaient : « C'est le vingtième wagon qui a pris le choc. Nous pouvons remercier sainte Gudule. »

A sept heures, Alphonse, perché sur le marchepied de la machine belge, leva son drapeau vert et siffla à plusieurs reprises. Privé des six fourgons entassés sur les trucks d'une voie de garage, le train roulait au pas vers Pompey, guidé par le chef de gare qui alertait du sifflet les curieux alignés sur les remblais à proximité de l'usine. A la « Petite Vitesse », Marie et Marthe attendaient avec le panier de voyage. Les mécaniciens et le chef de gare partagèrent, assis sur un chariot, le café chaud et la miche fraîche. Un des deux Belges monta dans la machine pour prendre sa musette. Il décapsula le bouchon d'une petite bouteille de bière et arrosa de genièvre le fond des tasses.

— Avec les Ch'timis de Lambersart, on appelle cela « la bistouille ». A la santé des madames !

Il leva son coude.

— A sainte Gudule, dit son compagnon.

Marthe parlait à l'oreille de Marie :

— Je me souviendrai de ma seconde nuit de noces.

Elles riaient. Gustave nota le nom et l'adresse des deux cheminots wallons. Des badauds arrivaient pour voir de près le train accidenté, qui ne portait plus aucune trace de la collision après le raccordement de ses deux parties intactes.

La journée fut étrange, avec de fréquentes allées et venues de messagers à cheval, de cabriolets d'enquêteurs de la police, de l'armée ou de la Compagnie de l'Est. Les horaires de l'usine ne rythmaient plus la vie de ce lundi d'août, perturbé depuis la première heure. Les terrasses de Carcel et du « Central » accueillaient des clients inhabituels qui apportaient des nouvelles des dernières péripéties du tamponnement, le passage de l'Orient-Express requinqué à onze heures cinquante, douze heures après l'accident, la visite du préfet, des juges et des militaires autour du signal et du poste d'aiguillage, le départ discret du train belge en direction de Metz. Des consommateurs, chez Carcel plutôt qu'au « Central », trouvaient suspecte la collision, reprenaient les litanies sur l'espionnage, accusaient le gouvernement de laisser-aller. Les conversations déviaient vite du propos de la collision pour critiquer les parlementaires, dénoncer les pots-de-vin, en appeler au grand nettoyage. Peltier, qui attendait Léon au comptoir du « Central », écoutait sans réagir. Un client un peu éméché, qui passait de table en table en maugréant contre tout, l'interpella, le doigt levé sous son menton :

— Toi, Peltier, qui n'es pas un mauvais maire, est-ce que tu trouves normal que la France vende des chevaux à l'étranger ? Pas pour le bifteck, mais pour la remonte des régiments ! Nous serons envahis un jour par des uhlans montés sur des bidets français. Peltier, où va-t-on, je te le demande ?

Le maire le guida vers une chaise. Léon arrivait. Les deux hommes se rendaient à Nancy pour la grande réunion électorale qui ouvrait la campagne.

Ils marchèrent jusqu'à Frouard, retrouvant les lieux de l'accident. Il ne restait aucune trace sur les voies, seulement des herbes couchées autour de l'aiguillage. Des manœuvres repeignaient des murets noircis par les frottements. Des géomètres relevaient des perspectives et des distances. Peltier s'arrêta sur le parapet du pont.

— Il y a vingt ans, à Pompcy, l'événement d'une journée d'été, c'était un cheval qui s'emballait à cause d'une piqûre de guêpe. Aujourd'hui c'est un train qui déraille. Je me souviens de la construction de cette ligne sur la rive de la Moselle. Les paysans défiaient les cheminots. Ils s'amusaient à doubler les locomotives avec leur cheval en agitant leur casquette en signe de victoire. Ils ont été vite rattrapés.

— Tu as revu le chef de gare? demanda Léon.

— Le « père Bureau » rase les murs. Le roi de la discipline est coupable d'un abandon de poste. Sans rien dire à ses chefs, il est parti deux jours à Paris pour voir ta maudite Tour Eiffel. Comme on dit sur les panneaux du quai : « Attention! un train peut en cacher un autre. » Il aura bientôt droit à une voie de garage.

Ils arrivaient à la gare. L'omnibus du soir ramenait vers Champigneulles et Nancy des ouvriers et des employés des usines et des mines. Ils avaient leurs compartiments habituels. Certains jouaient aux cartes avant même que ne démarre le train. Les femmes, peu nombreuses, se tenaient à l'écart vers le dernier wagon, essuyant quolibets et plaisanteries en remontant le quai. Des soldats patrouillaient à proximité des voies, en application des mesures de sécurité renforcées après l'accident.

— Comment veux-tu que les gens ne parlent pas d'espions? dit Peltier à Léon.

La gendarmerie occupait aussi les alentours de la gare de Nancy. Sur le côté de la place Thiers attendaient des hommes à cheval, mis en réserve. Des faisceaux d'armes sur les pelouses autour de la statue montraient le sérieux du dispositif. Tandis que s'écoulait vers les rues du centre le flot des voyageurs ordinaires, des hommes en uniforme et des policiers en civil empêchaient que ne se forment des groupes parmi les hommes venus pour la réunion. Ils vérifiaient les cannes pour saisir celles qui cachaient une épée dans le fourreau. Ils confisquaient les pancartes avec des slogans peints en grosses lettres rouges que portaient des jeunes gens. Toujours épiés, les futurs électeurs contournaient la place Stanislas sur le chemin habituel de la Foire de mai. Du cours Léopold ne venaient pas les musiques des orphéons des manèges mais le bruit confus d'une foule et, de temps à autre, un cri aussitôt couvert de huées et d'applaudissements. Sur la place, cerné de gendarmes, se dressait le chapiteau d'un cirque couronné à la pointe de drapeaux tricolores. Deux haies de soldats formaient une allée d'accès jusqu'à l'entrée principale, avec un prolongement vers le fond de la place pour le parcage des voitures attelées. Des notables coiffés de gibus arrivaient ainsi seuls ou par deux, déposés au passage par un cocher, quelquefois en haut-de-forme lui aussi. L'essentiel du public entrait plutôt par les portes latérales. Séparés au passage par les gendarmes, des groupuscules se reformaient aussitôt sur les gradins.

Léon et Peltier dominaient l'enceinte depuis le banc le plus haut perché, juste en face de la tribune construite sur les loges de l'orchestre du cirque, au-dessus de l'entrée des artistes. Des candidats et des orateurs étaient alignés sur des chaises de chaque côté d'un pupitre drapé de bleu-blanc-rouge. Le maire tendit la main vers l'estrade :

— Les choses sont bien faites. Notre candidat Bloton est sur la chaise la plus à gauche. Bragiel, son adversaire, est à l'extrême droite avec la bande des boulangistes. Cette espèce de corbeau emmanché d'un long cou, c'est Maurice Barrès, le directeur du *Courrier de la Meurthe*, candidat à Nancy.

Une bande de jeunes gens, qui portaient tous un œillet rouge à la boutonnière, scandait sur un gradin :

— Il est l'heure, il est l'heure ! Commencez, commencez !

Un homme monta au pupitre. Il agitait une cloche de sacristain.

— Ça me rappelle quelque chose, glissa Léon à son voisin.

L'assesseur criait :

— Il n'est pas l'heure. Quand il sera l'heure, nous commencerons !

Il fut coupé :

— Arrête ton tocsin ! Arrête ton Tonkin !

L'allusion aux difficultés indochinoises de Jules Ferry, faite comme ça, provoqua un frémissement amusé dans l'assistance. Les jeunes aux œillets rouges, signe de ralliement des boulangistes, tapèrent du pied sur les planches :

— Un bu-reau, un bu-reau !

L'assesseur secouait sa sonnette.

— La cloche avec nous ! Vive Quasimodo !

Le silence se fit quand s'allumèrent dans l'enceinte les grappes de lampes à gaz protégées par un gendarme et un pompier. Avec un maillet, l'homme du pupitre frappa le dessus de la cloche plusieurs fois de suite :

— Il est huit heures. Je déclare la réunion ouverte.

Un homme se dressa sur l'estrade :

— Elle ne peut pas être ouverte, il n'y a pas de bureau !

Le sacristain levait les bras :

— Il faut bien commencer !

— Commencez ! Commencez ! criait la rangée des œillets.

Trois des officiels de l'estrade discutaient en aparté. Ils avancèrent au devant de la tribune.

— D'un commun accord, dit l'un d'eux, nous demandons au professeur Blond, de l'Université de Nancy, d'organiser le bureau.

Un homme à la barbe grise, vêtu d'une longue cape noire, prit place au pupitre :

— Blond, professeur de l'Université de Nancy...

— Professeur d'allemand ! cria quelqu'un.

— ... professeur d'allemand. Engagé volontaire à quinze ans en 1870 : Saint-Privat avec Canrobert contre Moltke ; Sedan avec le général Margueritte ; la Sorbonne avec Hippolyte Taine ; traducteur de Schiller. Croix de guerre.

Il imposa le silence.

— Voilà ce qu'il faut faire, claquer d'entrée, dit Peltier à Léon.

Le professeur Blond demanda s'il y avait des candidats à la présidence. Les œillets hurlèrent :

— Boulanger ! Boulanger !

L'orateur se tourna vers l'estrade.

— Je veux dire, parmi vous, messieurs.

Bloton, le candidat républicain de Pompey, se leva, puis aussitôt Bragiel, son adversaire. La mise aux voix par acclamations engendra un tonnerre de cris et d'anathèmes que parvint à couvrir, après deux ou trois minutes, la cloche de l'assesseur. La rangée de la jeune claque se dressa comme un seul homme pour chanter : « C'est Boulange, lange, lange, c'est Boulanger qu'il nous faut. »

L'universitaire cogna le pupitre du poing. Il hurlait pour se faire entendre :

— Nous sommes là jusqu'au jour des élections si nous n'avançons pas. Je me propose comme président, avec ce monsieur à la cloche comme secrétaire, messieurs Bloton et Bragiel comme adjoints.

La proposition fit l'unanimité avant que ne reprenne le tumulte de vociférations, descendu successivement des parties opposées des gradins. Dans une travée, proche de l'estrade, de jeunes républicains, le dos appuyé à une longue toile tricolore, répondaient maintenant aux cris des adversaires aux œillets rouges. Quand ceux-ci scandaient : « Vive Boulanger ! » ils clamaient : « Chez nous on ne crie pas “Vive machin” mais “Vive la République”! » Leur dialogue se poursuivait, au-dessus des premiers discours :

— A bas les tripoteurs!

— Pas de troisième Empire pour Bazaine!

Le professeur Blond montrait le poing ou maniait l’ironie :

— Je tiens à signaler aux perturbateurs que la Foire d’automne arrive bientôt et que les ménageries engageront des bêtes fauves.

Les orateurs continuaient, imperturbables : « je vous disais donc... j’ai à cœur de vous confier... je tenais à vous démontrer... ».

Léon regardait souvent le maire, déçu comme lui de l’absence d’arguments, de propositions : « C’est vraiment le cirque! » Les chahuteurs ne respectaient rien, saisissaient chaque mot pour ridiculiser l’adversaire. Quand le républicain Bloton prit la parole, les opposants scandèrent :

— Fouillez-lui les poches!

Le candidat répliqua :

— Voulez-vous voir mes fiches de paie?

— Ne répondez pas, conseilla le professeur Blond.

— Mon ami le sénateur Lombardi, continua le candidat...

— A bas les Italiens! Le sol français ne doit appartenir qu’aux seuls Français.

— A bas les juifs! cria un rang.

— Enlevez-les!

Quand Maurice Barrès se leva, maigre et émacié, pour répondre à une question, un jeune républicain l’interpella :

— Ta mère t’a nourri à l’huile de foie de morue!

Le candidat boulangiste de Nancy disait à son contradicteur :

— La loi à la main, je peux vous affirmer...

— Qu'est-ce que tu veux, toi le hareng sec ? Une sous-préfecture ? Donnez-lui une sous-préfecture !

La cloche déchaînait les rires plus qu'elle ne calmait les humeurs. La confusion dura près de deux heures. Elle aurait continué sans l'obligation de regagner la gare pour les derniers omnibus vers Pont-à-Mousson et Toul. Elle traîna encore parce que chaque orateur voulait conclure, avoir le dernier mot. Ce furent d'autres insultes et d'autres défis : « Boulanger est le nouveau phare qui éclaire la France et montre les tripots obscurs des affairistes », « La Boulange ressemble à ces marmites où l'on rencontre de tout, sauf un bon morceau ».

A la sortie du Cirque, des antagonistes échangèrent des coups. Un énergumène se pendit au cou du cheval d'un gendarme. L'animal se dressa, renversant son cavalier. Une bousculade suivit, avec des horions d'un côté et des arrestations de l'autre. Sur le côté passaient les voitures des notables, qui se retrouvèrent la plupart dans les salles enfumées de la grande brasserie viennoise de la rue des Michottes. Dans les compartiments du train, à cause de la fatigue et de la déception générale, les conversations étaient peu animées. Quand ils traversèrent à pied le pont de Frouard, Léon et Peltier virent deux trains qui manœuvraient pour reconstituer les circonstances de l'accident de la nuit précédente.

— Je t'ai donné ma parole, je ne la reprends pas, dit Léon en quittant le maire. Mais tu m'entraînes dans une drôle de galère.

— Les réunions sont différentes dans les petites villes. On se connaît trop bien pour jouer aux cons.

L'élection législative pesait sur la vie communale, avec le réveil des opinions aiguisées par le porte-à-porte des agents électoraux, les bavardages de cafés ou de commerces, les prises de position des journaux. Au « Central », Marchal avait remplacé l'abonnement au *Courrier de la Meurthe* de Maurice Barrès par celui de *L'Est républicain*, un journal nouveau dont le titre disait bien de quel côté il se trouvait. A ceux qui lui reprochaient de censurer un journal boulangiste, le cafetier répondait sans se lasser : « Depuis vingt ans, en France, deux généraux seulement ont fait de la politique. Le premier est le maréchal Bazaine, le deuxième le général Boulanger. »

Une querelle de ce genre se mêla au choix d'un nouveau tambour de ville en remplacement du malheureux Berlou, mort de la rage comme l'avait confirmé la découverte du cadavre du chien Satan. Le candidat le plus apte semblait être un garçon de vingt-cinq ans, revenu de l'armée avec le grade de caporal dans la musique de son régiment. L'enquête menée par les gendarmes du brigadier Napoléon lui était favorable. Peltier avait repéré le garçon à la réunion du Cirque de Nancy parmi les jeunes gens à l'œillet rouge. Il n'en dit rien à personne, encourageant seulement d'autres propositions. La succession était difficile après les vingt années d'activité du premier des appariteurs municipaux, qui était un personnage de la commune, sa mémoire et sa gazette, son violoneux parfois. « Monsieur Berlou voit tout, monsieur Berlou sait tout », disait-il de lui-même.

Marthe Muller aida le maire à sortir de l'embarras en suggérant qu'on prenne une jeune femme plutôt qu'un jeune homme. Elle soutenait Gisèle, une ancienne élève, qui venait de perdre son mari à la mine de Ludres. Ses partisans estimaient que le caporal jouait du tambour mieux que personne. « Peut-être, répliquait Marthe, mais il zézaye, aussi : ce sera moins difficile d'apprendre à Gisèle à bien taper sur la peau de mouton que de rectifier la prononciation de l'autre. »

On opposa alors la question de l'uniforme, des

membres du conseil refusant qu'une femme porte une culotte d'aboyeur patenté. « L'Avant-Garde lui offrira une jupe-culotte, comme celle des vélocipédistes, avec un liséré rouge réglementaire sur le côté. »

Peltier préférait le liséré à l'œillet.

L'usine se tenait officiellement à l'écart de la joute législative. Monsieur Suaire, comme monsieur Fould, avait rencontré chacun des candidats de l'arrondissement de Pompey pour l'informer de la préoccupation essentielle de la société de fonderie pour les dernières années du siècle : remplacer les fours Martin par le procédé nouveau de l'inventeur anglais Sidney Thomas. La découverte de ce chercheur autodidacte permettait de déphosphoriser la fonte et de l'affiner pour fournir de meilleurs matériaux. Depuis des années, les aciéries de Jœuf bénéficiaient de ce système. Le monopole que détenait la famille De Wendel du procédé de Thomas et de son cousin Percy Gilchrist empêchait son usage dans le bassin de Nancy, à l'usine de Jarville ou à Pompey. Suaire parlait à ses interlocuteurs d'erreur économique et de faute politique alors que l'acier serait de plus en plus nécessaire au pays, disait-il, pour renforcer son armement et sa flotte, rénover un matériel ferroviaire déjà dépassé, équiper les usines créées grâce à la force électrique.

Hors du débat électoral se situait la nomination d'Alphonse Muller comme chef de gare de Pompey, en remplacement du « père Bureau » muté dans une réserve de wagons d'un triage de la banlieue parisienne. La sanction ne choquait personne. Alphonse, enchanté, n'avait accepté la promotion qu'à la condition, exigée par Marie, de n'avoir pas à habiter le logement au-dessus de la gare. L'organisation nouvelle facilita la chose. Le chef de gare de Pompey dirigeait désormais conjointement le trafic des voyageurs et celui des marchandises : le responsable de la « Petite Vitesse », sous-chef de gare, devenait son adjoint. Ancien camarade de travail d'Alphonse à Frouard, cet Albert Mougin hérita de l'appartement bruyant comme un poste d'aiguillage. Marie abandonna avec satisfaction la gérance de l'économat, incompatible avec les responsabilités accrues de son mari. « J'ai davantage de travail, avec la Bicoque et les coups de main que je donne à Léon pour laver son linge, son repassage et un peu de ménage. »

La maison vivait à l'heure des mirabelles avec la récolte de l'allée. Les vingt arbres donnaient, avec des branches de quinze ans d'âge environ, la plus belle de toutes leurs récoltes. Quand ils partaient au travail, à l'aube, Léon et Alphonse profitaient de l'odeur des fruits adoucie par le duvet de la rosée. L'air était sucré, la fragrance tenace. L'après-midi ou le soir, quand ils rentraient, le parfum semblait alourdi, rendu plus gras par la moiteur des rayons de soleil. Léon organisait la cueillette. Il préférait le fastidieux décrochage des fruits à la main au ramassage au sol après une secousse du tronc ou des branches. Pour gagner du temps sur la chaleur qui amollissait la chair dorée, Alphonse suggéra de faire une récupération plus rapide, sur une toile tendue par Marie et par lui en dessous des grappes les plus fournies. Le suc tenace encollait les mains. L'atmosphère mêlait les avant-goûts de tartes et de confitures, le bouquet secret des mirabelles en sirop, le voile annonceur de la bouteille d'alcool blanc.

La cuisine de Léon servait d'atelier. Marthe se retrouvait chez elle, à l'invitation de son mari, pour le processus habituel de dénoyautage, de tri des fruits pour les tartes immédiates et pour les confitures. Le chaudron de cuivre de la vieille Mélanie Muller retrouvait son véritable usage dans le bouillonnement des prunes ocre et du sucre. Léon, comme à chaque été, s'appliquait à peler les plus belles parts de la récolte pour des marmelades douces. Alphonse choisissait une réserve, noyautée, pour les bocaux de sirop.

Léon ne s'attardait pas en soirée, pour courir avec Peltier, à pied ou, pour les plus grandes distances, en cabriolet attelé, vers les réunions des autres communes. Sous un préau d'école, dans une salle de café ou la salle de répétition d'une fanfare, ils retrouvaient souvent les mêmes participants, militants et amis des candidats, qui passaient à la va-vite, arrivés en voiture avec trois ou quatre fidèles. Chaque réunion commençait, comme celle de Nancy, par la laborieuse composition de l'indispensable bureau, rendue difficile par l'exigence des citoyens de la commune de rester maîtres chez eux, au point parfois de réclamer l'expulsion de la salle d'habitants des alentours. A Frouard, les boulangistes, qui avaient rencontré des difficultés à louer un lieu à leur convenance, ne laissaient entrer que les personnes munies d'une invitation. Pour tromper les vigiles, des opposants se faufilaient parmi les invités en arborant un œillet rouge, qu'ils piétinaient quand s'animait la discussion à l'intérieur.

Le « Central » accueillit la principale réunion de Pompey. Bloton, le candidat républicain, l'avait souhaitée contradictoire. Braglel, son concurrent boulangiste, avait annoncé la présence de Maurice Barrès, le candidat de Nancy. Bien avant l'heure, la salle de bal était comble, avec des gens assis sur des bancs devant l'estrade et des groupes entassés, debout, vers le fond. A cause de la venue du journaliste Barrès, un peu plus connu que les autres, une table servait à trois journalistes à côté de la tribune. Fort de son expérience, Léon, installé derrière une planche posée sur deux tréteaux couverts d'un tapis vert, se leva à l'heure du débat :

— Y a-t-il des opposants à ma présidence ?

Quelques sifflets disparurent dans la majorité des applaudissements.

— Merci; voilà mon secrétaire et mon assesseur.

Deux hommes prirent place autour de lui.

— Je donne la parole au candidat Bragiel! dit Léon en montrant le pupitre fermé qui servait à l'orateur.

Aux cris de « Boulanger au pouvoir! » répondirent des « Aux armes, citoyens! » puis, après le mélange des huées, des paisibles « Laissez-le parler » montés du parterre de chaises.

Le candidat Bragiel se présentait comme le président du Comité des révisionnistes du département de la Meurthe :

— Pourquoi suis-je révisionniste? criait-il au public. Parce que la France a une mauvaise Constitution.

— C'est ce que disait le prince Napoléon. Il l'a changée. Il a emprisonné les républicains. Il a offert la France aux Prussiens sur un plateau, à Sedan.

— Laissez parler l'orateur.

— Qu'il soit intelligent!

— Continuez, candidat.

Bragiel, comme s'il n'avait pas entendu les interruptions, détaillait ses reproches aux Constitutions de 1851 et de 1873 :

— Le peuple français est encore jeune, il a besoin de tutelle. Boulanger possède la main ferme qui convient pour éliminer les tripoteurs et tenir les rênes du char de l'État.

Un coin du public applaudit.

— Vous savez comme moi, disait l'orateur tourné vers ses amis, que la France est en partie gouvernée par le Sénat, un ramassis de vieillards imbéciles et stupides. Donnons plutôt la voix au peuple par le référendum. La nouvelle Constitution...

— On s'en fout! Ma Constitution, c'est mon ventre. La voix de mon ventre c'est : « J'ai faim. »

Léon agita les bras :

— Ainsi tout le monde aura pu s'exprimer. Monsieur Bragiel, concluez, je vous prie.

Le candidat, qui consultait son oignon, grinça :

— Puisqu'on me retire la parole, je dirai simplement aux ouvriers de Pompey que le phare de la réforme éclaire pour eux aussi. Travailleurs, avec nous, vous serez chez vous!

Maurice Barrès arriva. Chapeau claque, chemise blanche, monocle, la canne levée devant lui comme une épée portée au clair, il fendit la foule vers la tribune. Bragiel, toujours en place, tendit les bras vers lui :

— Mon ami Barrès...

— Barrez-le!

— Monsieur Bragiel, vous n'avez plus la parole.

— L'intervention de monsieur Barrès est inscrite à l'ordre du jour.

— Pas de dandy à Pompey!

Le candidat de Nancy grimpa sur l'estrade. Il écarta Bragiel pour parler :

— Puisqu'il n'a plus la parole, je la prends...

Léon, qui avait appris cela ailleurs, dit :

— Pouvez-vous justifier de votre identité?

— Barrès Maurice, né à Charmes...

— Arrête ton charme : il te demande tes papiers!

— Ses pa-piers! Ses pa-piers!

Le candidat sortit un portefeuille de sa veste, le tendit au président. « Lisez. » Léon passa le document au secrétaire, qui enregistra l'état civil, avec application, sous les cris : « On se croirait à Pagny-sur-Moselle : *habenzie eine pazzeborte- pazzeborte!* »

Léon tenait bien la salle :

— Barrès, parlez.

— *Monsieur* Barrès, je vous prie.

— Essuie ton lorgnon, j'te vois pas.

— Vivant ce que je vis, dans les quartiers de Nancy où je suis candidat, à Jarville, à Neuves-Maisons, ici à Pompey dans la fournaise de votre travail quotidien, je me demande si, après *Les Déracinés*, que nous sommes tous, je n'écrirai pas *Les Corrompus*, ce que sont nos adversaires, les fiers-à-bras des Ferry-Tonkin et des Panama-coquins.

Les boulangistes scandèrent :

— Tonkin-coquins !

Barrès enleva son chapeau, se pencha sur le pupitre, la mèche noire collée sur le front, le bras mince tendu au-dessus des têtes de l'auditoire :

— J'entendais, en entrant dans cette salle, rechigner contre une révision de la Constitution, une révision de l'Etat et des mœurs politiques. Savez-vous pourquoi nos ministres sont changés tous les six mois ? C'est parce qu'ils n'ont pas suffisamment de bureaux de tabac à leur disposition pour les attribuer aux maîtresses de leurs collègues. Ce sont les abus qui sont la cause de leur instabilité. Autour de Boulanger, les candidats révisionnistes comme Bragiel sont pour l'intégrité des finances.

— Tu partageras avec moi ? Je t'échange ma paye.

— Je respecte le travail plus que tout. Celui de l'artisan comme celui de l'intellectuel. Il faut autant de talent pour faire une paire de chaussures que pour traduire une version latine.

— ... et pour écrire un article de ton canard ?

— Monsieur Barrès, la leçon est finie ?

— Je voudrais ajouter...

— Rien. Monsieur Bloton, qui est chez lui, somme toute, n'a pas encore parlé.

— Bloton, une chanson !

Barrès traversa la salle, applaudi, sifflé, suivi par Bragiel, soudain indifférent au reste. Le candidat Bloton, d'une voix de stentor, domina la salle :

— Bragiel, une dernière question avant que tu ne tournes les talons. (Le défi arrêta net la marche vers la sortie :) Bragiel, mis à part monsieur Barrès, nous sommes entre travailleurs. As-tu vraiment dit qu'un ouvrier pouvait vivre avec trente sous par jour?

— Nos quarante sous! nos quarante sous!

— Barrès à la forge! Barrès au ringard!

Une partie de la salle chantait l'hymne des boulangistes, *La chanson des pioupious d'Auvergne.* Léon sentit l'ambiance tourner à l'émeute.

— Monsieur Bragiel, vous avez la parole.

— Vous me la prenez, vous me la redonnez. Je ne suis pas une marionnette.

— Au guignol!

— Guignol, nos quarante sous!

— J'ai dit, je vous prie de m'écouter, j'ai dit qu'on pouvait vivre avec trente sous par jour...

— Il l'a dit! Il l'a dit!

— ... mais j'ai ajouté, ce qu'on oublie toujours chez les censeurs patentés de la République obscurantiste et corrompue, j'ai ajouté qu'il valait mieux vivre avec...

— ... quarante sous, nos quarante sous!

— Citoyen Bloton, répondez.

— Un député républicain est mort sur les barricades en disant : « Vous allez voir comment on meurt pour vingt-cinq francs par jour. » Monsieur Bragiel ne mourrait pas sur une barricade, pas même pour un empire, pas même pour Boulanger. Et Barrès, avec sa mine de...

— *Monsieur* Barrès, je vous prie.

— ... sa mine de ce que vous voudrez... Monsieur Bragiel ne s'intéresse pas, à Pompey, au sort des ouvriers de l'usine, aux heures aux fours et aux fourneaux, aux retenues sur les payes, au cahier de sanctions, pas même au four Thomas-Gilchrist qu'on réserve à des maîtres de forges qui ont une botte de chaque côté la frontière. Monsieur Bragiel nc construit rien, pas même un projet de Constitution. Il veut rafler la mise avec les voix des mécontents, les voix des ratés, les voix de ceux qui ont mal au dos ou au pied; elles gonfleront les chiffres des gens naïfs qui imaginent encore qu'on leur parle de la France et de la liberté. Citoyens, vous irez au scrutin comme un troupeau si vous votez pour les candidats de Boulanger.

C'était le calme après la tempête. Les boulangistes quittaient la salle pour une autre réunion dans le canton. Bloton développait les mérites de la République qui, en plus du travail, offrait de l'éducation aux citoyens, les espérances des ressources des colonies prospères, la richesse de ses écrivains et celle de ses savants qui empêcherait désormais la mort par la rage d'un homme de dévouement comme le tambour de ville Berlou. Un auditeur se leva, un monsieur à cheveux blancs que son épouse soutenait par le coude.

— Je ne peux pas vous donner la parole sans connaître votre identité, dit Léon.

— Vous ne l'avez pas fait pour monsieur Bragiel.

— Je le connais de longue date.

— Nous n'étions pas ensemble à Rocroi, monsieur.

— Ni à Valmy, citoyen.

Le bref échange fut applaudi.

— Christegane, monsieur. Et pas du tout pour vous servir. Je suis candidat monarchiste.

— C'est votre droit.

— Mon droit de parole aussi?

— Nous n'allons pas refaire les Etats Généraux. Je vous laisse parler du servage et de la Bastille.

— Charlemagne avait ses châteaux en Lorraine. Clovis,

en passant à Toul, a promis de se convertir à Dieu : il a créé le royaume de France.

— A l'école !

— A la lanterne !

— Elle est belle, votre liberté.

— Tu as le droit de te taire.

Léon permit au candidat Christegane de parler quelques minutes. L'homme rappela seulement que dans le calme du Val d'Enfer de Frouard et de Pompey, brûlé par les feux cupides de l'industrie moderne, avait autrefois vécu l'héritière des Guise, entrée dans la lignée des Stuart et des rois de l'Europe :

— Guise, Stuart... nous ne sommes pas dans le niveau ordinaire des Bragiel et des Bloton. La France ne date pas des premières traverses des voies de chemin de fer, ni du dernier bec de gaz de la place de la Mairie de Pompey.

Quelqu'un cria :

— Les émigrés sont revenus. Trop d'étrangers avec eux. Ils nous prennent le pain de la bouche.

Peltier s'approcha de Léon pour lui conseiller de conclure avant qu'on ne parle de la nomination de la femme-tambour ou des espions du tamponnement de l'Orient-Express.

Léon se leva.

— Comme président, je déclare la réunion terminée. Comme citoyen, et après coup, après tout ce qui a été dit, je proclame mon vote républicain. Je demande à mes camarades ouvriers, dans cette ville ouvrière de Pompey, de comprendre où est leur intérêt. Est-ce si difficile de réfléchir ?

L'assistance était étrangement partagée. Plutôt que des applaudissements fusaient des invectives de perturbateurs privés jusque-là de l'occasion de s'exprimer : « Pourquoi n'avez-vous pas parlé des étrangers qui viennent prendre notre travail ? », « Vous n'avez pas parlé non plus des juifs qui tiennent les finances et les ficelles. »

Léon lança une dernière fois :

— La séance est levée.

Un homme au premier rang se dressa :

— Moi, ce qui m'intéresse, c'est le prix du mètre cube de gaz à Pompey.

Dehors, les partisans du général Boulanger marchaient au pas sur deux rangs en chantant *Les Pioupious d'Auvergne*. Léon et Peltier burent une bière à la terrasse.

— Bragiel est un rude concurrent, dit le maire. Il flatte tous les mécontents. Il promet sa liberté mais annonce qu'on dressera le peuple comme un enfant. Il racole les revanchards et, du coup, de bons patriotes. Il décrit le connu à coups de serpette et se garde bien de lever le voile sur l'inconnu qu'il nous prépare. (Peltier marqua un temps :) J'ai appris que Marthe et toi vous sépariez.

— J'ai fini mon intérim.

— Tu ne le prends pas mal ?

— Je ne peux rien y faire. Depuis vingt ans, je suis un paysan qui traverse un gué sur un tronc d'arbre. L'eau continue de monter, s'agite. Derrière moi s'éloignent mon père et les cailloux des chemins, la vigne des Écrivains, les prés du Hameau. Devant moi se dressent des cheminées d'usine, des gares ; des foules de vignerons devenus des ouvriers s'agitent, perdus sur une rive que je n'arrive pas à atteindre au bout de ma passerelle. Je pense à cela plus qu'à la ritournelle.

— Tu gardes ta maison ?

— C'est l'âme du Hameau.

En moins d'un mois, la Bicoque changea d'allure. Sauf Léon et Alphonse, occupés ailleurs toute la journée, les Muller y travaillaient sans relâche, aidés par Mathieu Fischer et parfois par sa sœur Germaine. Les murs extérieurs gardaient leurs profondes pierres meulières. Gustave, avec un manœuvre engagé pour deux semaines, élargit la porte d'entrée et perça une fenêtre vers l'ancien cellier transformé en salle à manger et en salon. Marie admirait sans se lasser le papier peint, choisi dans un magasin de Nancy, qui reproduisait des fleurs blanches et jaunes de nénuphars émergeant du fond uniformément bleu entre quatre feuilles vertes flottant au ras de leurs tiges brunes. « Il ne manque plus que les grenouilles », disait Marthe à Gustave qui préférait aussi des lignes plus sobres. Louis s'occupait de la soupente où son grand-père engrangeait du foin quand il possédait un cheval. La lucarne agrandie servait de fenêtre à ce qu'on appelait « la pièce d'Alphonse » pour ne pas parler, pompeusement, de bureau. Gustave et son neveu dressèrent un escalier contre le mur du salon, que le chef de gare se promettait de décorer de bibelots et d'objets ferroviaires.

Marthe appréciait la cuisine de sa belle-sœur et souhaitait le même genre pour son appartement. Gustave privilégiait la simplicité fonctionnelle du rangement, avec des placards qui libéraient de la place. Le coin de travail, avec un plateau entre l'évier et la cuisinière à gaz, occupait un mur. On ne poussait plus les chaises pour passer entre la table et les dessertes, auxquelles Marie tenait précieusement pour exposer ses assiettes en porcelaine et, sur ses napperons de dentelle, une soupière qui ne servait qu'à la décoration à côté de la pendule en forme de fronton de la gare de l'Est. Germaine brodait les rideaux qui, en contre-jour, prolongeaient le décor de nénuphars de la salle à manger avec, au milieu des ronds d'une mare en lin blanc, deux canards au point de feston. A l'arrière de la maison, Marie n'accepta l'aide de personne pour sa chambre, celle de son mariage, avec, sur le dessus-de-lit, mauve comme une cape de cardinal, le bouquet vif de la gitane de la foire, sauvée du déménagement au contraire du cadre d'Alger, brisé dans une chute et mis au rebut.

L'appartement de Marthe demandait moins de travaux. Gustave, Louis et Mathieu menèrent de front les peintures et la pose des papiers, des couleurs claires et des rayures plutôt que des panachages artificiels. Marthe réserva la pièce de devant, vers la rue, à sa bibliothèque, où elle campa simplement une table et deux chaises en attendant que ses hommes lui élèvent des étagères et qu'elle ramène les livres qu'elle conservait jusque-là à l'école. Avec l'installation de Louis à l'atelier, la place ne manquait pas. Pour bricoler le soir de petites pièces de marqueterie ou de placage, Gustave aménagea un espace de rangement, remplaçant un placard par un établi et des étagères pour le bois et les outils. Parce qu'elle n'avait plus de jardin, Marthe exigeait un bouquet de fleurs dans sa cuisine et un, plus important, dans la salle à manger. Pour l'avenir elle se renseignerait, disait-elle, sur un choix de plantes vertes, leurs habitudes et leur entretien.

Léon ne participait pas à ces accommodations. Il ne remontait au Hameau que pour dormir après les soirées répétées autour de Pompey et, plus loin, vers Nancy. Pour soutenir leur candidat dans les réunions houleuses de la fin de la campagne, les groupes mobilisaient leurs sympathisants les mieux aguerris. Les mêmes adversaires se retrouvaient soir après soir pour s'invectiver des mêmes mots, se volant parfois une plaisanterie de la veille qui amusait un auditoire nouveau. Les orateurs évitaient les images trop répétées qui amenaient des répliques systématiques. Le « phare » n'éclairait plus les travailleurs depuis qu'on le désignait comme « le brûlot des naufrageurs ». On ne parlait plus « du foin qui manquait dans les râteliers » pour éviter qu'une partie de la salle braie « hi-han, hi-han » pendant une minute ou deux. Les candidats prenaient les devants pour maîtriser les mauvaises questions : « Puisque vous parlez de salaire, j'affirme solennellement devant vous que je n'ai jamais prétendu qu'un ouvrier pouvait vivre avec trente sous par jour... » Nul président de séance ne prenait de court le candidat Barrès en lui réclamant une pièce d'identité : la claque boulangiste, qui scandait son nom quand il approchait de la tribune, empêchait toute vérification abusive.

Les militants assidus recouraient à des dérangements d'un autre ordre. Une fanfare d'amis passait et repassait devant la salle de réunion pendant qu'intervenait le candidat opposé. Le cocher de la voiture républicaine retrouvait ses chevaux dételés à la sortie de la réunion. Des compères se battaient comme des chiffonniers dans le fond de la salle pour obliger l'intervention de la gendarmerie et la suspension des débats. Les jets de poignées de poivre qui amenaient les éternuements du public s'accompagnaient d'écrasement de boules puantes qui entraînaient l'évacuation de la tribune. Les journalistes eux-mêmes prenaient parti et troublaient le déroulement des discours parce qu'on insultait leur titre ou leur éditorialiste. Il arriva plusieurs fois qu'on parle de duel sans que les épées sortent des encriers, au moins jusqu'à la fin des scrutins.

Le jour du premier tour de scrutin, à la fin du mois de septembre, sembla un jour de fête à Pompey. Les drapeaux décoraient les édifices publics. Les gendarmes patrouillaient avec leur bicorne de sortie. Les terrasses des cafés s'animaient plus tôt que d'habitude. Les conciliabules traînaient en longueur à la sortie de la messe. Devant la mairie et devant les écoles, les familles attendaient que le père ait accompli son devoir. Pour les enfants, l'isoloir flairé de loin paraissait mystérieux, louche même, puisqu'il fallait désinfecter les classes le lendemain avant de reprendre les cours.

Léon présidait le bureau de vote de l'école de Marthe, celui de son quartier. Les votants parlaient peu, défilant sérieux, cravatés, coiffés souvent, devant le cahier d'enregistrement. Ils pinçaient entre les doigts leur bulletin plié, qu'ils cachaient de la main en le glissant dans l'urne. Il n'y eut pas d'autres incidents que des confusions de bureau et les protestations d'électeurs qui découvraient trop de bulletins de leur candidat rejetés dans l'isoloir. Les choses se compliquèrent le soir avec le décompte des voix. Le transport de l'urne cadenassée jusqu'à la salle du conseil municipal fut une translation de relique dans une haie de représentants de chacun des trois candidats qui marchaient gravement, la main collée au bois de la boîte.

A la mairie, Peltier lui-même reporta sur un tableau noir les rangées de dix bâtons qui correspondaient aux bulletins obtenus par Bragiel, Bloton et Christegane. On sut aussitôt que quatre cent quatre-vingt-dix-huit Pompéens sur six cent quinze inscrits avaient voté. Autour des tables où s'amoncelaient les bulletins, les commentaires jugeaient l'importance de ce pourcentage légèrement supérieur à 80 % : « Les mécontents votent toujours en masse. » En une trentaine de minutes, la colonne du boulangiste Bragiel alignait les dizaines avec la barre en travers, imposant sa masse entre les résultats clairsemés, et proches l'un de l'autre, du candidat républicain et du candidat monarchiste. Le vainqueur du premier tour ne faisait aucun doute. Ce fut cependant un cri de joie des amis de Peltier quand il apparut que le républicain Bloton obtenait, finalement, neuf voix de plus que le candidat monarchiste Christegane. Une partie de la salle salua par *Les Pioupious d'Auvergne* les trois cent soixante-trois voix de son favori. Le maire imposa le calme en même temps que la fermeture hâtive de l'hôtel de ville.

Les boulangistes et leurs sympathisants s'installèrent chez Carcel ; Bragiel offrit un tonneau de vin rosé à la communauté. Debout sur une table, il harangua ses amis : « Ceux qui parlaient des brûlots des naufrageurs sont allés à la côte. Ils boivent la tasse. Buvons, nous, le nectar de la victoire à la santé d'une France reprise en main comme un cheval qui se dérobe. »

Au « Central », on ne pavoisait pas. Les joueurs de cartes tapaient leur carton sans être gênés par les conciliabules discrets de scrutateurs qui découpaient les résultats en pourcentages, se consolant avec l'arithmétique de la rigueur des chiffres.

Léon, pour la première fois, mangeait chez Marthe et Gustave, où Louis l'avait entraîné à la sortie de la mairie. Les commentaires lui évitèrent de visiter l'appartement. L'élection assurée au second tour du candidat boulangiste le turlupinait moins que la quantité des voix obtenues :

— Sur six camarades de travail, disait-il, j'en compte cinq qui votent pour Boulanger. Les Français sont des moutons. Ils veulent un berger, comme Napoléon, le Grand ou le Petit. Ils oublient qu'avec les bergers il y a toujours des chiens.

Marthe le calma :

— Tes fondeurs et tes puddleurs en veulent encore plus. Moins de travail et davantage de paye. Pas d'Italiens ou de Polonais, rien que des gens comme eux, encore un peu paysans dans l'âme. Parce que un sou est un sou quand on gagne trente sous par jour, ils réclament aux ministres la rigueur qu'ils ont dans leurs propres comptes. On leur parle de pots-de-vin, de combines et passe-droit. Ils marchent. Mais ce qui prend à Pompey, ville nouvelle sortie de ses vignes, ne marche pas partout. Attends demain, et le second tour, pour pointer le nombre de tes députés.

Vers cinq heures, le matin, au « Central », les commentaires n'animaient pas plus les conversations que d'habitude. Les journaux pas encore arrivés, les électeurs connaissaient peu de résultats. Léon cachait sa déception derrière son calme habituel. Sans être candidat, il se sentait désavoué par un vote qui relevait de l'humeur et ne tenait pas compte des réels enjeux qu'étaient l'instruction des enfants, la réglementation du travail, le partage raisonnable des profits. Les mauvaises farces des réunions l'irritaient profondément.

En sortant de l'usine en début d'après-midi, il passa chez Peltier :

— Ne compte pas sur moi pour le deuxième tour. Je ne servirai plus à rien, maintenant.

Le maire comprenait ce découragement. Sous les fenêtres de son bureau, Gisèle, le tambour de ville, lisait les résultats de la veille, à Pompey et dans l'arrondissement de Nancy-Nord où Maurice Barrès dominait autant ses adversaires que son compère Bragiel. Peltier accompagna Léon jusqu'au seuil de la mairie.

— Ça ne durera pas. On ne construit pas un pays avec des votes sans espoir d'électeurs qui en ont ras la casquette. Bragiel et Barrès, ça ne fait que deux députés. Il en faut près de six cents.

Un pilier de chez Carcel passait devant les deux amis :

— Alors, camarades, la clique républicaine est fichue?

Léon haussa les épaules.

Le deuxième jour de vote fut plus grave que le précédent. Il pleuvait. La ville entrait dans l'automne avec la grisaille de son ciel enfumé. Les drapeaux pendaient tristement. Les hommes vinrent seuls déposer leur bulletin, en courant entre deux averses. Il n'y eut pourtant que douze votants de moins qu'au tour précédent. Bragiel retrouva un nombre identique de voix, pas une de plus, pas une de moins : le nom lui resta dans les journaux de « Monsieur trois cent soixante-trois ». Les républicains se réjouirent du bond de Bloton, qui atteignait la centaine de suffrages. Peltier signait le procès-verbal des résultats quand un gendarme vint le chercher pour l'emmener à la

« Cure d'air ». Léontine Colin était morte une heure plus tôt dans d'étranges conditions.

Elise attendait le maire dans la grande salle du café, fermé depuis le début de l'après-midi.

— Le mal l'a emportée en trois heures de temps. Ce matin, Léontine m'a aidée à fermer des pots de confiture de prunes. Elle était comme d'habitude. Elle parlait d'un manteau qu'elle voulait acheter demain à Nancy pour l'hiver. A table à midi, quand j'ai apporté le dessert, elle a dit qu'elle ne se sentait pas bien. La tête lui tournait, la gorge la brûlait. Ernest l'a envoyée s'allonger dans sa chambre. J'ai préparé une tasse de tilleul qu'il lui a portée aussitôt. Il l'a trouvée sur la carpette, évanouie, inondée du sang qui lui sortait du nez et des oreilles. Mathieu a couru chercher le médecin. Quand celui-ci est arrivé, elle était morte, après des sauts de cabri sur son lit, le cou lacéré par ses coups de griffes.

Le médecin se préparait à partir.

— C'est la rage, dit-il au maire, tardivement sortie mais évidente.

Ernest Colin, effondré, s'accusait de la plaisanterie servie à sa femme à la mort du tambour de ville Berlou :

— C'est de la faute au même Satan, chien d'enfer. Il n'a cessé de la mordiller aux poignets, dans le cou, à l'oreille quand il était chiot. Elle a incubé son venin, lentement, qui a ressorti d'un coup, dit le médecin. Il y avait une portée de quatre. Il faudrait retrouver les trois frères de Satan avant qu'ils ne mordent leurs nouveaux maîtres.

Le surlendemain matin, Gisèle, qui maîtrisait le roulement ferme de son tambour, passa dans les cités et au Hameau pour demander aux habitants de signaler l'existence de chiens donnés par la tenancière de la « Cure d'air ». Après un deuxième mouvement de baguettes, elle proclama les résultats définitifs favorables aux candidats Bragiel et Barrès. Elle ajouta :

— La nouvelle Chambre issue des urnes est composée de quarante-trois députés boulangistes, cent soixante-huit monarchistes, trois cent cinquante républicains.

A l'enterrement de Léontine Colin, Peltier dit à Léon :

— Pour les adversaires de la clique républicaine, c'est plutôt... une claque.

A la sortie du cimetière, le brigadier-chef Napoléon annonça au maire les résultats de son enquête : les trois chiots de Satan avaient été tués par leurs propriétaires à la mort du tambour Berlou.

# 9

Gisèle, le tambour de ville, terminait ordinairement sa tournée par le Hameau. Elle lisait ses communiqués à la hauteur de l'appartement de Gustave et Marthe puis, une dernière fois, au milieu de la rue, devant l'esplanade de la « Cure d'air ». C'était toujours en fin de matinée ou en milieu d'après-midi. Le quartier fut surpris d'entendre ses roulements de tambour dès neuf heures du matin :

« La municipalité de Pompey a le plaisir d'inviter la population à la représentation théâtrale offerte à la salle des fêtes, jeudi soir, à l'occasion de la distribution des prix des écoles publiques. On jouera *Boubouroche* de monsieur Courteline avec la participation de Julie, actrice du Théâtre Antoine, mademoiselle Julie Muller, de Pompey. »

L'annonce réveilla Julie, qui dormait à la Bicoque. Elle approcha du bord de la route, svelte dans la robe de chambre qu'elle portait habituellement dans sa loge. Elle achevait de nouer un turban autour de ses cheveux décoiffés. Elle embrassa Gisèle pour la remercier de la gentillesse de son geste.

— C'est toi la vedette. On te voit en photographie dans les revues et sur des cartes postales dans toutes les boutiques de Pompey : « Gisèle, la femme tambour » ; presque la rivale de la Femme à barbe !

La notoriété de l'employée municipale venait de son nouvel uniforme, qui n'était plus la longue jupe offerte par l'Avant-Garde mais le pantalon réglementaire avec sa ceinture de cuir et la boucle dorée.

— Je vais te faire monter en grade. Pour le spectacle, tu seras « brigadier ». Tu frapperas les trois coups avant le lever de rideau.

Entre deux spectacles à Metz et à Reims, Julie avait organisé une halte à Pompey pour ses camarades de la « tournée Courteline », qui regroupait des acteurs et des actrices libres d'engagement de théâtres parisiens. La troupe logeait à l'*Hôtel des Voyageurs* de Peltier, qui offrait le gîte. Elle prenait ses repas à la « Cure d'air », goûtant les spécialités d'Elise, devenue la seconde femme d'Ernest, la « mère Colin » comme disaient les habitués.

Julie, sans négliger ses amis, profitait du séjour familial, retrouvant avec plaisir Marie et Alphonse comme autrefois à Vézelise. Pour la première fois depuis longtemps les Muller étaient tous réunis autour d'une table. Julie racontait davantage que les autres, heureuse de papillonner de ville en ville, de station de cure en capitale étrangère. Elle passait plusieurs semaines, chaque été, à Vichy, continuait, au casino de la ville, de jouer Suzel dans *L'Ami Fritz*, mais surtout l'Adèle de *Boubouroche*, *La Fille Elisa* d'Edmond de Goncourt, Chimène pour l'inévitable soirée de théâtre classique.

— Tu ne cherches pas à te marier ? demanda Louis.

— Non, mais on cherche à m'entretenir. A Vichy, les messieurs de Paris font surtout une cure de liberté. Les grisettes ne manquent pas, figurantes des opérettes ou des revues légères, petites mains venues faire leur marché pour passer un hiver au chaud. Moi, je suis du genre sérieux : pas de complication et pas de chaîne au pied.

En plus, le théâtre est un métier fatigant. On rentre à l'hôtel à une heure du matin pour prendre l'express de sept heures quatre.

Alphonse interrogea sa sœur sur les gares, les trains qu'elle empruntait à l'étranger. Il ne fallait pas insister.

— Mon plus beau souvenir, pour le moment, est mon voyage de Nice à Londres. Jusqu'à Calais, je disposais d'une cabine aussi grande que ma chambre ici : un lit, une table avec un fauteuil, un lavabo avec l'eau chaude et l'eau froide. Le matin, nous répétions dans le boudoir des dames, meublé avec un joli bois rouge-brun...

— Du teck, coupait Louis. C'est un bois africain, cher. J'utilise des petits morceaux en décoration.

— ... Là, tout est « teck », comme tu dis, même le wagon-restaurant, un palace roulant. Je raconte toujours le menu du dîner, un repas de grande noce, je le connais par cœur : macédoine de légumes, poularde rôtie, salade, entremets, fromages, fruits. Avec un camarade, nous glissions le menu dans une pièce de Sardou. Quand il me demandait : « Quel était le menu de ce gueuleton ? », je débitais la carte, sans préciser que la bouteille de Saint-Galmier coûtait un franc vingt-cinq centimes.

Léon soupira :

— Ma journée de travail, avec une prime.

Julie fut surprise qu'Alphonse connaisse déjà le projet de chemin de fer sous-marin qu'un groupe d'actionnaires tentait de créer entre Calais et Douvres.

— En cinq ans, depuis l'Exposition, le train a développé le confort et la vitesse, disait Alphonse. En moins de vingt-quatre heures, un Anglais passe des brumes de Londres aux palmiers de la Croisette à Cannes. Le voyage fait rêver tout le monde. Des gens de Pompey ne viennent à la gare que pour regarder les affiches qui promettent l'hiver au soleil, ou le conte de fées du Carnaval de Nice ; il faut grillager les placards pour qu'on ne les vole pas.

— Qu'est-ce que nous pouvons te raconter, ma pauvre Julie? constatait Marthe. Ici, ce n'est pas le P.L.M. mais le train-train. Pourtant, nous ne nous ennuyons pas. Gustave et Louis croulent sous le travail. Léon cultive le plus beau jardin de fleurs du Hameau. Il faut quand même que tu saches que le lapin que tu as mangé vient du petit élevage de Marie, deux cages, rien de plus.

— Quand je pense à la maison, je revois maman, après la mort du père, saignant ses lapins pour les vendre aux premières familles arrivant à l'usine. Nous n'imaginions pas qu'arriveraient si vite l'eau dans le robinet, l'électricité au plafond, et la tasse de café du marchand de *kawa* à 50 centimes sur la table de teck du train de luxe Nice-Express. Des gens disent que nous connaissons la « Belle Époque ».

— D'autres posent des bombes pour que tombe la pourriture, dit Léon, peu bavard, grave avec sa nouvelle moustache à peine grise et touffue autour de ses lèvres minces.

Peltier présidait la représentation de *Boubouroche*. Il répétait à ceux qu'il accueillait à l'entrée de la salle des fêtes :

— C'est aujourd'hui ma vingtième distribution des prix en qualité de maire. Mon premier élève récompensé vient de sortir de Polytechnique ; il sera peut-être ingénieur un jour ici à l'usine.

Julie connut son heure de gloire. Dès les trois coups cognés par le brigadier de Gisèle, venue en jupe courte pour faire la différence, on scanda son nom. L'évocation de son personnage dans la première scène, pendant la partie de manille de Boubouroche avec Potasse, Roth et

Fouettard, fut plus applaudie que les acteurs sur scène. Quand elle ouvrit la porte de son appartement du boulevard Magenta à Boubouroche qui sonnait, ce fut un triomphe, aussitôt suivi d'un grand silence pour écouter ses répliques. Au dernier acte, quand son amant jaloux menaça : « *Scélérate, tu vas mourir* », la salle cria « non, non, non », comme elle hurla « bravo, bravo » quand Adèle, triomphante, dit négligemment à son ami apaisé : « *Tout cela pour un homme que tu ne connais même pas.* »

Les camarades de Julie, au baisser de rideau, firent la haie pour l'applaudir. Peltier monta sur scène avec une gerbe de fleurs :

— Vous étiez Muller, dit-il, vous voici Julie. Plus que jamais vous êtes mademoiselle Pompey... avec un Y, cette fois.

Les comédiens ne pouvaient goûter davantage leur succès. Avant de monter sur le char à bancs de Gustave, qui conduisait la troupe de *Boubouroche* en gare de Frouard pour le train de nuit de Paris, Julie laissa la gerbe de glaïeuls à Gisèle, bouleversée de recevoir des fleurs pour la première fois de sa vie. Le tambour s'esquiva sans tarder pour ne pas montrer qu'elle bénéficiait du bouquet municipal.

Le maire offrit un vin d'honneur, sans Adèle, Boubouroche ni Potasse, dans le foyer de la salle des fêtes. Les femmes parlaient des acteurs et des actrices. Les hommes discutaient du sujet du jour, le prix du gaz, qui créait un différend entre la compagnie concessionnaire et la commune, avec ses abonnés. La même société, forte d'un contrat signé pour quarante ans, imposait aux habitants de Pompey et à ceux de Frouard un prix au mètre cube de zéro franc trente-cinq, quinze centimes de plus qu'à Nancy. Les municipalités payaient de leur côté zéro franc vingt-cinq, encore quinze centimes de plus que les

Nancéiens. Peltier et ses adjoints faisaient front contre ces différences.

— Qu'est-ce que tu en penses, Léon?

— Pour l'éclairage public et l'usage communal, je comprends qu'on préfère payer zéro franc quinze que zéro franc vingt-cinq. Pour le particulier, je trouve que la cuisinière à charbon est plus économique. Elle sent moins que le bois, qui colle son odeur aux murs en refroidissant. Je trouve agréable la flamme bleue du coke dans le regard à côté du four. Le charbon est beau, lisse autour des veines, il a une sorte de chair. Il sent le travailleur. Je pense aux mineurs quand je plonge ma pelle dans le seau, comme je pense au pêcheur quand je mange du poisson de mer. Prix du gaz ou prix du charbon, ce que je voudrais, c'est qu'à défaut d'augmenter la paye des ouvriers on diminue le coût de la vie. Qu'on pense un peu aussi à l'eau gelée que nous cassions à la pioche, le matin, quand nous étions enfants, pour nous rincer la figure, de la paille de la grange et de l'odeur du purin de l'étable où nous dormions.

— Léon, je te signale qu'il n'existe plus de tas de fumier dans les rues de Pompey. Je les ai interdits.

— Je préfère même l'odeur de la bouse de vache au relent des tuyauteries de gaz.

Léon rencontrait moins Peltier depuis qu'il ne présidait plus le comité des fêtes. La cohésion n'existait plus entre les sociétés laïques et celles proches de la paroisse. Les premières utilisaient la salle des fêtes, les autres la salle du patronage. Seul le Souvenir français de Gustave conservait, drapé dans le tricolore, une audience partagée, qui, sans acrimonie, mêlait Dieu et la République au culte des disparus et à la vigilance de la province amputée. A la tête du comité des fêtes se succédaient des hommes qui manifestaient un intérêt communal en sachant que Peltier, ses affaires prospérant, ne finirait pas ses jours dans le fauteuil de maire. Leur tendance politique était plutôt radicale, modérée face à des opinions tranchées qui ne devaient plus rien au nationalisme forcené ni au patriotisme revanchard du défunt général Boulanger.

A la fonderie, les opinions évoluaient également. Les délégués des syndicats, extérieurs à l'entreprise et parfois à la sidérurgie, parlaient aux ouvriers de production, de profit, de droits sociaux et d'internationalisme. Ils ne désignaient plus le patron sous l'appellation familière et aimable de « singe », mais par le label collectif de « capital » qui réunissait le conseil d'administration et, à travers lui, les instances du Comité des forges où monsieur Fould occupait une vice-présidence.

Les hommes se connaissaient moins entre eux. L'usine était une ville dans la ville, avec deux mille ouvriers que séparaient les postes, les horaires, les nationalités. Le petit groupe des Pompéens d'origine n'existait plus, éparpillé dans les ateliers.

Léon, occupé à la manutention qu'il n'avait pas quittée depuis les chargements des pièces de la Tour Eiffel, ne côtoyait plus que les manœuvres amenant les chariots de matériel ou les charretiers qui transportaient les éléments les plus lourds. Le grand Krier, avec lequel il partagea ses premières luttes, avait quitté l'usine pour un arsenal sans qu'il le sache. Léon, par habitude et par curiosité, continuait d'assister aux réunions, qu'on ne lui demandait plus de présider. Il gardait la vague ambition de devenir un des premiers délégués élus par le personnel. La direction désirait connaître avant l'été les candidatures qu'elle acceptait après de longs palabres. La discussion eut lieu dans la salle du « Central » le lendemain de la représentation de *Boubouroche*.

Il ne s'agissait pas que du choix des délégués. L'ordre du jour commençait par un débat sur le jour de repos hebdomadaire, chômé et payé, dont le gouvernement souhaitait une application prochaine.

L'ouvrier qui présidait le bureau s'appelait Cadet. Ce n'était pas son nom, mais une façon de le distinguer, de son frère aîné. Il plaida pour un jour de repos laissé au choix de chacun :

— Le lundi pour ceux qui veulent prolonger l'habitude, le dimanche pour ceux qui vont à la messe, le vendredi pour les musulmans du foyer algérien, le samedi pour les juifs.

Il estimait que l'idée d'un dimanche férié servait abusivement les intérêts de la religion, attachée au jour du Seigneur. Cadet dit également que le repos du dimanche était une invention des riches, puisqu'il était appliqué en Suisse « où il n'y avait que des banquiers », et en Angleterre, « le pays du monde où il y avait le plus de châteaux ». Léon protesta pour dire que l'Angleterre avait aussi le plus grand nombre de mineurs de fond et de marins-pêcheurs :

— Le dimanche est un bon jour : il finit ou il débute la semaine, comme on veut. En plus des Suisses et des Anglais, les Belges ferment les gares de petite vitesse et les postes le dimanche. Les épiciers de Paris commencent aussi à laisser leur rideau baissé. Le dimanche me convient bien.

— Mon syndicat est contre.

— Je ne suis pas syndiqué.

— Tu le serais si c'était obligatoire. Qui est pour le dimanche ?

Le vote fut favorable, sans passion.

— Camarades, commentait Cadet, je ferai part de votre choix à la Fédération. Mais, surtout, ne signez pas les pétitions que les curés font circuler en douce pour avoir du monde à leur prêche du dimanche matin. Réclamez plutôt la miche de pain à moins de trois sous la livre.

Un assesseur de Cadet prit la parole :

— Mes camarades, Cadet a raison. Les ministres, qui s'en mettent plein les poches, veulent nous enlever le pain de la bouche. Ils préparent une surtaxe du blé qui portera la miche de six livres à près de vingt sous. Les comptes sont faciles à faire. Marié avec quatre enfants, je gagne deux francs cinquante par jour. Si je divise par six, ça me laisse quarante sous par tête pour le loyer de la maison, le chauffage, le blanchissage, les chaussures et les vêtements pour que les gosses soient propres à l'école, plus le pain ! Le gouvernement...

— C'est de la politique. On n'est pas là pour ça.

— La politique, c'est être citoyen. Si l'ouvrier parle bas, nul n'y prête attention. S'il parle trop fort, on le brime, on le punit, on le note sur son carnet de travail. Pourquoi ? Parce qu'il réclame seulement le pain à moins de trois sous la livre !

Cadet demanda :

— Faut-il voter ?

Léon se leva en haussant les épaules :

— Qui voterait pour que le pain soit plus cher ? C'est du racolage syndical.

— Parlons-en, du syndicat, puisque tu le veux.

La tension rappelait à Léon les joutes désordonnées de la campagne électorale de 1889. Les idées reçues fusaient, de manière favorable ou hostile, sans que le débat modifie d'un iota les opinions des uns et des autres. Les travailleurs de Pompey, comme leurs voisins de Frouard, sortaient de familles rurales habituées aux travaux solitaires. Ils craignaient les groupements, tout en les désirant pour se sentir moins menacés, plus convaincants. Les syndicats, organismes nouveaux, démarraient mieux dans les petites entreprises, comme les imprimeries, ou dans les métiers corporatistes, comme chez les cochers, les maîtres d'hôtel et similaires. Dans la masse des usines, on confondait les syndicats avec des cellules secrètes, teintées d'anarchisme, mises en place comme une machine de guerre privée contre le patronat, le « capital ». Les patrons se syndiquant entre eux, les ouvriers découvraient peu à peu que l'union pouvait faire la force.

Cadet posait directement la question :

— Léon Muller, toi qu'on entend beaucoup, pourquoi n'es-tu pas syndiqué ?

L'ancien puddleur devenu manutentionnaire se leva pour répondre, par habitude de fierté plus que par bravade :

— Je ne suis pas syndiqué parce que je suis un paysan et qu'un paysan n'a pas besoin d'un conseil de famille pour reconnaître la bonne terre ou le mûrissement du blé quand il croque le grain entre ses dents. Je viens des terres et des vignes au-dessus de la Moselle, où mon père marchait libre et droit, comme je veux marcher libre et droit dans l'usine nouvelle.

— Tu ne réponds pas à ma question.

— Libre et indépendant, le paysan est aussi solidaire, pour la moisson commune, le battage collectif, la traque des sangliers ou celle des rôdeurs. Paysan d'usine depuis une vingtaine d'années, je n'ai jamais manqué un rendez-vous avec les autres ouvriers.

— Ni avec les patrons.

— Le salarié ne décide rien seul. Je ne connais pas ton programme, Cadet, mais je sais le bilan de nos discussions et des rendez-vous avec « les patrons », comme tu dis. Dans cinq ans, les plus anciens d'entre nous, qui auront cinquante-cinq ans d'âge, partiront à la retraite, après un quart de siècle aux fours et aux fourneaux, avec un tiers de leur traitement. Et si le sort ne leur porte pas chance, leur veuve touchera la pension à leur décès.

— Nous sommes trop jeunes pour penser à la retraite.

— Si tu te blesses demain, la caisse de secours des

salariés et du patron payera tes soins et tes médicaments. Ton enterrement même, s'il le faut.

— En somme, tu dis : merci monsieur Fould.

— Je te dis, Cadet, que si beaucoup reste à faire à ton syndicat les vieux de la vieille comme moi et d'autres ont amélioré ce qui pouvait l'être. Y compris la grève.

— Chacun écrit l'histoire à sa façon. Tu as suivi la grève des ouvriers sans souhaiter que la lutte soit ouverte. Pour te récompenser de ta modération, les patrons t'ont enlevé de la chaleur des fours pour te placer à la tiédeur des magasins. Ils t'ont même donné une médaille qui ne devait rien à l'ancienneté. Quand on te parle du prix de la livre de pain, tu estimes qu'il s'agit de politique ; quand tu présides les réunions électorales, c'est de la manille ou du billard ? Je ne nie pas le passé, Muller. En bon paysan, tu as donné un coup de main à celui-ci, à celui-là, au coup par coup, mais tu as refusé d'aider les mineurs de Ludres en grève. Voilà la différence entre le syndicat et toi : nous ne sommes pas que solidaires, nous sommes unis. Nous sommes unis autour de nos deux hauts fourneaux et avec ceux des hauts fourneaux de Frouard, de Pont-à-Mousson ou du Creusot, et je dirai même, pour te faire plaisir, unis avec les travailleurs, comme nous, des hauts fourneaux d'Angleterre.

La salle écoutait, figée. Les amis de Cadet savaient qu'il n'aimait pas qu'on le coupe : il était meilleur dans l'élan de son propos que dans la sécheresse des reparties. Léon ne comptait guère de fidèles dans l'assistance : les durs des premiers temps, en prenant de l'âge, trouvaient plutôt satisfaisant le sort que l'usine leur apportait. Leurs heures terminées, ils retrouvaient le plaisir de tirer le cordeau de leurs rangées de salades ; certains, malgré le mildiou, remettaient en état quelques arpents de vignes.

Le secrétaire de séance, constatant que Léon ne souhaitait pas répondre aux propos du président, demanda les candidatures pour l'élection des délégués. Cadet leva le bras, deux hommes se manifestèrent sur les bancs du fond. Après un court instant, Cadet reprit la parole :

— Léon Muller, tu ne te présentes pas?

— J'ai été délégué quand on ne pouvait pas l'être. La médaille que, selon toi, on m'a donnée pour cela me suffit. Souviens-toi, Cadet, souvenez-vous, vous autres aussi, que si nous n'avions pas eu de médaille pour la Tour Eiffel vous ne profiteriez pas, dans quelques mois, des nouveaux fours Thomas, qui vous permettront de travailler pour l'artillerie de marine et de fabriquer plus d'essieux et de tampons pour les compagnies de chemin de fer. Je ne me présente pas : c'est un peu la fonderie qui laisse la place à l'aciérie.

Cadet dit simplement :

— Merci, camarade.

Dans la confusion, Léon s'éclipsa. Il regarda une dernière fois la salle de bal du « Central ». La verrière du toit n'existait plus, remplacée par un portique de projecteurs doublés de filtres de couleurs. Une partie de la cloison latérale ouvrait sur l'ancienne écurie transformée en bar, avec un comptoir, des tabourets, une glace servant de fond à des étagères de verres et de bouteilles, une batterie de robinets sur le zinc qui servaient des bières différentes à la pression. En guise de décoration, au-dessus d'une affichette pour *La bière de la Revanche*, Léon remarqua la crécelle qu'agitait autrefois Bertrand quand il perdait sa cloche de secrétaire.

Il hésitait à remonter au Hameau. La fenêtre de l'atelier où Louis travaillait était ouverte. Il s'appuya sur la margelle, en face de son fils appliqué sur le plateau d'une tablette qu'il polissait avec un morceau de verre cassé. L'air extérieur attirait l'odeur de la menuiserie, faite du mélange compact des effluves de copeaux, de sciure, de colle et de bois. Louis approcha de son père une planche souple comme une toile :

— Tu reconnaîtrais ça ?

Léon caressa la pellicule brune, lisse sur le dessus, granuleuse et jaune au verso :

— Sur pied, je saurais ce que c'est. Coupé en feuille de cigarette, je donne ma langue au chat.

— C'est de l'acacia, très bon, comme le frêne, pour les commodes, la marqueterie. Sur le catalogue de notre fournisseur, il est baptisé « robinier ». Autrefois tu avais commencé un herbier.

— Je l'ai toujours. Je le reprendrai peut-être.

— Tu cherchais les noms latins. Mon acacia s'appelle *robineus*. J'ai retrouvé son histoire. Le nommé Robin, un apothicaire, était herboriste des rois Henri III, Henri IV et Louis XIII. Il a planté son faux acacia importé d'Amérique du Nord dans le jardin botanique de la faculté de médecine de Paris. Le robinier peut atteindre vingt-cinq mètres de haut et vivre cent ans. Je trouve son bois élastique, facile à modeler. Un peu jaunâtre, hélas.

— Quand j'étais gosse, ma mère achetait à un bonhomme qui passait de temps en temps au marché du miel d'acacia. Les abeilles butinaient sans doute des robiniers. Les fleurs ressemblaient à des grappes de glycines. On en voit...

Léon ne put achever sa phrase : une explosion déchirait l'air du côté de l'*Hôtel des Voyageurs*. Louis rejoignit son père et les passants qui couraient vers l'établissement du maire.

Peltier arrivait en courant, suivi de deux gendarmes et de Gisèle, sans son tambour. Léon aida l'un des pandores à maintenir la petite foule à l'écart de la porte de l'hôtel.

A l'intérieur, le calme semblait revenu. Aucune trace

de fumée n'apparaissait. Gisèle ressortit la première, abasourdie :

— C'est une bombe.

Un murmure qu'imposait l'actualité traversa les rangs des badauds :

— Un anarchiste !

Avant de connaître d'autres détails, les curieux s'interrogeaient sur le choix de Pompey et celui de l'*Hôtel des Voyageurs*, lieu paisible qui n'avait de particularité que d'être la propriété du maire. Ils se rappelaient entre eux, tandis qu'arrivait l'ambulance hippomobile des pompiers, l'exécution, quelques mois plus tôt, d'Auguste Vaillant, auteur d'un attentat contre la Chambre des députés, et l'arrestation récente d'Emile Henry, qui avait cherché à venger sa mort. Après quelques longues minutes d'attente, les commentaires d'employées de l'hôtel fournirent un début d'explication.

Un client s'était présenté dans la matinée, « plutôt du genre étudiant » précisait un témoin, pour demander une chambre. « Cinq francs d'arrhes versés, il est monté au premier avec la clé du 17. En début d'après-midi, le voyageur ne se manifestant pas depuis son arrivée, madame Peltier frappa à la porte. N'obtenant pas de réponse, elle tenta d'ouvrir. Comme elle sentait une résistance, elle demanda de l'aide à une femme de chambre. Derrière la porte entrouverte, une boîte pendait à une cordelette placée sur la clenche. Au moment où les deux femmes s'écartaient se produisit l'explosion. La porte arrachée tomba sur la jambe de l'hôtelière, la blessant au tibia. Des lézardes craquelaient le mur. »

Louis ne s'attarda pas, rappelé par les besoins du collage de ses découpages de robinier sur le dessus de sa tablette. Léon attendit la sortie de Peltier, rassuré que sa femme ne souffre d'aucune fracture. Le maire donnait d'autres détails en marchant à l'écart des groupes. Il gardait dans sa poche, pour la remettre aux enquêteurs, une lettre punaisée sur une porte d'armoire de la chambre 17, signée « *un fils du Père Peinard* », d'après le titre de l'almanach anarchiste. L'homme s'attaquait, au hasard, à un propriétaire. Peltier lisait quelques lignes sans sortir tout à fait le papier de son enveloppe :

— « *La propriété, voilà l'ennemi du bonheur humain. La propriété provoque l'inégalité, la haine, l'envie, la révolte* ».

Le maire tirait un peu plus :

— « *Mon attaque signifie : plus d'autorité, plus de propriété, plus de famille, plus de patrie, plus de religion, bref, plus d'esclaves* ».

Peltier soupira :

— Ma femme et la servante risquaient la mort parce que ce farfelu prétend que je suis un bouffe-galette.

— C'est le mal du moment. Des jeunes jouent au Ravachol. Je lisais hier que la police triait les suspects après deux mille perquisitions à Paris et en province. Le monde tourne trop vite pour nos petites têtes : nos engrenages de culs-terreux ne suivent plus. La politique m'a déçu, puis l'esprit des associations, maintenant la mentalité des syndicats. Je retourne à ma terre ; cinq heures — deux heures pour monsieur Fould, le reste pour moi.

Peltier ajouta :

— Tu gardes le contenu de la lettre pour toi, Léon ; si Napoléon n'a pas la primeur pour son rapport, j'aurai toutes les nuits des contrôles des fiches d'hôtel, avec réveil des clients.

Le brigadier-chef de la gendarmerie badinait moins que jamais avec le règlement. La brigade de Pompey était pour lui un avant-poste de la sécurité du pays. Le moindre trouble entraînait sa suspicion. Si l'ancien chef de gare était un « père Bureau », il était, lui, un bonhomme « Jugulaire-jugulaire » qui n'attendait que l'heureux moment de monter en première ligne pour venger Sedan et reprendre Metz.

Marie sortait du Bazar, le magasin fourre-tout qui vendait des meubles et de la vaisselle, de la droguerie et de la mercerie, de la papeterie et de la graineterie, des bibelots et des accessoires. Elle interpella Léon :

— Tu tombes bien, porte mon paquet.

— Tu as acheté un cadre?

— Un baromètre. J'en avais envie depuis longtemps. Avec ça, tu sais comment t'habiller le matin quand tu te lèves ou si tu dois prendre un parapluie pour aller à Nancy. J'espère qu'il y a le mode d'emploi.

Léon déchira un coin de l'emballage :

— Tu as pris le grand modèle.

En marchant, il expliqua à sa belle-sœur ce que lui avait appris un vendeur, un jour, au comptoir du « Central » :

— Le baromètre fonctionne un peu comme un balancier. S'il descend vite et beaucoup, il annonce une pluie de courte durée. Au contraire, s'il descend lentement, il présage une longue période pluvieuse. A l'inverse, s'il monte lentement, il promet une bonne durée de beau temps, et seulement un beau temps court s'il grimpe fort et rapidement.

— Tu me copieras ça sur une feuille pour que je m'en souvienne. J'en ai assez de prévoir le temps du lendemain d'après la façon dont Alphonse entend siffler la locomotive d'un train de marchandises à petite vitesse, ou celle de l'Orient-Express à vive allure au long de la Moselle.

Ils arrivaient à la maison.

— Quelqu'un sous les mirabelliers, dit Marie.

Un homme élégant, habillé comme un promeneur, se reposait sur le banc de pierre, rêvassant, la tête appuyée sur les mains croisées au-dessus du pommeau de sa canne. Marie rentra à la Bicoque avec son baromètre. Léon approcha :

— Je suis chez vous, monsieur, je suppose? dit l'inconnu.

— Soyez le bienvenu.

— J'admire votre mur et votre jardin de fleurs. Je passe de temps à autre ici en montant sur les chemins forestiers de la colline. A l'approche de la pleine floraison, je me régale de vos couleurs. Vous avez, à l'ombre de votre chèvrefeuille, des ancolies d'un superbe bleu, qui met leur long éperon mieux en valeur que le blanc. Méfiez-vous des bourdons au début de l'été : ils raffolent de ces petites grappes de fleurs.

— Vous êtes horticulteur?

— Je serais tenté de vous répondre affirmativement. Je cultive les bégonias ; l'hamamélis *Zuccariniana* n'a pas de secrets pour moi, avec ses feuilles elliptiques. Je bouture les renonculacées dans la pâte de verre. Je m'appelle Emile Gallé. Je suis industriel et artiste à la fois, ce qui n'est pas incompatible.

— Que faites-vous à Pompey?

— Je dis à tout vent que ma racine est au fond des bois. Dès que mon travail me donne un après-midi de répit, je traîne dans les forêts autour de Champigneulles, de Pompey, au-dessus de Custines. Je marche et je respire. J'observe les lignes des arbres. Je me penche sur les courbes des herbes des taillis. Comme avec un crayon, je croque dans ma tête les délicates spirales des vivaces des clairières. Je cueille mon inspiration.

Le maître-verrier se leva pour regarder de près le mur de la Bicoque. Eclairé de face, l'espalier de fleurs grimpantes brillait comme une toile sous l'éclairage d'une cimaise. Les grappes violettes des glycines descendaient en cascades, parsemaient de gouttelettes les grandes feuilles lustrées des magnolias cachant dans leurs coupes les fleurs jaune crème.

— J'ai cru que les magnolias ne fleuriraient jamais, commentait Léon. Trois ans ont passé sans résultat. Le soir, un parfum légèrement citronné glisse jusqu'au banc sous les mirabelliers.

— Le poète demande si les objets inanimés ont une âme. En plus du langage, un peu naïf, qu'on leur prête, les fleurs ont leur personnalité, cette force que j'apprécie chez les hommes. Le magnolia, qui est rustique, pousse mieux en Alsace et dans les Vosges, où la vie est dure, que dans la Pépinière de Nancy, qui ressemble à un parc de château dans le Kent. L'iris barbu, que je vous recommande en belle touffe sur un mur, est un solitaire qui n'aime pas la compagnie. La clématite n'apprécie pas le vent : peut-être craint-elle, avec les hélices de ses fleurs, de s'envoler malgré elle. Voyez-vous, monsieur, ce qui me plaît dans votre jardin, c'est son respect de la nature. Vous laissez les plantes vivre leur vie sans user des mélanges et des hybridations. Je voyais l'autre jour dans une exposition une rose verte : une rose verte, ce n'est plus une rose, c'est un chou de Bruxelles. Influencé par l'excellent Victor Lemoine, qui produit à Nancy les plus beaux bégonias du monde, mon jardinier Charles Schulze me sort des glaïeuls où domine le bleu. Heureusement pour moi, qui préfère le glaïeul de Gand, veiné d'orange et de rouge, il les appelle « président Carnot », et comme je suis un bon républicain pur sang... Vous êtes jardinier vous-même ?

— Je travaille à la fonderie. J'étais puddleur. Je suis manutentionnaire.

— Ce goût de la bonne terre vous vient de vos parents ?

— Mon père a planté les plus vieux des mirabelliers de l'allée.

— Ce sont des modèles du genre, tordus à souhait, avec élégance, penchés comme la Lorraine dans les tempêtes mais résistants comme elle, et fiers. Vous êtes perché, ici, entre la nature qui recule et la machine qui avance. Il fait bon chez vous. Je retrouve le calme qu'offrait autrefois le village de Pompey, lorsque mon père nous promenait ici pour cueillir des mûres, des champignons. Nous fauchions au passage du raisin pour les tartes de ma mère.

Le visiteur reprenait sa place sur le banc. Léon s'éloigna un instant. Il revint avec la carafe d'Astolphe, posée sur un plateau aux deux verres.

— Il n'y a pas de beaux mirabelliers sans bonne mirabelle.

— Vous la fabriquez vous-même?

— Hélas non. Je ne veux pas m'encombrer de mes sabots de paysan avec mes bleus de chauffe. Question d'état d'esprit. J'en reviens un peu, avec mes plantations.

Emile Gallé dégageait le support de la bouteille et des verres. Il soulevait le plateau, le penchait, le retournait pour le placer dans le meilleur éclairage du soleil. Debout, la lunette descendue sur le nez, regardant Léon au-dessus de la monture, il demandait :

— Où avez-vous trouvé cela?

— C'est un cadeau de mon fils ; il est menuisier.

— Il n'est pas menuisier. Ceci est du travail d'ébéniste, la pièce d'un homme qui connaît l'encaustiquage, le détaillage au burin, le laquage des vernis. Chez qui travaille-t-il?

— Chez mon frère, qui a fait ses classes d'artisan au gouvernement général à Alger..

— Il y a un peu d'exotisme là-dedans.

Il caressait les carrés de bois assemblés en un damier rigoureux rendu lisible par les croisements des espèces différentes de bois :

— De l'acajou, bien sûr, pas facile à travailler, du peuplier, toujours un peu mou et, bonne idée, pour contraster en joliesse, du noyer et du thuya.

Léon expliqua l'association de Louis et de son oncle,

leurs travaux. Il s'étonnait de la curiosité spontanée de cet homme dont il connaissait le nom sans mesurer l'importance de ses activités. Il remarqua qu'il humait et buvait son verre de mirabelle comme un vieil habitué de l'alambic ou du pressoir.

— Voyez-vous, disait Emile Gallé, je retrouve dans la sobriété de cette marqueterie le naturel de votre décor de fleurs et de plantes. Nous nous escrimons, mes amis et moi, à affiner à la toupille les filaments de la monnaie-du-pape, du syphium ou de la belle-de-jour. Votre fils laisse les bois s'exprimer eux-mêmes dans la sobriété de la surface lisse. L'essence, avec finesse, est mise à nu. Je vois là un mélange de dessin, dans la tradition la plus sobre des calligraphes arabes, et du poli, dépouillé, du meuble anglais. Mon ami Louis Majorelle, plus que moi, cherche des artisans de qualité. Envoyez-lui votre artiste, je veux dire votre fils, pas votre frère. J'en dirai un mot à Majorelle. Mettez la mirabelle de côté, je repasserai à l'occasion pour sentir si votre corylopsis a toujours son parfum de primevère. Il est temps que je parte, mon cocher m'attend chez le maréchal-ferrant ; nous avons perdu un fer en venant.

Léon savourait goutte par goutte le fond de son verre de mirabelle, en regardant avec plaisir la glycine qui séduisait autant un homme averti. Il tendit l'oreille en entendant, plus bas dans la rue, le tambour de ville. Au long roulement d'autrefois, aiguisant l'impatience des auditeurs, Gisèle préférait désormais la suite rapide de battements espacés qui ameutaient avant d'informer. Elle annonçait le passage, le lendemain après-midi, dans la commune de la course vélocipédique organisée entre Pont-à-Mousson et Nancy par la Pédale nancéienne, le Cycle lorrain et le Vélo-Club pompéen. A la fin de son communiqué, Gisèle détacha les dernières informations :

« Quarante-quatre concurrents engagés », « Attractions avant le passage des coureurs ». Après une ultime roulade, elle ajouta : « Par crainte d'accidents, la population est invitée à tenir les chiens en laisse ou à les enfermer à la maison. »

A cause de la côte du Hameau, Léon ne possédait pas de bicyclette. Des ouvriers qui venaient de villages extérieurs utilisaient ce mode de locomotion, pratique malgré les aléas des intempéries et les inconvénients des crevaisons : certains finissaient leur trajet à pied, en poussant leur lourde machine, qu'ils abandonnaient pour la réparation contre la façade du marchand de cycles, le fils du maréchal-ferrant installé dans une ancienne grange de son père.

Le vélo et ses compétitions occupaient les conversations dans les cafés ou les cantines. Quelques passionnés du Vélo-Club pompéen lisaient des feuilles sportives et connaissaient à la seconde près les records des rivaux britanniques ou allemands du fameux Charles Terront, l'homme-coureur, qui parcourait les mille deux cents kilomètres de Paris-Brest et retour à la moyenne de 16,814 kilomètres à l'heure. Un peu partout se multipliaient les compétitions, sur des distances variables, entre villes ou autour de villages, sur des pistes de vélodrome ou des cendrées d'hippodrome : à Levallois-Perret — Léon retenait le nom à cause des ateliers Eiffel —, un cavalier, en vingt-quatre heures et en changeant dix fois de monture, avait distancé de dix-sept kilomètres un cycliste. Parfois des cyclomotoristes nancéiens traversaient Pompey dans une randonnée autour des rives de la Moselle. Une voiture attelée suivait à distance ces sportifs et ces sportives équipés de pantalons gonflants, de pulls étroits et colorés, de casquettes pour les hommes et de chapeaux de paille pour les femmes. Le cocher conduisait à la gare la plus proche les vélocipédistes accidentés ou fatigués. Il récupérait ensuite les machines sur les lieux des abandons.

En sortant de l'usine, Léon s'installa derrière la corde tendue au long de la rue de Nancy, interdite aux cavaliers, aux voitures et aux cyclistes ordinaires. Le Vélo-Club pompéen, pour faire une fête du passage de la course, animait le centre de la commune avec des ventes de journaux spécialisés, des distributions de prospectus ou de réclames pour les cycles Peugeot ou Oméga. Devant le « Central », une banderole annonçait une prime pour le premier coureur. Des membres du club longeaient les bords de la route, pédalant doucement sur des vélos équipés pour la randonnée avec une sacoche sur le guidon et une trompe d'avertisseur sur le cadre.

Un tireur de péniche du port de la fonderie attendait, assis sur un escabeau, à côté de Léon. Il commentait tout ce qui se passait :

— On roule mieux avec deux roues du même calibre, disait-il. En 89, l'année de l'Expo, j'ai couru à Nancy avec le fameux Terront, qui détient le record de l'heure. Le Vélo-Club nancéien organisait la compétition sur une route de banlieue. Quinze kilomètres. Le président donnait le départ avec solennité, en redingote et chapeau haut de forme. Nous étions huit ou dix engagés, sur des grand-bi que nous prêtait l'organisateur de l'épreuve, un constructeur de Tomblaine qui voulait faire parler de lui et de ses engins.

L'homme se leva, mimant l'attitude du coursier à côté de son bi :

— Le cadre courbe suivait le tour de la grande roue avant. Un échelon sur la fourche aidait à se projeter les fesses sur la selle perchée un mètre plus haut, au niveau du guidon. Dans cette inconfortable situation, le cycliste posait les pieds sur les pédales de la grande roue avant, des pédales en bronze décorées en dessous d'un gland doré, comme les coins de lit. (Il reprit place sur son siège sans cesser son évocation :) Terront, qui bien entendu a gagné, était payé pour sa prestation. Je n'ai même pas eu un verre d'eau à l'arrivée. Exploité à l'usine, je ne voulais pas l'être aussi en pédalant pour le profit d'un autre. J'ai renoncé. Je le regrette parfois quand je vois ce que gagnent des bonshommes, pas meilleurs que moi, sur des vélodromes ou des pistes de cirque. Un Charles Terront, qui est un champion et un homme courageux, gagne une paye de ministre.

Animées par des jeunes filles habillées en « coureuses », jambes nues et maillots moulants, deux charrettes fleuries, décorées d'affiches de cycles, arrivaient de la rue de Metz, dans le bruit joyeux de leurs clairons et de leurs joueurs de cymbales. Elles se rangèrent devant la terrasse du « Central ». Un présentateur, qui ne portait pas une tenue de cycliste mais l'habit des « Auguste » de cirque, vanta dans un porte-voix les mérites des clubs organisateurs et de quelques marques de bicyclettes, de selles, de chaînes de pédaliers et de pneumatiques. Il céda la parole à un artiste qu'il annonça comme le « Paulus des vélodromes », l'animateur des grandes compétitions cyclistes de l'Europe entière et grand interprète de *La Ronde des bicyclistes*. L'homme égrenait ses couplets : « *Les bicyclistes/ N'sont jamais tristes/ L'guidon en main/ Par les chemins/ Sur leurs machines qui s'emballent/ Ecrasant la foule ils pédalent/ Les bicyclistes/ N'sont jamais tristes/ Ces drôl's de corps/ Ont l'diable au corps/ Dans leurs records.* »

Les coureuses proposaient à la foule les petits formats du texte et de la musique de la chanson, illustrés par une caricature du romancier Emile Zola grimpant une butte sur un vélo en soupirant : « *S'il n'y avait pas les côtes, la bicyclette avant cinquante ans tuerait le cheval.* » Enfoui sous le voile de son appareil, les jambes à l'écart des montants de son trépied, un photographe cadrait la scène. Les vendeuses, flattées, ralentissaient leurs gestes, figées pour ne pas troubler la prise de vue.

La toile noire enlevée, Léon reconnut, avec surprise, Louis, qui montrait les gestes assurés d'un amateur attentif. Comme l'« Auguste » de la charrette saluait les spectateurs avant de continuer son chemin vers Frouard, sa dernière étape, le jeune Muller planta son équipement à quelques mètres de la banderole de la prime. Son voisin dit à Léon :

— Je conserve une photographie de ma course en bi. Je porte des chaussettes à bandes bleues et blanches prêtées par ma mère. Terront, en maillot blanc, n'est pas loin du barbu qui donnait le départ. C'est drôle de se voir comme ça sur du papier. On se souviendra mieux de nous. De ma mère, il ne reste que la seule image de ses chaussettes.

Des coups de sifflets de bénévoles du Vélo-Club pompéen annonçaient en cascade, depuis le haut de la rue de Metz, l'arrivée des premiers coureurs. Surgissant de la dénivellation près de l'entrée de l'usine, apparut un jeune cycliste, ramassé sur sa machine au milieu de la chaussée. La tête baissée sur son guidon, il semblait ne pas regarder la route. A dix ou quinze mètres de la banderole il tangua sur son vélo, ralentit aussitôt l'allure et d'un bond, en voltige, mit pied à terre, prolongeant son élan jusqu'au signal de la prime. Il jeta aussitôt son vélo au sol et s'effondra à côté.

— C'est Jules Rollin, dit l'homme à côté de Léon. Le meilleur coureur de Lorraine.

Un homme du Vélo-Club approchait :

— Qu'est-ce qui t'arrive ?

— Encore une crevaison, la troisième aujourd'hui. C'est cuit.

Le coureur montrait son pneu aplati et la dizaine d'écrous qui le serraient sur la tringle de la roue, rendant impossible une nouvelle réparation si près de l'arrivée. Les spectateurs criaient. Deux autres coureurs approchaient, roulant côte à côte. Un gendarme écarta Louis, qui photographiait le favori Rollin affaissé à côté de sa machine. Un concurrent, noir des chaussettes à la casquette, précéda son compagnon sous la banderole :

— Ce fumier de Didion, cracha Rollin, il ne gagne que si je crève. Ses copains doivent jeter des clous sur la route quand je suis devant.

Après une dizaine de minutes arrivèrent les autres, une quinzaine de garçons résignés, pédalant en file indienne, les mains posées en haut du guidon incurvé. Le public attendait une suite qui ne vint pas. En posant son escabeau sur son épaule, l'homme du grand-bi salua Léon avant de s'éloigner :

— C'est bien décevant. On attend longtemps pour pas grand-chose. Je suis d'accord avec ceux qui disent qu'il n'y a pas d'avenir pour les courses cyclistes sur route. La compétition intéresse davantage le public autour d'une piste.

Louis rejoignit son père.

— J'ai eu de la chance avec ce type qui crève sous mon nez.

— Tu te lances dans la photographie ?

— Grâce à un rabais obtenu par Gustave dans un magasin où je monte les comptoirs et les vitrines. Je te montrerai ce qu'on voit dans le verre dépoli. Tout est à l'envers, mais agrandi, précis derrière les lignes fines du cadrage. Si tu tires un portrait, tu devines les rides autour des yeux et les poils sous les trous de nez. Je voudrais une lampe à magnésium pour photographier à l'intérieur ou dans les coins sombres. Le commerçant prétend que certains appareils prennent des clichés en couleurs.

Léon invita son fils à la terrasse du « Central » pour lui parler de la visite d'Emile Gallé.

— Tu ne te rends pas compte, disait Louis, des gens payeraient pour qu'Emile Gallé boive un verre de mirabelle avec eux.

— Je ne sais pas vraiment ce qu'il fait.

— Il crée des vases, des meubles, qui reproduisent des motifs d'arbres et de fleurs. Il dirige une usine qui fabrique en série, pour moins cher, les pièces qu'il réserve à la clientèle privilégiée. Il entraîne avec lui d'autres verriers, des ébénistes, des tapissiers et des relieurs. A l'Exposition de 89, nous avons raté le pavillon où il présentait ses plus belles œuvres. Je ne le connaissais pas, à l'époque.

— Il en sait beaucoup sur les fleurs. Les miennes lui plaisent beaucoup. Il a fort apprécié le plateau que tu m'as offert. Il parlait de travail d'artiste. Il voudrait que tu t'adresses à un de ses amis qui fabrique des meubles, Louis... quelque chose en... elle.

— Majorelle! Il est au bois ce que Gallé est à la pâte de verre. Ne rêvons pas pour le moment. Les placards et les meubles de cuisine nous donnent plus de travail à l'atelier que les étalements de nénuphars sur les plaques de bureaux.

La dernière goutte de bière avalée, Louis quitta Léon :

— Le père d'Elise Fischer, la nouvelle mère Colin, est mort. J'accompagne Mathieu et Germaine à l'enterrement de leur grand-père.

Les trois amis se retrouvaient, quelques années plus tard, dans le train, qui ne ressemblait plus à une diligence montée sur rail mais à une suite de salons ambulants alignés au long d'un couloir. L'occupation prussienne se manifestait discrètement, avec des gendarmes et des douaniers plutôt que par des soldats bottés et casqués. Des photographies paisibles des sites touristiques allemands, des lacs, des forêts, les steamers de Brême et de Hambourg, décoraient les cloisons des compartiments.

Les voyageurs s'intéressèrent peu au parcours, heureux de se retrouver à trois, ce qui devenait rare. Germaine enseignait l'allemand à l'Ecole normale de filles de Nancy. A la « Cure d'air » ou dans l'atelier de Gustave, elle prolongeait les leçons données autrefois à Louis par des conversations d'entretien. Elle lui prêtait aussi des livres ou des revues de la bibliothèque de classe. C'était une jeune femme discrète, qui estimait toujours poursuivre ses études. L'ambition de sa mère de la voir réussir l'entraînait à développer ses connaissances. Elle ne se contentait pas des lectures et consacrait ses économies à des voyages. Elle rentrait d'un séjour de deux semaines à Florence. Elle avait découvert en même temps les collections de Jacques Callot aux Offices et le charme des Italiens et des Italiennes, volubiles, vivaces, souriants et roublards.

Mathieu terminait sa dernière année d'Ecole normale, sans la même détermination que sa sœur. Le remariage d'Elise avec Ernest Colin, dans une sorte de commodité domestique, l'avait rapproché du souvenir de son père. Il se sentait fils d'ouvrier, plus disposé à bien faire son métier qu'à partager un savoir. Il compensait l'ennui des études par des activités physiques multiples, patinait en hiver sur la Meurthe nancéienne gelée, ramait au printemps entre les rives de la proche campagne colorée des futures récoltes des maraîchers banlieusards. La mère Colin était fière de ses deux enfants. Elle fleurissait encore à la Toussaint la tombe du malheureux Fischer, sans tristesse, satisfaite par une vie courageusement menée. Grâce à elle, la « Cure d'air », tout en restant un coin d'évasion bucolique, s'affirmait comme un lieu gastronomique volontiers retenu par les Nancéiens pour des repas de famille ou de fête. Un dîner de quarante couverts l'empêcha d'assister aux obsèques de son père, quelques mois après la disparition de sa mère.

Pauline, une amie de Germaine, attendait les voyageurs en gare de Metz. C'était la fille d'un voisin de Pépère. Elle avait dix-huit ans. Elle travaillait à la poste depuis le mois de juin. Louis crut revoir sa tante Julie dans le rôle de Suzel. La jeune fille portait deux nattes blondes autour de son visage rond coupé par un regard brun plutôt clair.

— Germaine dormira chez moi. J'ai retenu une chambre pour les garçons.

Ils déposèrent les légers bagages à l'hôtel puis s'installèrent pour le repas du soir à une terrasse sur la place Saint-Louis.

— Votre grand-père aimait ce coin. Il disait que Metz avait plusieurs cœurs : ici, autour de la vieille place de Change, dans le cloître de Saint-Arnould et sous les voûtes vitrées de la cathédrale. Sans lui, je ne parlerais peut-être pas le français.

Il ne passait guère de soldats.

— Ils ont leurs coins et leurs brasseries, expliqua Pauline. Leurs tavernes ressemblent à celles de Munich. Ils ne font pas la différence : on leur répète assez que Metz est une *Kaiserstadt*. Pour les convaincre, l'Empereur passe quelques jours en *Lothringen*, chaque printemps, dans son château d'Urville, avec ses chevaux, ses chiens et ses cigares. Les soldats se défoulent avec des prostituées dans les maisons closes et les hôtels autour de l'Arsenal. Ils interdisent l'usage du français mais couchent avec les Parisiennes, les Marseillaises et les Bretonnes qui font le tour des villes de garnison des deux côtés de la Lorraine.

— Ça peut aider à contaminer l'ennemi, dit Louis.

Ils mangèrent des tranches de cochon en gelée servies avec de la romaine. Germaine parlait des pâtes au menu de tous ses repas à Florence, et des desserts de glace légèrement épaissie par la crème :

— Beaucoup de choses se germanisent à Metz, disait Pauline, sauf la nourriture. Les familles préfèrent la potée lorraine à la *Sauerkraut*, les restaurants servent des feuilletés d'escargots de Thiaucourt plutôt que des rubans de saucisses de Francfort.

— Tu détestes les Prussiens ? demanda Louis.

Pauline éclata de rire puis redevint grave aussitôt :

— Germaine le sait, je peux bien te le dire : mon père est allemand. Il est mort avant que je ne vienne au monde, ce qui simplifie la situation.

Elle raconta l'histoire de sa mère, infirmière dans un hôpital, amoureuse d'un interne de l'université de Nuremberg :

— Ils ont passé deux jours ensemble à Gorze, un peu pour oublier les misères de la guerre, me dit ma mère qui s'est retrouvée enceinte. Mon père a été tué en portant secours à un cavalier emporté dans la cour de hôpital par un cheval emballé. Je suis deux fois bâtarde, parce que je n'ai pas de vrai père et parce que je suis, en même temps, française et allemande. Ordinairement, ça ne se sait pas. Ça se complique quand interviennent les papiers officiels. A l'école, les filles me traitaient de *Kaisermaus*. Cet été, où il fait si beau, je voulais m'inscrire pour le canotage. La Société des régates messines a refusé parce qu'elle n'accepte que des Lorrains ; la *Metzer Ruder und Eisklub*, l'association prussienne rivale, m'exclut pour les raisons inverses. A la poste, où je travaille grâce à mon bilinguisme, mes confrères français me considèrent comme une immigrée prussienne, et le personnel venu d'Allemagne comme un inquiétant hybride.

Elle souriait, agitant ses couettes tressées, pour effacer les mines contrites de ses amis :

— Ce n'est pas un drame. Mon père était ce qu'il

était. J'ai reçu l'éducation des autres Messines de mon âge. Le Pépère, qui connaissait mon origine, et qui était si bismarckophobe, m'a couvée comme un oisillon tombé d'un nid. Si le doute existe, il m'a naturalisée française.

Ils marchèrent sous les arcades de la place. Des artisans finissaient leur journée dans l'éclairage de lampes à gaz. Louis regardait les outils d'un cordonnier qui taillait des semelles dans une feuille de cuir. Germaine fouillait les bacs d'un bouquiniste qui contenaient des ouvrages classiques de Bossuet, Voltaire ou Beaumarchais, mais aucun roman d'Emile Zola, de Daudet ni même de Jules Verne. En remontant En Fournirue vers l'hôtel, Louis et Pauline marchaient côte à côte :

— Je voudrais bien que tu nous rendes visite à Pompey. Je te photographierai avec mon appareil tout neuf.

— Tu me trouves belle ?

— Tu parais toute jeune, avec tes nattes de gamine. On voit dans tes yeux que tu es adulte et résolue.

— Tu me parais aussi bien mûr pour ton âge.

En se quittant, ils laissèrent leurs doigts se serrer avec complicité.

La petite église non loin de l'hôpital était pleine d'amis du grand-père de Mathieu et de Germaine. Le frère et la sœur se tenaient seuls au premier rang des travées, près du cercueil couvert de bouquets, avec quelques bleuets isolés, au bord de la croix de bronze remplaçant le drapeau français interdit. Le prêtre, dans son homélie, dans l'allemand obligatoire, évoqua avec des périphrases la fidélité nationale du défunt, parlant malgré tout davantage de Dieu le Père que de la mère patrie. Avant la bénédiction, il dit en français :

— Notre ami a permis à beaucoup d'enfants messins de goûter les plaisirs de lectures non imposées. En hommage à sa mémoire, voici une page d'un conte d'Erckmann-Chatrian, *Le Violon du pendu.*

Pauline se plaça à côté du catafalque, un livre ouvert en main. Sereinement elle suivit ses lignes, en levant parfois les yeux vers l'assistance :

« *Il y avait, dans sa musique, il y avait des notes funèbres comme le bruit de la terre croulant sur le cercueil d'un être bien-aimé, solennelles comme la foudre des cascades traînées par les échos de la montagne, majestueuses comme les grands coups de vent d'automne au milieu des forêts sonores et parfois tristes... tristes comme l'incurable désespoir. Puis, au milieu de ces sanglots, se jouait un chant léger, suave, argentin, comme celui d'une bande de gais chardonnerets voltigeant sur les buissons fleuris. Ces trilles gracieux tourbillonnaient avec un ineffable frémissement d'insouciance et de bonheur, pour s'envoler tout à coup, effarouchés par la valse, folle, palpitante, éperdue : amour, joie, désespoir, tout chantait, tout pleurait, ruisselant pêle-mêle sous l'archet vibrant.* »

Pauline termina le texte la voix nouée, les yeux humides. Germaine et Mathieu applaudirent, entraînant l'assistance face à un officiant médusé qui secouait la chaîne de l'encensoir avec un brin de pieux agacement. Pauline marcha dans l'allée, bouleversée. Louis l'attira au passage par le bras. En pleurs. Elle posa sa tête sur son épaule.

Pendant que la foule piétinait pour bénir le cercueil et saluer le petit-fils et la petite-fille du vieux Messin fidèle, un policier allemand en civil s'approcha de Pauline. Il souhaitait connaître le titre de l'ouvrage dont elle avait lu un passage, l'éditeur, la page. La jeune fille se redressa. Elle cria, au-dessus du grave silence de l'église :

— *Las mich in Ruhe!*

L'homme recula, penaud, vers la sortie, accompagné d'un murmure averti.

Louis serra Pauline contre lui :

— Qu'est-ce que ça veut dire?

Elle leva ses yeux mouillés :

— Fous-moi la paix! (Elle serra les mains du garçon dans les siennes :) Mais ce n'est pas pour toi.

Louis frôla sa bouche d'une caresse des lèvres. Le nuage d'encens attisé par un enfant de chœur apportait au-dessus d'eux un frémissement de tiédeur poivrée.

— *Danke schön!* dit Pauline en souriant.

## 10

Par opposition avec le Hameau, Léon appelait le centre de la ville « en bas ». Il n'allait pas à la mairie, à la gare ou à la poste, mais « en bas ». Il le disait avec un brin de mépris cultivé par les derniers Pompéens d'origine pour l'envahissante cité qui réduisait à rien, sauf à une ruine, les murs délabrés ou un pignon de maison intégré dans une construction nouvelle, les traces du village, de ses petits fermiers et des vignerons. Une haie de thuyas, qui grandissait à une rare allure, fermait davantage encore la maison Muller, retirée sur elle-même comme Léon entretenait son indépendance. Il ne participait à aucune activité de la vie de l'usine ou de la commune. Distant des syndicats, il ne commentait jamais les propos des délégués ni les décisions de ses camarades. Il fuyait de son plein gré, sans amertume, des souvenirs que personne ne cherchait à entretenir. Tout au plus observait-il que certains, pour prendre position dans l'entreprise ou gagner une place dans le vivier politique, utilisaient un engagement mené par lui sans arrière-pensée. Il agissait de même avec la municipalité. Peltier gardait son mandat, renforcé par la présidence de la Chambre départementale des hôteliers, profession en pleine expansion. Marthe se manifestait plus que son ancien mari, animant la vie culturelle de la société de l'Avant-Garde, apportant son aide aux œuvres de bienfaisance laïques. Elle restait pour tout le monde « madame Muller », son remariage avec Gustave n'ayant rien changé à son état civil en coupant court aux reproches officiels ou malveillants qu'entraînait sa situation de directrice d'école vivant en concubinage.

Léon, réticent toute la semaine aux communiqués répétés chaque jour par Gisèle, le tambour de ville, qui détaillait le programme du dimanche à venir, descendit « en bas » à cause d'une vague odeur de ferme, de foin et de fumier, et de cris des bêtes. Il ne se souvenait pas que les cochons sentaient autant, avec agressivité, et que leurs grognements rauques se répétaient si abusivement en une litanie grave et bornée, percutante comme une suite de coups de boutoir. Il retrouvait, aussi, plaintes aigrelettes portées par l'orientation d'un vent léger, les bêlements chevrotants des agneaux qui griffaient la moite torpeur de la ville assoupie sous le voile des fumées des hauts fourneaux.

Au fond de lui, l'idée d'un comice agricole à Pompey ne le séduisait pas. Il se souvenait du champ de blé planté artificiellement près de la Tour Eiffel pour présenter du matériel de fauchage et de battage. Ce qui l'agaçait réjouissait les citadins, enchantés de retrouver l'atmosphère de leur enfance, ravis de montrer à leurs enfants la force d'un bœuf à l'attelage, la drôlerie d'une portée de porcelets accrochés en batterie aux tétines d'une truie vautrée dans la paille.

A l'entrée des prés, au bout de la fonderie, en bordure de la Moselle, un arc de triomphe qui mêlait les pièces de fonte aux verts branchages annonçait : *Agriculture et Industrie*. Sous le pompeux décor, Léon croisa Peltier, qui lui dit :

— Le vieux loup sort de sa tanière.

— Le loup a senti la chair fraîche. J'observe qu'il y a, à Pompey, plus de bêtes qu'on ne croit.

— Je tiens le compte pour mon discours : soixante-dix taureaux, vaches et génisses, vingt-quatre poulains, cinquante juments, onze étalons, huit lots de moutons et autant de cochons et de truies.

— Ça se sent.

— La commune garde sa fibre paysanne.

— Ce sera fort applaudi, ça, Peltier. Tu cherches quoi, avec ton comice, une médaille, le Poireau?

— Je verrais bien des abattoirs à Pompey. Le bétail ne manque pas dans tous nos villages, ni les boucheries dans nos cités.

— Agriculture et Industrie!

— Je ne te le fais pas dire.

— Tu penses au Conseil général?

— Pas moi. Beaucoup d'élus sont médecins : ils aiment le découpage électoral. Et Dreyfus, qu'est-ce que tu en penses?

— J'attends la justice du procès de Rennes.

— Tu entends les cris de la meute?

— On a placé Bloch avec moi au magasin : il ne peut plus travailler en atelier au milieu de la haine. C'est le bouc émissaire.

— Si j'ai besoin de toi à mon comité Dreyfus?

— Va prêcher pour tes abattoirs. On reparlera de Dreyfus plus tard. Et de Bloch.

— Tu topes là?

— Fini, ce temps-là. Je ne vends plus mes biquettes; je vais regarder le cul des Yorkshire dans la belle vitrine de ton comice.

Le procès en révision du capitaine Dreyfus, condamné pour trahison et ramené de Cayenne, se préparait à Rennes. « L'Affaire », qui durait depuis plusieurs années, occupait autant les esprits qu'à l'époque du premier procès. La lettre accusatrice d'Emile Zola, convaincante pour beaucoup d'hésitants, séparait plus profondément encore les partisans et les adversaires de l'officier juif suspecté d'espionnage au profit de la Prusse. Zola lui-même, exilé en Angleterre après sa condamnation, divisait les opinions.

Bien des signes montraient que les dreyfusards ne dominaient pas à Pompey, ville en expansion d'une Lorraine blessée par son amputation, commune industrielle fière de participer au mouvement patriotique en fournissant des culasses pour l'artillerie et des blindages pour les cuirassés. Après plusieurs bagarres au « Central », chez Carcel et dans les nouveaux cafés, patrons et clients interdisaient ensemble qu'on évoque « l'Affaire » au comptoir ou autour des billards. Dans les familles mêmes, qui passaient sans éclat les campagnes électorales où la République jouait son avenir, les avis différents sur la culpabilité du condamné provoquaient des fâcheries durables, qui mêlaient à l'antisémitisme un patriotisme farouche et à la bonne foi les mesquineries domestiques les plus ordinaires.

Les Muller échappaient à ces querelles en un réflexe voltairien de républicains convaincus. Sceptiques sur les preuves apportées au procès de 1894, Léon et les siens renforçaient leurs doutes dans la campagne nouvelle. Léon se ralliait volontiers à la thèse de l'innocence que défendait Emile Gallé, épisodique promeneur des chemins du Hameau. Gustave, qui s'efforçait qu'on ne confonde pas l'action de fidélité du Souvenir français avec les excès de la Ligue de la Patrie française, restait sur une prudente réserve que ne partageait pas Marthe, ardente admiratrice de Zola. Alphonse observait à la gare et dans ses annexes une apparente indifférence des cheminots, préoccupés davantage par la reconnaissance de la responsabilité de la Compagnie en cas d'accidents du travail. Comme Léon à l'usine, il notait, sous des prétextes de patriotisme, une vive xénophobie, qui ne s'arrêtait pas aux juifs, peu nombreux à Pompey, s'étendait farouchement aux Belges, plus abondants, aux Mosellans fidèles à leur dialecte, et devenait stupide de chauvinisme dans les rivalités de voisinage et les querelles de clochers.

Léon avançait entre les enclos du bétail. Il retrouvait, plus ample, l'atmosphère des marchés de sa jeunesse, quand les fermiers, une fois par mois, descendaient une ou deux bêtes qu'ils tiraient au bout d'une longe. On comptait alors dix ou douze marchands de poulets et de légumes devant l'église, avec dans un coin à l'ombre, en attente d'un boucher de Nancy, quatre moutons, deux veaux, une vache, parfois un cochon. Avec les parcs d'ovins et de porcs, le comice réunissait quelques centaines de têtes. Léon ressentait cette démesure, révélée dix ans plus tôt par sa visite à l'Exposition universelle et de plus en plus ancrée en lui par le bouleversement de son environnement.

Autour de Pompey et de Frouard, les voies uniques du chemin de fer le long de la Moselle disparaissaient dans une toile d'araignée de rails et d'aiguillages qui reliaient la ligne principale à des réseaux d'usines. La lumière du gaz et de l'électricité chassait le charme des rues à l'heure de la lente pénombre. Les trompes des bicyclettes, les pétarades des véhicules automobiles, les crincrins des phonographes et des gramophones des brasseries étouffaient les anciens bruits, le martèlement du maillet du maréchal-ferrant, le ronronnement de la roue de l'étameur, sans parler des claques du linge mouillé sur l'ardoise des femmes au lavoir. Léon, parmi ces troupeaux beuglant et bêlant, se sentait écrasé par la multitude, comme l'oppressait sur un quai de gare le croisement de deux trains emportés par la vitesse.

Les odeurs le retenaient. Elles charriaient ses lointains souvenirs, avec le foin sec qui imprégnait l'ancienne écurie où il dormait avec ses frères, le suint des boucles laineuses des moutons, la tenace imprégnation du cuir fauve des vaches. Il retrouvait aussi, amené en tas pour des démonstrations, le fumier qui encombrait, entre des charrues et d'autres gros outils, les usoirs des fermes au long de la rue de Nancy. Quelques paysans du plateau disputaient un concours d'engrais naturel qui ramenait la puissante agressivité du purin coulant dans une rigole artificielle. Peltier, le maire, qui avait enlevé les dernières herses, et le reste, du centre de sa commune, lisait avec emphase au lauréat les recommandations du ministre de l'Agriculture : *« Ne cédez pas à la facilité des engrais artificiels : faites des drainages, soignez vos fumiers, ne perdez pas vos purins, véritables richesses pour la France. »*

Léon délaissa les stands professionnels qui exposaient des échantillons de blé, avoine, betterave, des plants de maïs et de tabac. Il s'attarda devant les herbiers réalisés dans les écoles : le sien desséchait dans un coin, abandonné depuis que paraissaient des livres qui réunissaient, autour de gravures des espèces, des fiches sur l'histoire de la plante ou de la fleur, ses origines, sa culture et sa floraison.

Un marchand de poêles à frire, près de l'exposition scolaire, offrait des galettes dorées qu'il sortait de l'huile bouillante. Il exposait à côté de ses ustensiles, sur des assiettes différentes, vingt-huit variétés de pommes de terre accompagnées de courtes explications écrites à la craie sur des ardoises. Léon découvrait la Bonette, cultivée dans l'île de Noirmoutier, la Ker Pondy, bretonne aussi, la Roseval, violacée, la Rosatelle à peau rouge. La sélection opposait la minuscule ratte, venue des terres sablonneuses d'Etaples, à des Parmentières, grosses comme des raves, baptisées Coquette ou Marjolin, des noms de chevaux. La mère Muller, comme dans son pays au-dessus de Mars-la-Tour, appelait les pommes de terre des *grombir*, d'après un mot de patois germanique. Elle améliorait ce plat ordinaire avec des recettes que s'échangeaient les femmes de Pompey quand arrivait dans une famille une bru de l'extérieur. A l'habituelle crème qui imprégnait la pomme de terre sous un saupoudrage d'ail, elle substituait, au printemps, une sauce d'asperges. Léon préférait les patates que sa mère cuisait jusqu'à les rôtir dans un reste de bouillon de volaille, serrées dans des lanières de feuilles de laurier. C'était aussi le régal de son père, qui, lui, parlait de *troufs* plutôt que de *grombir*. Au bout du stand des poêles à frire on vendait des cornets de frites, que certains aspergeaient d'un peu de sel et que d'autres arrosaient de vinaigre avant de les manger avec les doigts.

Un photographe ambulant tirait les portraits à l'entrée d'une tente en forme de marabout. Ses clients posaient, au choix, assis dans un fauteuil devant un décor de jardin antique avec une fontaine entre les colonnes, ou debout, la tête et les mains glissées dans des trous au-dessus et sur le côté d'un mannequin de bois représentant un pâtre grec, un mouton sur les épaules. Le chapiteau abritait une exposition de photographies d'amateurs de Pompey, parmi lesquels figurait Louis. Léon retrouva le cliché ancien du passage de la course Pont-à-Mousson-Nancy. La rage se lisait sur le visage du favori Rollin, stoppé sous la banderole de sa dernière prime pour une crevaison de la roue avant. La couleur sépia donnait de la profondeur au document : la rue de Nancy s'enfonçait derrière le verre du cadre, presque en relief. Signées au crayon blanc sur le côté droit, d'autres photographies de Louis présentaient des scènes de la vie locale : un départ du train de voyageurs de l'après-midi à la gare ; le halage d'une péniche par quatre femmes arc-boutées ; des marchandes de volailles au marché sous un large parapluie noir ; la sortie de l'usine avec des ouvriers poussant leur vélo ; des patineurs mimant un vol d'oiseau sur l'eau gelée de la Moselle ; un pêcheur présentant comme un trophée un brochet de soixante ou soixante-dix centimètres de long, les crocs acérés au bord de sa gueule figée.

Léon découvrait ces images que Louis gardait pour lui sans en faire état. La série d'instantanés d'inspiration communale se complétait de quatre prises de vues des salons du *13*, la maison close, prospère et agrandie, des rives de la rivière. Rien ne choquait vraiment dans le portrait des dames, assises sur des sofas près de tablettes décorées de vases garnis de belles fleurs, debout le bras appuyé sur une console de meuble devant une corbeille de fruits. A peine plus aguichante, une photographie montrait une jeune femme seule, abandonnée sur un fauteuil dans un déshabillé froufroutant, qui montrait ses genoux au-dessus de chaussures et de chaussettes noires, et le creux des cuisses sous la dentelle vaporeuse de son vêtement relevé. Avec un réalisme interlope, la série ressemblait aux illustrations d'un catalogue de meubles cherchant à attirer la curiosité par une gracieuse figuration. Gustave, sans Louis parti à Nancy, restait le fournisseur du mobilier du *13* et de quelques maisons de Nancy et de Toul conseillées par la chaîne confraternelle des sous-maîtresses.

— Voilà l'objet du délit.

Un homme en habit noir et chapeau melon pointait sa canne vers la pensionnaire rêvassant les jambes à l'air. Il défiait du regard le gendarme qui l'accompagnait et un adjoint de Peltier, responsable de l'organisation du comice :

— Comment appelez-vous ceci ? Un lupanar, messieurs ! Vous n'aviez donc pas assez de poules dans votre exposition, qu'il vous fallait sortir celles du *13* ? Ce n'est pas seulement une atteinte aux bonnes mœurs, c'est une invitation à la débauche.

— Qui vous a dit qu'il s'agit du *13* ? demanda l'adjoint.

— Ne jouons pas sur les mots, ou plutôt sur les chiffres. Qu'importe d'ailleurs qu'il s'agisse du *13* de Pompey, du « Sphynx » de Nancy ou du « Trianon » de Toul. Partout, la débauche corrompt les âmes et la syphilis tue les corps. J'exige le retrait immédiat de ces documents pornographiques.

Léon ne connaissait pas cet homme dont l'éclat attira vers l'exposition des badauds qui passaient, indifférents, devant le marabout. Le gendarme minimisa l'incident. Il estima que le flagrant délit n'existait pas, au moins jusqu'à l'identification des personnes exposées.

— Racolage public, dit le plaignant. Délit de proxénétisme du photographe !

— Complicité des visiteurs ? demanda Léon. Recel d'images scabreuses ?

Le public s'amusait, intéressé davantage par la taille du brochet que par la rondeur du genou de la pensionnaire du *13*. Le gendarme, qui refusait de verbaliser, accepta d'établir un constat dont le plaignant contesta chaque mot.

— Allons rédiger cela dans mon bureau, dit l'adjoint de Peltier.

L'homme défia une dernière fois les photos de la pointe de sa canne :

— La France périra de cela comme des juifs, des socialistes et des antimilitaristes.

Les curieux, alentour, sidérés, applaudirent avec dérision.

Louis ne passait à Pompey qu'à l'improviste, pour une halte chez Marthe, chez son père, ou à la « Cure d'air » quand Mathieu était là. Un an après son engagement aux ateliers Majorelle, il se considérait comme nancéien. Fort occupé par son travail, il découvrait les commodités d'une grande ville, avec les tramways pour se déplacer, les restaurants, les cafés, un bazar comme les Magasins Réunis qui vendait des bicyclettes aussi bien que du papier de verre, une Pépinière pour les beaux jours, des théâtres pour l'hiver, des magasins et des boutiques pour tous les besoins et bien au-delà. Il logeait dans deux pièces louées chez une vieille dame près du chantier de l'église du Sacré-Cœur, à quelques centaines de mètres de la fabrique de meubles. La rue portait le curieux nom de Saint-Anatoile, patron du propriétaire des terrains nouvellement construits, un comte qui avait vendu aux Fould de la fonderie son château de Remicourt, au-dessus de la ville.

Le travail en groupe ne ressemblait pas à celui de la menuiserie de Gustave. Aucune distraction ne venait de l'extérieur, dont le ronflement lent et régulier des machines étouffait les bruits. La répartition des étapes de la fabrication supprimait l'atmosphère de ruche laborieuse. Sauf dans la salle de montage des meubles, on entendait peu les marteaux et à peine le crissement des scies à la main, remplacées par des appareils de découpage du bois d'une précision inégalable. Dans l'atelier de marqueterie, Louis et ses camarades disposaient de bancs de travail équipés de scies spéciales, délicates comme des outils d'orfèvrerie ou de lutherie.

L'usine Majorelle datait de moins de deux ans. Elle succédait à des ateliers proches de la baroque place d'Alliance du centre de Nancy. Elle s'étalait sur trois mille cinq cents mètres carrés à la périphérie de la ville, à proximité des pâturages et des vergers des petites communes de Laxou et de Villers. Conçue avec intelligence et modernisme, elle respectait un circuit pour l'approvisionnement et la production, dans des bâtiments larges, rectilignes, qu'éclairaient des murs vitrés de hautes baies. Louis comparait la clarté naturelle des espaces aux recoins sombres, même dans les bureaux, de l'usine de Pompey visitée avec son père.

Il aimait traverser les hangars aux ambiances différentes. La menuiserie restait traditionnelle avec ses tapis de copeaux, ses tenons et ses mortaises dans les étaux, le mauvais caramel de la colle qui chauffe. Les hommes sifflotaient en ajustant leurs queues d'aronde, parlotaient entre eux. Avant l'heure de la cantine, les nouvelles du jour circulaient là au rythme des coups de rabot.

A l'ébénisterie, partagée en deux, quatre-vingts artisans travaillaient en silence devant leur établi et leur panoplie d'outils personnels. Accrochés aux murs comme des ex-voto, des dossiers de chaise, des pieds de fauteuil, des supports de console, des éléments de dessus de table donnaient une gravité de salles d'études. Plus encore, l'atelier des sculpteurs, avec des chevalets, des tables de travail rehaussées pour permettre à l'œil de raser la surface du bois, semblait une classe d'école des Beaux-Arts à l'heure des charrettes. Chez les ouvriers de la finition, qui effectuaient la mise en couleurs et le vernissage, Louis retrouvait l'agrément des bons instants de fin de commande, quand Gustave bichonnait en chantant les meubles prêts à la livraison.

Plus que les ateliers, Louis préférait le hangar des stocks de bois, savamment aéré pour le séchage des trois cent cinquante espèces entreposées. Il y passait de temps à autre pour une fourniture, observait les planches et les plaques, détaillait les notices placardées à chaque travée. Il retrouvait les matériaux habituels de ses débuts, le chêne, le sapin, l'orme, nerveux et coloré, le merisier, qui se faisait rare. Il découvrait, autrement choisis, le noyer, le thuya, le palissandre de ses premières marqueteries, et les essences africaines plus rares, l'acajou, le courbaril, l'amarante. Les magasiniers, en lui donnant son matériel, montraient, fiers comme des jardiniers de leur récolte, la souplesse du bois mis au sec dans les meilleures conditions.

Louis Majorelle, qui travaillait dans un pavillon étroit dressé telle une tour au-dessus des bâtiments vitrés de l'usine, passait chaque jour parmi les ouvriers. Dans l'embrasure de la porte au fond de l'atelier, Louis le voyait apparaître comme un personnage de tableau qui descend de son cadre. Sa blouse en chasuble le rendait plus grand qu'il n'était. Sa chemise blanche éclairait son visage sculpté par sa large moustache noire, un peu roussie sur les bords, par le léger collier de ses joues et la barbiche floue plutôt grise. Quand il ne portait pas sa toque noire d'apothicaire, une mèche enroulait son cran autour du front, à gauche.

Il avait toujours une écritoire à la main, avec des feuilles mobiles serrées dans une pince. Des coups secs d'un long fusain, il traçait un motif pour corriger le travail d'un ouvrier. Parfois, en une sorte de cours improvisé, il expliquait, en gribouillant de craie un tableau noir, comment mélanger les bois exotiques à une incrustation de nacre en les insérant dans des filets de laiton. Il traînait ensuite d'un établi à l'autre pour montrer les gestes, les outils à la main. Il distribuait au chef de service, digne dans sa blouse blanche avec un nœud papillon blanc, les calques des modèles nouveaux, clématites, monnaies-du-pape, campanules et aubépines qui fleurissaient les cloisons des ateliers de marqueterie et de sculptures avant de reprendre vie dans le teck ou le bougainvillier.

Louis, quand il le pouvait, récupérait des chutes d'essences peu communes. Elles servaient à son oncle pour le bricolage qui l'occupait dans son coin de travail de l'appartement du Hameau. Gustave fabriquait des boîtes de tailles différentes pour le rangement des bijoux, de papier à lettres, de matériel de couture. Il les offrait autour de lui. Elise Fischer en proposait à la « Cure d'air » aux voyageurs et aux promeneurs, gravées sur le côté d'un *Souvenir de Pompey*; elle versait la modeste recette à la caisse du Souvenir français. Le menuisier réservait à ses loisirs les sculptures et les marqueteries. Avec Georges, le remplaçant de Louis, et Jules, son tapissier, il fabriquait de plus en plus de meubles courants adaptés aux dimensions des pièces fournies par les clients. Il disposait pour vendre ses modèles d'un cahier avec les références et les prix, illustré de photographies prises par son neveu.

Quand Léon évoqua pour Louis l'histoire des choquants clichés du *13*, l'affaire était classée. Après une exposition aussi éphémère, la plainte du visiteur courroucé perdait tout son sens. La gendarmerie recommanda seulement d'éviter un affichage public.

— Je suis sûr, dit Léon, que tu obtiendrais du succès avec un tirage de cartes postales.

En arrivant chez son père, ce jour-là, Louis l'avait trouvé en conversation avec Emile Gallé derrière la haie de thuyas. Il salua, sans s'attarder dans le jardin, le maître-verrier qu'il apercevait parfois dans la cour de l'usine Majorelle avec d'autres amis de son patron, Gruber, l'homme des vitraux, Friant, le peintre qui rendait si bien les franches tablées des canotiers de la Meurthe.

— Vous me surprendrez toujours, disait Gallé à Léon Muller. Vous vivez à l'écart, en ermite sous vos mirabelliers, et vous m'en montrez autant avec vos plantations que le salon de l'horticulture à la Pépinière de Nancy.

— C'est une de mes sources, avec les catalogues.

J'observe et j'adapte les espèces à mon mur de meulière et à ma terre, entre l'ombre et le soleil.

— Vous avez donc découvert le *Weigela.*

— *Weigela Florida.*

— Je connais. Mon ami Victor Lemoine a donné le nom de sa femme à une espèce. Nous parlions un jour, ici, du caractère des plantes. Le *Weigela* est un entêté : les tiges des années précédentes donnent au printemps des fleurs qui gênent la floraison nouvelle. Ote-toi de là que je m'y mette... Ce serait joli, cette phrase sur un vase. Ou sur un dossier de chaise !

— Je coupe systématiquement le bois de deux ans d'âge. Comme le *Weigela* donne des fleurs tristes, je le mêle à du cornouiller, qui donne des bractées roses, brillantes comme des piécettes.

— Ote-toi de là que je m'y mette... C'est le contraire de *Forget-me-not*, le myosotis anglais. Les citations m'amusent autant que les fleurs. Je viens de graver celle-ci, un peu longue, sur un vase pour une amie qui m'est chère : « Toutes les âmes sont prêtes, il faut cependant que l'une d'elles commence. Pourquoi ne pas être celle qui commence ?... » Avec des mots de Maeterlinck, c'est un appel en faveur de Dreyfus. Il en a bien besoin, vous ne croyez pas ?

— Le nouveau procès approche.

— Les ouvriers sont bien silencieux là-dessus. Et vous ?

— Les défaites et les déceptions m'ont appris à me taire.

— Une injustice est aussi grave qu'une trahison.

— Je conteste ce soir avec des amis dans une réunion de la Ligue pour la Patrie.

— Déroulède est un dangereux énergumène. Il possède ce que Boulanger n'avait pas : c'est un tribun. L'autre était plutôt séducteur.

Louis retrouva ses parents pour la réunion du soir. Marthe et quelques femmes accompagnaient le maire Peltier et leurs amis, décidés à faire le tohu-bohu de la claque chez les partisans du député de la Charente, chef du parti nationaliste. Le clan des républicains sans parti resta, dans la cour des écuries et des garages de chez Carcel, dans l'espace indiqué par un service d'ordre de policiers en civil. Un plateau de char à bancs servait d'estrade au bureau, déjà en place parmi les faisceaux de drapeaux tricolores. Une trentaine d'hommes piétinaient sous la tribune, anciens combattants comme Léon et Peltier, mais dans l'autre camp, de l'élection législative de 89. Ils acclamèrent l'orateur quand le président de séance le présenta.

Le discours reprenait l'antienne d'autrefois, en réclamant une révision de la Constitution avec un système d'élection plébiscitaire.

— Les traficoteurs à Panama!, criaient les supporters.

— Déroulède nettoiera les écuries d'Augias, continuait l'homme. Il veut entrer à l'Elysée pour balayer ceux qui y sont.

Peltier lança une *Carmagnole* qui ne fit guère le bruit du canon. La voix de l'orateur couvrait la chanson :

— Le clan des infâmes fait aussi main basse sur la Nation ; honte à tous, malheur à tous, la fin pour tous ! Je leur crache au visage mon mépris et mon dégoût.

— Va te laver! hurla Louis amusé.

— Enfermez-le avec Dreyfus, répliqua un adversaire, soutenu par une rafale de : « A mort Dreyfus, à bas les juifs ! »

Le militant nationaliste haussa le ton à la tribune :

— Patriotes, mes amis, je vous répète ce que dit Paul Déroulède, l'homme qui veut vous donner jusqu'à la dernière goutte de son sang : « Patriotes, dit Déroulède, il ne faut pas crier "à mort Dreyfus", "à bas les juifs";

c'est trop et ce n'est pas assez. Est-ce que Galliffet, le ministre de la Guerre, est juif? Est-ce que Waldeck-Rousseau, le président du Conseil, est juif? Est-ce que Clemenceau, qui a publié la lettre honteuse de Zola dans *L'Aurore*, est juif? » Les gens que vous devez conspuer, avant de les liquider, ce sont ceux qui vivent du régime parlementaire.

Marthe et les femmes criaient : « Zola, Zola ! » en tapant dans les mains. Léon et les autres alternaient en scandant : « Un vrai procès, un vrai procès ! »

La réunion s'acheva dans la confusion, les dernières vociférations envoyant « Boulanger à l'Elysée ! », « Dreyfus au poteau ! », « Zola à Cayenne ! ».

Louis ne retrouvait pas cette animation à Nancy. Chez Majorelle, les ouvriers ne parlaient pas de « l'Affaire ». Les seules allusions politiques, à l'heure du casse-croûte, concernaient le réarmement du pays et une revanche sur le désastre de 1870. Il se passait tellement de choses dans la ville au fil des semaines que les conversations, chaque matin, apportaient une nouveauté : des régates sur la Meurthe avec des joutes de gondoliers qui s'envoyaient à l'eau avec des perches tendues comme des lances, des concours de vitesse pour les motocyclettes dans la rude côte vers Maron dans le village de Villers, le lâcher de deux ballons sphériques, *La Lorraine* et *La Ville de Nancy* sur la place Stanislas, l'étape des soixante-quatre voitures et motos du Tour de France automobile organisé, en huit jours, par le journal *Le Matin*.

Louis ne suivait pas ses jeunes camarades qu'attiraient surtout les cafés-concerts, les tours de chant du *Casino des familles*, les spectacles africains de *l'Eden*, qui prolongeaient avec des danseuses aux seins nus les frissons des expositions universelles. Il occupait ses soirées à lire des ouvrages sur la menuiserie, la photographie, des romans dans des formats illustrés qu'il achetait à la bibliothèque de la gare. Il prenait son jour de repos le jeudi pour retrouver Mathieu, instituteur dans le nouveau quartier de Mon Désert, et Germaine quand elle le pouvait. Le jeune professeur d'allemand, qui arrivait à la période des vacances, lui annonça pour juillet la visite de Pauline. Louis avait correspondu plusieurs fois dans l'année avec l'amie messine de la fille Fischer, venue deux ou trois fois en visite à Pompey sans qu'ils aient pu se fréquenter beaucoup.

L'occasion de se retrouver ensemble autrement qu'entre deux trains leur fut donnée par le séjour dans la jeune ville d'eaux de Vittel de Julie, passée pour la saison du répertoire de Courteline à celui d'Eugène Labiche. Germaine, Mathieu, Pauline et Louis organisèrent au mieux une escapade dans la station vosgienne développée en même temps que ses sources thermales.

La ligne depuis Nancy était directe mais, par une erreur dans les horaires, les quatre compagnons empruntèrent un omnibus plutôt que le rapide de Dijon qui saute les étapes. Leur Nancy-Vittel s'arrêta vingt-six fois, avec parfois un seul kilomètre entre deux stations. Le pittoresque des voyageurs qui montaient et descendaient compensait la lenteur du trajet. Selon les haltes embarquaient des ouvriers, des paysannes ou des soldats :

— Ça ressemble au *Tour de France par deux enfants*, disait Mathieu. Nous croisons la Lorraine qui travaille. Il ne manque que les explications données dans le livre à André et Julien.

Comme dans un panorama bien conçu défilaient les métiers : un mineur à Ludres, un cimentier à Xeuilley, un vigneron à Pulligny, un brasseur à Vézelise, un luthier à Mirecourt. Tous, en prenant place pour quelques kilomètres, parlaient du temps, qu'ils trouvaient chaud et trop sec. Les paysannes, qui hissaient dans le compartiment des paniers de produits domestiques achetés à l'issue du marché, se plaignaient de la concurrence des épiceries qui cassaient la vente d'œufs frais et celle des fruits amenés par cageots entiers du sud de la France. Les soldats restaient circonspects, les plus audacieux souriant en douce à Germaine et à Pauline.

La gare de Vittel, avec ses deux ailes autour du bâtiment central, ressemblait à celles des villes moyennes. L'ambiance intérieure du hall des départs et des arrivées annonçait le calme et le repos. La grisaille des guichets enfermés derrière les cadres grillagés disparaissait dans une exposition d'affiches colorées. Elles annonçaient Gérardmer, station d'air pur à sept heures de Paris, l'eau gazeuse de Bussang à onze heures par Nancy et Epinal, les médailles d'or de la brasserie *La Samaritaine* de Vittel, les voyages circulaires des Chemins de fer de l'Est dans les Vosges, avec délivrance des billets du 15 mai au 15 octobre inclus. Cette vitrine respirait la santé et le bonheur, avec des paysannes habillées comme dans les opérettes, des canotiers ramant devant un hôtel géromois ou un schlitteur retenant son chargement, le pied assuré sur la marche de bois d'un escalier entre les sapins et les lacs.

Cette ambiance de vacances se retrouvait à l'extérieur, avec l'alignement, à l'approche des trains de Paris, de sept ou huit voitures, sortes de petits omnibus attelés de un ou deux chevaux qui attendaient les clients des hôtels désignés par les marques des portes. Louis fut surpris de ne trouver aucune automobile comme il en stationnait quelques-unes devant la gare de Nancy à l'arrivée des grands express.

Renseignés par un plan mural, les jeunes gens se dirigèrent vers le Parc Thermal, qu'ils contournèrent pour gagner la maison *Nice-Pension*, la première à répondre à la demande de réservation de chambres de Germaine.

La ville ressemblait à un jardin dans un écrin de forêt. Des parterres de fleurs jaunes, orange et rouges coupaient les pelouses, lisses comme des tapis de billard, au bord d'allées ombragées qui servaient de boudoirs à des curistes vêtus comme des sportsmen, assis sur des chaises et des bancs joliment cannés en blanc. Au fond de ce décor, l'établissement thermal, son hôtel et le casino alignaient leurs galeries, leurs tours et leurs dômes dans la quiétude d'un havre de paix où personne ne semblait hâter le pas ni hausser légèrement le ton.

La rue qu'ils suivaient faisait un large coude en bordure de maisons décorées de bois peint en blanc, rose ou bleu, à la façon des stations balnéaires. Des panneaux aux fenêtres ou au-dessus des portes proposaient des chambres, avec demi-pension ou seulement le petit déjeuner.

La *Nice-Pension* dressait ses deux étages dans la légère montée, en face d'un abri du golf dessiné en pente douce vers les lointaines tribunes de l'hippodrome. Les quatre voyageurs se répétaient les mêmes commentaires sur le silence, la verdure, le luxe qui n'était pas tapageur, l'immense cocon de calme qui paraissait irréel.

La logeuse provoqua les rires en proposant une chambre à Germaine et Mathieu, l'autre à Louis et Pauline : « L'année prochaine peut-être », dit Louis, ce qui prolongea l'amusement.

Ils ne traînèrent pas dans les chambres, coquettes, qui sentaient le mélange léger de fleurs séchées rappelant Grasse et la Provence comme les gravures des cadres évoquaient la Baie des Anges, la jetée-promenade et les jardins du mont Cimiez au-dessus de Nice.

Les jeunes femmes avaient pris le temps de quitter la jupe et le corsage de voyage; leurs robes légères ajoutaient d'autres fleurs aux bouquets communaux. Les garçons portaient leur veste sur l'épaule, la chemise débarrassée de la cravate. Ils marchaient vers le champ de courses, animé et pavoisé, en suivant une allée qui coupait les links du golf. Ils s'arrêtaient pour observer les tenues des joueurs, les sacs chargés de clubs que portaient des grooms d'hôtels en uniforme rouge, y compris leur toque en forme de boîte de fromage. La curiosité des promeneurs agaçait les golfeurs dans la préparation de leurs coups et dans les instants du dernier geste. Au moment de libérer leur crosse, certains arrêtaient leur geste en pestant contre le bruit des graviers sous les semelles des importuns ou contre leurs chuchotements, plutôt admiratifs. Les gêneurs s'éloignèrent.

— Ecoutez, dit Louis en s'arrêtant soudain.

— Qu'est-ce qu'il y a ?

— Taisez-vous : j'entends une mouche voler.

Ils rirent sous cape. Germaine disait qu'on aimerait un silence pareil dans les cantines des écoles. Pauline demandait si les golfeurs prussiens claquaient des talons avant de pousser la balle blanche dans le trou.

Sur la route, en approchant de l'hippodrome, des cabriolets transportaient de jeunes femmes, invisibles sous des capelines larges comme des ombrelles. Des berlines, du genre de celles qui attendaient devant la gare, transportaient des clients d'hôtels.

— On croirait soudain qu'un livre s'anime, commenta Germaine, et que les descriptions deviennent réalités. Je trouve ce lieu et ce spectacle beaux comme des pages de contes d'Andersen. A Florence, à Bruges ou à Nancy, je marche dans des décors d'Histoire : ici, j'avance dans un rêve.

Le champ de courses prolongeait le tapis vert du terrain de golf jusqu'aux abords d'un grand bois. A l'opposé de la piste, les quatre amis découvraient les lignes géométriques des tribunes blanches, coiffées d'un liséré de pavillons internationaux comme en hissent les bateaux au mouillage. Délaissant les gradins, le public se massait sur la pelouse autour d'une main courante qui traçait une aire de jeu où les cavaliers s'opposaient dans une étrange joute.

— Cela ressemble à un tournoi d'autrefois, estimait Germaine.

— Je crois qu'on appelle ce sport du « polo », dit Mathieu, toujours intéressé par les nouveautés athlétiques.

Ils approchèrent. Les cavaliers, avec leur bombe noire et leur casaque unie ou rayée, ressemblaient à ceux des gravures des courses d'Angleterre, disputées à travers champs d'un clocher de village à un autre. Ils formaient deux équipes, l'une rouge, l'autre jaune. Ils couraient à des allures diverses, une crosse à la main, plus longue que les clubs de golf, poursuivant une boule assez molle que les partenaires, penchés sur leurs montures comme des Cosaques en fête, tentaient de se passer entre eux ou, au contraire, de l'envoyer le plus loin possible dans le camp adverse. L'enjeu intéressait moins les spectateurs que la vivacité des chevaux et l'habileté de leur cavalier.

C'était, au rythme vif de la compétition, une démonstration de haute école, avec des changements de pas et de direction, des pirouettes, des virevoltes, des caracoles, des démarrages soudains et des arrêts instantanés à peine glissés sur l'herbe rase. Il s'agissait de deux équipes de Newmarket, le centre hippique anglais, en tournée de démonstration sur les hippodromes de France et d'Italie. Vittel, en les accueillant, montrait son souci de plaire : les nouveautés et les modes attiraient de plus en plus la clientèle parisienne, des bourgeois du nord de la France, des colons aisés d'Algérie, de Tunisie ou du Maroc qui passaient deux mois en famille dans la verdure et la chlorophylle.

Ils longèrent la piste vers les tribunes. Louis marchait devant avec Pauline, Germaine et Mathieu traînant le pas. Il parlait de son nouveau travail, de sa gratitude envers Gustave et ses conseils prodigués pendant des années :

— Je suis un ouvrier qui ne produit pas mécaniquement des pièces, à la chaîne, sans autre intervention que de les contrôler. Sauf pour les modèles qu'imposent les dessins de l'atelier, je ne sais pas ce que me réserve la gouge quand j'entame une planchette de palissandre. Le rabot, le grattoir transforment le bois en un gros bourgeon qui s'épanouit peu à peu en une fleur ou une feuille. En plus de Gustave qui m'a appris les gestes, je dois à mon père le goût et le respect de la nature, l'application aussi, je crois.

Pauline demeurait grave. Elle pinça l'avant-bras de Louis :

— Que crois-tu que m'a laissé mon père ?

— Je t'ai fait de la peine ?

— C'est un fantôme. Comme un fantôme, il me hante parfois. Je m'inquiète un peu quand je n'ai pas entendu ses chaînes depuis un moment.

— Ta mère parle de lui ?

— Jamais. Les complications administratives, ou autres, que je rencontre, la navrent. Elle se sent coupable, en ne l'ayant guère été. Tu crois à des trucs comme l'hérédité, « tel père tel fils », etc. ?

— Je pense que l'éducation qu'on reçoit et le milieu où l'on vit comptent plus qu'un nom ou un autre sur une fiche d'état-civil, ou qu'un gène dans le sang. Suis-je plus proche de Léon ou de Gustave ? Quelle est la part de Marthe ?

Ils arrivaient, derrière le champ de courses, en marge

de la forêt, près d'un plan d'eau cerné de sapins. Un panneau indiquait : *Etang des fées.*

— Tu parlais de fantômes, dit Louis. Voici les fées.

— Germaine sera contente ; elle se promène comme la petite fille aux allumettes.

Ils bavardèrent un moment, assis sur deux bancs voisins. Mathieu et Germaine évoquaient des histoires de fées racontées un peu partout aux enfants dans les Vosges :

— On leur fait peur avec un petit diable qu'on appelle le « sotré ». Les mamans ont toujours un Père Fouettard dans une armoire à balais.

L'absence de soleil sur les épaisses branches amenait la fraîcheur. Ils regagnèrent la pension par la grande rue, entre les hôtels et les installations thermales, surpris de croiser peu de jeunes comme eux et surtout des couples d'âge mur, marchant lentement, vêtus autrement qu'à l'ordinaire avec des cardigans verts ou roses pour les dames, des vestes à carreaux ou en toile blanche pour les hommes.

— A Pompey tout est noir, l'usine, les robes, les machines, les mains des hommes au travail, dit Louis.

— A l'école, ajouta Mathieu, c'est à la fois noir et gris, noir au tableau et avec les blouses des élèves, gris avec les murs et les ardoises.

Pauline, si colorée avec ses nattes blondes et ses fleurs mauves, soupira :

— A Metz le vert-bronze domine plutôt. (Elle éclata de rire :) En apparence seulement.

La logeuse de *Nice-Pension* servait les repas sur la terrasse à l'arrière de la maison, sous un store avec quelques lanternes à pétrole qui avaient la forme de becs de gaz. Les pensionnaires gardaient les mêmes tables pendant tout leur séjour, leurs serviettes glissées dans des rouleaux en bois de couleurs différentes, les bouteilles d'eau à moitié vides servant de support aux menus. Les clients arrivaient les uns après les autres. Ils se saluaient d'un hochement de tête plutôt que par un mot aimablc. Ils observaient les nouveaux venus, constituant, comme l'avait fait la patronne, des couples qui n'existaient pas. Ils comprirent que ce n'était pas des curistes quand Mathieu et Louis commandèrent deux bières, dans lesquelles les filles trempèrent gentiment leurs lèvres pour goûter.

En retrouvant le golf, légèrement voilé au-dessus du green dans la lumière atténuée du soir, Germaine entraîna son frère vers le casino pour chercher la trace de Julie. Louis et Pauline continuèrent seuls vers l'hippodrome. Des commis achevaient de démonter les piquets et les cordes du terrain tracé pour les poloïstes. D'autres, profitant de la fraîche, dressaient les haies pour les courses d'obstacle des jours suivants. Des jardiniers arrosaient le massif de bégonias au milieu du paddock et des vasques de chrysanthèmes à l'abord des tribunes. Les jeunes gens s'installèrent sur un gradin, à mi-hauteur. Le toit cachait le ciel. Ils apercevaient, sur le fond de colline du parcours le plus haut du golf, les ombres de ceux qui travaillaient encore, celles de cabriolets en promenade sur les chemins, signalés par la lueur tremblante d'une lanterne.

— C'est la première fois que nous sommes vraiment seuls, dit Louis.

— Je l'attendais un peu.

Il la serra contre lui, le bras au-dessus de son épaule, leurs têtes appuyées l'une à l'autre.

— Tu as déjà été amoureuse?

— Ça veut tout dire et rien dire. Je suis bien avec toi. Ce voyage à Vittel est un vrai bonheur.

— Ta mère a toujours été veuve; la mienne est divorcée. Comment puis-je te parler d'amour?

— Enlace-moi fort, rassure-moi. Je ne sais rien de l'amour, qui me semble une aventure.

— La vie est une aventure. D'après ce que racontent mes parents, peut-on imaginer que l'amour existait, avant ? Les jeunes gens croient toujours qu'ils découvrent ce qui leur arrive. Je trouve que la vie que nous fait le progrès facilite les sentiments comme le reste. Sans train, je ne serais jamais allé à Metz et je ne t'aurais pas connue.

— Je ne serais pas venue à Vittel. Tu serais cantonnier à Pompey comme ton grand-père, moi servante dans une taverne En Fournirue... ou porteuse de bocks de bière dans une brasserie de Munich.

— Je ne sais pas s'il est plus facile à un ébéniste de dire à une *fraülein* de la poste « je t'aime ».

Elle enleva le bras qui la serrait. Elle tendait les lèvres à Louis :

— Je ne peux tout de même pas te dire « *Ich liebe dich !* ». Le grand-père Fischer appellerait les fées de l'étang pour me tailler des croupières.

Ils s'embrassèrent maladroitement, en avouant leur première expérience.

— Je voudrais te voir autrement qu'avec tes nattes, dit Louis.

— Tu souhaiterais que je les coupe ?

— Non, seulement les décoiffer, étaler tes cheveux sur ton visage. Pauline, accepterais-tu de quitter Metz et ta mère ?

— Ma mère, c'est déjà fait. Metz, je l'aime, mais je t'aime aussi.

— Nous nous marierons.

— Comme ça, je serai tout à fait française.

— *Heimtückisch* !

— *Heimtückisch*... perfide : tu as du vocabulaire, dis donc.

— J'aime la sonorité de la langue allemande. *Heimtückisch* frappe comme une paire de claques... pour une perfidc.

— *Küsse mich*!... c'est doux comme un baiser.

La nuit tombait, percée des lumières discrètes des maisons au-delà du golf et, sur le côté, vers le centre de la ville, de l'éclat des baies des hôtels et des rampes des lieux publics. Ils renoncèrent aux rues, coupèrent à travers les pelouses et les allées sans croiser de promeneurs. Ils savaient par leur logeuse que les curistes occupaient leurs soirées autour des salles de jeu du casino, au théâtre, qui servait aussi de salle de concert, dans les salons des hôtels ou des écrivains de passage, des poètes, des chroniqueurs de la presse parisienne lisaient leurs textes, imprimés ou encore en ébauche.

Ils marchaient sans se presser, s'arrêtant contre un arbre pour rapprocher leur regard, rêvant un instant, allongés dans l'herbe, en cherchant dans le ciel le Cocher ou le Bélier que montraient les dernières pages des livres de Camille Flammarion, aussi utiles que l'horaire de monsieur Chaix!

— A la poste, mes collègues sont passionnées d'astrologie. Tu es de quel signe?

— Je n'en sais rien. Je suis né un 30 avril.

— Taureau! Tu peux devenir riche si tu y mets du tien. Je suis Poisson, ce qui signifie craintive, timide et docile : j'ai besoin de protection.

— Quand tu seras madame Muller, je te prendrai sous ma couverture.

— C'est à double sens, ce que tu dis là.

Elle le nargua en se sauvant à toutes jambes. Ils roulèrent dans l'herbe, leurs corps serrés l'un contre l'autre pour la première fois.

— Germaine ne sera pas surprise, chuchota Pauline

en quittant Louis en haut de l'escalier, monté les chaussures à la main parce que les marches couinaient.

Ils déjeunèrent le midi avec Julie dans un kiosque voisin du casino. Les clients se servaient eux-mêmes autour d'un buffet de crudités. On ne buvait que de l'eau de la Grande Source, du thé, chaud ou froid, du lait. Julie rayonnait, le visage hâlé par le soleil dont elle profitait, allongée sur un transat du balcon de sa chambre d'hôtel. Elle appréciait le calme de Vittel que n'encombraient pas les viveurs en goguette :

— Ils émigrent plutôt vers les bains de mer, à Etretat, qu'a lancé Guy de Maupassant, et en Normandie, que chante Théodore Botrel. Je préfère la verdure à l'iode. C'est moins bon pour ma voix mais meilleur pour mon teint.

Germaine remarqua l'usure laissée sur son visage par la fréquence des maquillages de scène. La peau pâlissait par endroits, comme usée par les tampons d'ouate et les passages des pinceaux.

— Entre les stations de la Côte d'Azur et les villes d'eaux, les théâtreux et les musicos ne chôment pas, disait Julie. Je me demande ce que faisaient les gens auparavant, sans comédies, sans opérettes, sans music-halls, sans bastringues et sans cirques. Les directeurs disent que le nouveau cinématographe tuera tout cela.

— La photographie ne tue pas la peinture, dit Louis.

— J'ai mes photos, maintenant, comme toutes les artistes.

Julie ouvrait son sac gonflé comme un cartable d'écolier :

— Me voici en jolie Russe dans le rôle d'Hélène d'une pièce russe, *Oncle Vania*, d'un nommé Tchekhov. Je l'ai jouée un mois à Vichy.

Le portrait en buste la montrait coiffée d'une toque, en robe du soir, une épaule dénudée, l'autre cachée par une étole de fourrure. Tandis qu'elle prolongeait les coupelles de carottes et de concombres par un ramequin de fromage blanc, des curistes lui demandèrent de jeter son paraphe sur la page du programme du casino, certains simplement sur une carte de réclame du kiosque. Libérée, Julie soupira :

— Quel intérêt! Si j'étais Sarah Bernhardt ou Yvette Guilbert, encore... Elles, elles payeraient pour donner une signature.

Elle remit à ses invités les billets pour la soirée :

— Vous ne verrez pas un chef-d'œuvre, je vous l'annonce. *Les Chemins de fer*, ce n'est pas la meilleure pièce d'Eugène Labiche. Le patron de la station et des sources, qui est aussi le maire de Vittel, est passionné par les trains. Il voulait la pièce car elle lui rappelle sa bataille pour obtenir une ligne. Il nous a raconté vingt fois déjà que les premiers curistes, il y a moins de vingt ans, mettaient seize heures de Paris à ici : changement de train à Commercy, patache à cheval de Commercy à Neufchâteau, coupé à trois places de Neufchâteau à Contrexéville où il fallait se débrouiller. Le maire assiste à toutes les représentations. Il se lève pour applaudir à trois reprises quand les acteurs disent « *Nous allons apprendre ensemble le mécanisme des chemins de fer...* », « *Pourquoi les enfants au-dessous de sept ans ne payent-ils que demi-tarif alors que, par leur corpulence, ils occupent une place entière?* » et « *Que deviennent les parapluies perdus dans les chemins de fer?* ». C'est le mot de la saison à Vittel. Dans les restaurants, devant les robinets de la Grande Source, au pesage de l'hippodrome, les gens abordent leurs amis en demandant : « Que deviennent les parapluies perdus dans les chemins de fer? »

Les proches de Julie s'amusèrent moins des aventures farfelues des personnages et des répliques de la pièce. Sans la présence de Julie, Mathieu serait parti à l'entracte. Louis n'attendait que les passages de sa tante, transformée en nièce anglaise d'un oncle français qui traduisait « *Elle me parle de la Hongrie* » quand elle disait « *I am hungry* », c'est-à-dire « j'ai faim ». Les acteurs ajoutaient aux répliques des allusions à leur séjour vitellois :

« *Voulez-vous que j'aille chercher votre potion ?*

— *Non, j'ai ma Grande Source.* »

Le maire se leva, autant séduit que par les parapluies. Louis expliqua à Pauline pourquoi le public sifflait chaque fois qu'un acteur parlait de son « *bordereau* » en insistant : « *c'est mon truc... ma spécialité...* ». Vittel semblait pourtant aux antipodes de l'affaire Dreyfus.

Après le spectacle, Julie rejoignit les autres à la terrasse d'une brasserie, pimpante sous son maquillage :

— Je vous avais prévenus. Les curistes en vacances, on leur jouerait les pages du guide Michelin, ce serait pareil. Mais vous deux, là... vous ne nous préparez pas un repas de noce ?

Pauline sourit. Louis dit simplement :

— Quand ça viendra, je te prendrai comme témoin !

Julie imita l'accent anglais de Jenny, la nièce de la pièce :

— *With pleasure...*

Ils applaudirent tous avec complicité.

Le retour à Nancy fut plus rapide que l'aller, avec deux seuls arrêts à Mirecourt et Vézelise. Pauline reprenait directement le train pour Metz. Louis abrégea la séparation. Ils étaient convenus de ne pas se presser trop, d'attendre avec l'année suivante le début du siècle nouveau :

— Nous prendrons tout à neuf, disait Pauline. Nous vivrons peut-être cent ans.

Le délai convenait au garçon : il lui laissait le temps de préparer l'installation à Nancy.

Avec la complicité tacite de Germaine et de Mathieu, Louis garda son projet pour lui. A cause de son travail, il passa plus d'un trimestre sans retourner à Pompey. Avec quelques compagnons, il aménageait les pièces nouvelles du magasin Majorelle, agrandi, dans la rue principale de Nancy, par l'acquisition d'immeubles voisins. Sur plusieurs étages, avec parfois des mezzanines, l'entreprise présentait ses collections sous la forme de pièces d'appartement plutôt que dans le bric-à-brac ordinaire des marchands de mobilier. Le client passait du salon à la salle à manger, de la pièce de jeu à la chambre à coucher. Louis décorait des rampes d'escalier, des balustrades, des panneaux de séparation ornés comme des paravents.

Après une si longue absence, il ne pouvait manquer le repas du 31 décembre prévu à la Bicoque pour les Muller et les deux enfants Fischer, qui laissaient leur mère aux fourneaux de la « Cure d'air ». Il ne manquait que Julie, en tournée au Maroc avec un répertoire éclectique qui allait de *Cyrano de Bergerac* à Victorien Sardou et du *Train de huit heures quarante-sept* au *Repas du lion* du dramaturge messin François de Curel.

« La pièce te plairait, écrivait Julie à Léon. Je te recopie ce qu'écrit l'auteur : "*Mon imagination aperçoit soudain les voies ferrées qui serpenteront le long des prairies solitaires encadrées dans les bois et enchâsseront les chevreuils qui, en ce moment, y paissent gaiement ! Elle contemple, dominant les futaies, les hautes cheminées qui flétriront les feuillages de leurs haleines sulfureuses... Pauvre pays, que vas-tu devenir ?* » Je pense à toi et à Pompey en jouant ce drame, pas très approprié au pays des orangeraies et des conserves de sardines. »

En guise d'apéritif, Alphonse servit du champagne acheté à l'économat, le même que dans les wagons-restaurants de la Compagnie. Les flûtes étaient celles de l'Orient-Express, offertes pour la fin du siècle par l'inspecteur des Chemins de fer de l'Est à quelques cadres méritants. Marthe, la première, leva sa coupe :

— A la grâce présidentielle !

Elle saluait la provisoire conclusion de l'affaire Dreyfus : condamné à Rennes par trois voix contre deux, avec des circonstances atténuantes qui ne satisfaisaient personne, le capitaine avait été libéré par Emile Loubet, président de la République. Marthe, à sa façon, rappelait aux siens les soirées mouvementées de l'été.

Pendant tout le repas, les conversations évoquèrent les cent années qui s'achevaient.

— L'événement du siècle semblait son début, dit Germaine, avec l'Empire, les conquêtes napoléoniennes. Le soleil d'Austerlitz et l'incendie de Moscou éclairaient nos livres d'histoire. Puis, ces vingt-cinq dernières années changent tout. Elles recréent le monde autrement. Dans cent ans, ce sera l'an deux mille. Fera-t-il aussi peur que l'an mil, annoncé comme celui de l'Apocalypse ?

— Ne regardons pas si loin. Faisons seulement des vœux pour 1900.

— A minuit sous le gui, pas avant, protesta Marie.

Louis, saisissant l'occasion, se leva, la main posée sur l'épaule de sa mère :

— Je vous annonce mon mariage pour 1900. J'épouserai Pauline vers le printemps.

Germaine applaudit, suivie par Mathieu. Marthe, émue, embrassa son fils.

— Tu aurais pu me prévenir.

— Et te demander la permission ? Je suis majeur.

Léon regarda son assiette. Germaine parla de son amie, que les Muller connaissaient un peu après ses séjours à la « Cure d'air ». Alphonse demanda si le jeune couple s'installerait à Metz.

— Les départs se font plutôt dans l'autre sens, répondit Gustave en regardant Louis qui souriait.

Les invités quittèrent la table après le dessert, pour attendre l'heure du changement de millésime. Les femmes se libéraient de la vaisselle et du rangement.

Louis grimpa dans la pièce d'Alphonse pour connaître les nouvelles acquisitions de son oncle. Le petit musée ferroviaire s'enrichissait, en plus des objets usuels de la Compagnie, de jouets reproduisant des trains, des gares, des bâtiments, des aiguillages de voies. Entre deux vitrines posées par Gustave, un lutrin d'église de campagne portait un album ouvert où Alphonse conservait les coupures de presse consacrées au Transsibérien, sa curiosité nouvelle dans l'universelle vie du rail. Louis regardait une page ouverte de *L'Illustration*; elle reproduisait une voiture-restaurant avec sa longue table centrale de vingt couverts. La perspective du document montrait l'importance du mobilier autorisé par la grande largeur de la voie.

— Je ne suis pas d'accord!

Louis se retourna, étonné, vers son père arrivé sans bruit. Léon continuait :

— Je me suis tu à table pour ne pas troubler la fête. Pauline est une jeune femme charmante. Elise Fischer m'a raconté son histoire. Je ne peux pas accepter que mon fils épouse la fille d'un Allemand.

— Tu me surprends. Tes idées, sans être larges, sont assez bonnes, d'habitude. Pauline est avant tout la fille d'une Messine. Qu'aurais-tu contre, toi le défenseur de la veuve et de l'orphelin?

— Je me souviens de ton grand-père. L'ennemi héréditaire l'a tué.

— Ce sont de bien grands mots pour une simple histoire d'amour.

— J'ai tout au long de ma vie gardé la tête haute. Je ne

veux pas qu'un type me lance un jour à la figure « Muller, toi qui as marié ton fils avec une Prussienne... »

— Je n'épouse pas mademoiselle Bismarck. Pauline est lorraine, elle le sera plus encore en devenant madame Muller, citoyenne française, et c'est tout.

Marie criait en bas de l'escalier :

— Il est moins cinq ! Les bouchons vont sauter...

Louis regarda son père :

— Je ne changerai pas d'avis.

— Moi non plus.

— Ça n'a pas d'importance.

— Pour toi, peut-être ; pour moi, si !

Ils descendirent lentement l'escalier qui dominait la pièce du bas. Sur la table de la salle à manger, des bougies encadraient une tarte surmontée des quatre chiffres 1900 en meringue blanche. Alphonse et Gustave, la main sur le bouchon de champagne, attendaient le signal du carillon pour ouvrir les bouteilles. Les goulots explosèrent en même temps que le premier coup de minuit. Les invités s'embrassèrent dans un brouhaha de cris et d'applaudissements. Marie découpait la tarte quand Marthe demanda :

— Où est Louis ?

Gustave appela vers le haut. Mathieu sortit voir à l'extérieur.

— Son manteau n'est plus là, dit Marthe au bord des larmes.

Il était midi. Des voyageurs fatigués, des soldats énervés envahissaient le buffet de la gare de Metz. Dans un coin plus calme du restaurant, quelques personnes déjeunaient. Pauline et Louis touchaient à peine à leur assiette de quiche, les têtes rapprochées au-dessus des couverts :

— Tu me fais une belle surprise. Tu as eu de la chance de me trouver chez moi.

— Je suis venu te demander ta main.

— Comme ça, entre deux trains?

— Pas entre deux trains, entre deux siècles.

Elle posa les doigts sur ses lèvres :

— Bonne année, Louis!

Il demanda en riant :

— Que deviennent les parapluies perdus dans les chemins de fer?

## 11

Marie, pelotonnée dans un fauteuil, croisait les bras :

— Moi, je ne dis plus rien. Alphonse sait ce que je pense.

Alphonse, assis au bout de la table de la salle à manger, regardait fixement la lettre posée devant lui. Il la connaissait par cœur après l'avoir lue et relue depuis son arrivée, une semaine plus tôt.

— Il faut pourtant se décider. Il reste deux jours pour la réponse. Je veux me sortir cela de la tête, quel que soit notre choix.

Marthe, appuyée contre la desserte, levait les bras :

— *Notre* choix... *Ton* choix plutôt, et celui de Marie.

Marie serra plus fort les manches de son gilet.

La Compagnie des Chemins de fer de l'Est proposait au chef de gare de Pompey une mutation à Bar-le-Duc, avec une augmentation substantielle et quelques avantages comme une indemnité de logement et la fourniture du charbon pour le chauffage.

Bien noté, sollicité plusieurs fois pour des postes plus importants, Alphonse devait l'offre séduisante à son attitude pendant le séjour prolongé, sur des voies de garage de la « Petite Vitesse » de Pompey, des quatre trains du cirque Macadon, mis en quarantaine pour un contrôle médical.

Le convoi du grand rival des chapiteaux de Buffalo Bill comptait soixante-seize wagons qui transportaient, en plus de la ménagerie et des employés du montage et des pistes, trois cent cinquante chevaux et huit cents artistes. C'était un gigantesque camp roulant arrêté à proximité des hangars de marchandises. Avec le calme qui était une vertu des Muller héritée de Léopold, et avec compétence, Alphonse organisa les rotations de wagons-citernes pour les animaux et de plates-formes de l'armée équipées de cantines roulantes pour les repas des personnes. Pendant quarante-huit heures, avec les responsables du cirque, il facilita les allées et venues des voyageurs bloqués et contenta la curiosité des Pompéens sans qu'ils entravent les manœuvres de ravitaillement ou de nettoiement.

Les terre-pleins de la gare servaient de manège pour les chevaux les plus délicats, débarqués pour un débourrage de fortune, et d'anneau d'entraînement pour des clowns, des jongleurs et des dresseurs de chiens qui offrirent des spectacles gratuits dignes des meilleures attractions de la Foire de mai à Nancy.

Aux lettres de remerciements et de félicitations succéda celle de la promotion.

— Ils t'offrent Bar-le-Duc, ironisa Gustave, à cause de la ville de garnison et des dragons; quinze chevaux debout et quinze hommes couchés par wagon.

Depuis le début de la discussion, Léon demeurait silencieux, presque indifférent, ainsi qu'il l'était de plus en plus. Il n'apparaissait plus aux Muller comme le chef du clan, l'héritier et le continuateur du grand-père de moins en moins présent dans les mémoires. Rien ne l'émouvait plus. Il laissait couler le temps, attaché seulement au parterre de la maison et au jardin qu'il cultivait de nouveau sur l'arrière. Magasinier à l'usine, il accomplissait une tâche de distribution des fournitures aux bureaux qui n'avait rien de commun avec le travail aux fours et aux laminoirs de ses anciens camarades. Il partageait moins leur fierté de l'entreprise : la production banalisée des pièces d'acier entretenait sa nostalgie des heures héroïques des débuts, de celles, fiévreuses, des fabrications spéciales pour la Tour Eiffel.

Les arbustes collés sur la meulière, les bouquets étalés en dessous comme des grappes d'un jardin flottant occupaient ses heures de repos, avec les allées du potager. Il fournissait Marie et Marthe en légumes, en salades et en herbes autrement parfumés que les produits des épiceries. Selon le temps et la saison, il finissait ses soirées près de sa cheminée, dans le fauteuil fabriqué par Gustave avec un repose-pieds qu'on tirait à volonté, ou sur le banc sous les mirabelliers, plus noueux avec l'âge mais formant une voûte de verdure avec leurs branches penchées qui se rejoignaient. Méditatif, il se levait de temps à autre pour arracher une mauvaise herbe entre les pavés des allées qu'il lavait une fois par semaine à grande eau savonneuse avec un balai de crin, préservant leur brillance graniteuse.

Alphonse poussa sa chaise pour marcher dans la salle de séjour.

— Depuis une semaine, je pèse le pour et le contre, les avantages et les inconvénients. L'argent est toujours bon à prendre, mais on ne m'offre pas un pactole capable de changer notre existence. La vie coûte davantage à Bar-le-Duc qu'ici. Plus jeune, je rêvais d'une casquette dorée avec une rangée d'étoiles : l'ambition n'est quand même pas mon fort. Quant à Marie...

— ... Marie veut que tu te décides. Je n'aime pas non plus cette incertitude. Mais j'aime bien la Bicoque et son calme.

— Dans ces conditions, j'écrirai que je refuse. Malgré

l'ancienneté, je croupirai à Pompey, oublié pour les augmentations et pour les médailles.

Maric s'approcha dc lui :

— Nous serons plus heureux ici.

Alphonse posa la main sur l'épaule de Léon.

— Ça te va?

Léon tapota la main de son frère.

— Les Muller sont accrochés au Hameau depuis des lustres, quand il y avait un roi de Pologne à Lunéville et quand Astolphe a trempé ses bottes dans la Bérézina. Nous sommes trois frères, et tous trois au Hameau : la famille tient bon. Tant mieux.

Marthe piétinait devant la desserte.

— Je regrette, une fois encore, alors que nous sommes tous réunis, que ton esprit de famille s'arrête là. Louis aussi est un Muller.

— Mon esprit de famille s'arrête aux frontières. Je ne suis pas adhérent du Souvenir français, mais j'ai une bonne mémoire.

— Nous avons réglé un problème, dit Marie, n'en posons pas un autre.

— Celui-ci ne date pas du passage du cirque Macadon. Louis et Pauline sont mariés depuis huit ans. Pierre entre au cours préparatoire sans connaître son grand-père, qui s'entête à le considérer comme un Teuton. Léon, ton attitude décevante semble admettre la supériorité d'un grand-père prussien sur un grand-père français. Pour le revanchard que tu es devenu, c'est plutôt défaitiste.

Marthe martelait son propos. Léon ne bougeait pas de son siège.

— Je ne suis pas revanchard. Que l'Allemagne reste chez elle et nous rende ce qui nous appartient. Que disparaisse l'*Elsass-Lothringen* pour que renaissent, chacune à leur place, une Alsace et une Lorraine libres. Ce n'est pas d'aujourd'hui que je montre mon drapeau. Je ne l'ai pas hissé au sommet d'une cheminée d'usine pour qu'on m'impose la cohabitation d'une bâtarde de Nuremberg.

Gustave, inquiet de la tournure de la conversation, fit signe à Marie d'entraîner Marthe vers la cuisine.

— Chacun fait ce qu'il veut, dit Gustave. Nous restons unis malgré les années, malgré les circonstances, parce que restent solides entre nous les liens qui nous attachent à cette maison, à la Bicoque, à nos deux vieux. Tu égratignes au passage le Souvenir français, Léon. Je ne vise rien d'autre que d'entretenir le rappel des hécatombes encore proches de nous, et d'alerter les hommes sur la cruauté de la guerre plutôt que sur les bravaches besoins de revanche. Je suis un peu isolé dans le mouvement, qui se nourrit encore des chansons de Déroulède. Au moins, que nous soyons clairs : l'avenir de l'Alsace et de la Lorraine, la libération de Metz ne passent pas par le bulletin de naissance d'une fille née d'un médecin prussien au hasard d'une amourette. Pauline est française jusqu'à la moelle. On dirait l'héritière spirituelle du Pépère des gamins Fischer. C'est aussi stupide de parler d'*ausweis* pour Pauline que d'interdire de jouer *Les Pompiers de Nanterre* dans une fanfare de Bitche.

— Arrêtez, grogna Alphonse, ou je pars à Bar-le-Duc.

— De toute façon, Pauline a un beau-père, Pierre a un grand-père : il s'appelle Muller, c'est bien connu. Seul le prénom change.

Gustave coupa court à la réflexion de Léon. L'allusion montrait qu'avec son isolement à l'usine et ses déceptions de la vie publique, le départ de Marthe et son divorce comptaient dans l'amertume grandissante de son frère. Il ne pouvait lui en vouloir.

Alphonse rappela les femmes pour proposer de terminer la soirée au cinématographe sous le chapiteau Pathé installé pour trois jours. Il disposait de six places gratuites offertes par le tourneur après le débarquement du matériel en gare et l'aide de chariots pour transporter les groupes électrogènes, les gradins, la tente et les projecteurs.

Ils ne connaissaient jusqu'alors que les images fixes de panoramas montrés dans des baraques de la Foire de Nancy. Des forains passaient parfois à Pompey, alléchant la population par des communiqués, lus par Gisèle, qui parlaient abusivement de spectacles cinématographiques quand ils ne proposaient que des lanternes magiques et les vues fixes de vedettes de music-hall soutenues en coulisses par la diffusion de leurs chansons sur le rouleau d'un gramophone. Le « Ciné-Pathé » en promettait plus, avec une première partie de variétés et de bandes d'actualités, un entracte d'attractions, et une seconde partie annoncée comme « burlesque », ce qui intriguait sans paraître clair.

L'ambiance sur la place était celle des soirs de passage de cirque, avec la diffusion d'enregistrements de musiques dynamiques choisies dans le répertoire des opérettes et des opéras. La foule piétinait devant les deux cabanes de caisses, de chaque côté de l'entrée de la grande tente rectangulaire. Un passage latéral facilitait l'accès des invités, orientés par une placeuse vers les premiers rangs, à proximité de la toile d'écran.

— Ça ne manque pas de pompiers, dit Alphonse, même ceux de Frouard sont là.

A travers maints détails, comme les mesures de sécurité, perçait l'organisation sérieuse d'une société qui imposait un monopole sur les spectacles de films suivis chaque soir par des publics considérables.

L'attente de la nouveauté rendait la foule discrète, les gens parlaient à voix basse sans montrer d'impatience. Une sonnerie de trompette, courte et solennelle, annonça le début du spectacle en même temps que s'éteignaient les lampes des allées latérales. Dans un tremblement d'images qui cherchaient à s'assembler, un coq parut à l'écran dans une sommaire mappemonde. Dans la coulisse, la batterie de l'orchestre roulait ses tambours. Sur le côté, protégé par un léger rideau, un homme lisait son texte dans un microphone. Il annonçait le titre de la bande qu'accompagnaient ensuite une musique de circonstance et des bruitages approximatifs mais évocateurs. Amenées au-dessus des bancs du public par le faisceau évasé de la lumière du projecteur, les premières vues montraient une fantasia arabe déboulant sur une terre sableuse. Un tambour frappé avec les doigts évoquait le galop mou des chevaux. Des morceaux de bois cognés avec force claquaient comme des coups de fusil. Les cris de quatre ou cinq musiciens donnaient mal l'idée de foule; les applaudissements et les sifflets de la salle tinrent vite lieu de fond sonore. Le public bon enfant fit un bruit de moteur en gonflant les joues quand les « plaisirs de l'automobile » remplacèrent les galopades des chevaux arabes. Une mandoline et un banjo accompagnèrent seuls les trois minutes du documentaire sur les *Niagara falls*, qui sidéra l'assistance en montrant une barque de touristes en suroîts jaunes secouée sous les colonnes d'eau comme une coquille de noix.

Le présentateur, dans la gravité revenue, commenta, sans intervention des musiciens, le montage d'images d'actualité dont les plus récentes, prétendait-il, dataient de moins de huit jours. Le ton de son intervention passait du grave au guilleret, de l'étonnement à l'ironie selon les sujets : tension franco-allemande au Maroc où le général Lyautey est nommé haut-commissaire du gouvernement; bagarre dans une manifestation en faveur du repos obligatoire le dimanche; rachat par l'Etat de la Compagnie des Chemins de fer de l'Ouest; à Milan, pour la première fois au monde, une femme monte dans un avion avec le pilote Léon Delagrange, ami de Henri Farman; confirmation du droit obtenu par les garçons de café parisiens de porter la moustache à l'issue de plusieurs jours de grève. La bonne nouvelle fut applaudie par les hommes de l'usine, en effervescence syndicale après des sanctions contre un délégué C.G.T.

L'écran, enroulé tel un rideau autour de la barre supérieure, libéra une estrade. Un pianiste attendait, assis près de son instrument sur lequel s'appuyait un homme en costume noir, coiffé d'un haut-de-forme, l'œil rigolard au-dessus d'une moustache à la gauloise, drue et raide comme de la paille. Le présentateur annonça au micro :

— Et voici George Chepfer, la vedette comique du *Chat noir* et de *La Lune rousse*... George Chepfer !

On connaissait à Pompey l'artiste nancéien, animateur de nombreux spectacles, conteur intarissable de saynètes lorraines. « A la pâtisserie du coin », annonçait-il, mimant aussitôt la patronne derrière son comptoir, déplaçant les éclairs et les choux, puis une grosse dame, empruntée avec son ombrelle. Chepfer menait le dialogue, assurant les voix comme le reste, déchaînant les rires avec l'entrée d'une ordonnance alsacienne :

— *Che viens voir, si par hasard, le zavarin tu lieudenant Turand y serait prêt, parse que gomme ça che le remborderais.*

A la fin du sketch, le public réclama l'histoire de la « Communion du gamin ». Chepfer, accompagné par une ritournelle du pianiste, approcha du bord de l'estrade d'un air navré, se pencha vers les premiers spectateurs en disant :

— *Si seulement vous étiez venus hier.*

Aussitôt l'écran reprit sa place.

Dans le noir revenu, le générique annonçait trois films à la suite : *Boireau déménage, Boireau fait la noce, Boireau a mangé de l'ail.* Alphonse regardait Marie, les yeux encore humides après les rires de l'entracte.

Boireau, dans toutes les situations, se conduisait

comme un niais maladroit. Il s'étalait sur le pavé avec la pile d'assiettes qu'il portait. Il recevait une tarte à la crème en plein visage dès qu'il ouvrait une porte, un coup de pied au derrière chaque fois qu'il se baissait pour ramasser quelque chose. La salle trépignait de plaisir. Elle admirait aussi l'agilité de l'interprète qui, en bon clown, réussissait les pirouettes et les glissades les plus acrobatiques, renforcées par d'invisibles trucages ou astuces de montage. La dernière scène de *Boireau a mangé de l'ail* couronna la soirée par les rires, les applaudissements et les inutiles rappels. Pendant quelques minutes, Boireau avait asphyxié toutes les personnes rencontrées par son haleine chargée de son trop-plein d'ail. Rentrant chez lui, il se regardait dans la glace de son armoire... et tombait raide à la renverse. Pendant toute l'évacuation de la salle, les spectateurs reprenaient les détails des trois histoires sans se souvenir davantage de la fantasia du début ou des moustaches permises aux loufiats parisiens.

Alphonse offrit un verre à la terrasse du « Bon Accueil », un nouveau café. Carcel n'existait plus : à la place, une « Brasserie des Sports » servait de siège aux associations et aux clubs qui se disputaient les rameurs, les cyclistes, les footballeurs, les gymnastes et les archers. Le plaisir des jeux et de la compétition s'accompagnait de l'entretien civique du corps pour une jeune génération de réservistes à la merci d'une mobilisation soudaine : loin du face à face frontalier de Pagny-sur-Moselle, les Français et les Prussiens déplaçaient au Maroc leurs querelles de suprématie et leurs tenaces rancunes.

En essuyant la mousse de la bière sur sa moustache, Léon admettait n'avoir jamais autant ri de sa vie :

— Ce Boireau, c'est l'idiot du village en modèle universel. C'est un changement de plus : quand j'étais gosse, je riais en croisant un bossu ou si le curé éternuait pendant le prêche. Je crois que je n'ai jamais vu rire ma mère.

— Les documentaires sont trop courts, dit Marthe, mais, c'est le cas de le dire, ils ouvrent des horizons. En vingt secondes, on s'envole de Pompey pour une fantasia au Maroc et, tout de suite après, pour une promenade en barque sous les chutes du Niagara. C'est passionnant et inquiétant à la fois.

— Un jour, je verrai comme ça le Transsibérien, disait Alphonse.

— Et le défilé du 14 Juillet à Bar-le-Duc, avec les dragons du train de huit heures quarante-sept, plaça Gustave qui avait ri plus fort encore que ses frères. Nous aurons bientôt le cinéma sur place. Marchal supprime son bal pour construire une « Salle Pathé ». Il me propose le chantier de menuiserie, que j'hésite à prendre.

— Si Louis était resté, dit Léon.

Marthe reprit du tac au tac :

— Louis est bien où il est. Sa famille avec lui. Je vais les voir demain, d'ailleurs. Si tu as une commission à leur faire...

Marthe gardait Pierre pendant les deux jours que ses parents passaient à Metz. Ils accompagnaient Mathieu Fischer, qui disputait avec son équipe du Groupe sportif de Nancy une rencontre de football contre le F.C. Mosel. Mathieu jouait avec quelques autres collègues instituteurs et des sportifs venus d'autres disciplines : leur gardien de but était champion de Lorraine de saut à la perche. Ce match, prétexte futile, donnait l'occasion au jeune couple de retrouver la ville, où il n'était pas retourné depuis le décès de la mère de Pauline, quatre ans plus tôt.

— Ce n'est plus la même ville, mais que c'est beau, dit Pauline en sortant de la gare.

Impressionnés par la haute verrière au-dessus des quais d'arrivée et par l'allure de rue du couloir, avec ses boutiques et sa décoration, les trois amis, assis sur le bord d'un bac de fleurs de la place, regardaient l'étonnant bâtiment, qui étirait sa façade basse dominée par le portail central et sa tour-horloge, à la fois donjon et clocher d'église.

— Je m'attendais à pire, observa Mathieu. J'ai lu que Maurice Barrès comparait cela à une tourte et à un immense pâté de viande. C'est allemand, donc c'est laid. Je ne comprends pas des états d'esprit de ce genre-là. On ne trahit pas sa patrie parce que l'on reconnaît à d'autres le droit d'exprimer des goûts différents. Une gare est faite pour fonctionner; celle-ci le fait bien. En plus, elle offre des allures de monument. Je ne trouve pas ça « colossal », mais plutôt harmonieux.

Pauline hésita à avouer qu'elle préférait ce bâtiment, rigoureux dans son élégance massive, à la gare nancéienne, « un peu bêtasse », qui n'avait de bien que la place devant elle.

Il était tôt dans la matinée. Ils prirent place à une table devant une brasserie installée dans un baraquement provisoire, en face du chantier de construction de la nouvelle poste. Des fiacres transportant les voyageurs croisaient les chariots amenant des blocs de grès rose qui prenaient de la couleur sous le soleil.

— Alfred!, dit Pauline. Quelle bonne surprise! (Elle présenta l'homme jeune qui approchait avec sa tasse de café et la soucoupe à la main :) Alfred Pellon habitait dans mon quartier. J'étais une gamine pour lui, qui a cinq ans de plus. Nous écoutions, avec les autres enfants, les lectures en français du Pépère, le grand-père de Mathieu. Alfred est dessinateur.

— Un peu plus, maintenant. Je peins, je brosse des décors au théâtre. Je regroupe des artistes autour de moi. Les visiteurs de nos salons reniflent la peinture pour savoir si elle sent le noir de l'aigle ou le rouge de la crête du coq. Selon le cas, le tableau est admiré ou rejeté.

— Chaque jour aussi je rencontre l'intolérance, dit

Mathieu. Elle chauffe les esprits des deux côtés de la frontière pour le jour de la revanche. Chez nous, elle divise l'opinion, comme on l'a vu avec le capitaine Dreyfus, aujourd'hui réhabilité, ou dans la séparation de l'Eglise et de l'Etat, justifiée mais tellement partisane d'un côté et de l'autre.

— Je suis artiste et sensible aux deux cultures reçues, qui ne s'enveloppent pas dans les plis des drapeaux. Sous le prétexte, respectable, de l'attachement à la France, des Messins bornés rejettent toute ouverture d'esprit : ils m'ont refusé une célébration du soixantième anniversaire de Paul Verlaine, qui a pourtant écrit : « *O Metz, mon berceau fatidique / Metz, violée et plus pudique / Et plus pucelle que jamais.* » Peut-on nier Verlaine et regretter que les heures de cours de français diminuent dans les écoles de la ville entre le cours préparatoire et la dernière classe de l'école? Je me sauve pour ne pas manquer mon train. Pauline, ravi de t'avoir rencontrée.

Tenu par le rendez-vous avec ses coéquipiers, Mathieu laissa Pauline et Louis poursuivre seuls leur chemin. La distance entre la gare, déplacée, et le centre ville était plus grande qu'avant, dans un décor bouleversé. Autour de la porte Serpenoise n'existaient plus les remparts médiévaux renforcés par Vauban. Des talus, des blocs de pierre ancrés dans le sol rappelaient la ceinture de bastions et de courtines. Il ne restait rien des fossés, si larges que des péniches y glissaient pour porter leur chargement vers le port Saint-Thiébault. A leur place s'étendait un large espace, déjà baptisé *Kaiser Wilhlem Ring*, qui annonçait, entre les baraquements de chantier et les premières maisons construites, une future avenue, coupée par une large allée d'arbres et de verdure. D'un côté de la voie, sur le terrain gagné sur les fossés comblés, s'entassaient les matériaux et les engins de construction que côtoyait un troupeau de moutons en pâture sur les traces herbues des parapets. De l'autre, dans le prolongement de la Tour Camoufle protégée, s'alignaient les premières maisons cossues comme des hôtels particuliers, avec de hautes fenêtres, des clochetons, des toits pointus qui rompaient les lignes ou des couvertures plus écrasées sur un deuxième étage de lucarnes.

— La largeur de cette avenue me sidère, disait Pauline.

— Les convois de troupes la traverseront plus vite en direction de la gare. *Nach* Paris.

— Les militaires ne dirigent pas tout. Les urbanistes et les architectes doivent bien penser aussi au confort et au plaisir des habitants. Ce boulevard s'annonce plus élégant que stratégique. Quand Metz sera libre, on oubliera l'arrogance des bâtisseurs : les pierres et les façades resteront belles.

Ils posèrent leur valise à l'hôtel, place Saint-Louis, avant d'entreprendre la longue marche vers le terrain du Sablon où jouait le Groupe sportif de Nancy. C'était un pré à l'herbe plutôt rase, clos par une balustrade de bois coupée par une tribune peu élevée, avec six ou huit rangées de bancs. Des fourgons militaires sans châssis servaient de vestiaires aux joueurs. Des soldats en treillis blancs de corvée traçaient à la chaux, étalée à l'aide d'entonnoirs, les limites du terrain entre les drapeaux jaunes flottant mollement de chaque côté des poteaux de but. Quelques messieurs aux allures d'officiels discutaient sur les gradins de la structure de planches. Une centaine de personnes s'étalait autour du terrain, des hommes et des garçons, pas de femmes, pas de soldats non plus. Trois arbitres en short et chemisette noire trottinèrent vers le centre de la pelouse, bientôt suivis des joueurs sur deux rangs. Tous s'alignèrent face à la tribune, qu'ils saluèrent avant de faire demi-tour pour s'incliner devant les autres spectateurs.

Mathieu quitta son groupe pour saluer Pauline et Louis, isolés sur un coin de la touche. Le maillot blanc rayé de bleu moulait sa poitrine. Pauline trouvait drôles les knickers serrés qui lui tombaient au ras du genou, au-dessus de ses grandes chaussettes.

— Tu aurais pu nous expliquer la règle du jeu.

— Il faut marquer des buts. Le meilleur gagne.

Les joueurs du F.C Mosel portaient un maillot grenat coupé des trois initiales de leur club. Ils tapèrent les premiers dans le ballon qui roula jusque dans les pieds de Louis, qui le ramassa sans savoir qu'en faire. Un Nancéien lui arracha brutalement la boule de cuir des mains.

— C'est drôlement lourd, dit Louis.

— Ça n'a pas l'air de les assommer quand ils le prennent sur la tête.

Pauline trouvait que le sifflet de l'arbitre interrompait trop souvent le jeu, arrêtant la course d'un footballeur vers le but adverse. Elle ne comprenait pas non plus pourquoi, quand il était sorti, on renvoyait le ballon à la main et quelquefois au pied. Louis trouvait le public sympathique parce qu'il applaudissait indifféremment les mouvements des deux équipes, plus particulièrement les gardiens de but quand ils plongeaient dans l'herbe ou, mieux, se détendaient avec vivacité, les bras tendus sous les barres blanches. Mathieu jouait à l'avant de ses camarades. Il courait comme un dératé après le ballon que les autres lui lançaient devant à grands coups de pied.

— C'est un jeu allemand? demanda Pauline.

— Non, anglais. C'est la folie du moment : il y a même une équipe à l'usine de Pompey. Les joueurs de Nancy rencontrent souvent ceux de Metz ou de Thionville, Lorrains et immigrés allemands confondus.

— Dommage que mon père n'ait pas joué au football avec l'équipe du Lazarett. Il serait mieux accepté.

— Pauline!

— C'est une boutade. Je suis injuste car tu te conduis bien. J'ai des regrets pour ton père, c'est tout. Il pourrait emmener Pierre applaudir les coureurs de ballon du groupe sportif pompéen.

La rumeur et les applaudissements annonçaient un but. Mathieu remontait le terrain, les bras levés, congratulé par ses camarades. Un homme arrivait près du couple :

— Belle reprise de volée, dit-il. Nancy a du mérite. Le « Mosel » détient la coupe de la meilleure équipe messine, offerte par un proche du Kaiser.

Pauline et Louis marchaient autour du terrain. Ils s'amusaient des réflexions des spectateurs qui contestaient surtout les décisions de l'arbitre. Ils passèrent près de Mathieu, qui récupérait le ballon au-delà de la main courante.

— Bravo, dit Pauline, vous gagnez !

— Tu rigoles : on perd trois à un et c'est bientôt fini !

Peu après, les joueurs s'alignaient de nouveau au centre du stade pour saluer. Les jeunes Muller attendirent leur ami.

— Quatre à un, c'est dur, maugréait Mathieu. Je ne sais pas pourquoi l'arbitre a refusé mon deuxième but ! En plus, le gardien m'a cogné le tibia. Je boite. Je préfère rentrer à Nancy avec les autres.

Il ne leur déplaisait pas de poursuivre leur séjour en amoureux et un peu en touristes.

Pauline montrait à Louis les changements, le temple qui mordait sur le Jardin d'Amour, le portail autrement plus élevé de la cathédrale, au-delà des casernes le palais du gouverneur figé dans ses belles pierres jaunes venues des carrières de Jeumont. Ils remontaient par l'esplanade, partagés entre l'envie de s'asseoir sur un banc et celle de regagner au plus vite la place Saint-Louis pour échapper au spectacle des officiers prussiens qui marchaient avec hauteur, le monocle sous la casquette, le fume-cigarette aux lèvres.

— Cette guerre perdue nous marque profondément, dit Louis. S'en sortira-t-on sans un autre affrontement? Ceux-là semblent tellement chez eux.

— Un jour, ils laisseront leurs pierres; Metz retrouvera son âme véritable.

Leur dernière matinée messine fut consacrée aux magasins. Pauline ne retrouvait pas l'ambiance de ses dernières années dans la ville. Les gens semblaient plus graves, empruntés les uns vis-à-vis des autres, comme elle le ressentait entre ses collègues de la poste. A haute voix, du moins, les dialogues étaient en allemand, comme les étiquettes et les réclames des vitrines. La mode elle-même montrait, dans les formes et les coloris, une tendance germanique, particulièrement dans les coiffures pour femme ou pour homme.

A cause de Pierre, les magasins de jouets les attiraient. Ils résistèrent à la tentation pour ne pas rapporter à l'enfant un coffret marqué *made in Germany*. Pour Alphonse plus que pour son fils, Louis était tenté par une panoplie de petit chef de gare. La boîte contenait divers accessoires, le drapeau rouge, une trompette, une pince à billet. Vide, elle devenait guichet, avec des tickets, des cartes et des horaires, de la monnaie, un encrier et son porte-plume. Louis traduisait sans l'aide de Pauline la « *Déclaration de transport à Petite Vitesse* » qui convenait bien à son oncle. Il aurait bien vu, aussi, dans la vitrine de la Bicoque, le hangar de la gare de marchandises Märklin avec sa grue de quai, la brouette, le cheminot poussant sur un chariot un sac de graines, des malles plus petites qu'un demi-sucre.

Pauline attendait son mari du côté des poupées et surtout des accessoires, épiceries, ateliers de couture, maisons miniaturisées avec les pièces et leur ameublement.

Ils limitèrent leurs achats, dans le hall de la gare, à des bretzels pour le garçon et, pour Marthe, une bouteille d'eau de Cologne d'origine mais avec une étiquette en français. En arrivant à Nancy, ils complétèrent les bretzels avec un album à colorier et une boîte de crayons, plus un taille-crayon en forme de canon de 75 avec des roues mobiles et la lame à la place de l'affût.

Pierre, qui traçait des lettres de l'alphabet entre les lignes d'un cahier préparé par sa grand-mère, entreprit, dès l'arrivée de ses parents, de barbouiller les ailes du papillon de la première page de l'album. Il ne croqua que du bout des dents la croûte dorée d'un gâteau, dont le goût salé ne lui plut guère. La salle à manger sentait bon la cuisson d'une soupe de légumes dans la cuisine voisine.

— Je m'offrirais bien une semaine de vacances chez vous, dit Marthe. Gustave est passé avec un chargement de bois. Il commence le chantier urgent du cinéma Pathé de Marchal, au « Central ». Il a huit jours pour lambrisser le hall d'entrée et monter la caisse. Il sera plus tranquille sans moi. Je ne connais pas bien Nancy; j'ai envie de me promener.

La maison lui plaisait, avec le rez-de-chaussée pour la journée et l'étage pour dormir. Marthe appréciait la véranda qui agrandissait la cuisine vers l'étroit jardin, pas plus large que la façade mais allongé jusqu'au grillage mitoyen d'une autre maison. Derrière les vitres tièdes, elle cousait ou lisait en surveillant Pierre qui jouait avec ses quilles ou lançait des palets dans la gueule ouverte de la grenouille du passe-boule. A cause de l'attitude de Léon, la grand-mère apportait toute son affection au garçon; elle considérait Pauline comme sa fille.

La maison se situait à mi-chemin du centre de la ville et des ateliers Majorelle. Chaque matin, les deux femmes et l'enfant descendaient jusqu'au marché. Sur la grande place devant l'église Saint-Sébastien s'opposaient, se tournant le dos, le monde paysan du siècle dernier et le commerce nouveau avec ses étals couverts, ses comptoirs, ses bouliers à la caisse. Jusqu'au mur du Marché, l'espace appartenait aux maraîchers et aux jardinières. Le déballage de paniers et de bannettes rappelait à Marthe celui du samedi à Pompey, avec plus de monde et des gens d'allure différente. Des messieurs avec canne et chapeau de paille marchaient entre les corbeilles de fruits, d'œufs ou de légumes, par curiosité plus que par souci d'acheter. Des dames élégantes, chapeautées comme pour une messe, précédaient leur bonne ou leur cuisinière, un tablier blanc sur la longue jupe noire, un cabas déjà chargé à bout de bras.

Un agréable brouhaha régnait sur cet étrange mélange de vendeurs accroupis et d'acheteurs debout. Marthe traduisait pour Pauline des mots de paysans venus de la périphérie ou descendus des côtes de la Meuse. Les nigottes étaient des noisettes, les bolets des champignons, quelle que soit l'espèce, une chalande aux brimbelles une tarte aux myrtilles, les fèves des haricots verts. Pierre s'amusait de la leçon de vocabulaire en répétant devant les fanes vertes : « Des poreaux, des poreaux ! »

Les travées couvertes, tournées à l'opposé de l'église, formaient un promenoir à trois côtés autour d'une placette qu'occupaient des marchandes de fleurs. On trouvait encore des fruits et des légumes dans les cases simples ou doublées, mais dominaient les crémiers, les bouchers et les charcutiers. Vers le bas, une société de moulins industriels proposait une démonstration de boulangerie qui répandait la bonne odeur du pain chaud. Pauline raconta à Pierre que son grand-père, dans la campagne de Metz, fabriquait lui-même les miches de la famille :

— Il plaçait dans des panetons des boules de pâte de deux kilos. Il jetait dans le four des fagots d'épines qui provoquaient des flammes vives et colorées. Avec la pelle, il plaçait les corbeilles. Au bout de quarante minutes, il enlevait la tôle devant le four. J'avais droit alors à des roulottes toutes dorées, des morceaux de pommes couverts de pâte.

— Des chaussons aux pommes, conclut Pierre, l'œil gourmand, aussitôt récompensé d'un croissant chaud par sa grand-mère.

Parfois, les deux femmes décidaient de rester en ville. Elles achetaient des pâtés en croûte au marché, quelques fruits qu'elles grignotaient sur un banc de la Pépinière. Avec un peu de chance, le garçon assistait à la répétition d'une musique militaire sous le kiosque. Il tournait autour des chaises en marquant le pas, enviant les gamins du quartier accourus avec des fusils de bois, certains avec des casquettes de fantassins ou des chèches rouges de zouaves.

— On voit plus de soldats dans les rues de Nancy que dans celles de Metz, constata Pauline. La garnison prussienne est sûrement plus importante, mais entassée dans les vingt-deux casernes construites depuis dix ans et dans les ouvrages de la nouvelle ceinture fortifiée.

— Léon dit qu'il faudrait aussi construire des forts autour de Nancy!

Marthe, qui n'aimait pas évoquer devant sa bru le père de Louis, continua aussitôt :

— Vous avez trouvé Metz changée?

— On construit partout autour de la nouvelle gare, comme à Nancy, en laissant plus d'espace et, je crois, avec plus de cohésion.

— Vous préférez Metz?

— J'aime la cathédrale et ses vitraux, les cours de la Moselle et de la Seille, le quartier de la place Saint-Louis avec ses arcades. Je suis nancéienne et d'autres lieux, comme cette Pépinière, me plaisent autant.

Elles croisèrent les bras pour offrir un siège à Pierre, qui traînait la jambe et réclamait le tramway. Le garçon retrouva des forces, sur la place Stanislas, pour regarder les travaux du Théâtre. De l'ancien édifice qui avait abrité l'évêché, il ne restait que la façade soutenue par les premiers éléments des ailes latérales. Des grues dominaient les vasques et les statues du fronton. Elles soulevaient vers les échafaudages des panneaux de pierre larges comme des murs. Venant de la proche caserne Sainte-Catherine ou du Palais du Gouverneur, des soldats à pied, des cavaliers, des véhicules de l'intendance traversaient sans arrêt la place sous le bras pointé du roi de Pologne. Pierre ne comprenait pas pourquoi un prince polonais avait régné à Nancy. La brève explication de Marthe profitait également à Pauline. L'enfant retenait surtout la fuite de Stanislas, au siège de Dantzig, déguisé en paysan au fond d'une barque des marais.

— Ça ressemble à une de tes histoires des trois mousquetaires, dit-il à sa grand-mère toujours disposée à éveiller sa curiosité et contrainte, dans le tramway du retour, de reprendre l'histoire de l'évasion dans les méandres de l'estuaire de la Vistule.

Louis, sans contraindre son fils à une nouvelle marche, servit de guide à sa mère le jour de son repos hebdomadaire. Il lui détailla les meubles du magasin Majorelle et les coupes, les lampes et les vases du magasin d'Emile Gallé, décédé trois ans plus tôt.

— Le nom d'« Ecole de Nancy » s'impose partout, maintenant. On voit une boutique Gallé à New York. Majorelle possède un magasin à Paris, un autre à Cannes pour la clientèle anglaise.

Ils traversèrent aussi la Pépinière, profitèrent de la roseraie en mangeant une glace.

— Les pétunias du Hameau ont toujours leur odeur de vanille ?

— Pourquoi me poses-tu la question ?

— Parce que nous sommes parmi des fleurs, pas pour m'accrocher aux branches. La situation est stupide. Je m'en accommode.

— Ton père, en vieillissant, reconstruit sa vie autrement dans sa tête. Il s'imagine avoir trahi ses origines de paysan, la mémoire de ses parents et le souvenir du village. La propagande revancharde lui trotte un peu dans l'esprit. Il bouffe du Kaiser comme le Pépère des Fischer du Bismarck. Dans l'affaire, c'est Pierre le plus à plaindre ; il n'a pas de grand-père.

— Il a une excellente grand-mère.

Ils ne s'attardèrent pas devant la relève de la garde du Palais du Gouverneur, mais regardèrent attentivement le portail du Palais ducal que Marthe voyait pour la première fois. Elle trouvait dans la statue équestre du duc Antoine une ressemblance avec les images à cheval de Jeanne d'Arc, la pucelle que Pie X voulait béatifier. Ils contournèrent la porte de la Craffe qui ne servait plus de prison. Dans une nouvelle rue, ouverte sur l'emplacement de vieux bastions, Louis dit à sa mère :

— Voilà ce que je tenais à te montrer. Cette maison ressemble dans la pierre à ce que Louis Majorelle taille dans le bois. Le propriétaire, qui est architecte, l'a construite lui-même, comme beaucoup d'autres à Nancy. Les deux espaces cubiques sont presque classiques, mais je retrouve un mouvement de meuble dans l'élancée au-dessus du balcon, vers la lucarne que prolonge le pinacle coiffé de son bulbe floral.

— On appelle ça un pinacle ? On utilise des mots comme ça sans savoir ce qu'ils représentent. Je croyais que c'était un temple de Jérusalem.

— Celui-ci, je parle du pinacle, est le symbole de

l'architecture qui complète le mobilier de l'Ecole de Nancy. En nous promenant, je te montrerai des sommets de façade flamboyants comme celui-ci. Nous ne pouvons malheureusement pas entrer chez les propriétaires, que je livre parfois pour l'assemblage. Les vitraux de Gruber jettent des lumières bariolées sur les meubles. Les cages d'escaliers ont des rampes accrochées comme des lianes. Je ne connais rien de plus beau que la maison de mon patron, derrière nos ateliers. Les quatre façades sont différentes et identiques à la fois, coiffées de cheminées dressées comme des cols de girafe. Louis Majorelle appelle cela la verticalité. Le matin, en passant à côté de nous, il dresse son crayon-fusain devant ses yeux en répétant : « La ver-ti-ca-li-té. » Son autre obsession est l'unité botanique. Comme dans les pages d'un herbier, ses meubles réunissent les pommes de pin au salon, les épis de blé dans la salle à manger, le lierre dans l'escalier. Je comprends pourquoi Emile Gallé s'intéressait aux grappes fleuries du jardin du Hameau.

— Les mirabelliers te manquent?

— Mes racines sont quelque part.

Marthe ne rechignait pas aux détours que lui imposait Louis pour voir un motif de volubilis, les ferronneries de Louis Majorelle à la façade de la Chambre de commerce, le chantier de l'*Hôtel d'Angleterre* et de la *Brasserie Excelsior* pour qui travaillaient les ébénistes de l'atelier.

Ils prirent un thé dans le salon des Magasins Réunis; Marthe se réjouit d'être enfin assise tout en découvrant l'étendue des rayons des trois étages. Louis expliqua qu'une grande exposition se préparait, pour le printemps suivant, sur le terrain d'une ancienne garenne :

— Je sais que l'usine de Pompey fournira le portail d'acier. Il ne manquera que la Tour Eiffel.

— Presque vingt ans!

— Je découvrais l'électricité. Aujourd'hui roulent les automobiles et volent les avions.

Marthe s'éloigna un moment pour un achat. Croquant les gâteaux anglais, Louis regardait les rameaux d'hortensia du plafond, les chaises et les tables fournies par Majorelle, de l'acajou qui, sur des modèles moins ordinaires, s'accompagnait de montures de bronze doré, comme il y en avait, près du comptoir, sur le boîtier d'horloge, le modèle aux orchidées. Dans la douce lumière des fleurs en verre opalisé, il consulta la carte sur la table et découvrit avec surprise l'énumération des thés proposés : Darjeeling d'Inde, Gunpowder japonais servi avec de la menthe fraîche, Souchong chinois parfumé au jasmin, Earl Grey au goût de bergamote. Il retrouvait presque les essences de bois. Le café n'était pas en reste, avec le Santos du Brésil, le moka d'Ethiopie, le Mysore de l'Inde, un café à l'orange avec un verre de cognac, un Irish Coffee avec trois centilitres de whiskey irlandais. Le fond de sa tasse lui parut avoir un goût de tilleul tiède.

— J'ai trouvé, dit Marthe.

— Tu en as mis du temps. Où est ton paquet?

— La maison livre à domicile.

— Tu t'embourgeoises quand tu viens dans les grandes villes.

Elle n'en pouvait plus. Ils grimpèrent devant la gare dans la voiture découverte du tramway, la troisième à l'arrière. Depuis l'Exposition universelle de Paris, ils n'avaient jamais autant marché ensemble.

Marthe rejoignit sous la véranda Pierre qui coloriait, et Pauline qui écossait des haricots. Le livreur des Magasins Réunis sonna moins d'une heure après leur retour. Il amenait la commande avec un triporteur équipé d'une caisse à l'avant. Louis porta un paquet sur la table.

— Je comprends que tu aies préféré la livraison. C'est

bien lourd. Il y en a un autre, dans le couloir, à peine plus léger.

— C'est un cadeau pour Pauline, pour vous remercier de votre hébergement et des bons jours passés.

Pendant les embrassades, Pierre, sans dénouer les ficelles, déchirait l'emballage en tâtant autour pour deviner le contenu. Son père l'aida.

— Une machine à coudre ! s'exclama Pauline, de nouveau dans les bras de Marthe.

— Le second paquet contient le socle et la pédale, ajouta Louis en dégageant le bel objet noir, avec sa manivelle argentée, et le nom *Singer* en lettres d'or sur le cache des courroies.

— Pierre sera bientôt à l'école, vous disposerez de plus de temps pour des travaux de couture et pour les robes que vous coupez si bien.

— Tu cherches une bonne couturière ?

— Les couturières et les modistes sont plus précieuses aujourd'hui que les laitières et les lavandières. Je suis heureuse de vous faire plaisir.

— Tu me racontes encore l'histoire du roi Stanislas dans son bateau...

Louis énuméra à Pauline les noms des thés découverts dans l'après-midi. Marthe pensait à ce bonheur familial qui, par sa faute, échappait à Léon. Elle n'éprouvait plus la même joie, en cette fin du mois d'août, à cuire avec Marie les mirabelles de l'allée. Elle comptait les pots de Nancy parmi les siens, s'appliquant à peler les fruits pour adoucir la confiture.

Léon restait sous le coup des récents événements de l'usine, avec la brutale dispersion des lamineurs en grève par des renforts de gendarmerie et une escouade d'infanterie. Pendant trente-six heures, les ouvriers et la troupe avaient coupé la ville en deux, avec le cordon de gendarmes à cheval en bas de la rue de Nancy, une haie de grévistes autour d'une barricade de poutres et de tonneaux vers l'entrée de la fonderie.

Pompey, après des mouvements moins importants, entrait dans la vague des arrêts de travail, multipliés depuis la catastrophe minière de Courrières et ses mille deux cents morts, deux ans plus tôt, et relancés, à la façon d'une tache d'huile, avec les grèves des électriciens, des dockers à Nantes, des vignerons du Languedoc, des métallurgistes d'Hennebont. Les syndicats activaient les actions pour répliquer à la vie chère, aux interventions armées qui avaient fait plusieurs victimes, et au flagrant délit pour fait de grève. Léon, venu soutenir les lamineurs, avait eu la parole coupée par des ouvriers qui avaient crié : « Les vieux à la retraite, les chiens à la niche. »

Proche de la retraite, il n'en ressentait pas de rancune supplémentaire :

— Nous entrons dans une nouvelle étape du monde industriel. L'usine a d'abord nourri le paysan. Aujourd'hui, l'ouvrier réclame le partage du gâteau, pour en profiter un peu avant l'explosion générale dans une Europe couverte de soldats et de canons.

Alphonse et Marthe considéraient différemment l'interdiction faite aux fonctionnaires de se mettre en grève.

— La nationalisation du réseau de l'Ouest en annonce d'autres, disait le chef de gare. Si je deviens fonctionnaire, je suis au service de l'Etat, donc du public. Je n'ai pas le droit d'arrêter les trains au détriment du voyageur. On dit bien la « Fonction publique ».

Marthe réclamait, au contraire, le droit de se syndiquer, de cesser le travail comme venaient de le faire les postiers :

— Je suis d'abord une salariée. Que mon patron soit

monsieur Clemenceau ou monsieur Aristide Briand, il doit me payer pour mon travail et ma compétence. Je ne connais pas beaucoup de maîtres d'école qui thésaurisent dans des bas de laine.

La préoccupation sociale passa au second plan avec l'annonce du décès de Julie, tuée dans un déraillement entre Manchester et Liverpool. Une lettre du consulat français donnait peu de détails. Elle signalait l'inhumation dans un village proche des lieux de l'accident. Une carte expédiée de Biarritz annonçait ce voyage en Angleterre :

« Les rosbifs sont fous de nous, écrivait Julie, grâce aux mamours de nos gouvernements et à la "Flèche d'Or", chère à Alphonse, qui les transporte de Londres à Cannes. Je ne sais pas comment, à Manchester, on appréciera *Poil de carotte* de Jules Renard, même si tous les Anglais, paraît-il, sont roux. »

Léon tint à ce qu'on chante une messe pour sa sœur. La maigre assistance montra qu'on ne se connaissait plus à Pompey comme autrefois. Un déplacement à Paris évita à Louis de retrouver son père dans ces pénibles circonstances. Alphonse apprécia, après ce drame, de quitter ses fonctions quelques semaines plus tard.

Son remplaçant déjà en place, le futur retraité profitait d'horaires plus libres. Il retourna voir Vézelise, changée avec le développement de la brasserie qui envahissait la ville de ses attelages de livraison et de son odeur de houblon. Il visita également la gare frontière d'Avricourt, voisine de Dieuze, sur la voie de Strasbourg. Comme de celle de Metz, on en disait pis que pendre. Après des journalistes, choqués par la froideur de ses pierres, des Lorrains l'appelaient « la morgue ».

Habitué à la tristesse habituelle des quais et des halles, quand le temps maussade ajoute sa noirceur à la grisaille des fumées, Alphonse trouva l'édifice étonnant, allongé sur une centaine de mètres avec sa façade d'austère château. Des tours, écimées, évoquaient aux deux ailes des postes de contrôle. L'alignement des fenêtres tenait l'ensemble dans l'harmonie solennelle d'un poste frontière. Deutsch-Avricourt, qu'on appelait « la gare forteresse », offrait surtout aux voyageurs deux buffets et trois salles d'attente dignes d'hôtels de classe. Longtemps, l'Orient-Express achevait là son premier parcours. Le rapide de luxe y abandonnait sa machine et le personnel français, pour continuer d'Avricourt à Constantinople avec des cheminots et des serveurs allemands ou slaves. Plus de soixante trains traversaient Deutsch-Avricourt chaque jour, dont seize express internationaux prêts à sillonner l'Europe et à approcher l'Asie.

Son envie de connaître, enfin, la gare de Metz entraîna Alphonse à l'inauguration du monument de Noisseville. Les trois frères étaient du voyage, Gustave par fidélité à l'initiative du Souvenir français, Léon pour associer la mémoire de son père à celle des soldats tombés en Lorraine quand ils partaient défendre Paris.

Comme Mars-la-Tour, Noisseville était un symbole attaché à une sanglante bataille. Depuis trois ans, le Souvenir français menait campagne pour l'érection d'un monument, qui prenait une rare signification au cœur même du Reichsland. Après trente-huit ans d'annexion, en une période de réarmement et d'épisodiques difficultés diplomatiques, la cérémonie des 3 et 4 octobre réconfortait les Lorrains libres et ceux qui luttaient obstinément contre la germanisation : les uns et les autres considéraient ce week-end de l'espoir autant que du souvenir comme une fête nationale.

Gustave quitta ses frères dès l'arrivée à la gare de Metz, pour accompagner sa délégation qui mêlait le panneau de Pompey à ceux d'autres sections. Léon ne manifestait pas pour la gare le même intérêt qu'Alphonse. Comme à Deutsch-Avricourt, celui-ci jugeait les lieux en utilisateur, sidéré par les ascenseurs desservant les souterrains, le buffet de 1300 places, les bains-douches, la remise pour les bicyclettes dans la galerie entre les arrivées et les départs. Léon, agacé de croiser autant d'uniformes, pestait contre les décorations, l'aigle sur le pignon de l'entrée principale, la statue de chevalier teutonique du maréchal Haeseler, un des vainqueurs de 1870, théoricien et modèle de la génération des jeunes officiers prussiens. Il se consola avec l'achat au kiosque du journal *Le Lorrain*, quotidien de langue française, publiant une édition bordée d'un cadre de deuil.

Ils suivirent le plan tracé par Pauline pour Alphonse. Après la porte Serpenoise, le courant de la foule les guidait vers la cathédrale. En se glissant parmi des vétérans, les deux frères trouvèrent une place au fond de la nef. Les tentures noires et la lueur blafarde créaient une ambiance quasi théâtrale, différente de celle des enterrements et des obits. Des nœuds de crêpe entouraient les candélabres et la rampe de la chaire. Les seules couleurs venaient du drapeau tricolore, posé sur le catafalque, à l'entrée du chœur, et de quelques couronnes.

Un rare silence écrasait l'assistance. Des hommes pleuraient. Recueillies derrière leurs voilettes de deuil, les femmes portaient des mouchoirs blancs, serrés dans les gants sombres. Un vétéran allemand, décoré, embrassa les plis d'un drapeau près de Léon en disant : « Tous les soldats sont camarades. »

On disait cela, à l'usine, des ouvriers du monde entier.

Alphonse trouva sur un banc une copie de l'oraison du chanoine Collin, le directeur du journal *Le Lorrain*, qui avait figé les milliers de fidèles par l'audace de ses mots. Sur le parvis, pendant que la foule s'écoulait vers les offices célébrés au temple protestant et à la synagogue,

Léon lut un paragraphe de l'homélie. Le prêtre patriote disait : « *Oui, en 1870, la France a été renversée dans le chemin et avec une indicible amertume elle y a bu l'eau du torrent...* De torrente in via libet... *Elle était tombée sous les rafales de la justice divine. Mais rien ne dit encore, malgré tant d'apparences contraires, qu'elle ne finira point par comprendre cette humiliation et par mériter qu'on achève ce texte :* propterea exaltabit caput... *Elle boira l'eau du torrent dans le chemin... C'est pour cela qu'elle relèvera la tête.* »

Dès l'aube, le dimanche, des milliers de pèlerins se bousculaient dans les halls de la gare, piétinaient devant les guichets inaccessibles. Les trains spéciaux emportèrent vers la petite gare de Nouilly bien des voyageurs sans billet. A l'arrivée régnait, dans un brouillard léger, une autre cohue, dans un encombrement de carrioles et de landaus, d'automobiles et de cyclistes, de voitures maraîchères qui servaient d'omnibus avec des bancs et des chaises. Sous le regard impénétrable de gendarmes à cheval et à pied, les quatre cent cinquante volontaires chargés de la circulation compliquaient les choses plus qu'ils ne les facilitaient. De Nouilly à Noisseville, l'ambiance était plutôt à la kermesse, avec les vendeurs de mirlitons tricolores, de nœuds et de rubans, les mendiants, les marchands de sandwiches et de fruits qui utilisaient sans vergogne les tables des brasseries installées devant les ouvroirs. Autour de l'église, inaccessible, des grappes humaines s'accrochaient aux lucarnes sur les bords des toits, perchaient sur les murs ou dans les pommiers. Les fanfares jouaient sans discontinuer la *Marche lorraine* ou *Sambre et Meuse*. Alphonse reconnut au passage les musiciens du Rappel de Frouard, avec leurs pantalons blancs et leurs vestes bleues.

Avant que ne se forme le défilé vers le monument, Léon proposa à son frère d'approcher du piédestal dominé par des oriflammes allemandes, placées sur des mâts vénitiens autour d'un petit cercle de drapeaux français. A l'écart des barrières, on comprenait l'allégorie voulue par le sculpteur. Près d'une jeune Lorraine éplorée, à côté d'un cartouche enguirlandé de chaînes, une France, moulée dans le bronze du socle, soutenait un soldat mourant. Son armure de combat sous le manteau de cavalerie, son casque surmonté du coq gaulois disaient la Mère Patrie prête à reprendre le fusil abandonné à terre par le blessé.

Les deux hommes s'écartèrent devant une musique qui jouait la marche funèbre de Chopin. Des allocutions, ils n'entendirent que des bribes du discours du comte von Zeppelin, président de l'*Elsass-Lothringen*, qui parlait en français de son estime pour les liens de bon voisinage et pour la sagesse des hommes. Arrivés parmi les premiers à la gare pour le train du retour, ils subirent pendant quelques instants les notes du *Deutschland über Alles* qu'égrenait un joueur de fifre. A Metz, sous la tour-horloge dominée par la statue du maréchal Haeseler, Léon lut à voix haute l'extrait de l'oraison du chanoine Collin :

— Je ne remettrai les pieds à Metz, dit-il, qu'un drapeau français à la main, dans le sillage du défilé de nos soldats.

Alphonse ne lui montra pas la carte postale, achetée en catimini, de l'impériale *Bahnhof.*

Gustave, son rôle terminé, regagna Nancy sans descendre à Pompey. Il profitait d'un jour de repos de Louis pour choisir des accessoires de serrurerie et de tapisserie. Les conseils de son neveu lui étaient précieux, comme ceux d'un apprenti ayant dépassé le maître. Les professionnels et les fournisseurs de bois nancéiens étaient en effervescence avec la préparation de la grande exposition du printemps, présentée comme la vitrine du dynamisme lorrain en bordure des frontières et du territoire annexé.

« Un Noisseville économique », pensait Gustave. Sans claironner autant, les amis d'Emile Gallé, industriels et artistes, trouvaient dans cette manifestation l'occasion d'exprimer la diversité de leur Ecole de Nancy, déjà moins inventive qu'à ses plus belles heures. Dans les ateliers de la rue Saint-Anatoile, il s'agissait plus de fignoler des éléments de décoration du pavillon que de créer de nouvelles pièces. Louis Majorelle, pour cette vitrine, gardait en réserve des meubles présentés auparavant à Paris.

Louis échappait à cette petite excitation. Des commandes particulières prenaient tout son temps : un lutrin sur trois pieds, réunis en un seul support pour un double plateau de sculptures et de marqueterie et, surtout, un buffet de chêne, léger comme une desserte. Le meuble de chêne, avec la superposition de trois crédences ajourées, vivait de son décor de marqueterie où se mêlaient, dans un dessin lacustre, l'ébène, le noisetier, l'érable, le palissandre. Louis Majorelle suivait ce travail de près, avec le souci que les incrustations ne prennent pas le pas sur le reste :

— C'est avant tout un buffet pour ranger des tasses et des assiettes. Ne jamais oublier la fonction. Je n'aime pas que mes clients s'assoient sur la table et se couchent dans la bibliothèque.

La rigueur de l'hiver, qui fut long, retarda la mise en place de ce qu'on appelait officiellement la « Grande Exposition internationale de l'Est de la France ». Louis, quand il le pouvait, entraînait Pierre sur le chantier étalé sur deux hectares dans un quartier périphérique proche des nouvelles casernes. Le père retrouvait sa curiosité d'adolescent à Paris. Le fils s'amusait des jeux de construction que constituaient les échafaudages et les carcasses à remplir de stuc ou de bois. Pauline, de son côté, préparait les visites familiales du printemps et de l'été pour que chacun passe quelques jours à Nancy en toute quiétude. Elle tendit de rideaux écossais la pièce sous la charpente, que Louis transforma en chambre avec un coin toilette.

Marthe et Gustave arrivèrent dès le premier jour de l'Exposition. Dans le parc, l'inauguration, à cause des retards, se limitait au village alsacien. Le président du Souvenir français de Pompey vibrait d'émotion dans l'allée d'une centaine de mètres reconstituant une rue typique autour d'une véritable maison amenée d'Alsace pierre par pierre et reconstruite avec son intérieur de paysan et, à l'étage, une collection de coiffures régionales qui rappelèrent aux Muller la pauvre Suzel disparue.

Gustave combla sa curiosité de visiteur et de menuisier dans la maison moderne présentée par les Magasins Réunis. On entrait là comme chez soi, par une porte décorée de deux caryatides sculptées par Victor Prouvé, président de l'Ecole de Nancy depuis le décès d'Emile Gallé. Le hall décoré d'étoffes ouvrait sur les pièces d'un appartement. Les deux femmes se régalaient autant que les hommes. Marthe appréciait le revêtement de céramique de la cuisine, coloré d'une frise d'écureuils, et le dressoir avec les casseroles suspendues. Gustave nota le coin de rangement pour une brosse, un balai et un plumeau. La chambre à coucher « Les Roses », avec son fond de lit dessinant un paysage en peluche, effarait Louis. Pierre, dans le salon, tâtait les jambes des mannequins pour voir si les dames en chapeaux et l'officier étaient réels.

Ils déjeunèrent près du Pavillon colonial, une maison barbaresque gardée par un méhari et un Touareg de carton-pâte auprès desquels Louis photographia Gustave en train de croquer une merguez du couscous. Ils restèrent dans l'exotisme en assistant au spectacle de la troupe sénégalaise, qui dansait entre ses paillotes traditionnelles et le modèle d'école avec piscine apporté par la colonisation.

Louis et Gustave revinrent seuls le lendemain pour satisfaire leur curiosité professionnelle. Au Palais de l'ameublement, Louis était comme chez lui. Le stand polygonal de Majorelle reconstituait des petites pièces, avec des cloisons en bois naturel décoré d'orchidées. L'ensemble montrait l'art de vivre qu'imposaient les meubles fonctionnels conçus dans la beauté des lignes et la poésie de l'évocation. Les nénuphars de bronze doré tenaient les contours des armoires, en levant leurs tiges, coupées de boutons, au-dessus de la fleur dans sa taille naturelle. L'acajou et le bois de rose coloraient la chambre à coucher et le bureau comme des arbres rougeoyant dans les feux d'un soleil d'automne. Gustave, pour son usage personnel, remarquait la légèreté des poignées et des approches de serrure, légères telles les jeunes pousses de l'environnement botanique. Il enregistrait aussi l'astuce de placer une console au-dessus d'une vitrine, qui se trouvait ainsi allégée par un élégant dégagement.

En traversant le Village alsacien, Gustave acheta six chopes de bière gravées de la silhouette de la cathédrale de Strasbourg plantée sur un nid de cigognes.

— Nous les viderons le jour où Metz et Strasbourg nous auront été rendues, comme dit ton père.

— Il est bien connu que le Kaiser le préoccupe plus que son petit-fils.

A la mi-juillet, Alphonse et Marie profitèrent à leur tour de l'hébergement de Pauline. Ils venaient d'abord pour le cortège historique. Pierre passa une partie de l'après-midi perché sur les épaules de son oncle ou de son père. L'histoire de la Lorraine défilait à travers la ville. Pauline et Marie, intéressées par les costumes d'époque, trouvèrent que les explications manquaient.

— Si on reconnaît bien les *Bohémiens* et les *Gueux* de Jacques Callot, on ne comprend pas nécessairement la statue du squelette de Ligier-Richier, on ne reconnaît pas les personnages célèbres perchés sur le char de la Révolution ; je sais qu'il y a une rue de l'Abbé-Grégoire du côté de l'hôpital, mais j'ignore ce qu'il a fait.

Un peu déçu de sa première journée, Alphonse se régala le lendemain avec le circuit du train miniature qui promenait ses wagons sur quelque mille cinq cents mètres sous les arbres de l'Expo. Il mesura la largeur de la voie ferrée, qui était de 381 millimètres. Pour l'objectif de Louis, il s'allongea à côté de la locomotive, reproduction d'une vraie machine, avec les mêmes chaudières à coke.

Pauline promena Marie dans le Pavillon de l'ameublement pendant que les hommes visitaient le Palais des mines et de la métallurgie. Louis expliquait à Pierre les tableaux montrant le forage du mineur, la coulée de fonte. Il raconta l'accident du père de Mathieu Fischer, sans évoquer Léon. Le garçon, pour la photographie, traversa un anneau de cuvage de huit mètres de diamètre, construit aux fonderies de Pont-à-Mousson pour le passage du Métropolitain de Paris sous la Seine. Il posa aussi sur le caisson d'une pièce d'artillerie rapide fabriquée aux ateliers de la marine à Homécourt.

Alphonse connut une heureuse surprise, dans le Hall de l'industrie anglaise, avec la reproduction du wagon du roi Edouard VII. Avec une pièce de dix centimes, on éclairait l'appartement roulant, autour duquel le chef de gare tourna comme un gosse.

L'après-midi s'acheva dans les rires quand Pierre et son père descendirent trempés du *Waterchute* canadien, qui finissait dans un bassin la descente des billes de bois lancées depuis le haut du parc.

Ils terminèrent la journée dans le jardin devant la

véranda, le nez levé pour guetter le passage annoncé du Zeppelin, le dirigeable stationné à Metz. On aperçut les premières étoiles sans que paraisse le fameux ballon.

— Tant mieux, dit Alphonse, le ciel restera français. Buvons plutôt un coup à la santé des Anglais, qui sont nos alliés et qui ont de bons trains.

Un peu gêné, Louis dit :

— Sauf quand ils déraillent.

Ils levèrent leur verre à la mémoire de Mademoiselle Pompée, morte sans avoir tenu le rôle de Phèdre ou d'Agrippine.

# 12

Marthe n'appréciait pas qu'on la dise en retraite.

« Cette formule me coupe les ailes. Elle me remise au placard, comme une soupière ébréchée qu'on ne veut plus montrer. »

Elle restait à l'écart de son ancienne école, pour ne paraître qu'à la fête annuelle et à la distribution des prix. A l'Avant-Garde, elle dirigeait la bibliothèque et les activités culturelles, les expositions, les conférences. Elle participait aussi à la Société d'instruction morale et créative, fondée par l'usine qui encourageait le civisme et l'évasion par la poésie et la peinture comme elle soutenait une équipe de football et une compagnie de tir à l'arc. Avec quelques frictions dans les réunions de bureaux, qui entretenaient les différences entre une association sociale et une institution paternaliste, Marthe réunissait, à l'occasion, des adhérents des deux cercles pour offrir un auditoire plus large à un conférencier.

Léon, qui gardait sa fibre de vieux lutteur, lui reprochait l'invitation faite au nouveau patron de l'usine de parler devant les femmes et les filles de ses ouvriers. Alphonse Fould, que les épouses des grévistes avaient secoué autrefois dans son tilbury, était décédé au mois d'octobre dans son château du Montet, sur les hauteurs de Nancy. Son fils René lui succédait à la tête du conseil d'administration, avec à ses côtés ses frères et son beau-frère Paul Helbronner.

Polytechnicien, ancien officier d'artillerie, celui-ci consacrait ses loisirs, « nombreux », persiflait Léon, à la description géodésique des Alpes françaises. Marthe justifiait l'intervention de ce haut responsable de l'aciérie devant ses adhérentes par l'intérêt porté dans les revues aux promenades et aux escalades dans les montagnes autour de Chamonix, de Barcelonnette ou dans le massif du Mercantour. Les projections de photographies et de dessins compensaient la gravité du sujet, avec ses questions de distance et de trigonométrie. Des Pompéennes, qui ne connaissaient de la neige que le déblaiement devant les jardinets des cités, découvraient les vallées blanches dans les plis du Mont-Blanc, les torrents figés dans les glaces de la Maurienne. Certaines portaient davantage intérêt à l'orateur lui-même, un de ces mystérieux maîtres de forges richissimes et inabordables. Un incident ternit la fin de cette réunion. Un adhérent du Souvenir français, qu'on savait cocardier, demanda :

— Monsieur Helbronner, connaissez-vous le général von Baeyer?

— Il préside une société internationale de géodésie.

— Laquelle a son siège à Potsdam, où le général von Baeyer enseigne la balistique aux artilleurs prussiens.

Paul Herbronner se leva :

— Les obus prussiens, monsieur, se heurteront aux blindages que nous fournissons à l'armée française.

L'échange, que Marthe lui rapporta, ne surprit pas Gustave.

— Ce n'est pas tout à fait de la propagande mais de l'intoxication, comme les démangeaisons avant la rougeole. La célébration de Noisseville, il y a cinq ans, a tracé les territoires des patriotes. Les Prussiens ont chassé von Zeppelin, trop compréhensif, qu'ils appelaient « le Francillon ». Les responsables du Souvenir français, interdit de l'autre côté de la frontière, continuent leur action, avec, par-ci par-là, de compréhensibles fanfaronnades. On entend, près de nos tombes, des clairons de sociétés encore admises à Metz jouer la sonnerie « Au drapeau », qui est un appel aux armes. Dans ces conditions, des gens n'acceptent pas qu'un géodésiste français mesure les dimensions de la terre avec un confrère allemand, général de surcroît. Léon ne l'admettrait pas non plus.

Gustave ne travaillait plus à la menuiserie que pour aider son successeur. Il lui servait de métreur pour les commandes ou la réserve de bois. Il occupait son temps libre, quand Marthe ne l'entraînait pas dans des marches en forêt, à ses boîtes et coffrets que vendaient les bazars de Pompey et le rayon des cadeaux des Magasins Réunis de Nancy. Alors que la mode revenait, dans le meuble, à des surfaces lisses qui mettaient en valeur la beauté du bois naturel, il s'appliquait à plaquer les couvercles et les contours de dessins marquetés, comme au temps des boudoirs qu'il fabriquait au gouvernement général d'Alger.

Pour en apprendre encore plus, il obtint de visiter avec Louis les ateliers Majorelle, pour le plaisir de Marthe qui ne passait pas deux semaines sans aller à Nancy depuis que le tramway assurait une correspondance avec la ligne de Champigneulles. Il souhaitait retrouver là les gestes artisanaux que la mécanique rognait un peu : des fournisseurs livraient des panneaux de bois sciés par les machines aux dimensions voulues, des blocs de serrure qu'il suffisait d'encastrer dans les meubles.

Louis, après la promenade dans les halles, les magasins et le bureau de dessin, garda Gustave avec lui, au calme devant son établi, pendant la pause du repas des ouvriers. L'oncle, qui connaissait les étapes du placage, demanda une démonstration comme pour un apprenti.

— C'est un temple, ici. Il n'y a pas trois lieux au monde où l'on colle aussi bien un papillon de courbaril sur une feuille de palissandre.

D'une chemise prise sur une étagère, Louis sortit un calque de campanules, avec la grappe des cinq fleurs écartées en étoile autour du calice et de son bouton. Sur la pièce de bois aplanie au robot, il dessina le modèle avec un poinçon.

— Après, je découpe, tu le sais comme moi, en préservant un débord pour le recouvrement. Je colle en frottant de la main gauche avec un lourd marteau. C'est comme le rouleau de Pauline, quand elle étale sa pâte pour la quiche.

Louis montrait la phase suivante avec un travail en cours. Une pièce collée, protégée par une feuille de papier, séchait sous le poids d'un sac de sable.

— Pendant quatorze heures ! Nous avons un truc pour l'hiver, que tu ne connais pas. Nous chauffons de l'eau dans une casserole. Quand elle est bouillante, nous passons le dessous du récipient au-dessus de la surface collée trop rapidement durcie, qui retrouve sa fluidité. Pour polir, les anciens de l'atelier ont une autre astuce, plus efficace que le papier de verre double zéro : dans un tampon de toile très serré, ils mettent un mélange de pierre ponce pulvérisée et d'huile de lin.

Gustave fouinait entre les établis. Sur un panneau, il remarqua une carte postale avec une caravane de chameaux à l'approche d'une oasis.

— C'est l'Algérie ?

— L'Egypte ; un petit salut à l'atelier de Jacques Majorelle, le fils de Louis.

— Il travaille ici ?

— Non. Il a renoncé à ses études d'architecture. Il est peintre. Le portrait qu'il a fait de son père est plus vrai que nature. Il aime surtout l'Afrique du Nord, les casbahs, les palmeraies, les jardins d'oliviers.

— Il remplace son père?

— Non. Louis Majorelle a de vieux collaborateurs qui connaissent bien la maison. Alfred Lévy, qui dirige, est décorateur ici depuis l'âge de seize ans. Le meuble évolue. La belle époque des nénuphars et des montures en bronze a passé de mode. La clientèle ne veut que du lisse. Il en faut un peu pour honorer le bois, mais sans en faire une manie ni toujours du pareil au même. Les Français vivront bientôt tous dans les mêmes meubles. Ça agace le patron. Il se passionne pour la ferronnerie. Il fournit des escaliers et des balcons en fer forgé pour les Galeries Lafayette à Paris; les clients grimpent dans une haie de fougères, d'ombelles et de thuyas. Sans toi, Gustave, je ne saurais pas tout ça. Je suis content que tu aies vu ma place de travail.

Les deux hommes s'entendaient bien. La bouderie de Léon facilitait leurs relations. Malgré l'explication, floue, de Marthe, Pierre considérait Gustave comme son grand-père. A la fin de la visite à Nancy, la grand-mère se réjouit que tombe la neige, alors qu'elle ramenait le garçon à Pompey pour les vacances de Noël.

Malgré la concurrence de saint Nicolas, qui compte davantage en Lorraine, l'ambiance était gaie dans Pompey à la veille de la fête traditionnelle. Des guirlandes ornaient les portes et les vitrines des boutiques qui s'éclairaient le soir de lampes multicolores. Des dessins d'enfants égayaient des fenêtres de maison. Appelé en renfort, un saint Nicolas découpé dans le bois appuyait sa silhouette contre une colonne ronde réservée à l'affichage commercial et, surtout, au programme du Pathé-Cinéma de Marchal.

La neige tenait son rôle, avec quelques bonshommes plantés sur les trottoirs et la luminosité bleutée qu'elle donnait dès les premières lueurs de l'éclairage public. Elle transformait le bruit des pas, celui des roues des attelages. Elle adoucissait le ronflement des moteurs des voitures que les chauffeurs menaient à l'allure la plus lente. Rien n'annonçait la fête à l'usine, qui réservait ses drapeaux à la Saint-Eloi, patron des métallurgistes. Dans le bas de la rue de Metz, l'entreprise textile animait son portail avec des mannequins habillés des productions de la maison : des uniformes de gendarmes, gardes champêtres et sapeurs pompiers, des pèlerines en molleton noir, bleu foncé ou feuille morte.

Chaque matin, Pierre travaillait une heure avec Marthe sur son programme du Certificat d'études. « On joue à l'école », disait la grand-mère, qui donnait sa leçon particulière dans sa bibliothèque. Elle marchait devant les rayons en lisant un texte de dictée ou l'énoncé d'un problème. Installé au bureau, le garçon, docile, s'appliquait avec la sérénité du bon élève. La correction finie, sans jamais beaucoup d'erreurs sur le cahier, il prenait sa récréation en feuilletant des ouvrages préparés par Marthe, des livres beaux comme les prix de l'école, avec les tranches des pages dorées et une couverture de toile rouge illustrée d'un dessin en couleurs. *Robur le Conquérant* et *Le Voyage aérien* de Jules Verne dataient de visites précédentes.

La nouveauté venait des *Cinq Sous de Lavarède*, qui racontait le tour du monde d'un journaliste parti de Paris le 26 mars 1891 et revenu le 25 mars suivant à cinq heures, en respectant, avec vingt-cinq centimes en poche, le délai imposé pour toucher un héritage de quatre millions de francs. Les dessins montraient le voyageur acclamé en *liberador* au Costa Rica, menacé par les Mandchous de l'Empire du Milieu, débarqué au Tibet par un ballon dirigeable et contraint de conduire la locomotive du train de marchandises 3014 entre Marseille et Tarascon pour rattraper le temps perdu. Quand Alphonse passait, Pierre lui lisait ce dernier passage, illustré d'un Lavarède chargeant de boulets le four de la machine, avec quelques chutes de braise sur le ballast.

Pierre ne connaissait pas la Bicoque. Marthe, qui craignait l'embarras ridicule d'une rencontre fortuite du grand-père et du petit-fils, tenait le garçon à l'écart. Parfois, il filait seul, ou avec Mathieu, en vacances lui aussi, jusqu'à la « Cure d'air », devenue *Chez la mère Colin* depuis le décès d'Ernest. Elise, maîtresse des lieux, donnait à la maison une allure d'auberge campagnarde, cossue, avec une bonne table. Grâce aux travaux de Gustave, elle proposait un confort anglais de petites salles et de salons qui, avant et après les repas, servaient de coins de repos ; les hommes jouaient aux cartes de leur côté, à l'écart des bavardages des femmes. Les vitres, teintées en damier de vitraux, entretenaient la convivialité en hiver, préservaient la fraîcheur à la belle saison.

Profitant de la neige et du froid propices à l'événement, Elise, le lendemain du jour de l'an, décida de tuer le cochon. Marthe saisit l'occasion d'une leçon de sciences naturelles pour son écolier.

L'animal s'appelait Onésime, alors que tant de cochons lorrains portaient le nom du défunt Bismarck ou celui de Guillaume. Le sacrifice s'opérait à l'arrière du restaurant, au-delà des jeux pour enfants, devant la grange qui servait de porcherie et de poulailler. Elise dirigeait l'opération. Dès la sortie de son antre, Onésime, rasé de près la veille pour éliminer le surplus de soies, gueulait avec ces aboiements rauques qu'on croirait incités par une prémonition. Marthe, en gardant quelque distance, tenait Pierre par la main. Elle lâcha le garçon quand le porc fut étalé sur la paille, les quatre pattes serrées par les cordeaux de chanvre.

Le tueur, un commis du boucher, tâtait avec son pouce le profil du couteau qu'il venait d'aiguiser. Deux aides tenaient l'animal par une oreille et par la queue tandis que continuaient les lugubres grognements. En deux secondes, la gorge d'Onésime fut tranchée. Le sang jaillit sur la paille et autour, sur la neige qui fondait à la chaleur du jet et rosissait. Elise, agenouillée, plaça un seau près de la bête agonisante. Elle jetait sur la neige, rougie cette fois, la couche coagulée raclée avec une cuillère de bois. Pierre, en gênant un peu les hommes, tâtait le cuir rose et poilu pour constater si le corps était encore tiède.

— Tu bois un coup ? demanda Elise en lui montrant le seau plein de sang brunâtre.

Pierre cracha par terre :

— J'aime mieux du bon lait de vache.

— Et nous un coup de gnôle ! dit le tueur.

— Quand Onésime sera au chaud. Préparons-lui son berce.

Pierre demanda à Marthe ce qu'Elise voulait dire.

— C'est un mot de paysan. Le berce, c'est comme un berceau, pour qu'Onésime dorme bien de son dernier sommeil.

— On l'envoie plutôt en enfer, le pauvre.

Mathieu approchait avec une pelletée de braises brûlantes. Les hommes remontaient la paille autour du cochon et entre ses pattes repliées. Le contact des charbons embrasa le tout dans la cuvette creusée sur la neige fondue. L'odeur de paille grillée se mêlait à celle de la fumée que le froid retenait au ras du sol.

Sur un plateau de service, Elise apportait une cruche et des bols :

— Réchauffez-vous au vin chaud. Si vous voulez la

recette pour vos femmes, j'ajoute au picrate un verre de mirabelle, du laurier, des clous de girofle et du poivre. Feu mon mari disait que ça faisait bander un mort.

Dans le salon de l'auberge, Pierre fit une partie de dames avec Mathieu. En repassant dans la cour où grillait Onésime, il croqua le petit bout de la queue calcinée que lui tendit Elise : la chair était douce, parfumée sous la légère croûte de cendres. Sur une corde pendaient la panse et les boyaux retournés, qui séchaient dans le froid comme du linge mal lavé.

Le spectacle continua le lendemain, à l'entrée de la grange transformée en étal de boucherie-charcuterie. Elise et le commis boucher découpaient la dépouille. Ils préparaient les éléments des terrines et des pâtés, les morceaux coupés de la hure pour le fromage de tête, le supplément de lard et de poitrine pour les saucisses grasses. Le garçon s'occupait du boudin. Elise, aidée d'une cuisinière, frottait les jambons d'un mélange de vinaigre, oignon, échalote et laurier, après avoir glissé du poivre et du sel entre l'os et la chair.

— Dans six semaines, ils seront bons à mettre au sec. On dégustera le jambon d'Onésime quand reviendront les mirabelles.

La partie de dames qu'espérait Mathieu avec son jeune partenaire fut reportée. Marthe, dans l'après-midi, reconduisait Pierre à Nancy. Elise enveloppa quatre côtes de porc dans un vieux torchon pour le dernier repas chez la grand-mère. En approchant de la Bicoque, Marthe aperçut Léon qui déblayait devant la maison. Elle s'arrêta au milieu du chemin, hésitante, et cria dans le vent :

— La neige en janvier vaut un bon fumier, dit-on.

— L'hiver le plus froid, c'est celui qui prend avec les rois.

— Ce sera pour après-demain, la galette.

— Elise a tué le cochon? On l'a bien senti hier. Ça

rappelait le bon temps. En voilà un beau gamin. Comment t'appelles-tu?

— Pierre Muller. Mon arrière-grand-père était cantonnier au Hameau.

— Tu ne seras pas cantonnier, toi?

— Je serai ébéniste, comme mon père.

— L'essentiel, c'est de ne pas être ouvrier.

— Tu es ouvrier, toi?

— Je suis balayeur, tu vois. Peut-être même... un peu homme de peine...

Marthe abrégea le dialogue :

— Pierre, l'heure tourne. Léon, passe ce soir à la maison : j'ai là des côtes de porc toutes fraîches.

Léon planta sa pelle dans la neige, sans regarder l'enfant et sa grand-mère qui s'éloignaient.

En soirée, Gustave et son frère attendirent Marthe. Ils attribuaient son retard à la neige qui gênait sans doute la circulation des trams. Léon ne dit rien de la rencontre du matin. Il écoutait Gustave se plaindre des nouvelles difficultés rencontrées au poste frontière de Pagny-sur-Moselle pour aller à Metz :

— Les Prussiens se rendent compte, après quarante-trois ans de germanisation d'une partie de la Lorraine, qu'ils occupent le terrain sans être vraiment chez eux. Ils multiplient les brimades contre les civils silencieusement attachés à la France, et les vexations contre les jeunes gens contraints de porter leurs uniformes et qu'ils traitent comme des porcs.

— Ça ne durera plus longtemps : tout le monde attend la guerre. A part des flatteries aux Russes et aux Anglais, je ne sais pas si le gouvernement la prépare bien. Barthou a été renversé parce que la Chambre lui refusait mille trois cents millions de plus pour le réarmement. Les Prussiens sont autrement vigilants. Ton journal ne s'en inquiète pas beaucoup.

— Mon journal, c'est vite dit. Je suis correspondant à Pompey, c'est tout.

— Je ne le lis pas beaucoup mais, à ce que je vois, tu parles surtout des chiens écrasés.

Gustave, depuis un an, tenait la rubrique locale de *L'Est républicain*, quelques lignes, deux ou trois fois par semaine, dans une colonne serrée avec le nom de la commune en petites capitales doriques et des informations, raccourcies au passage.

— Ne te plains pas trop, dit Gustave. Avant, on ne parlait que de Frouard.

— Ils veulent connaître les résultats de l'équipe de football. Le score compte plus que le salaire des ouvriers de l'usine.

— Tu ne râlais pas comme ça, autrefois.

Marthe entra, le manteau saupoudré de flocons de neige, le nez rougi :

— Dans les montées, le tramway glissait sur les rails. Le wattman a abandonné un wagon en route pour continuer jusqu'à Pompey. Je crois qu'il ne pourra pas rentrer à Nancy ce soir.

Léon acceptait volontiers les invitations de Marthe ou de Gustave. Ils le savaient esseulé dans les longues journées d'hiver, soucieux de ne pas se considérer comme chez lui dans la toute proche Bicoque. L'amitié et l'habitude estompaient enfin l'amertume et la gêne de la séparation. Seul subsistait le trouble de la rupture avec Louis et Pauline, que Marthe n'évoquait jamais. La rencontre matinale imposait cependant la question :

— Comment as-tu trouvé Pierre ?

— Charmant. Il ne connaît pas toute la famille, mais il sait tout de son arrière-grand-père Léopold. Astolphe aussi, sans doute, et le passage de la Bérézina.

— S'il ignore le reste, c'est de ta faute. Tu ne crois pas le moment venu de régler cette situation ?

— Rien n'a changé.

— L'avenir du gamin importe plus que le passé de ses grands-pères.

— Merci pour moi. Tant pis pour l'autre.

— Léon, je voudrais que tu réfléchisses : la famille compte plus que tout pour toi, et tu fermes la porte à ceux qui la prolongeront demain.

— J'ai passé l'âge des leçons de morale. Sers-moi ta côte de porc et parlons d'autre chose. Gisèle nous a lu cet après-midi que l'Avant-Garde présentait une collection de chapeaux de paille. Ça n'est pas de saison.

— C'est une exposition des travaux réalisés à domicile par des femmes pour des entreprises. Tu détournes la conversation. Le problème demeure. Ça m'ennuie, Louis n'est pas heureux, Pauline embarrassée, Pierre ne comprend pas. Douze ans sans lui, ça ne te suffit pas? Nous n'en avons plus autant à vivre.

— J'irai regarder ces chapeaux de paille, ça m'intrigue.

Léon retrouva Gustave dans la salle de l'Avant-Garde. Les vitrines exposaient des articles de broderie fabriqués par des épouses et des filles dans les cuisines du foyer familial. Un panneau indiquait qu'elles étaient trente-cinq mille à fournir leur production à des industriels de Nancy, Epinal, Lunéville : des sachets à mouchoirs, des sacs de nuit, des ombrelles, des layettes, des robes de baptême, des plastrons pour les hommes, qui partaient dans l'Europe entière et au-delà. Les chapeaux de paille occupaient d'autres femmes, quelques hommes aussi. Le blé, l'orge, l'avoine et le seigle servaient de matériaux selon les qualités, avec des brins tressés à la main avant d'être blanchis. Pour concurrencer le panama, produit à Sarralbe dans une usine allemande de la Lorraine annexée, des chapelleries de Nancy créaient des modèles en chanvre de Manille, en soie ou en coton, et, plus rare, un modèle que montrait une vitrine, le chouchou, bâti avec de la fibre de melon en provenance de l'île de la Réunion. Gustave trouva dans cet étalage peu propice avec la neige extérieure l'occasion d'un article que Marthe, découvrant le texte, qualifia d'exotique.

Gustave rédigeait ses informations sur du papier à en-tête fourni par le journal, au recto seulement. La copie préparée, il la glissait dans une enveloppe rouge, barrée d'un gros tampon *Hors-Sac*, qu'il donnait au chef de train dans le premier wagon de l'omnibus de Nancy. A l'arrivée, un coursier récupérait directement le courrier destiné à la rédaction. Titré « L'art de travailler du chapeau », l'article ne parut pas sous la rubrique « Pompey » mais dans les colonnes d'informations plus générales. Il valut à son auteur d'être élu « correspondant du mois », ce que récompensaient un abonnement gratuit d'un an et une visite nocturne du journal. Marthe accompagna son mari après un crochet par la maison de Louis et Pauline pour déposer la valise de la nuit et prendre Pierre au passage.

Marthe connaissait l'immeuble de *L'Est républicain*, en face des Magasins Réunis, sans avoir franchi le seuil de sa porte de fer dont la verrière rappelait celle de la Chambre de commerce. On entrait dans la salle des dépêches, coupée par un escalier large mais plutôt raide. Sur des étagères, le visiteur trouvait les éditions matinales du quotidien. Pierre s'attarda devant le téléscripteur qui, plus vite qu'une machine à écrire, tapait les informations de la journée sur le papier d'un rouleau. A la suite de chiffres sur les cotations à la Bourse de Paris, le clavier, bruyant, débitait une nouvelle précédée de la mention *flash, flash*. La dépêche était datée : « Arles, 25 mars ». Pierre la lut mot à mot à sa grand-mère et à Gustave : « On apprend la mort à Maillane de Frédéric Mistral, poète français de langue d'oc. Il était âgé de quatre-vingt-quatre ans.

Fondateur en 1876 du Félibrige, école littéraire provençale, il obtint le Prix Nobel de littérature en 1904. » Marthe ajouta :

— C'est l'auteur de *Mireille*. C'était un ami d'Alphonse Daudet, qu'a joué autrefois notre malheureuse Julie.

Un huissier leur servit de guide. En haut de l'escalier, sous la véranda, s'alignaient les guichets des petites annonces, des abonnements et de la caisse.

— Ce sont des meubles de Louis Majorelle, dit l'homme.

— Mon père travaille chez lui.

Ils entrèrent dans une grande salle sombre qui sentait le tabac et la mauvaise colle, le vieux papier des piles de journaux entassées sur des chaises. A quatre par table, des journalistes travaillaient sous des lampes à abat-jour vert. Un coursier coupait les dépêches au fur et à mesure qu'elles arrivaient sur le téléscripteur et les distribuait à l'un ou à l'autre. Une femme, devant une machine à écrire, un casque sur les oreilles, prenait des notes au téléphone. Personne ne prêta attention aux visiteurs, ce qui déçut Gustave qui aurait aimé un contact ou un mot d'encouragement.

L'accueil fut plus chaleureux, à l'étage inférieur, dans l'atelier de composition. Un linotypiste montra à Pierre le parcours de la ligne de plomb, avec l'accrochage des matrices, le moulage des lettres dans le plomb brûlant et la sortie dans l'alignement de l'article en cours. Il enrichit le vocabulaire du garçon avec les mots qui désignaient l'atelier, la barre de plomb mise en fusion, les plateaux pour transporter les colonnes composées : le marbre, le saumon, les galées.

— Quel est ton nom?

— Pierre Muller.

— Avec deux *l* ?

Le linotypiste tapa les deux mots sur son clavier. Après

quelques secondes et le doux cliquetis des moules en cuivre, il posa la ligne dans la main de Pierre, surpris par la chaleur et par l'inversion de son nom.

— Tu la regarderas dans une glace pour la lire à l'endroit.

Un typographe prolongea les explications sur le montage des pages, le marbre, les formes, les filets.

— J'aurais dû amener un carnet pour prendre des notes. Et ça, c'est quoi ?

Il montrait la feuille humide imprimée après le passage d'un ruban sur le plomb encré.

— C'est une morasse. Elle sert au correcteur et au journaliste pour repérer les fautes. Tant pis pour ton carnet de notes ; quand paraît une erreur sur un mot, on appelle cela une « coquille », et quand des lignes sont mélangées en désordre, un « mastic ».

— Si j'ai un sujet de rédaction sur le journal au Certif', je serai bon.

— Et la visite n'est pas terminée.

Marthe se demandait si elle avait jamais vu quelque chose d'aussi intéressant depuis la démonstration des biscuitiers anglais à l'Exposition universelle. Elle en oubliait la tache d'encre faite en passant au ras d'une galée de plomb. Elle tenait, elle aussi, au vocabulaire.

Les rotatives, malheureusement, ne fonctionnaient pas. Les visiteurs passèrent entre les stéréotypes de la précédente édition, demi-cylindres de plomb noircis par l'encre et séchés au contact du papier. Des ouvriers approchaient des machines les rouleaux pour le soir, larges comme les deux pages ouvertes du journal. Des femmes préparaient les bandes des abonnements, et des hommes des feuilles d'emballage, des ficelles pour les paquets de l'expédition. Des porteurs et des vendeurs attendaient, la sacoche vide à l'épaule, derrière deux camionnettes de livraison. Pierre, en sortant, récupéra quelques buvards. Ils montraient au recto la tour dominant l'immeuble et son projecteur qui éclairait le titre de *L'Est républicain*. Ils recommandaient au verso la lecture de *L'Est illustré*, l'hebdomadaire vendu en supplément.

Pour le retour à Pompey, le lendemain, Marthe préféra le train au tramway. A la gare, Gustave acheta pour son frère un guide de la faune et de la flore qui passait en revue, avec des dessins et des planches, plus de cinq cents variétés de plantes et d'animaux.

Il trouva Léon au milieu de ses fleurs, aussitôt intéressé à savoir ce que disait l'ouvrage sur sa récente plantation, des sabots-de-Vénus.

« *La caractéristique essentielle de la plus connue de nos orchidées est cette grande lèvre jaune gonflée qui forme une poche rappelant la forme d'une chaussure.* »

Léon montra le croquis et reprit sa lecture :

— Voilà qui t'intéressera, toi le spécialiste du papier collant : « *La lèvre recourbée du sabot-de-Vénus est un piège à mouches qui ne peuvent en sortir qu'en suivant un seul parcours qui détermine la pollinisation de la fleur : les parois lubrifiées de la corolle interdisent tout autre trajet.* » Merci. Voici la petite bible du parfait botaniste.

Quatre poules picoraient la terre autour des chemins pavés qui délimitaient l'espace floral :

— Tu reconstitues une basse-cour?

— C'est pour la compagnie et pour ma gourmandise. J'aime bien les œufs frais. Tiens, voilà le « père Gueulard ». Tu l'as connu, le Poirot de la rue de l'Eglise. Son père était sacristain le dimanche et vigneron la semaine : il fournissait le vin de messe du curé, et son vin de table aussi.

De la rue, le promeneur salua les deux frères.

— On l'appelait le « Gueulard » parce qu'il était toujours volontaire pour décrasser l'ouverture du haut fourneau. Il grimpait comme un singe entre les étincelles. Ses poils grillés sentaient plus fort que le dos de l'Onésime d'Elise.

Le « Gueulard », en traînant la jambe, marcha jusqu'au banc pour se reposer.

— A part les gommeuses et les goualeuses des petits bals, les poules se font rares à Pompey. J'entends encore en me réveillant des tourterelles et des pies qui jacassent, mais plus de coq qui chante. Elles ont trop d'herbe, tes poules, Léon. Elles ont besoin d'un peu de sable et de craie pour se rouler. Ma mère donnait au curé les meilleurs œufs, et nourrissait ses pondeuses avec un gâteau fabriqué de restes de viande hachés menu avec de la verdure de salade.

Gustave laissa les deux retraités de l'usine évoquer leurs souvenirs. « Le Gueulard » et Léon comptaient autant d'années à la fonderie l'un que l'autre.

— Le jour de mon embauche, le sacristain m'a demandé : « Tu t'inscris au marché des esclaves? » Si je n'avais pas été au gueulard, je crèverais misère aujourd'hui, avec les vignes qui, après le mildiou, subissent le phylloxéra. Je ne regrette rien. Je n'ai pas travaillé plus dur que nos vieux, qui faisaient trente-six métiers pour ne rien gagner du tout. Mon fils est crocheteur au laminoir. Je lui ai dit : « Ton grand-père a connu l'enfer, ton père le purgatoire, te voilà presque au paradis. » Il se plaint quand même. Il veut une prime pour les godasses, une autre pour la cantine. Je partais au boulot avec un croûton de pain et un quart de gousse d'ail pour frotter dessus. Quand le gueulard se bouchait, je me passais de casse-croûte. Il me restait la treuille pour pleurer.

— La treuille, dit Léon. C'était notre mot. Quand arrivait une panne, un avatar, c'était « la treuille ». Il risque bien de nous arriver une sacrée treuille si le ton monte encore entre Berlin et Paris.

— Nos soldats seront à Berlin en un mois de temps.

La revanche donne des forces. On m'a appelé « le Gueulard » parce que j'étais plus fort que la treuille. Léon, salut, prépare de la galette pour tes poules. Tu penseras à moi en trempant tes mouillettes dans la coquille.

Meilleurs ou pas, la famille profitait des œufs du poulailler de Léon. Marthe les conservait pour les porter à Nancy, sans en préciser autrement la provenance. Au printemps, elle multiplia les allers et retours en tramway à l'approche de la date du Certificat d'études. Le jour de la distribution des prix, le samedi 25 juillet, l'inspecteur évoqua la carrière de la grand-mère en félicitant Pierre Muller, reçu premier du canton.

— Je ne peux tout de même pas leur chanter *Les Pompiers de Nanterre* comme ton grand-père, dit Marthe à Germaine Fischer, venue pour saluer l'événement.

Les dernières nouvelles assombrirent le repas de famille du lendemain chez Pauline et Louis. Un mois après l'assassinat à Sarajevo de l'archiduc héritier d'Autriche-Hongrie, la querelle grondait entre Vienne et la Serbie. On parlait de mobilisation générale dans les deux pays. La France appelait le renfort immédiat de trois régiments de tirailleurs marocains. Louis, Gustave et Alphonse montraient un sérieux pessimisme, que partageait Marthe, inquiète de la position stratégique de Nancy.

— Ne nous alarmons pas trop vite, insistait Alphonse. Les nouvelles n'arrivent pas très vite mais les faux bruits courent déjà. En plus des espions qu'on nous ressort, on annonce des avions ennemis et des ballons qui survolent nos casernes et nos gares. Ce n'est pas le moment de prendre un baptême de l'air.

Louis s'inquiétait de son sort de réserviste mobilisable. Sorti du tiroir réservé aux papiers de famille, son fascicule militaire le convoquait à la caserne du 26e R.I. dès l'appel sous les drapeaux. Marthe parlait pour Pauline, abasourdie :

— L'annonce de la mobilisation en Serbie, ce n'est pas la guerre à Nancy. Il faut prévoir le pire. Si celui-ci arrivait, Pauline et Pierre doivent se réfugier chez nous. Nous avons de la place. La guerre ne durera pas sept ans.

— 1756-1763! glissa Pierre, qu'amusait l'allusion de sa grand-mère.

— Je t'accorde les bonnes dates. Préparons, non pas le déménagement, mais le transfert de l'essentiel. Si la situation s'aggrave, Gustave et Alphonse loueront un fourgon. La maison ici restera vide quelques mois. On ne peut exposer Pauline et Pierre aux bombardements et aux tirs d'artillerie. S'il le faut, Pierre fera une sixième de guerre, avec moi pour le français et les maths, avec Germaine pour l'allemand et, pourquoi pas, avec le curé pour le latin.

La semaine sembla longue. La lecture des journaux n'apportait les nouvelles qu'après coup, à un moment où d'autres événements contredisaient sans doute les articles de la veille. Malgré des interventions diplomatiques, l'Autriche déclarait la guerre à la Serbie, la Russie proclamait la mobilisation générale.

Le vendredi, le tableau noir dressé contre une fenêtre de *L'Est républicain* apporta trois informations, que Marthe lut en descendant du tramway : la déclaration d'état de danger de guerre à Berlin, la mobilisation en Belgique, l'assassinat à Paris de Jean Jaurès, ardent partisan de la paix. Marthe reprit aussitôt le tramway pour Pompey afin de prévenir Gustave et son frère d'amener la voiture attelée le lendemain à Nancy. Elle arriva chez Pauline en même temps que Mathieu. Le fils Fischer partait le soir même pour Toul dans un régiment d'artillerie.

— Cette fois, nous n'y échapperons pas.

Les premières larmes coulaient. Mathieu partit avant le retour de Louis, qui traînait sa boîte d'outils.

— Je ramène mes tranchets et mes marteaux. Ils sont graissés et enveloppés dans la toile. Pour combien de temps ?

Des cartons et des meubles démontés occupaient la véranda. Pauline emmenait son lit et celui de Pierre, les vêtements, du linge, quelques bibelots pour se sentir chez elle, sa machine à coudre.

Alphonse, le samedi matin, arriva seul. Pour éviter les heures de forte chaleur, Gustave amènerait le fourgon en milieu d'après-midi. A dix heures, un gendarme apporta sa convocation immédiate à Louis.

— Je me présente et je reviens, dit celui-ci à Pauline, qui n'y croyait pas.

Il reparut vers seize heures, en même temps que Gustave. On le reconnaissait à peine sous la casquette de fantassin, le visage écrasé et obscurci par la visière.

— Je commence la guerre avec une permission de douze heures.

— La guerre est déclarée ?

— Entre l'Allemagne et la Russie. Le reste suivra.

Ils chargèrent le véhicule en professionnels habitués à des déménagements. Marthe, Pauline et Pierre prirent les devants pour attraper un tramway ou un train. A sept heures, les hommes arrivaient devant l'appartement de Gustave ; la mobilisation générale était décrétée depuis trois heures.

Louis sauta du véhicule :

— On continue, dit-il. Nous allons plus haut.

Il embrassa Pauline et la prit par la main. Marthe suivit avec Pierre. Le cheval courba l'échine pour relancer les roues.

Léon taillait ses *Weigelas* mauves qui rosissaient dans le feu direct du soleil blanc. Il leva la tête en entendant l'attelage. Louis et Pauline l'attendaient debout devant le banc de l'allée des mirabelliers.

— Je te présente ma femme, Pauline Muller. Epouse du soldat français Louis Muller, du 26e régiment d'infanterie de ligne. Puisque la mobilisation est générale et que je pars au front, je te la confie avec notre fils, Pierre. Il parle allemand couramment mais il comprend le français.

— Ne m'agresse pas.

— Je te mets devant tes responsabilités, au nom de Léopold, d'Astolphe, devant tous les tiens.

— Ils t'ont déjà appelé?

— Je n'ai pas encore un pied dans la tombe, mais un fusil sur l'épaule. Au nom de l'armée française, je te demande un casernement pour ma femme et mon gosse. Ils seront mieux ici qu'à Nancy... pour des tas de raisons.

Léon, assis sur le banc de pierre, écoutait, les bras ballants, en regardant la famille au complet.

— Vous avez monté ça ensemble?

— Louis a fait ce qu'il a voulu, sans rien nous dire, répondit Alphonse en sa qualité d'aîné.

— Pauline est d'accord avec moi, dit Louis. Pierre comprendra plus tard le cadeau que je lui fais.

Léon se leva. Il regarda le garçon.

— Je n'ai pas une âme de déserteur; viens, petit!

Pauline, en larmes, écrasa la tête sur l'uniforme de son mari. Pierre passa la nuit chez son grand-père, Louis et Pauline chez Marthe, avant le départ du soldat au train de l'aube surchargé de réservistes qui brandissaient des bouquets en criant : « A Ber-lin, à Ber-lin! »

Pauline préféra attendre le lundi pour débarquer les cartons et les meubles, avec l'aide des autres.

Léon, par pudeur, ne se mêlait pas à l'installation, que guidaient Marthe et Marie, au premier étage de la maison. Gustave prenait des mesures pour aménager une cuisine, placer des placards. Pierre jouait avec des hannetons accrochés à un fil par son grand-père. Léon arrosait une dernière fois les sabots-de-Vénus au bout de leur floraison.

Entre l'appartement de Gustave et le sommet du Hameau, roula soudain le tambour de Gisèle qui, depuis plusieurs jours, ne manquait pas d'ouvrage :

— Après avoir violé la frontière, hier du côté de Longwy, et sous le prétexte fallacieux du survol de Nuremberg par un de nos avions, l'Allemagne a déclaré la guerre à la France.

La famille accusa le coup avec fatalisme et reprit son travail.

Léon rangea son arrosoir. Il appela Pierre :

— Tu vas tenir ce cordeau avec moi, pour le planter ici entre deux piquets.

Ils alignèrent le fil en bordure de la pelouse, le long de la maison, puis un autre, parallèle, à soixante centimètres.

— Je sais que tu es bon en français et en allemand, j'aimerais savoir si tu es costaud.

Léon prit une bêche, en donna une autre au garçon. Côte à côte, ils taillèrent l'herbe dans le profil de la ligne et commencèrent de dégager la terre.

Pauline, encore triste mais détendue, vint se reposer un peu.

— Qu'est-ce que vous faites?

— Mes arbres vieillissent. Je creuse une tranchée. Je planterai de nouveaux mirabelliers à l'automne.

# DANS LA MÊME COLLECTION

**Jean Anglade**
*Un parrain de cendre*
*Le Jardin de Mercure*
*Y a pas d'bon Dieu*
*La Soupe à la fourchette*
*Un lit d'aubépine*
*La Bête et le Bon Dieu* (essai)
*La Maîtresse au piquet*
*Le Saintier*
**Sylvie Anne**
*Mélie de Sept-Vents*
**Jean-Jacques Antier**
*Autant en apporte la mer*
*La Croisade des Innocents*
**Marie-Paul Armand**
*La Poussière des corons*
*Le Vent de la haine*
*Le Pain rouge*
*La Courée*
tome I *La Courée*
tome II *Louise*
tome IIII *Benoît*
*La Maîtresse d'école*
*La Cense aux alouettes*
**Édouard Axelrad**
*Au fil du fleuve*
**Erwan Bergot**
*Les Marches vers la gloire*
*Sud lointain*
tome I *Le Courrier de Saigon*
tome II *La Rivière des parfums*
tome III *Le Maître de Bao-Tan*
*Rendez-vous à Vera-Cruz*
*Mourir au Laos*
**Annie Bruel**
*La Colline des Contrebandiers*
*Le Mas des Oliviers*
**Alice Collignon**
*Les Jonchères*
**Didier Cornaille**
*Les Labours d'hiver*
*Les Terres abandonnées*
*La Croix de Fourche*
**Georges Coulonges**
*Les Terres gelées*
*La Fête des écoles*
*La Madelon de l'an 40*
*L'Enfant sous les étoiles*
*Les Flammes de la liberté*
**Yves Courrière**
*Les Aubarède*
**Anne Courtillé**
*Les Dames de Clermont*
*Florine*
*Dieu le veult*
*Les Messieurs de Clermont*
**Alain Dubos**
*Les Seigneurs de la haute lande*
*La Palombe noire*
**Alain Gandy**
*L'Escadron*
*Adieu capitaine*
*Quand la Légion écrivait sa légende*
*Un sombre été à Chaluzac*
**Michel Hérubel**
*La Maison Gelder*
*La Falaise bleue*
**Denis Humbert**
*La Malvialle*
*Un si joli village*
*La Rouvraie*
*La Dent du loup*
*L'Arbre à poules*
**Michel Jeury**
*Au cabaret des oiseaux*
**Jean Mabire**
*Opération Minotaure*
**Dominique Marny**
*A l'ombre des amandiers*
**Henry Noullet**
*Sur la piste de Samrang*
*La Falourde*
**Michel Peyramaure**
*Les Tambours sauvages*
*Pacifique Sud*
*Louisiana*
**Claude Riffaud**
*Mékong Palace*
*La Crique de l'or*
*Rêve de Siam*
**Jean Rosset**
*Vir'vent*
*Les Derniers Porteurs de terre*
**Annie Sanerot-Degroote**
*La Kermesse du diable*
*Le Cœur en Flandre*
**Jean-Claude Sordelli**
*La Dernière Saison*
**Jean-Michel Thibaux**
*La Bastide blanche*
*Le Secret de Magali*
*L'Appel de la garrigue*
**Violaine Vanoyeke**
*Les Schuller*
*Le Serment des 4 rivières*
**Brigitte Varel**
*Un village pourtant si tranquille*
*Les Yeux de Manon*
**Claude Veillot et Jean-Michel Thibaux**
*L'enfant qui venait du froid*

*Achevé d'imprimer en janvier 1998*
*sur presse Cameron*
*par* ***Bussière Camedan Imprimeries***
*à Saint-Amand-Montrond*

N° d'édition : 6621. N° d'impression : 1/3592.
Dépôt légal : janvier 1998.
*Imprimé en France*